Sedução

NICOLE JORDAN

Sedução

tradução
Olga Cafalcchio

2ª reimpressão

essência/Planeta

Este livro foi negociado através de Books Crossing Borders Inc., Nova York e Ute Körner Literary Agent, S.L., Barcelona – www.ukliag.com
Título original: *The seduction*

Coordenação editorial: Débora Guterman
Assistente editorial: Cristiane Peroni
Preparação de textos: Fátima Couto
Revisão de textos: Tulio Kawata
Imagem da capa: Alan Ayers
Capa: Lucrecia Demaestri/ Departamento de design, Divisão editorial do Grupo Planeta
Diagramação: Gustavo Abumrad

Dados Internacionais de Catalogação na Publicação (CIP)
(Câmara Brasileira do Livro, SP, Brasil)

Jordan, Nicole
Sedução / Nicole Jordan ; tradução Olga Cafalcchio. – São Paulo : Editora Planeta do Brasil, 2009.

Título original: The seduction.
ISBN 978-85-7665-458-2

1. Romance norte-americano I. Título.

09-06177 CDD-813

Índices para catálogo sistemático:
1. Romances : Literatura norte-americana 813

2010

EDITORA PLANETA DO BRASIL LTDA.
Avenida Francisco Matarazzo, 1500 – 3º andar – conj. 32B
Edifício New York
05001-100 – São Paulo-SP
www.essencialivros.com.br
www.editoraplaneta.com.br
vendas@editoraplaneta.com.br

Para as melhores amigas que uma mulher pode ter: Ann White, Gin Ellis e Sandra Chastain, que ficaram ao meu lado nos bons e nos maus momentos

Prólogo

Londres, março de 1810

A seda que sujeitava seus pulsos com deliciosa pressão aumentava a sensação de prazer. Damien Sinclair, cativo por vontade própria, jazia ali indefeso, com os braços nus presos à guarda da cama por lenços de seda vermelhos.

Podia se ver no espelho de moldura dourada acima de sua cabeça: seu corpo nu e musculoso sobre os lençóis brancos; seu pênis, perfeitamente ereto e duro em toda a sua extensão, sobressaía no pelo negro e crespo de suas virilhas.

Sua torturadora, a bela Elise Swann, vestia apenas um diáfano *négligé* de musselina, sem levar em conta o bracelete de esmeraldas com que ele a presenteara, num movimento inicial de seu jogo de sedução. As pedras verdes que adornavam seu pulso brilhavam na bruxuleante dança da chama da vela, enquanto os mamilos rosados de seus seios exuberantes se insinuavam atrevidos através do tecido delicado, com uma luxúria calculada para atiçar a paixão até do mais profundo conhecedor já saciado.

Primeira atriz em Londres, ela fazia o papel de Cisne Prateado por causa de seu cabelo louro platinado, e seu desempenho era magnífico. A fascinante Swann queria persuadi-lo a tomá-la a seus cuidados, e esforçava-se para passar no teste e conquistar o lugar de amante dele.

– Agora que você me mantém em seu poder – disse Damien num tom brincalhão –, posso confiar que vai se comportar de maneira perversa comigo?

– Pode confiar, milorde. Prefiro tê-lo sob meu domínio – disse ela com a voz musical e cadenciada com que costumava encantar a plateia.

– Estou em suas mãos, minha cara.

Ela então pegou de uma mesa ao lado um chicote e roçou ligeiramente seu peito com o cabo. Damien levantou uma sobrancelha com ar indagador, imaginando se a atriz não teria entendido errado que devia recorrer a métodos singulares para despertar os desejos de um homem.

Quando jovem, ele levara uma vida desregrada e de prazer. Apesar de sua má reputação e do fato de vez por outra buscar novas experiências, não chegara ao ponto de ter de recorrer a perversões para satisfazer seus caprichos físicos. Seu apetite sexual era forte e imediato, principalmente com uma mulher bonita.

E o Cisne Prateado era muito belo. E também parecia ser perspicaz, porque hesitou quando viu seu olhar inquisidor.

– Suponho – observou pensativamente – que não seja preciso empregar mais força para estimulá-lo. Já está bastante excitado. Está enorme.

Mantendo o clima de gracejo, ele lhe retribuiu o sorriso encantador e perguntou:

– E o tamanho a desencoraja?

– Ao contrário, milorde – respondeu ela, dando uma gargalhada.

Com um movimento de cabeça, ele apontou para o chicote, dizendo:

– Sempre achei que se superestima a dor como afrodisíaco. Com certeza você pode ser mais criativa.

– Talvez eu possa – respondeu ela, provocante.

Deixou que o chicote caísse no tapete e pôs um dedo em seu sedutor lábio inferior, refletindo em voz alta:

– Deixe-me pensar. Um homem cujos feitos no campo amoroso são legendários... Um diabólico patife que, segundo dizem, leva as mulheres a chorar de prazer. Como é possível proporcionar diversão a um amante tão magnífico?

Lentamente, abriu o bracelete que usava no pulso. Com um sorriso malicioso, ajustou a peça em volta do membro plenamente ereto e voltou a fechá-la. Isso o deixou ainda maior e mais rígido.

Sentindo o contato frio das pedras na pele quente, Damien estremeceu, sorrindo ao perceber a artimanha dela.

– Isto é suficientemente criativo para o senhor, meu malvado Lord Sin*?

– Admiro sua imaginação – disse ele, rindo de prazer.

– Percebo que admira a amante audaciosa.

– A audácia tem seus méritos.

– Então, deixe que lhe mostre até que ponto vai a minha audácia.

Com frieza deliberada, envolveu com os dedos o ápice de sua virilidade, apertando-o e soltando-o com movimentos suaves.

– É raro encontrar um reprodutor tão bem dotado – disse com voz grave, inclinando-se sobre ele.

Damien fechou os olhos com um suspiro de prazer e entregou-se às habilidosas manobras de Swann. Com os lábios, a língua e os dentes, ela começou a se dedicar ao membro pulsante, empregando toda a sua experiência nessas artes, provocando-o a tal ponto que ele hesitava em render-se ao prazer.

– Você... está desafiando minha resistência?

– E não é essa a questão, milorde? – respondeu ela, com um sorriso provocante.

– Sim, mas queria que se juntasse a mim. Eu seria muito egoísta se quisesse monopolizar essa diversão, não acha? Venha, sente-se sobre mim.

Ela deu um passo atrás, provocando-o.

– Não creio que o senhor esteja em condições de fazer exigências.

– Não? – Com os braços ainda atados atrás da cabeça, Damien girou subitamente e esticou uma perna, envolvendo com ela a coxa de Elise. Apanhada de surpresa, a jovem foi puxada para cima dele.

* Jogo de palavras: "sin", pecado em inglês, com o nome do personagem, "Sinclair". (N. T.)

– Bem, já que insiste... – Com evidente entusiasmo, Elise se estendeu sobre ele, de modo que seus seios exuberantes roçavam o seu rosto.

Quando, através da fina musselina, ele conseguiu prender com a boca a ponta de um mamilo, ela deixou escapar um suspiro profundo. Damien, controlando seus próprios apelos sexuais, começou a excitá-la, chupando e mordiscando de leve o bico do seio.

Gemendo, já de modo audível, ela levantou as cadeiras e começou a esfregar-se nele com ardor. Damien fez uma careta de dor quando as esquecidas esmeraldas espetaram sua virilha. Então deixou escapar um riso arfante.

– O bracelete, minha cara. Se não quiser me emascular, seja gentil e liberte-me de sua joia.

Ela então se ergueu, com as pálpebras pesadas e os olhos cintilando de paixão, enquanto tateava à volta em busca do torturante bracelete. Ao atirá-lo no chão descuidadamente, voltou os olhos para ele e disse:

– Milorde, por favor...

– Por que por favor? – contestou ele com ar de ofendido, mas sorrindo. – É você que está no controle da situação, não é? Sou apenas um indefeso prisioneiro.

Novamente ela se reergueu, ajustando a fenda excitada sobre o rígido eixo. Damien podia sentir o triângulo de pelos crespos entre as coxas dela úmidos de excitação.

– Sim, venha, cavalgue-me.

Sem mais tardar, Elise o montou, baixando os quadris sobre o membro ereto com um suspiro de satisfação. Damien deixou cair a cabeça para trás, regozijando-se ao senti-la macia, úmida e palpitante em volta dele. Então, levantou os quadris e mergulhou mais fundo naquela passagem estreita e escorregadia, fazendo-a gemer de prazer.

Teve de repetir sua arremetida para estimulá-la a cavalgá-lo num passo sensual, que logo se intensificou, até atingir um ritmo frenético. Damien combinava seus movimentos com os dela, dedicando-se a proporcionar-lhe prazer, até que a lúbrica e ardente mulher que o montava foi tomada pelo desejo. Retorcia-se... em fogo... subindo e apertando-se contra ele com uma selvageria animal. Com um grito incoerente, ela atingiu o êxtase, trêmula e sem fôlego.

Mesmo depois que ela se deixou cair sobre ele com um suspiro, Damien prolongou o momento, permitindo que as pulsantes convulsões se esvaíssem, antes que ele próprio se perdesse na obscuridade do surto de paixão. Inclinando-se para trás ante o explosivo desejo, permitiu que sua selvagem luxúria o controlasse.

Ao recuperar os sentidos, viu que Elise ainda estava estirada sobre ele, com a respiração formando delicadas ondulações em sua pele suada e fria, e que os lenços de seda lhe apertavam os pulsos, causando-lhe desconforto.

– Você me faria um favor?

Com esforço, ela se levantou para desatar os nós e voltou a cair entre os travesseiros, com os olhos pesados de lânguida satisfação.

– Disseram – murmurou ela num tom de admiração – que você era um homem de paixões legendárias. "Perverso e maravilhoso", diziam. Agora posso testemunhar que a fama não era exagerada. Mesmo assim, não esperava que você fosse... um amante tão atencioso.

A resposta dele veio quase imediatamente – o tipo de elogio que ela desejaria ouvir:

– Sua reputação igualmente não lhe faz justiça, Elise. Você é a fantasia de todo homem.

– Então, meus serviços foram do seu agrado, milorde?

Sexualmente satisfeito, embora não plenamente saciado – o que ultimamente parecia ocorrer quase sempre –, Damien respondeu com um murmúrio que poderia ser tomado como concordância. Realmente, o desempenho dela não deixava a desejar. Ao contrário – ele começava a crer –, tratava-se de algo que estava nele mesmo.

A suntuosa Swann teria sido a amante perfeita. Famosa tanto por seu desempenho numa alcova quanto num palco, ela era sensual e suficientemente fogosa para excitar sua paixão. Toda Londres a achava fascinante, a ponto de seus favores serem disputados em duelos. Se ela fosse incapaz de satisfazer a inquietação que recentemente vinha fermentando dentro dele, bem, então talvez suas expectativas fossem exageradas.

Damien abriu os olhos e viu que ela o estudava atentamente. Sem dúvida, estava calculando que remuneração poderia esperar dele – casa, carruagem, criados, joias.

– Compreendo – começou ela, com cuidado – que atualmente você não tem encargos com uma amante, não é mesmo?

– E como você poderia não saber disso? – replicou ele secamente, referindo-se ao escândalo provocado pelo fim de sua última ligação amorosa.

– De fato. Esse foi durante dias o tema das conversas na cidade.

– Alguns comentários provavelmente receberam retoques.

– Talvez. O perverso barão Sinclair costuma ser o primeiro a alimentar os mexericos. Mas, ainda assim, deve haver alguma verdade nos boatos.

– O que exatamente você andou ouvindo?

– Que, quando você dispensou Lady Varley, ela ameaçou atirar-se no Tâmisa, e que você se ofereceu para conduzi-la até o cais em seu próprio coche, para que ela pudesse executar a façanha.

– Simplesmente me ofereci para levá-la para sua casa. Ela estava muito perturbada – disse ele, rindo ao se lembrar do fato.

– Imagino que essas cenas devem aborrecê-lo – disse Swann. – Isso acontece comigo. É muito desagradável ser alvo desse tipo de atenção indesejada. Você não deve apreciar nem um pouco ver nobres damas desmaiando à sua frente e declarando-lhe seu amor eterno.

– Posso lhe garantir que aquela dama não estava apaixonada por mim. Apenas acreditava que sim.

– Diz-se ainda que milorde partiu muitos corações femininos.

Em resposta, ele apenas murmurou algo indefinível.

Com um gesto sensual, Elise afastou da testa uma mecha de cabelo que se soltara, dizendo:

– Moral da história: não entregue seu coração a um libertino.

– Sábia filosofia – disse Damien com os olhos frios, suavizados pelo costumeiro sorriso encantador –, mas eu acrescentaria: jamais entregue seu coração.

– É por isso que considero o amor apenas uma proposta de negócios.

Ele sabia que Elise estava tentando astutamente tranquilizá-lo, ao prometer que não faria uma cena ou exigiria qualquer coisa quando inevitavelmente se separassem – o que era uma sorte.

Damien não tinha interesse em nenhum tipo de ligação permanente. Seus casos sempre duravam poucos meses, raramente passavam disso, e ele adotara o costume de não manter nenhuma amante por mais de uma temporada. Por experiência, sabia que essas relações prolongadas podiam ser bastante deletérias. Além disso, não tinha intenção de imitar o falecido pai, deixando-se obcecar por alguma beleza tentadora. Nem mesmo pelo fascínio do Cisne Prateado.

Contudo, antes que pudesse comentar a promessa dela, ouviram-se passos rápidos fora do dormitório e uma batidinha hesitante na porta.

– Madame, peço-lhe que me perdoe – disse uma voz feminina –, mas está aí um cavalheiro que deseja ver Sua Senhoria.

Com o belo rosto tomado por repentina raiva, Elise saltou da cama e foi até a porta, abrindo-a apenas o suficiente para sussurrar asperamente:

– Já lhe disse que não me interrompa quando tiver visita!

– Mas ele disse que era assunto de máxima urgência. Pediu que dissesse a Sua Senhoria que seu nome é Haskell.

Damien conseguiu captar o nome de seu secretário e franziu o cenho. Ele se perguntava de que assunto urgente poderia se tratar, enquanto se sentava na cama e pegava os calções de cetim. Enquanto a graciosa Swann, como uma peixeira, ralhava com a serviçal, ele reuniu o resto de suas roupas e foi até a porta.

– Você disse que o senhor Haskell está aqui? – perguntou à jovem.

– Sim, milorde. – A trêmula criada fez uma mesura, enquanto relanceava um olhar de medo para a patroa. – Eu o deixei lá embaixo, no gabinete verde, milorde.

Damien virou-se abruptamente e tomou a direção das escadas. A atriz cobriu-se como pôde e foi atrás dele.

Encontrou o gabinete sem dificuldade e, assim que entrou, viu o secretário andando de um lado para outro. George Haskell era um homem alto, de boa aparência e traços regulares, cabelo de um castanho indefinível e óculos de aro dourado. Normalmente tinha um senso de humor vivo, mas naquele momento exibia uma expressão severa, que seu patrão jamais vira nele.

– O que houve, George? O assunto deve ser muito importante para trazer você aqui.

O secretário olhou para a atriz, que aparecia à porta do gabinete.

– Estou aqui por uma questão de extrema urgência, milorde. Poderíamos falar em particular?

Vendo-se alvo de atenção, graciosamente, Elise enrubesceu.

– Naturalmente, vou deixá-los a sós. – Educadamente, afastou-se e fechou a porta.

– O que está havendo? – perguntou Damien, impaciente.

– Receio ser portador de más notícias. Sua irmã sofreu um acidente.

Damien sentiu um aperto no coração.

– Olivia?

A pergunta era desnecessária, já que tinha uma única irmã, uns quinze anos mais jovem que ele, que vivia na tranquilidade de uma casa de campo em Rosewood, solar dos barões Sinclair.

– Como foi o acidente?

– Não disponho de todos os detalhes. A mensagem que seu administrador me enviou foi redigida com pressa, mas parece que a senhorita Sinclair caiu de uma escada. Ao voltar a si, havia perdido completamente a sensação das pernas. Chamaram um médico e, embora não tenha detectado nenhuma fratura, ele acha que a queda pode ter causado uma lesão na coluna vertebral. Há risco de que ela possa ficar inválida.

Damien o olhava fixamente. O choque o deixara sem fala.

– Receio que isso não seja tudo – acrescentou George, com voz sumida.

– O que mais pode haver?

– De acordo com a mensagem, acho que o acidente se deu durante uma...

– Uma o *quê*, homem? Diga logo!

– Milorde, o senhor não deve se preocupar com isso... Foi uma fuga frustrada.

– Uma o *quê*?

Damien balançava a cabeça, inconformado. Não conseguia acreditar que sua irmã, tímida e protegida, tivesse tentado uma fuga, mesmo que a governanta que contratara para cuidar dela o permitisse.

– Isso é impossível. Deve se tratar de um engano.

– Talvez sim – disse George, em tom de dúvida.

– Quem era o homem?

– O homem?

– O que a seduziu. Com quem ela pretendia se casar?

– A mensagem fala de um Lord Rutherford, mas não afirma claramente que seja ele o culpado.

Damien conhecia um certo visconde Rutherford, um jovem um tanto imaturo que acabara de receber o título de nobreza.

– Aqui está – disse o secretário. – É melhor que o senhor mesmo leia a carta enviada por Bellows.

Damien pegou o pergaminho e apressadamente pôs-se a ler a escrita ilegível do administrador. O trágico acidente ocorrera em Alcester, em Four Lions, um campo de treinamento próximo ao solar da família Sinclair, em Rosewood. A mensagem descrevia a extensão dos danos sofridos por Olivia, segundo suspeitas do médico, e conjecturava sobre o modo como ocorrera o acidente. Bellows dizia:

Lamento informá-lo sobre notícias tão desastrosas, mas suspeito que sua irmã planejava fugir. No entanto, no último momento, o cavalheiro em questão voltou atrás. Transtornada, a senhorita Olivia pôs-se a correr, o que ocasionou sua queda. Lord Rutherford imediatamente chamou o médico, mas o dano estava feito – temo que não só a ela pessoalmente como também a sua reputação.

Espero manter sigilo sobre essa história triste, mas sei que não será possível fazer isso para sempre. Peço-lhe, milorde, que me mande instruções e conselhos sobre a melhor maneira de lidar com essa grave situação.

Seu humilde servidor,

Sydney Bellows

Damien passou as mãos pelo cabelo negro. Já fora autor de incontáveis escândalos, mas mantivera a irmã mais nova protegida no campo, educada pelas mais decorosas instituições. E agora, ao que parecia, Olivia criara seu próprio escândalo, com a agravante de ter saído dele com graves lesões... talvez para toda a vida...

Uma raiva selvagem perpassou seu corpo e se alojou no peito. A carta não dizia o nome do sedutor, mas, quem quer que houvesse causado mal a Olivia, iria sentir o peso de sua ira. Atravessaria o canalha a bala – ou, melhor ainda, trataria de estrangulá-lo com as próprias mãos.

– Tomei a liberdade – murmurou o secretário – de preparar sua carruagem. Imaginei que o senhor ia querer ir para casa imediatamente.

– Sim – disse Damien, distraído, ainda entorpecido pelo choque.

Reanimando-se para agir, acabou de se vestir em segundos. Seu lenço ficou caído no chão enquanto ele vestia a jaqueta. Em seguida, depois de jogar o sobretudo sobre os ombros, dirigiu-se à porta.

Tocando a manga dele com sua mão graciosa, Elise deteve seus passos e disse:

– Milorde, certamente não está indo embora, não é?

– Perdoe-me, mas é preciso que me vá.

– Mas ainda não concluímos nossos...

Entendimentos era o que ela queria dizer.

Damien, impaciente, cerrou os dentes e respondeu de um modo bem distinto de seu charme habitual.

– Devo resolver alguns assuntos urgentes.

Ela sorriu com expressão lamentosa.

– Estou muito decepcionada. Sua visita foi tão breve!

– Quando puder, voltarei.

Fez uma ligeira mesura e retirou o braço que ela segurava.

Deixando atrás a bela e sedutora Elise, seguiu o secretário e saiu para a noite fria, consumido de fúria e de temor pela irmã – e com uma feroz sede de vingança.

1

Londres, maio de 1810

Embora fosse tarde, a casa de jogos clandestina reunia considerável multidão. A bebida era servida livremente – os convidados consumiam grande quantidade de clarete e champanhe, junto com uma deliciosa ceia. No entanto, uma tensa corrente subterrânea circulava abaixo das risadas e conversas por entre os jogadores, dândis e nobres entregues aos jogos de dados, faraó e outros.

A curta distância, no outro extremo do salão de jogos de cartas, Vanessa Wyndham observava seu rival na mesa de faraó. Apesar do nó no estômago, procurava examiná-lo com isenção de ânimo.

Lord Sin. O apelido parecia muito apropriado. Não via sinais de dissolução naquele impiedoso e belo rosto, embora houvesse em seus penetrantes olhos cinzentos uma expressão cruel que chamava a atenção.

Vanessa se agitou, consciente de sua culpa por estar encarando-o. Porém, Lord Sinclair era um homem cativante, com seu cabelo escuro e traços bonitos, duros e bem delineados. Sua forma física combinava com a figura masculina morena, atraente – era alto, ágil, musculoso e bonito. A capa preta, de confecção primorosa, parecia ter sido modelada sobre os ombros elegantes.

Ela fora a Londres com o objetivo expresso de procurá-lo, para evitar que ele, por vingança, destruísse sua família.

Pelo visto, não era a única a se interessar pelo barão Sinclair. Seus ouvidos captaram, logo atrás dela, uma conversa sussurrada entre duas damas:

– Damien, como sempre, está causando uma devastação nas mesas de jogo – disse uma delas.

– Não entendo por quê – comentou a outra com petulância. – Já é rico como um nababo! Não precisa aumentar a fortuna.

A primeira mulher começou a rir e disse:

– Deixe disso. Você está despeitada porque ele resolveu ignorá-la a noite toda. Confesse, minha cara, se o irresistível Lord Sin lhe fizesse um aceno, você desmaiaria a seus pés.

Involuntariamente, Vanessa relanceou os olhos mais uma vez na direção do nobre famoso, como vinha fazendo a noite toda. Ela podia entender muito bem por que toda mulher o achava fascinante. A combinação de elegância refinada e virilidade rude chamava a atenção, enquanto seu enorme e cruel charme era um atrativo perigoso para o sexo feminino.

Vanessa sentiu um arrepio, apesar das miríades de velas acesas nos candelabros de cristal, que aqueciam ligeiramente seus ombros nus. Usava um vestido de cetim verde-esmeralda, de estilo império, que, embora fosse de três temporadas atrás, tinha um profundo decote, com o qual ela esperava atrair algum libertino do estilo do barão.

No mundo da galanteria, Damien era conhecido como Lord Sin. Desde os primeiros dias de seu desastroso casamento, Vanessa já sabia da existência do infame aristocrata. Embora nunca tivessem sido apresentados formalmente, em certa ocasião haviam frequentado círculos sociais parecidos. Damien era famoso por suas conquistas escandalosas nos brilhantes salões de baile e nos dormitórios europeus. Dizia-se que ele elevava ao máximo o nível das perversidades.

Como era possível que um homem desses tivesse essa projeção? Como poderia ela juntar-se a seus aduladores?

Estava cansada de libertinos. Seu falecido marido a fizera sentir desprezo pelos devassos e degenerados. Todos os seus instintos femininos a advertiam a manter distância do perverso Lord Sinclair. No entanto, estava desesperada para se aproximar dele aquela noite – se conseguisse.

– Gostaria de chamar a ronda, milorde? – perguntou a mulher que distribuía as cartas.

Um súbito silêncio se estendeu por toda a sala.

Vanessa tinha suficiente familiaridade com o jogo do faraó para saber que "chamar a ronda" era apostar na ordem em que as três últimas cartas são retiradas da caixa e distribuídas. A banca é da casa, e as probabilidades das apostas são de cinco para um.

As feições atraentes de Lord Sinclair exibiam um ar de indiferença e até de leve tédio enquanto previa a ordem das cartas – dois, seis, rainha –, como se ali não estivesse em jogo uma fortuna.

Vanessa, junto com todas as pessoas presentes no local, ficou sem fôlego, enquanto a mulher revelava as cartas, uma a uma: dois de espadas... seis de paus... rainha de copas.

Lord Sinclair acabara de ganhar *vinte mil libras*.

O cavalheiro alto que estava de pé atrás dele riu alto e deu uma palmada amistosa nas costas do barão.

– Incrível, Damien! Posso jurar que você tem uma sorte dos diabos. Com certeza não vai querer revelar seu segredo, não é?

Um sorriso deixou ainda mais bonita sua boca bem modelada.

– Não há nenhum segredo, Clune. Sigo uma regra: sempre apostar numa dama, neste caso, a rainha.

Nesse mesmo instante, Lord Sinclair levantou os olhos. Vanessa levou um choque quando viu que o olhar atravessara a sala e pousara diretamente nela. Seus olhos tinham uma espantosa cor de fumaça prateada e irradiavam calor. Ela sentiu uma labareda percorrendo todo o seu corpo até os sapatos de cetim.

Espantada por constatar que tremia, tomou outro gole de vinho para descontrair os nervos.

– Maldito Aubrey... – murmurou entre dentes.

Seu irmão, um irresponsável, a colocara em situação difícil, ao apostar o patrimônio da família com aquele homem. Mas ela estava decidida a tomá-lo de volta.

Passou a hora seguinte a perambular pela sala de jogo, mantendo um olhar cauteloso em Lord Sinclair e pensando se haveria alguém que pudesse apresentá-los ou tramando um modo de falar com ele. Não convinha que demonstrasse desespero nem desse margem a mexericos, abordando-o em público. Já fora uma audácia ir sozinha a uma casa de jogo, valendo-se da condição de sócio de seu irmão para entrar ali. Embora estivesse usando meia máscara para esconder sua identidade, havia ali vários amigos próximos de seu falecido marido que a reconheceriam se provocasse algum tumulto.

Acabou decidindo que o melhor seria uma troca de olhares à guisa de encontro casual, e então pediria para trocar algumas palavras com ele. Como não queria se aproximar dele suplicante, só lhe restava entregar-se à sua misericórdia e confiar em que ainda restasse um laivo de decência humana naquela alma dissoluta.

Já eram quase três horas da manhã quando surgiu a oportunidade. Lord Sinclair reuniu seus ganhos e se preparava para deixar a sala de jogo.

Sem demonstrar pressa, Vanessa deu um jeito de chegar à porta antes dele e parou durante tempo suficiente para deixar cair no tapete seu lenço de renda. Era um recurso óbvio para chamar sua atenção, mas ela esperava que ele se sentisse bastante lisonjeado e desculpasse o artifício.

Cavalheirescamente, ele se inclinou para apanhar o lenço e estendeu-o a ela com uma reverência elegante.

– Madame, creio que isto lhe pertence, não?

Ao apresentar-lhe a peça, tocou de leve a mão dela com seus dedos longos. Ela não sabia ao certo se fizera isso por acidente ou intencionalmente. No entanto, mais surpreendente do que o calor de seu contato foi seu olhar. Atravessando a máscara, seus olhos encontraram os dela, e ele a cativou.

Por um momento, Vanessa ficou ali, parada, encarando-o. O meio sorriso nos lábios sensuais era uma amostra de seu famoso charme, embora seu rosto estivesse atento, e os olhos acinzentados mostrassem uma inteligência viva. Vanessa disse a si mesma que nunca deveria subestimar aquele homem.

Forçando um sorriso, murmurou um agradecimento, enquanto aceitava o lenço.

– Como sou descuidada! – exclamou, recolhendo a mão.

Pelo olhar de Sinclair perpassou uma sombra de dúvida, mas, sem a contestar, ele deixou passar a mentira.

– Lamento não ter tido o prazer de conhecê-la.

– Meu nome é Vanessa Wyndham.

Ele a olhou de modo pensativo, como se seu nome nada lhe dissesse.

– Creio que o senhor conheceu meu falecido marido, Sir Roger Wyndham.

– Ah, sim. Éramos membros dos mesmos clubes.

Roger morrera num duelo por uma bailarina de ópera, mas, se Lord Sinclair sabia do escândalo, era muito cortês – ou indiferente – para mencionar o fato.

– Então, em que posso ser-lhe útil, Lady Wyndham? – Vendo que ela nada dizia, acrescentou com delicadeza: – Evidentemente, a senhora quer algo de mim. – Seu olhar era zombeteiro, indagador, embora o sorriso exibisse um quê de autocensura. – Perdoe-me, mas não posso deixar de notar quando uma bela dama me observa a noite toda.

Vanessa enrubesceu ante sua franqueza. Só um patife audacioso mencionaria o interesse de uma dama.

– Na verdade...

– Sim, vamos ser sinceros, claro.

Sua fala arrastada, lenta, continha uma ponta de cinismo.

– Na verdade, espero poder falar com o senhor sobre um assunto de certa urgência, milorde.

– Considere-me ao seu dispor – disse, indicando a porta de saída. – Posso acompanhá-la até sua carruagem?

– Se quiser me fazer essa gentileza...

Ela se dirigiu para a porta e ele a seguiu, pondo-se depois ao lado dela.

– Confesso que fiquei curioso – admitiu ele, enquanto caminhavam pelo vestíbulo na direção da extensa escada. – A senhora me observou durante toda a noite, o que sugeriu interesse, talvez uma avaliação. No entanto, não se tratava de um flerte, nem de coqueteria ou amor.

– Temo que nunca serei competente na arte da coqueteria – replicou Vanessa com firmeza, aborrecida pelo fato de ele a ter posto na defensiva tão facilmente.

– A senhora se importaria, então, de me dizer o que deu origem a essa seriedade?

– Aubrey Trent, Lord Rutherford, é meu irmão – disse ela em voz baixa.

Ele suspendeu o passo de modo abrupto. Os olhos que se fixaram nela de repente adquiriram um tom cinza profundo e tormentoso. Sua raiva era evidente.

Apesar de sua expressão potencialmente letal, ela não se perturbou.

– Por favor, gostaria de discutir sua aposta com Aubrey.

– Veio pagar sua dívida?

– Não... *exatamente*.

– E o que é *exatamente*?

Vanessa respirou fundo. Duas noites atrás, Lord Sinclair desafiara seu irmão para um jogo de cartas. Aubrey jogara sem a menor prudência, fora muito longe e acabara perdendo toda a sua herança: as casas de campo de Rutherford e a luxuosa mansão de Londres, sem deixar para seus dependentes um teto sob o qual viver.

Ela não estava especialmente assustada diante da perspectiva de passar o resto da vida em refinada pobreza; já enfrentara coisas piores. Mas tinha que pensar na mãe e nas irmãs. Uma coisa era viver com os credores nos calcanhares e outra, ser literalmente jogada na rua para morrer de fome.

– Vim lhe falar em nome de minha família. Esperava... que o senhor pudesse considerar, ao menos parcialmente... conceder o perdão da dívida de honra de Aubrey.

– Está brincando, com certeza – disse ele, encarando-a.

– Não – respondeu ela em tom baixo. – Estou falando muito sério. Ele tem duas irmãs mais jovens para cuidar, veja o senhor, e uma mãe idosa.

– Não estou entendendo como as condições de vida de sua família teriam algo a ver comigo, Lady Wyndham.

– E não têm, suponho. Exceto pelo fato de que, ao reclamar as propriedades de Rutherford, o senhor as privará de seus únicos meios de subsistência.

– Isso de fato é muita falta de sorte. – Seu tom não continha nenhum remorso.

Vanessa, desanimada, fez uma tentativa de advogar em causa própria.

– Milorde, meu irmão não é jogador. Não tinha o direito de pôr em risco nosso patrimônio familiar.

– Então não deveria ter feito isso.

– Pelo que entendi, o senhor lhe deixou pouca escolha. Sem dúvida, não vai negar que o desafiou deliberadamente para o jogo de cartas, não é verdade?

– Não vou negar isso. Ele pode se considerar um homem de sorte por eu não ter seguido meu primeiro impulso: meter-lhe uma bala.

Vanessa empalideceu. Sinclair era conhecido como exímio atirador e excelente esgrimista. Já enfrentara dois duelos, ao que ela sabia, e sem dúvida havia outros que ela desconhecia.

– Fico me perguntando por que não o fez – murmurou ela.

– Um duelo só agravaria o escândalo de minha irmã – disse ele, trincando os dentes.

– Não estou ciente de todos os detalhes – disse Vanessa em voz baixa –, mas soube da lesão de sua irmã.

– Então sabe que ela está inválida, talvez para toda a vida.

– Sim, e estou terrivelmente desolada.

– Ah, está? – disse ele, e a pergunta soou seca e até selvagem.

– Sim, como está também meu irmão. Aubrey está profundamente arrependido do que fez com sua irmã. Sua atitude foi cruel, imperdoável. Foi um comportamento irrefletido de um jovem mimado. – Como Lord Sinclair nada disse, Vanessa voltou para ele um olhar suplicante e prosseguiu: – Sei quão egoísta pode ser meu irmão. É jovem e meio desmiolado. Certamente, um homem com sua reputação pode entender isso. Dizem que já fez muitas loucuras.

– Não estamos tratando aqui de meu caráter.

– Não, mas... suplico-lhe que reconsidere. Meu irmão é apenas um garoto.

– Evidentemente. Um homem não mandaria sua irmã suplicar no lugar dele.

Ela estava disposta a protestar, dizendo que Aubrey não a mandara falar com ele, mas isso não era bem verdade. Ele apenas não fizera objeções quando ela lhe disse que ia procurar Lord Sin.

Num gesto de súplica, Vanessa pôs a mão na manga dele, dizendo:

– Milorde, o senhor não tem piedade? Não tem nenhuma compaixão?

Com uma fisionomia enrijecida, ele respondeu:

– Seu irmão não merece compaixão. Destruiu algo precioso para mim, e pretendo, por minha vez, destruí-lo também.

A declaração era fria, cruel, implacável.

Sinclair olhou com desdém a delicada mão que o segurava e disse:

– Minha carruagem está à minha espera, Lady Wyndham. Não costumo deixar meus cavalos esperando.

Deliberadamente, deu alguns passos para trás, virou-se e se foi, deixando Vanessa ali, de olhar fixo, consternada e desesperada, enquanto ele se retirava.

Ao entrar na mansão londrina que havia quatro gerações era propriedade da família, Vanessa lutava com todas as suas forças para conter as lágrimas.

Raramente havia chorado durante o desagradável período que vivera ao lado de um famoso libertino, nem nos difíceis anos que se seguiram à morte de Roger Wyndham, e não ia chorar agora.

Desanimada, subiu as escadas que levavam ao salão. Seu irmão, mesmo sem condições de fazê-lo, abrira a casa de Londres para a temporada.

Aubrey a esperava no salão, caminhando de um lado a outro. Por um instante, ela ficou a examiná-lo, perguntando-se quando o garoto encantador de quem se lembrava da infância se tornara tão descontrolado. No entanto, sabia a resposta. Único filho homem, por isso o preferido, fora criado com excessiva liberdade por pais permissivos e protetores. A falta de disciplina sem dúvida fora a responsável por sua ruína.

– E então? – perguntou ele assim que a viu. – Falou com ele?

Aubrey era alto como ela, e eles se pareciam. Seu cabelo louro, ligeiramente acastanhado, era quase uma moldura âmbar, e os olhos escuros brilhavam e se iluminavam quando ria. Mas, no momento, só deixavam transparecer inquietação.

– Sim, consegui uma entrevista com Lord Sinclair – respondeu Vanessa, ao entrar. – Ele se recusou a conversar, depois que descobriu nosso parentesco.

– Então estou perdido – disse Aubrey em voz baixa.

Tinha vontade de argumentar com ele, consolá-lo, abraçá-lo, acabar com seus problemas, mas ele tinha razão: *todos* estavam perdidos. Vanessa se deixou cair pesadamente no canapé de brocado azul.

Aubrey afundou numa poltrona de espaldar alto ao lado dela e cobriu o rosto com as mãos. Depois de um longo momento, ele perguntou, com voz quase inaudível:

– Ele se recusou até a negociar?

– Não chegamos ao ponto de discutir negociações. Não queria ter nada a ver comigo.

– Maldito!

Não era a primeira vez que Vanessa sentia um surto de raiva perpassar o irmão ante seu esforço infantil de lançar a culpa em alguém.

– Dificilmente você poderia esperar que Lord Sinclair devolvesse as propriedades que você, com tanta imprudência, pôs fora num jogo só porque uma desconhecida lhe pediu isso.

– Ele quer me arruinar.

– E você pode censurá-lo? Sua irmã sofreu lesões irreversíveis... por culpa sua, devo acrescentar. Pode ser que nunca mais volte a andar. Ou será que, muito convenientemente, você se esqueceu desse pequeno detalhe?

– Não me esqueci! – disse ele, afundando as mãos no cabelo. – Não acredita que eu esteja arrependido de cada momento de meu estúpido comportamento?

– O que poderia ter levado você a ser tão cruel com uma jovenzinha?

– Não sei. – Quando levantou os olhos escuros, eles estavam cheios de dor e remorso. – Tudo começou como uma brincadeira, uma aposta, um meio de ganhar um dinheiro de meus companheiros de jogo. Estava de bolsos vazios, precisava de dinheiro. E talvez estivesse um pouco...

– Um pouco o quê?

– Entediado.

– Caçar no campo já não lhe dava bastante prazer? As brigas de galo e as lutas de boxe não eram mais diversão suficiente? – Vanessa falava num tom que tinha uma acentuada ponta de escárnio. – Por isso teve que arruinar a vida de uma jovem, destruindo sua reputação e transformando-a numa inválida prostrada na cama.

O rosto contraído de Aubrey mostrava seu sofrimento.

– Nunca tive a intenção de ir tão longe – disse Aubrey, e o rosto dele refletia seu sofrimento.

– E o que você pretendia fazer?

Ele respirou profundamente e respondeu:

– Eu lhe disse. Ganhar uma aposta, só isso. Quando conhecemos a srta. Sinclair numa reunião... Acho que havíamos tomado muito vinho antes. No início, a discussão girou em torno de como afastá-la de sua feroz dama de companhia, mas de algum modo o objetivo ficou mais sério. Acabei apostando que poderia namorá-la. Fazer-lhe a corte foi muito mais fácil do que imaginara – disse, abaixando a cabeça. – Olivia levava uma vida cercada de muita proteção, tinha carência de... afeto.

– Assim, depois de algumas semanas de encontros secretos, você a atraiu a uma casa de postas* com a promessa de uma fuga. Em nenhum momento você pensou num casamento honesto?

– Não me interessava se minhas intenções eram ou não honestas. Nunca teria podido me casar com ela, mesmo que o desejasse. É herdeira, embora só vá tomar posse de sua fortuna daqui a três anos. Sinclair a deixaria sem nada se tivesse se casado sem sua permissão.

A seu favor, a expressão de Aubrey refletia vergonha. Vanessa suspirou. Sabia muito bem como sua situação financeira o deixava irritado, mas de nada servia lamentar sua falta de recursos, já que esse era um mal de família.

Seu pai nunca soubera administrar os negócios. Confiava em que a filha mais velha remediaria a fortuna da família com um grande casamento, e convenceu Vanessa a se casar com um jovem barão, que acabara por dissipar sua vasta herança e morrera num duelo sem sentido depois de um ano. Pouco depois da morte do pai numa queda de cavalo, Vanessa fugira de Londres e voltara para casa, a fim de viver com a família.

Desde então, passara os dois últimos anos dirigindo a casa e procurando convencer a mãe enfermiça e os dois irmãos mais novos a viver de acordo com seus modestos recursos. No entanto, Aubrey era o principal problema, porque exigia fundos para financiar seus prazeres e consumia seus já parcos fundos em jogo e mulheres.

Mas se antes sua situação era sombria, agora era calamitosa.

– Quem sabe Charlotte pudesse encontrar um bom partido – sugeriu Aubrey em voz baixa.

---

* De acordo com o *Dicionário Houaiss*, cada uma das estações de muda de cavalos que existiam a intervalos regulares nas estradas, para viagens de longa distância (geralmente possuíam uma estalagem e restaurante para os viajantes).

– Não! Isso está fora de cogitação – disse Vanessa, furiosa. Charlotte tinha apenas quinze anos e Fanny, treze. Enquanto ela tivesse alento, suas irmãs não seriam vendidas num casamento por riqueza e posição.

– Então o que você sugere? – perguntou ele.

Vanessa esfregou as têmporas com ar cansado.

– Talvez pudéssemos simplesmente negar-nos a desocupar as terras. Lord Sinclair não acharia nada agradável ter de avisar as autoridades.

Com um gesto de cabeça, Aubrey rejeitou a ideia.

– Minha obrigação para com Lord Sinclair é uma dívida de honra. E ela deve ser paga, mesmo que em consequência disso tenhamos todos que morrer de fome.

Ela o encarou, e sua raiva foi crescendo outra vez.

– Você perdeu nossas propriedades, nossas únicas fontes de renda e só consegue pensar em sua preciosa honra de cavalheiro?

– Se não puder pagar, talvez devesse dar um tiro na cabeça.

– Aubrey, não fale assim! – ela exclamou em tom ríspido.

Ele parecia nem ter ouvido.

– Talvez eu mereça mesmo uma bala. Quando ela caiu... – disse ele, apertando os olhos – pensei que a havia matado.

Exibia uma expressão tão torturada, aturdida, que Vanessa se assustou.

– Aubrey, eu lhe imploro...

Invadida por uma ternura súbita, levantou-se e foi se ajoelhar diante dele, sem se importar com seu vestido caro. Tomou as mãos dele nas suas e percebeu que estavam frias. Então disse:

– Não podemos mudar o passado. Só podemos esforçar-nos para ser melhores no futuro.

Depois de um longo momento, ele assentiu.

– Fique tranquila, minha querida irmã. Não tenho coragem de acabar com a vida com minhas próprias mãos. Não tenho sua força.

Com muita pena no coração, Vanessa tentou desviar o curso de seus pensamentos sombrios. Então perguntou:

– O que dizem os médicos sobre o estado da srta. Sinclair?

– Não sei – disse ele, depois de um suspiro profundo. – Não permitem que me aproxime dela. Queria... queria poder fazer algo para remediar o que fiz. Essa era a minha intenção quando fui ver Lord Sinclair esta semana, assim que ele voltou. Quando ele me convidou para ir ao seu clube, achei que ele tivesse me perdoado... Que tolo fui!

Aubrey forçou um sorriso.

– Creio que posso considerar que tive sorte por ele ter escolhido esse meio de se vingar em vez de me desafiar para um duelo. Sei que mereço sua cólera. Se alguém tivesse tratado minhas irmãs de um modo tão horrível, ia querer matá-lo.

Vanessa ficou mais aliviada. Seu irmão não era um homem mau, apenas um fraco. E ela o amava ternamente. Na verdade, era um patife. Mas lhe dera apoio durante as dificuldades por que passara em seu difícil casamento e a fizera rir em momentos de sua vida em que tinha poucos motivos para sentir alegria. E parecia estar realmente pesaroso pelas ações abomináveis que praticara contra a irmã de Lord Sinclair.

– Pensaremos em algo, Aubrey, eu lhe prometo. Não permitirei que mamãe e nossas irmãs sejam atiradas na rua para morrer de fome.

Era tocante ver a esperança suplicante que havia em seus olhos.

– O que se pode fazer?

– Não sei, mas ainda não desisti de tentar convencer Lord Sinclair a raciocinar melhor.

– Ele deseja vingança.

– Eu sei.

Estremeceu ao se lembrar do tormentoso olhar lançado por aqueles olhos cinzentos e que parecia haver se infiltrado em sua própria alma. A imagem impositiva surgiu em sua mente: ele era elegante, viril, perigoso. O perverso Lord Sin era um homem a ser enfrentado.

– Ele é um demônio sem coração – murmurou –, mas ainda não aceitei a derrota.

2

Vanessa estava agitada ao descer da carruagem de aluguel e postar-se diante da magnífica residência dos Sinclair, na elegante área de Mayfair. Tremendo, ajeitou o capuz que lhe cobria a cabeça, menos para protegê-la da fria garoa da manhã cinzenta do que para esconder sua identidade. Uma dama não deveria ir à casa de um cavalheiro, especialmente alguém tão mal-afamado como Lord Sin.

Mas era o desespero que a levava ali. Reunindo toda a sua força de vontade, Vanessa subiu os degraus de mármore que levavam à porta de entrada. Um majestoso mordomo a atendeu, e ela lhe apresentou seu cartão. O velho criado não demonstrou a menor surpresa diante de sua presença.

– Vou averiguar se Sua Senhoria está casa, milady – recitou. – Deseja esperar no salão azul?

Ela aceitou a sugestão. Ao entrar na mansão, deixou cair o capuz mas continuou em pé, mal notando a elegância à sua volta, que revelava bom gosto e riqueza. Naquele momento, as portas do inferno seriam mais atraentes.

Vanessa desprezava os nobres libertinos. E Damien Sinclair, Lord Sin, era um crápula de primeira classe. Era conhecido como o líder da famosa Liga Fogo do Inferno, uma fraternidade de depravação formada por ricos cavalheiros, inspirada num clube de nome parecido, famoso meio século atrás.

Mesmo assim, se tinha esperança de salvar as propriedades Rutherford, teria que sufocar seu desgosto.

Pouco tempo depois, apareceu no salão um jovem cavalheiro, que, ao se inclinar educadamente, a examinava com curiosidade por trás dos óculos.

– Lady Wyndham? Sou George Haskell, secretário de Sua Senhoria. Pediu-me que lhe perguntasse se eu lhe poderia ser útil.

– Lord Sinclair não está em casa? – perguntou ela, sem se surpreender por estar sendo atendida por um empregado.

– Está se preparando para sair. Ficaria muito satisfeito se pudesse servi-la em algo.

– Receio que não possa. Vim procurá-lo por uma questão de certa urgência que apenas Sua Senhoria pode tratar comigo. – Seu sorriso tímido era complacente, mas determinado. – Por favor, pode lhe dizer que vou esperar que ele desça?

O senhor Haskell inclinou a cabeça e se retirou. Voltou logo em seguida, com ar preocupado.

– Sua Senhoria me incumbiu de lhe informar, senhora, que vai lhe conceder uma breve entrevista... lá em cima. Quer, por favor, me seguir?

Ela esperava ser levada a uma sala de visitas, mas, depois que subiram a longa escada, o secretário, caminhando à sua frente, conduziu-a por um amplo vestíbulo até uma câmara privada. Com outra mesura, Haskell a deixou ali e se foi, balançando a cabeça em sinal de clara desaprovação.

O quarto era amplo, Vanessa reparou logo ao entrar, e decorado com muito bom gosto em vermelho e dourado, com finos móveis de mogno. No centro do amplo dormitório erguia-se uma cama enorme, ainda desarrumada.

– Entre – disse uma voz lânguida e sarcástica do outro lado do aposento.

Vanessa deu um passo à frente e de repente parou. O perverso cavalheiro estava sem camisa, usando apenas calças e botas. A parte despida de seu corpo era admirável. Tinha ombros amplos, peito largo e musculoso, estômago chato e duro, quadris estreitos e o porte de um deus grego. Sua forma física sugeria que apreciava esportes atléticos. Além de tudo isso, era perigosamente belo, o que fez acelerar a pulsação de Vanessa.

Já havia se esquecido do terrível impacto que aquele homem lhe causara.

Ele lhe dirigiu um leve sorriso, como que se desculpando, enquanto vestia uma camisa folgada de cambraia, dizendo:

– Desculpe-me por receber uma dama assim, meio nu, mas foi a senhora que insistiu.

Isso era verdade, mas, mesmo assim, ele a recebera ali com a clara intenção de intimidá-la. Se soubessem que ela visitara seus aposentos particulares – sem dúvida um ninho de iniquidade –, ela estaria totalmente comprometida. Além do que, não estava em condições de desafiá-lo. Para ter qualquer esperança de persuadi-lo, teria de engolir tanto o desânimo quanto o nervosismo.

– Posso fazer isso – disse ele ao criado que o atendia. Pegou o resto de sua roupa e dispensou o camareiro, que fez uma mesura e se retirou obedientemente.

Vanessa, já sozinha com o libertino número um de Londres, tentava inutilmente acalmar sua pulsação, que havia disparado.

– Importa-se que eu continue a me vestir? – Sinclair foi até o espelho de corpo inteiro e pôs-se a atar a gravata com rara habilidade. – Tenho pouco tempo. Não quero me atrasar para um compromisso com meu alfaiate. Meu secretário quer que eu ocupe meu lugar na Casa dos Lordes, o que exige que esteja vestido impecavelmente.

Seu tom seco sugeria um gracejo cínico, mas Vanessa não podia acreditar que ele se preocupasse muito com a roupa.

Ele era um patife audacioso, com um senso natural de arrogância inata, mas não era um janota. E não precisava confiar no alfaiate para se apresentar bem. Os homens o temiam e respeitavam, enquanto ele, só com sua beleza e charme, já seduzira legiões de mulheres. Vanessa não podia negar que o instinto feminino adquiria vida em sua presença. Aqueles impressionantes olhos azuis, circundados por longos cílios, eram realmente lindos.

Engoliu com esforço antes de conseguir falar.

– Obrigada por ter concordado em me receber – começou, num tom conciliatório.

No espelho, refletiu-se um rápido sorriso masculino.

– Não tive outra escolha senão ceder, pois a senhora é muito persistente... e suspeito que determinada o suficiente para montar acampamento em minha porta.

– A necessidade me força a isso. Mas desejo apenas dez minutos de seu precioso tempo.

– Eu lhe concederei os dez minutos, mas devo preveni-la de que dez horas não bastariam para me fazer mudar de opinião em relação a seu irmão. Sente-se, por favor.

Vanessa olhou para as poltronas de encosto alto em frente à lareira e a *chaise longue* junto a uma janela distante.

– Obrigada, mas prefiro ficar de pé.

Ele inclinou a cabeça em sinal de indiferença e deu um belo laço no lenço de pescoço.

– Seu irmão sabe que está aqui?

– Não, nem tenho intenção de lhe dizer. Ficaria escandalizado se soubesse que vim visitá-lo, e mais ainda por ter me recebido em seu dormitório.

– Eu, um notório usurpador da virtude feminina? – perguntou Sinclair com ironia. – Sinto muito desiludi-la, mas não estou à espera de fêmeas desamparadas para lhes dar prazer – disse, olhando-a pelo espelho –, embora tenha de confessar que, se fosse com a senhora, poderia me sentir tentado.

Vanessa respirou fundo, dizendo:

– Não se engane, milorde. Estou aqui para discutir a dívida de honra de meu irmão.

– Foi muita esperteza minha ter suspeitado disso.

– Talvez o senhor não compreenda o infortúnio que minha família enfrentará se tiver que honrar essa dívida – continuou ela, esforçando-se para manter um tom razoável.

Ele suspirou, resignado.

– Minha mãe e irmãs ficarão na miséria, sem ter onde viver.

– Seu irmão sempre poderá recorrer àquelas pessoas que emprestam dinheiro.

– Nenhum agiota adiantaria tal soma sem as propriedades Rutherford como garantia. Mesmo que ele conseguisse saldar a dívida de honra que tem com o senhor, se caísse nas garras de usurários o resultado seria o mesmo. Aubrey perderia suas casas, seria mandado para a prisão de devedores e sua família seria expulsa do lar.

– Continuo não entendendo o que isso tem a ver comigo.

Vanessa reprimiu uma resposta ríspida. De nada adiantaria provocar a hostilidade de Lord Sinclair.

– O senhor tem todo o direito de vingar-se de meu irmão, mas precisa fazer que minha família sofra também?

– Essa é uma consequência de suas ações.

– Mas não só das ações *dele*. Milorde, o senhor é um jogador experiente. Atraiu-o a um jogo pesado, como já admitiu na noite passada.

– Certamente, e tinha a intenção de arruiná-lo.

– Depenar garotos inexperientes deveria ser proibido por lei – murmurou Vanessa, com amargura.

– Assim como destruir a vida de garotas inocentes – respondeu ele. Vendo que ela se limitava a olhá-lo, acrescentou, impaciente: – Lady Wyndham, veio aqui para representar uma cena de desaprovação?

– Não, vim para persuadi-lo a ser razoável.

Ele ignorou o comentário.

– Aubrey ameaçou meter uma bala na cabeça se não achar um meio de sair dessa dificuldade.

– Confesso que isso não vai dilacerar meu coração.

– Mas o meu, sim.

Seus olhos buscaram os dela, como se quisesse julgar sua sinceridade. Então, disse:

– Seu irmão vai ter que pagar um preço por sua crueldade temerária. Mas vou lhe fazer uma concessão. Quando e se ele for suficientemente homem para me procurar, discutirei as condições de pagamento.

O coração de Vanessa ficou um pouco mais aliviado, mas não o suficiente, e ela replicou:

– Que bons termos seriam esses, se ele não consegue pagar nem a conta de seu alfaiate, quanto mais uma aposta do tamanho da que ele lhe deve?

– A senhora tem um interesse especial pelos assuntos financeiros dele, não?

– Há uma boa razão para isso. Eu administro as propriedades de Rutherford para Aubrey, porque ele não tem boa cabeça para contas.

– E a senhora tem?

– O suficiente para saber quando ele está em apuros. E devo lhe dizer que não se deve censurá-lo inteiramente por ter poucos recursos. A dificuldade sempre foi convencer nossa família a economizar. Receio que sejamos perdulários. – Não tendo obtido resposta, ela o pressionou: – Não há algum modo de o senhor reduzir o débito?

– O que a senhora tem para oferecer em troca, minha senhora?

Ela mordeu o lábio, e Damien pousou o olhar naquela boca sedutora. Era preciso um esforço hercúleo para manter o coração inflexível a suas súplicas. Lady Wyndham era famosa por sua beleza, e ele sempre fora parcial em relação às belas mulheres. Seus olhos negros eram tão lindos que dava vontade de mergulhar neles, enquanto os cabelos tinham um brilho cor de vinho xerez, com reflexos dourados e tons outonais.

Mas fora bastante calculista para se casar a fim de conseguir um título e propriedades, e durante seu casamento enfrentara algumas borrascas. Podia ter o mesmo feitio do desastrado irmão e do falecido marido. Sir Roger era conhecido por ter dilapidado a herança enquanto se metia em escândalos e festas depravadas, até ter um fim prematuro. A acreditar nos rumores, seus amigos haviam mostrado mais que desejo de consolar a viúva aflita. Vanessa Wyndham não lhe parecia tão superficial e vazia quanto outras damas elegantes, mas podia estar representando um papel para beneficiar-se.

Embora seus lindos olhos mostrassem receio, seu olhar lhe dizia claramente que percebia a atração existente entre ambos.

– Receio que tenha pouco a lhe oferecer. A morte de meu marido me deixou em situação um tanto difícil – reconheceu em voz baixa. – Estávamos tão assoberbados de hipotecas que, depois de liquidadas, não sobrou nada.

– Então seria preferível que procurasse um marido rico – sugeriu ele, notando imediatamente no rosto dela uma expressão de desgosto.

– Mesmo que estivesse inclinada a voltar a me casar, e este não é o caso, agora não é o momento adequado para eu achar um marido.

– Parece que a senhora está com um dilema. Mas, bonita como é, sempre poderá arranjar um amante. Ou será que já o tem? – Expressava--se num tom firme, curioso.

– Não tenho nenhum amante – disse ela entre dentes.

– No entanto, não deixa de usar seus encantos femininos para atingir seus fins. Suponho que o alvo do vestido sedutor que usava na noite passada era eu.

Vanessa enrubesceu, mas não se alterou.

Os olhos cinzentos de Sinclair percorreram-na de cima a baixo.

– Não lhe seria nada difícil achar um protetor, já que possui tantos encantos com os quais negociar. Use esse seu belo corpo em seu favor.

– Não sou esse tipo de mulher, milorde – respondeu de dentes cerrados, com tanta raiva que ele foi forçado a acreditar em sua sinceridade.

Sua indignação levou Damien a fazer uma pausa. Ele estava acostumado a que as mulheres se atirassem a seus pés. E Vanessa tinha a seu favor o fato de não tentar comovê-lo com lágrimas e histórias distorcidas. Não estava a fim de adulá-lo para conseguir seus favores. Ela estava simplesmente lhe pedindo, de forma honesta, que lhe permitisse ficar com sua casa.

Tinha que confessar que admirava sua franqueza e coragem. Admirava inclusive a determinação com que defendia o irmão, por mais errado que isso pudesse ser.

Mas era desaconselhável que ele se permitisse fraquejar diante dela. Vanessa Wyndham era inteligente, tinha ânimo suficiente para se mostrar intrigante, além de ser muito bonita até para um homem de gosto exigente e refinado. Em circunstâncias normais, talvez pudesse ter sentimentos compassivos em relação a ela, quem sabe até se envolvesse num jogo de sedução. Mas essa estava longe de ser uma situação normal. O irmão dela destruíra a vida de sua inocente irmã, e tinha de pagar por isso.

– O senhor nunca fez nada de que se arrependesse? – disse ela. – Aubrey cresceu sem noção de responsabilidade. Nosso pai não foi um bom modelo para ele.

– Uma história edificante!

– Milorde, meu irmão é só um garoto!

O olhar de Damien tornou-se duro.

– E minha irmã não é mais que uma menina cuja vida Rutherford arruinou cruelmente.

– Não estou querendo desculpar seu comportamento – disse Vanessa, de modo mais controlado –, mas pensei que o senhor quisesse usar sua energia para ajudar sua irmã em vez de procurar se vingar.

– Tenho dedicado minha energia a esse fim.

– É mesmo? Não a deixou só no campo, voltando à sua vida de prazer em Londres?

Agora era a vez de Damien cerrar os maxilares.

– Não consigo entender em que isso lhe diz respeito, Lady Wyndham, mas, se quer saber, estou na cidade procurando uma pessoa para lhe fazer companhia. O motivo principal por que vim foi para entrar em contato com agências de emprego e entrevistar algumas candidatas.

"E visitar seu alfaiate", pensou Vanessa, fazendo de tudo para esconder seu desdém. Não havia dúvida de que o poderoso barão não queria ser incomodado pela irmã inválida, já que estava planejando eximir-se de responsabilidade arranjando uma serviçal para a garota.

– Não seria um tanto impiedoso deixá-la nas mãos de uma pessoa estranha?

– Não seria um tanto imprudente provocar minha hostilidade, Lady Wyndham? – respondeu com voz macia, mas cortante como lâmina de aço.

Vanessa hesitou, ao ver a tormenta que se anunciava nos olhos dele. Ela o irritara, o que era de fato uma tolice. Lord Sinclair era um homem perigoso devido a sua vontade implacável. Ao vê-lo avançando lentamente em sua direção, ela nada podia fazer senão manter-se firme onde estava. Tinha perfeita noção do corpo dele, de seu tamanho e força, de sua masculinidade.

Ele parou diante dela, fulminando-a com um olhar duro. O calor e a intensidade de seus olhos eram desconcertantes. Então sua voz se reduziu a um leve murmúrio.

– A senhora está sozinha aqui, no dormitório de um notório libertino. Eu poderia usar minha conhecida perversidade com a senhora, e ninguém iria me acusar de nada.

Era uma ameaça, mas de certo modo ele fez que soasse como uma promessa sensual. Mais desconcertante ainda foi o modo como ele examinou detidamente seus seios. Ela podia sentir seu olhar como uma carícia real, podia sentir os seios apertados, como se ele os tivesse tocado de fato.

Vanessa se imobilizou quando sentiu a mão dele em seu pescoço. Prendeu a respiração enquanto aquele dedo elegante traçava um caminho suave como uma pena até o vulnerável espaço entre os seios.

– Deixei-a perturbada, Lady Wyndham? – disse em tom de zombaria.

– Não... claro que não.

– Então por que sua respiração está alterada e sua pele, rosada?

Realmente, ficara por um instante sem ar e estava sentindo muito calor. Mas, se queria intimidá-la, ia ver que encontrara alguém como ele.

Vanessa levantou o queixo como que o desafiando e lhe devolveu o olhar, dizendo:

– Confiei em que podia apelar para sua boa natureza, milorde, mas vejo que não a possui.

– Minha natureza é quase sempre bem atraente, dependendo das circunstâncias – respondeu Lord Sin, com um sorriso frio.

– Não tenho tido provas disso.

– Mas a senhora mal me conhece!

Por um momento ficou olhando para ela, depois balançou a cabeça como que lembrando onde estava.

– Por mais que me agrade estar aqui discutindo com a senhora, tenho que atender a um compromisso.

Vanessa suspirou, frustrada. Ele estava certo. Aquilo não levaria a lugar nenhum. De coração pesado, tentou pela última vez persuadi-lo.

– Milorde, o senhor me perguntou o que lhe daria em troca da devolução das propriedades de meu irmão. Bem, queria lhe oferecer meus serviços...

"Ah!", pensou ele, irracionalmente desapontado com ela. "Agora chegamos ao ponto da negociação."

– Isso começa a me interessar bastante.

– ... como acompanhante de sua irmã – prosseguiu Vanessa.

Damien franziu o cenho e respondeu:

– Acompanhante?

– O senhor não acabou de dizer que estava procurando uma pessoa para ficar com a senhorita Sinclair?

– Dê-me uma única razão pela qual eu devesse confiar à senhora o bem-estar de minha irmã.

– Porque eu poderia lhe ser útil. Segundo soube, ela não está passando muito bem. Não pode sair da cama e não tem companhia.

– E o que a senhora quer dizer?

– Lidar com pessoas de saúde precária não é algo novo para mim. Minha mãe está semi-inválida e vive quase todo o tempo presa ao leito, por isso tenho alguma experiência. E poderia transmitir a sua irmã noções importantes sobre sua posição social. Ainda conservo o título de nobreza de meu marido, além de ser filha de um visconde. Nenhuma governanta-acompanhante poderia lhe oferecer tanto.

Damien a examinou, tentando avaliar se aquilo era um estratagema. Embora parecesse bem sincera, ele se perguntava até onde iria seu sacrifício pela família. Concordou sem muito entusiasmo, decidindo testar sua decisão.

– A senhora é corajosa, mas não sei até onde está disposta a ir.

– Farei o que for possível para proteger minha família.

– É mesmo? – disse ele, com um leve sorriso. – Está com sorte, pois me pegou de humor tolerante. Mas tenho em mente um arranjo mais íntimo que o seu. Farei uma troca com a senhora. Ofereço-lhe o posto de acompanhante... mas não para minha irmã, e sim para mim.

– Não estou entendendo.

– Então vou lhe explicar de maneira mais clara. Cancelarei a dívida de seu irmão se a senhora se tornar minha amante.

Sua expressão horrorizada mostrava que ela estava atônita.

– Não seria algo permanente. Duraria simplesmente até que nos cansássemos um do outro. Digamos... que tal até o final do verão?

– Não creio que um homem com sua reputação tenha carência de amantes – disse, fixando nele o olhar.

Indiferente, ele deu de ombros e disse:

– Neste momento, estou em fase de transição. O posto é seu, se o quiser.

Na verdade, ela queria esbofeteá-lo pelo insulto da proposta. Ele não poderia estar falando sério... poderia?

– O senhor está me ofendendo.

Ele simplesmente olhou para ela e deu um sorriso lânguido e cínico, ao dizer:

– Deixe disso, minha cara, sua pretensa indignação é um exagero. A senhora é uma mulher do mundo. Não pode estar escandalizada.

Aproximando-se dela, ele levou a mão a seu seio. Quando passou os dedos pelos mamilos, ela sentiu, através da roupa, o impacto sensual de seu toque. O atrevimento de seu gesto a assustou tanto quanto a sensação ardente provocada por ele.

Com um suspiro profundo, Vanessa deu um passo atrás, até uma distância mais segura.

Lord Sin exibia elegantemente um sorriso triunfal, com os lábios levemente curvados irradiando seu charme varonil. Agora Vanessa compreendia por que ele já conquistara legiões de mulheres. Já cativara um número incontável delas com seu sorriso perverso e sensual.

– Então não aceita minha oferta? – murmurou ele, obviamente imaginando que havia vencido.

– Não disse isso – respondeu ela de modo brusco.

– Então o que diz?

– Vou... vou pensar no assunto.

– Bem, faça isso logo. Mas desde já a advirto: se fizer negócio comigo, estará negociando com o diabo.

3

Entreolharam-se, e seu olhar estava fixo e hostil.

– É um preço muito alto, minha cara? – Damien perguntou com sarcasmo na voz.

Vanessa engoliu em seco ante a pergunta. O que ele estava sugerindo poderia arruiná-la. Mas o preço dessa ruína seria muito alto para salvar sua família?

– Quais seriam as exigências para eu ser sua amante? – perguntou, procurando ganhar tempo.

Ele levantou as sobrancelhas e disse:

– A senhora não consegue adivinhar?

– Suponho que esperaria que mantivéssemos... relações carnais.

– Sim, o costume é esse. – Sua boca se curvou num sorriso divertido. – Mas creio que não achará suas obrigações muito pesadas. Naturalmente, visitarei seu leito quando quiser, e a senhora vai ter de aprender a me satisfazer.

– Provavelmente irá se decepcionar comigo. Não tenho talento nessa área.

– Só o saberei depois que a senhora estiver debaixo de mim.

Esse atrevido modo de falar fazia que lhe faltasse o ar, embora suas tentativas para intimidá-la só a deixassem com raiva.

– Não tenho experiência como amante, só como esposa. Minha única... intimidade com um homem foi com meu marido. E achava esse lado do casamento... extremamente desagradável. Não consigo compreender por que vocês, homens, apreciam tanto a luxúria.

Seu tom era depreciativo e mordaz, embora Damien não pudesse dizer se ela estava com raiva dele, do falecido marido ou dos homens em geral.

– Mas, segundo comentários, seu marido era um homem rude. E, como acaba de admitir, a senhora nunca teve um verdadeiro amante. Mesmo arriscando-me a não parecer modesto, possuo habilidade suficiente para lhe ensinar o que quer que precise saber. Acredito que posso predizer com segurança que vai apreciar bastante sua educação.

Vanessa levantou o queixo com ar majestoso ao dizer:

– Como acha que pode adivinhar o que eu poderia apreciar ou não? O senhor nada sabe a meu respeito.

– Mas conheço as mulheres, minha cara. E compreendo os prazeres da carne. A senhora não pode ser tão diferente da vasta maioria de seu sexo. Uma noite em meus braços, e tremerá por mim.

– Milorde, o senhor tinha razão. De fato é um diabo, e arrogante.

– São múltiplos os meus crimes – disse ele com um sorriso.

Enquanto ela permanecia em silêncio, Damien a examinava curiosamente, indagando-se se sua altivez orgulhosa era só representação. Se ela estava fingindo relutância a fim de provocar seu interesse, sua tática estava funcionando. Ele já nem se lembrava da última vez que ficara tão excitado pela simples presença de uma mulher.

E por que estaria hesitante em aceitar sua oferta extremamente generosa? Nenhuma amante, por mais esplendorosa que fosse, valia cem mil libras, que era o que ele estava dando a ela, com a chance não só de resgatar essa enorme dívida como também de salvar seu desprezível irmão. Ela seria uma tola se recusasse.

Ele duvidava que Vanessa Wyndham fosse tola. Obviamente, estava habituada a escândalos, e devia ser suficientemente experiente, sofisticada e vivida para usar o corpo para atingir seus objetivos, como tantas das belas, cobiçosas e superficiais mulheres que conhecia.

Também era possível, supunha ele, que ela realmente fosse fria e insensível, incapaz de sentir uma verdadeira paixão. E podia, além disso, estar sendo levada pelo orgulho ou por medo. Seria real aquele olhar vulnerável e cauteloso de seus olhos escuros?

– Lady Wyndham, sente medo de mim? – perguntou em tom sério.

– Levando em conta o que se diz a seu respeito, seria uma imprudência de minha parte se não temesse um homem para o qual não há nenhuma regra sagrada e de quem nenhuma mulher está a salvo.

– Não há razão para me temer.

– Disse o lobo ao cordeiro.

Ele riu de sua língua afiada. Era estranhamente reanimador encontrar uma bela mulher assim determinada e sem medo de ser desprezada por falar livremente.

Com naturalidade, Damien se dirigiu ao aparador de pau-rosa e pôs-se a procurar algo numa gaveta. Tirou dela um baralho de cartas e segurou-o no alto.

– Minha senhora, permita-me discordar. Não sou um lobo, mas um jogador, como disse também. Portanto, proponho conceder-lhe uma oportunidade esportiva. Ambos retiramos uma carta; a carta maior vence. Se a senhora vencer, perdoarei inteiramente a dívida de seu irmão. Se perder, será minha amante durante o verão.

Ela o encarou, com os olhos escuros bem abertos e indecisos. Damien fantasiou que podia se ver em suas profundezas brilhantes, mesmo estando do outro lado da sala.

– O que me diz, milady?

Vanessa fechou os olhos, enquanto lutava com um dilema impossível. Era uma troca ultrajante, negociar com sua honra numa tentativa desesperada de obter sua ajuda. Já se vendera uma vez, ao se casar, e havia jurado nunca mais voltar a fazê-lo.

Contudo, seria mais repugnante entregar seu corpo a esse homem do que fora em seu casamento? Muitas mulheres saltariam de alegria ante a oportunidade de compartilhar o leito de Damien Sinclair. Sua reputação como interessante parceiro sexual era legendária. As mulheres o achavam inegavelmente desejável, e ela não era diferente. Deus a ajudasse!

Ele estava inclusive lhe oferecendo uma oportunidade de vencer. Na realidade, podia eventualmente ganhar. Mas... e se perdesse? Sua reputação estaria arruinada.

A proposta dele não era apenas desonrosa como também cruel. Mas sua paixão era o preço que ele pedia para lhe conceder misericórdia. E, para proteger a família de sua cólera, ela negociaria com o diabo.

– O senhor me deu pouca escolha – respondeu em voz contida e sem modulação.

A seu favor, ele não demonstrava estar contente.

– A honra é sua. Embaralhe as cartas e, em primeiro lugar, retire a sua.

Vanessa, com certa relutância, aproximou-se dele e aceitou o baralho. Já jogara baralho o suficiente para embaralhar as cartas com competência, mas suas mãos tremiam, por isso ela demorou um pouco.

– Escolha sua carta – animou-a Lord Sin.

Ela estendeu as cartas na mesa e tirou uma, virando-a para cima. Era um valete de paus. Seu coração se encheu de esperança. Era possível que seu valete vencesse a outra carta. Vanessa estava sem fôlego, sentindo a pulsação de seu coração.

Lord Sinclair escolheu sua carta e a colocou na mesa com os dedos longos e finos.

Vanessa olhava para o rei de espadas, incapaz de disfarçar seu desespero. Ela perdera.

– Ainda está em tempo – ele murmurou – de a senhora mudar de ideia.

Curiosamente, ele estava lhe dando uma última chance de voltar atrás. Entorpecida, sacudiu negativamente a cabeça. Ia honrar o acordo.

– Negócio fechado, então?

Vanessa respirou profundamente, esforçando-se para manter-se tranquila. Não era covarde. E sua família estaria a salvo. Tinha que se contentar com isso.

Na verdade, sua salvação superava muito aquilo que ela ousara esperar obter quando fora procurar Lord Sin.

– Sim, concordo.

Ela se assustou quando ele levantou a mão lentamente para tocar sua face. Porém controlou-se para não estremecer.

– Vanessa... – Ele pronunciou seu nome com suavidade, e seu tom era quase uma carícia.

Ao levantar a cabeça, seus olhos se encontraram por um segundo.

– Você me honraria com um beijo para selar nosso acordo?

Seu olhar procurou os lábios dele. Tinha uma linda boca. Sentiu que sua pulsação disparava perigosamente.

Permaneceu rígida enquanto ele se inclinava ligeiramente para unir delicadamente sua boca à dela. Foi um leve roçar de uma carne na outra, apenas isso, no entanto, ela teve a sensação de que fora marcada com ferro ardente. Dessa vez não conseguiu evitar o tremor.

Quando ele ergueu a cabeça, ela pôde ver satisfação em seus olhos cinzentos.

– E então, foi difícil?

– Creio que não – reconheceu ela, sem graça.

Com um gesto casual, Damien tocou de leve a gola de sua capa, dizendo:

– Você deve estar com calor, minha cara, assim tão abrigada. Não precisa dela, não é mesmo?

O tom de sua voz era suave, quase uma carícia.

Ela olhou para ele meio confusa, sem entender a pergunta.

– Você tiraria a capa por mim?

– Por quê?

– Porque quero vê-la.

Ela começou a sentir o receio se avolumar em seu peito, e Damien percebeu, porque olhava fixamente para ela.

– Vou lhe prometer uma coisa, Vanessa. Não a possuirei enquanto isso não for de sua vontade. Dou-lhe minha palavra.

Ela não sabia se podia acreditar nele, se podia confiar nas promessas de um libertino famoso, mas isso fazia pouca diferença. Damien pagara pelo privilégio de desnudá-la se assim o quisesse.

Tremendo, ela desabotoou a capa. Ao vê-la hesitante, ele retirou a peça de seus ombros e a colocou na mesa.

– Confesso que estou desapontado – murmurou enquanto observava o vestido simples, castanho, de lã. – Prefiro o traje que você usava na noite passada. Esse não faz justiça a sua exuberante silhueta, embora realce a bela cor de seus olhos. Venha, sente-se aqui comigo por um instante. – Tomou as mãos dela nas suas e conduziu-a até a *chaise longue*. Ela se empenhava em não opor resistência enquanto ele a fazia sentar-se ao seu lado, com a fria segurança de alguém que sabe o que está fazendo. Vanessa se sentou, rígida, prendendo a respiração, sentindo a agitação de seu coração. Será que pretendia seduzi-la ali mesmo, naquele momento?

O rosto de Damien se mantinha a uma inquietante distância do dela. De novo, ela se deu conta de que estava de novo admirando aquela boca incrivelmente sensual, lindamente modelada.

Ele percebeu onde ela pousara o olhar e ficou excitado. Apesar disso, não fez nenhum movimento para tocá-la.

Ele a desejava, admitia isso francamente, mas queria evitar uma atitude precipitada. Estava feliz por ter sido o vencedor da aposta, sem preocupação com a enorme soma que estava em jogo. Era bastante rico para não sentir falta de uma fortuna tão grande. Agora ele teria a oportunidade de explorar as profundezas ocultas daquela mulher corajosa e intrigante.

Seu apurado instinto masculino lhe dizia que ela não estava fingindo. Tinha medo... e era muito vulnerável. Desconfiava que alguém a havia ferido gravemente. Teria de tomar todo o cuidado e controle ao possuí-la, sem se apressar, esperando que ela respondesse livremente aos estímulos dele, porque o tesouro que ia descobrir no final valeria o esforço.

Não podia deixar que ela fosse embora, não antes de começar sua campanha para pôr fim ao medo que sentia dele e ganhar sua confiança. Longe da presença dele, ela iria se atormentar com ideias sombrias; em sua mente, ele seria representado como um monstro malvado.

Não, queria que ela primeiro provasse uma pitada do prazer que ele podia lhe proporcionar, a fim de que começasse a ver que, na realidade, ele não era tão terrível.

O suave perfume dela o invadiu, mas ele dominou seu desejo com um controle férreo.

– Olhe para mim.

Quando ela com alguma relutância concordou, ele prosseguiu, falando naquele tom que a desarmava:

– Você acha que sou um libertino, sei disso, mas chego a ser um ogro?

– Eu... não o conheço o suficiente para fazer esse julgamento.

– É verdade – disse ele com um sorriso. – E gosto de você. Nunca me vi numa situação como esta. Teremos que improvisar.

Vanessa não conseguia desviar o olhar. Havia nos olhos dele um calor e ternura que amenizavam seu pânico.

– Gostaria de beijá-la outra vez, Vanessa. Você me negaria um beijo?

Ela sentiu na garganta a forte pulsação de seu coração, que batia disparado.

– Está me dando uma opção, milorde?

– É claro. A escolha será sempre sua.

Vanessa examinou seu rosto em busca de algum sinal de que a estava enganando, mas não viu nada disso.

Não obtendo resposta, ele levou de novo a mão ao rosto dela, dizendo:

– Você tem uma pele linda e suave como seda. – Começou então a passar o polegar pelo seu queixo, num toque persistente e provocante. Ela queria se mexer, fugir de sua proximidade inquietante, mas sentia-se presa ali pela intensidade de seu olhar, pela sexualidade poderosa e natural que emanava dele.

Damien acariciou com o dorso da mão seus lábios úmidos e entreabertos. Ela estremeceu ante a sensação ardente que seus dedos provocavam em sua pele.

– O que você responde, minha doce Vanessa? – disse, aproximando seu rosto do dela. – Vai me beijar?

Sua voz era como veludo acariciando seus sentidos, enfraquecendo suas defesas. Tinha necessidade de se proteger daquele homem, no entanto... desejava que não deixasse de tocá-la.

– Sim... – disse num sussurro.

Isso bastou. Ele tomou seu rosto com suavidade e infinita ternura. Enlevada, Vanessa observou como seus cílios negros ensombreciam seus olhos sensuais. Sua respiração era um sopro ameno em seus lábios, e logo sua boca pousou na dela com a lenta e segura pressão da experiência.

Vanessa foi tomada por uma cálida onda de sentimentos. Seu beijo era uma lânguida e íntima exploração de sua boca que lhe roubava a respiração. Vendo que ela não protestava, Damien introduziu a língua entre seus dentes, numa sensual invasão. O sabor dele era perturbador. Ela pressionou ligeiramente seu peito com as mãos, embora na realidade não desejasse rejeitá-lo. Sentiu a consistência firme de sua musculatura, o calor daquele torso forte, e percebeu seu perfume excitante, ligeiramente almiscarado.

A língua dele estava entregue a uma dança lenta e erótica, enquanto seus dedos prosseguiam em seu suave assalto. Vanessa se deu conta de que ele voltara a acariciar delicadamente seu pescoço, a parte descoberta das costas e o ombro.

Momentos depois, seus longos dedos se curvavam sobre o decote quadrado de seu traje. Ela ficou tensa quando ele empurrou a parte superior do vestido para baixo, deixando inteiramente à vista o contorno redondo de seus seios sobre a camisa e o corpete. Como se estivesse muito longe, ela o ouviu sussurrar:

– Não tenha medo...

O insinuante murmúrio de sua voz grave tranquilizou-a.

Sinclair inclinou lentamente a cabeça e com os lábios percorreu o caminho já trilhado por seus dedos, fazendo que suas carícias suaves a enfeitiçassem. Ela estremeceu, enquanto ele abria a borda de sua camisa, o que a fez sentir a suave respiração dele em seu peito... De repente ela ficou rígida. Ele queria beijar seus seios nus.

Vanessa ficou sem ar, não tanto pelas intenções escandalosas dele, mas pelas sensações primitivas que despertava nela. Deixou então escapar um suspiro ao ver que ele deixava seus seios à mostra. Não conseguiu evitar as cócegas que sentia no peito, o calor abrasador que circulava por seu corpo e... a terrível descoberta de que desejava que ele os beijasse.

Quando ele começou a tocar seu mamilo com a língua, ela estremeceu, mas não de dor; a pulsação da excitação sexual entre suas coxas a fez tremer. Com extrema habilidade ele envolveu com os lábios aquela suave protuberância e sugou sua ponta. Vanessa sentiu um arrepio ante a impudente voluptuosidade dele.

Damien continuou excitando-a, movimentando com a língua aveludada o botão endurecido, depois sugando-o com sua cálida boca. Aturdida, Vanessa se arqueava na direção dele, desejando aquele prazer abrasador que ele acendera nela.

Ela deixou escapar um leve gemido diante das torturantes diabruras dele. Ao ouvi-lo, ele deixou de saborear o mamilo, tomando de novo sua boca. De repente, seu beijo se tornou quente e ávido, e essa fúria inesperada dessa vez fez sair da garganta dela quase um lamento.

Instintivamente suas mãos se levantaram para pressionar os ombros dele. Então, subitamente, o encanto entre os dois se desfez. Parecia que Lord Sin pensara melhor e inexplicavelmente suspendera o beijo.

Bruscamente, pressionou sua testa contra a dela e deu uma sonora gargalhada, como se estivesse se esforçando para se controlar. Vanessa foi tomada por uma onda de desapontamento. Ela não queria que aquilo terminasse – e parecia que ele também não.

Ele respirou profundamente, mas sua voz grave estava fria quando ele falou.

– Perdoe-me. Por um momento, fiquei fora de mim.

A imagem de seu rosto bonito e bem modelado lhe chegava desfocada. Ela o encarava com um misto de consternação e desejo. Jamais tivera uma reação tão primitiva a um simples beijo.

– Acho que você subestima muito seus encantos, meu bem. Se você consegue me excitar sem o tentar, não tenho dúvida de que será uma aluna muito competente.

Vanessa sentiu-se invadir por uma onda de vergonha ante sua inexplicável e desconcertante reação. Só uma rameira podia desejar um homem assim.

Era impossível recuperar imediatamente os sentidos, pois estava muito perturbada, mas fez um esforço para manter o autocontrole. Não conseguia olhar para Lord Sinclair ao lutar com o corpete ou quando ele gentilmente afastou suas mãos para um lado e, solícito, ajudou-a a cobrir os seios nus. Vanessa aceitou sua ajuda de má vontade. Devia lhe agradecer por ter interrompido o abraço antes que ele fosse longe demais, porque ela teria sido incapaz de resistir. Teria deixado que fizesse o que queria e dado o que lhe pedisse.

No entanto, Sinclair devia ter percebido seu desconforto, porque se levantou de onde estava sentado e se afastou até uma distância prudente.

– Talvez devêssemos discutir os detalhes de nosso acordo – disse com ar despreocupado. – Espero partir para o campo esta semana, assim que consiga contratar uma acompanhante para minha irmã. Gostaria que viesse comigo.

Vanessa se esforçou para desviar a atenção para a questão que estava pendente entre eles. Ela aceitara ser a amante de Lord Sinclair.

– Onde sugere que eu viva? – perguntou em voz baixa, embora ainda resistisse a dar um passo tão irrevogável.

– Posso instalá-la em uma casa não muito distante da minha.

Ao vê-la vacilante, deu um sorriso cínico.

– Evidentemente, colocarei à sua disposição uma carruagem e cavalos e assumirei quaisquer outras despesas.

Ele devia imaginar que ela estava tentando negociar uma remuneração maior.

– Não estava preocupada com isso, milorde.

– Não?

– Estava pensando nas aparências. Se me oferecer uma casa e uma carruagem, todo mundo vai saber que sou sua amante.

– Imagino que sim – murmurou Sinclair, cauteloso. – Nesses casos, o costume é esse. Mas, se tiver uma sugestão melhor, estou disposto a ouvi-la.

– Não devo pensar apenas em minha reputação, mas na de minhas irmãs. Elas vão sofrer, de modo talvez irreparável, por causa de meu... relacionamento com o senhor.

Quando ele olhou para ela, os olhos cinzentos haviam perdido o calor.

– Já está querendo renegar nosso acordo, minha cara? Se é assim, não é tarde demais para mudar de ideia. Só terá que sair por aquela porta.

– Não tenho intenção de renegá-lo, milorde. Mas gostaria de repetir minha oferta original. Estou disposta a servir de acompanhante para sua irmã. Isso seria uma desculpa, mesmo que leve, para a minha presença em seus domínios. E acredito que poderei ser-lhe de grande ajuda.

Damien franziu o cenho, mas conteve sua primeira tendência a rejeitar a oferta terminantemente. Era verdade que estava procurando com urgência uma acompanhante para Olivia, mas pretendia silenciar ao máximo sua fuga abortada. Com essa finalidade em mente, propunha-se contratar a mais respeitável e rigorosa governanta que encontrasse, e com uma reputação ilibada. Contudo, uma mulher mais vivida poderia ser mais simpática e aceitável para Olivia, nas circunstâncias em que se encontrava. E Vanessa Wyndham já estava inteirada dos sórdidos detalhes.

– Não estou certo de que você compreenda as dificuldades que vai enfrentar – disse ele, cético. – Olivia está completamente prostrada no leito. Sofre tanto de paralisia quanto de desespero. Ser sua acompanhante vai exigir a paciência de uma santa.

– Compreendo, milorde, e asseguro-lhe que ao longo dos anos aprendi a cultivar a paciência. Como lhe disse, adquiri experiência cuidando de minha mãe inválida e de minhas irmãs. E – acrescentou em voz baixa –, se isso pode lhe servir de consolo, gostaria de tentar reparar as pérfidas ações de meu irmão.

Damien foi até a janela e ficou contemplando a elegante avenida que se estendia diante de sua mansão londrina. Sua irmã era a única coisa realmente boa em seu enfastiado mundo. Mesmo assim, falhara com ela, confiando sua educação aos cuidados de solícitos criados. Sua intenção agora era compensá-la por esses anos de negligência. E faria qualquer coisa – *qualquer coisa* – para ajudá-la a se recuperar do acidente que a paralisara.

Talvez a encantadora Lady Wyndham tivesse razão. Quem sabe ela pudesse ser realmente capaz de ajudar Olivia. E, se conseguisse salvar sua reputação nesse processo, tanto melhor. Ele não podia censurá-la por querer proteger as irmãs. Se quisesse ser honesto consigo mesmo, sua disposição para defender a família, inclusive à custa de um grande sacrifício pessoal, era o que mais o atraía nela.

– Suponho que possamos fazer um teste – disse devagar. – Você pode ficar em Rosewood como acompanhante de Olivia durante um período de teste, talvez uma semana ou duas. Se chegarmos à conclusão de que o arranjo não está dando certo, poderemos mudá-lo.

Vanessa deu-se conta de que estava quase sem ar, e então deixou escapar um suspiro aliviado. Se conseguisse esconder uma relação vergonhosa com Lord Sin atrás da aparência respeitável de acompanhante, talvez pudesse preservar sua reputação.

– Naturalmente, o melhor seria não revelar que você é irmã de Rutherford – acrescentou, depois de pensar uns instantes. – Olivia, definitivamente, não precisa que lhe lembrem a existência dele.

– Com certeza. Mas duvido que ela saiba de nosso parentesco. Aubrey disse que nunca fez nenhum comentário sobre sua família, e meu nome de casada é diferente do dele. No entanto, alguns de seus vizinhos poderiam fazer a ligação e dizer a ela.

– Eles não teriam oportunidade de fazer isso – respondeu Sinclair. – Olivia está presa ao leito e se recusa a receber quem quer que seja.

– Talvez o senhor pudesse dizer-lhe simplesmente que sou uma viúva de poucos recursos, por isso preciso trabalhar.

Notou que Sinclair olhava para o relógio de bronze que ficava acima da lareira.

– Vejo que estou atrasado para um compromisso com a agência de emprego. Eles selecionaram várias candidatas para eu entrevistar. Estava de saída para lá quando você chegou.

– Pensei que o compromisso fosse com seu alfaiate – disse ela, de cenho franzido.

– Não disse a verdade, admito.

– Faz isso frequentemente?

Ele esboçou um sorriso enviesado, mas que não deixava de ter um certo charme masculino, e disse:

– Não queria empanar a imagem que você tem de mim como libertino.

Não desejando continuar a se deixar enfeitiçar por aquele homem, Vanessa se deu conta de que era hora de se retirar.

– Não pretendo retê-lo por mais tempo – disse ela, pondo-se de pé.

– Vou chamar um criado para acompanhá-la até a saída – sugeriu ele.

– Posso fazer isso sozinha, milorde.

– Diante das atuais circunstâncias, creio que podemos dispensar os títulos, não acha? Meu nome é Damien.

– Muito bem, Damien.

– Gosto do som dele em seus lábios.

Seu tom provocante fez que ela lhe lançasse um olhar penetrante. Ele deliberadamente a estava lembrando de sua recente intimidade.

Vanessa fez um grande esforço mental para não evocar o sabor de seu beijo e a sensação daquela cálida boca em seus seios. Esse comportamento lascivo não era próprio dela. Seu marido nunca a excitara durante o interminável ano em que tinham permanecido casados. As relações carnais com ele eram um dever extremamente desagradável. E ela estava certa de que também acharia desagradável entregar-se a um libertino dissoluto como Lord Sin, por mais habilidoso que ele fosse no campo amoroso e no charme com que conquistava as mulheres.

Estava tão absorta em seus pensamentos enquanto pegava sua capa, que se assustou quando ele se aproximou dela pelas costas.

– Calma... – murmurou, num tom que talvez usasse para acalmar uma égua assustada.

De má vontade, aceitou sua ajuda para vestir o abrigo, e quando ele a fez virar-se para ele, mantendo as mãos apoiadas levemente em seus ombros, ela ficou tensa.

Queria fugir, afastar-se de sua proximidade perturbadora, mas ele não a deixava sair dali. Em vez disso, ficou ali de pé, olhando-a e mantendo-a cativa com seu olhar penetrante.

– Vanessa – murmurou ele suavemente –, fique tranquila, não pretendo magoá-la. Só vou seduzi-la.

Ela sentiu que enrubescera. Tinha muito poucas dúvidas sobre se magoar ou seduzir não seriam a mesma coisa. Lord Sinclair era um homem sensualmente audacioso, perigoso e fascinante.

Ela temia que ele viesse a arruiná-la.

Vanessa se perguntava se ele estaria querendo beijá-la de novo, mas felizmente ele a soltou. Então, sem nada dizer, ela fugiu.

Quando ficou sozinho, Damien voltou a olhar pensativamente pela janela. Alguns instantes depois, viu Lady Wyndham deixar a casa, descendo a escada principal com o rosto coberto pelo capuz, a fim de manter o anonimato.

O condutor ajudou-a a subir à carruagem, depois tomou seu lugar na direção e pôs o veículo em movimento. Mesmo depois que a carruagem já estava longe, Damien continuou no mesmo lugar, com expressão meditativa e os pensamentos em turbilhão.

Em que diabos teria ele se metido? Não pretendia que as coisas tomassem esse rumo. A última coisa de que precisava no momento era de uma amante que lhe complicasse a vida. E, com toda a certeza, não da determinada e defensiva irmã mais velha do homem que ele jurara destruir.

Havia lhe dado todas as oportunidades de recusar sua oferta, esperando que ela voltasse atrás em relação à sua proposta indecorosa. Contudo, tinha que confessar o enorme prazer que sentia ante a perspectiva de que ela honrasse a aposta.

Damien balançou a cabeça, meditativo. Quando havia sido a última vez que experimentara essa expectativa? Quanto tempo fazia que seu coração quase lhe vinha à boca só de pensar em ter nos braços uma mulher como Vanessa Wyndham? "Uma eternidade", murmurou consigo mesmo.

Fazia uma eternidade que alguém havia provocado nele essa sensação, se é que isso já ocorrera. Havia experimentado o encanto das mais formosas mulheres da Europa, e nenhuma o intrigara tanto quanto Vanessa Wyndham, com sua espantosa combinação de desafio, vulnerabilidade e beleza. Era notável a ansiedade que ela, sem esforço, despertava nele.

Fechou os olhos por um momento, lembrando seu sabor, a sensação deliciosa de seus seios delicados ansiando seu contato... e sua própria reação selvagem. Um simples abraço o excitara de modo irracional. Quase perdera a cabeça, e seu sangue ficara mais denso e quente. Até agora essas lembranças continuavam a afetá-lo.

Damien se excitou com a reminiscência dessas imagens ardentes. Imaginava-a nua em sua cama, exuberante e lasciva, arqueando-se à medida que ele ia explorando os mistérios de seu corpo sedoso...

Essas imagens sensuais o deixaram em fogo.

– Tome cuidado, homem – murmurou por entre os dentes, que ele mantinha fortemente cerrados, diante da repentina dor provocada pelo inchaço nas virilhas.

Mas sua súbita excitação tinha uma explicação plausível. Fazia semanas que ele não desfrutava uma mulher... tempo que passara em sua propriedade de Warwickshire cuidando da pobre irmã. Não estava acostumado a essa abstinência. Cisne Prateado fora o último corpo cálido que levara ao seu leito, após uma sucessão de outros de igual calor, e ele havia sido forçado a abandoná-la abruptamente ao receber as notícias da infeliz queda de sua irmã.

Para se desculpar, ordenou ao secretário que enviasse à atriz uma gargantilha de esmeraldas para combinar com o bracelete que já lhe dera e uma mensagem gentil em que sugeria que ela deveria encontrar outro protetor. Ele não havia tido oportunidade – ou, mais francamente, o desejo – de tocar em outra mulher até a chegada de sua encantadora visita daquela manhã...

Seus pensamentos de novo invocavam Vanessa Wyndham. Damien de repente se afastou da janela e puxou com energia a campainha para chamar o secretário.

Que diabo tinha ela de tão especial? Por que tinha de achar aquela mulher tão provocante, tão atraente, especialmente levando-se em conta o claro desagrado – e talvez até medo – que ela sentia por ele?

Mas ele a desejava. E pretendia possuí-la.

Reconhecia que seus motivos não eram assim tão nobres. Seu primeiro impulso fora fazer sofrer a irmã de Rutherford do mesmo modo como ele próprio sofrera. Forçar Lady Wyndham a ser sua amante seria uma vingança adequada, embora incompleta.

Mas isso havia sido antes de beijá-la, de saboreá-la...

Damien franziu o cenho, perguntando-se por que de repente lhe doía a consciência. Será que devia realmente sentir arrependimento? Diante de seus rogos, renunciara a uma fortuna e à oportunidade de destruir o sedutor de sua irmã. E, apesar de relutante, Vanessa negociara seu corpo como uma cortesã, em troca da oportunidade de salvar sua família.

As concessões dele haviam sido mais que generosas.

E, ao mesmo tempo em que estava mais do que desejoso de seduzi-la, não tinha intenção de forçá-la a compartilhar seu leito. Em primeiro lugar, a *aparência* de sua ruína aos olhos do irmão era muito mais importante do que a ruína real de sua reputação. Por mais dissoluto e irresponsável que fosse o jovem Rutherford, ele não ia gostar da ideia de ver a irmã no papel de amante.

Em segundo lugar, refletiu, ele nunca tivera que se esforçar para conquistar nenhuma mulher. Estava seguro de que conseguiria transformar a aversão dela em encantamento, sua hesitação em rendição voluntária.

E isso rapidamente havia se tornado algo de extrema importância para ele.

Ansiava por sua entrega de boa vontade, por sentir aquele corpo perfeito, cálido e disponível sob o seu. Desejava ouvir seu nome tremulando nos lábios dela. Queria que ela...

Evidentemente, o inusitado acordo que haviam feito, segundo o qual ela passaria a viver em sua casa no campo junto com sua jovem irmã, inocente e inválida, dificultava as coisas. Obviamente, ele não podia anunciar que ela era sua amante. Na verdade, a sedução dessa senhora seria mais complexa do que qualquer relação em que já estivera envolvido. Mas seu instinto primal lhe dizia que o esforço valeria a pena.

– Realmente, você é um prêmio que vale a pena ganhar, minha cara.

Damien esboçou um meio sorriso. Não tinha dúvida de que haveria entre ambos uma guerra de vontades. Mas ele antevia o desafio de penetrar na armadura defensiva da encantadora Vanessa.

Ia ter muito prazer em ensinar-lhe a satisfazer os desejos de um homem... e a satisfazer a si mesma.

4

Embalada pelo movimento da carruagem, Vanessa relaxou nas macias almofadas de veludo. Sete horas de intimidade forçada com Damien Sinclair haviam abalado seus nervos.

Desde que haviam deixado Londres, pouco conversaram durante a viagem. Ao se encontrar com ele na carruagem naquela manhã, ela pressentira sua necessidade de permanecer em silêncio, que satisfez com gosto. No entanto, em dado momento, Vanessa virou a cabeça para observar seu companheiro de viagem. Damien, mergulhado em seus pensamentos, olhava pela janela a paisagem de Warwickshire que passava diante de seus olhos.

Ela se deu conta de que fora um erro olhá-lo tão de perto. Seu perfil bonito e nobre ainda tinha o poder de fazer disparar seu coração.

Pela centésima vez, Vanessa se perguntou que tipo de loucura a levara a fazer um trato daquela natureza com aquele homem. Ela não tinha dúvida de que ele realmente a queria como amante. Muito provavelmente, queria tê-la como um peão em seu jogo de vingança.

Naturalmente, podia entender seu desejo de vingança. Vanessa sabia que ele queria revidar o golpe do homem que seduzira sua irmã, e ela era um instrumento que lhe convinha. Mas ela o faria arrepender-se de tê-la forçado a pagar pelos pecados do irmão. Não seria a boneca submissa que ele supunha.

O humor de Damien ia ficando mais sombrio à medida que se aproximavam de sua propriedade. Mas já estavam quase chegando, e ela ainda não sabia praticamente nada da situação com a qual se comprometera.

Por uns instantes, correu a vista pelo cenário bucólico que os cercava. A ondulante paisagem campestre inglesa era um mosaico verde-esmeralda de campos de cultivo e pradarias decorados com arbustos e árvores. Ao longe, cavalos de tração avançavam pesadamente por caminhos estreitos, atravessando tranquilamente pelo meio de rebanhos de ovelhas e gado.

Finalmente, ela reuniu coragem e disse, em voz baixa:

– Se vou ser acompanhante de sua irmã, talvez você devesse me dizer alguma coisa sobre ela.

Damien se mexeu em seu assento, como se de repente tivesse se lembrado de sua presença, e voltou para ela os tempestuosos olhos cinzentos.

– O que você quer saber? – perguntou ele.

– Como são seu caráter e temperamento? Qual é seu real estado de saúde? Há algo que possa facilitar meu relacionamento com ela?

Damien esboçou um esgar de amargura ao responder:

– Sua saúde? Ela está inválida! Não tem sensação nas pernas e não fará nenhuma tentativa de sair de seu quarto sombrio e nem de usar a cadeira especial que mandei fazer para ela. Quanto ao seu caráter e comportamento... – Suas feições se suavizaram, assim como a voz: – Ela sempre foi uma criança de natureza doce e se transformou numa jovem encantadora, generosa e bem-educada, não poderia ser melhor. – Sacudiu a cabeça com ar sarcástico. – Não consigo entender como isso foi possível com a linhagem dos Sinclair. Deve ter ocorrido uma mutação.

Ouvindo sua voz emocionada, Vanessa sentiu um estranho aperto na garganta. Talvez estivesse enganada ao pensar que Lord Sinclair deplorava a sobrecarga que a invalidez da irmã significava. A suavidade de seu tom de voz sugeria que ele estava profundamente preocupado com seu bem-estar.

Era estranho pensar que ele tivesse um interesse tão grande em algo que não fosse seu próprio prazer.

Sinclair inclinou a cabeça e coçou a testa com os longos dedos, como para aliviar a dor.

– Parte da culpa de seu sofrimento atual cabe a mim. Deveria ter ficado mais atento em relação à sua proteção – disse, permanecendo em silêncio por alguns instantes. – Só agora me dei conta de que me descuidei muito dela. Nossos pais faleceram quando ela tinha dez anos de idade, e assumi a responsabilidade de criá-la. – Fez uma careta e prosseguiu: – E o que posso eu saber da criação de jovens inocentes? Tentei proporcionar-lhe uma excelente educação, condizente com alguém de sua posição e riqueza, mas, exceto por minhas esporádicas visitas, eu a vi poucas vezes. Passava a maior parte do tempo na cidade.

– Ela está com dezessete anos agora? – Vanessa aventurou-se a perguntar.

– Dezoito, mas nunca foi iniciada na vida em sociedade. Eu me recusava a levá-la a Londres para a temporada e apresentá-la à corte. Talvez tenha agido assim por excesso de proteção, mas ela me parecia muito jovem – disse com um riso amargo. – Como eu queria... Mas isso é coisa de tolos, não é mesmo?

Ficou em silêncio um instante e depois deu um suspiro profundo e lento.

– Nunca percebi quanto a vida limitada no campo entediava Olivia. Isso a deixou vulnerável às atenções do primeiro canalha que se aproximou dela... de homens como seu irmão. Rendeu-se a seus cortejos clandestinos como uma pomba pronta para ser depenada. Acho que estava apaixonada.

A inflexão áspera de sua voz ao pronunciar a palavra "apaixonada" fez que Vanessa sentisse um arrepio, mas ela não conseguiu encontrar uma resposta para o que acabara de ouvir. Talvez a amargura de Damien Sinclair fosse justificada. Ela reprimiu mais uma vez o ímpeto de manifestar sua pena e em vez disso perguntou:

– O que dizem os médicos?

– Que devemos rezar por um milagre.

Damien voltou a olhar pela janelinha da carruagem.

– Encontrei um médico em Oxfordshire que me deu alguma esperança. Suas opiniões radicais são muito malvistas, mas ele sugeriu que, dada a natureza do acidente, a coluna vertebral de Olivia pode ter sofrido apenas um forte trauma e que, com o tempo e um tratamento rigoroso, quem sabe ela viesse no futuro a recuperar pelo menos em parte o uso das pernas. Talvez tenha sido meu desespero que me levou a confiar num charlatão, mas estou disposto a correr o risco de passar por tolo se houver mesmo que seja uma chance mínima de poder ajudá-la.

– Às vezes é mais sábio ignorar os supostos especialistas e seguir os próprios instintos – murmurou Vanessa.

Quando Damien retribuiu seu olhar, ela pôde ver a dor nas profundezas daqueles olhos cinzentos como fumaça.

– Se dependesse de mim, já teria autorizado o doutor Underhill a iniciar imediatamente o tratamento, mas Olivia se nega a permitir que ele a trate.

– Qual a razão de sua recusa? Ela não gosta dele?

– A questão não é essa. O problema é que ela não vê razão em tentar melhorar suas condições. Por mais devastador que tenha sido o acidente, o impacto em seu ânimo foi quase tão grave quanto o dano físico provocado por ele. O sofrimento não atingiu só seu coração, mas, aos olhos dela, sua vida está arruinada, e talvez esteja mesmo.

– A fuga frustrada?

Com expressão dura, Damien respondeu:

– Exatamente. Ela não só deixou em frangalhos sua reputação como destruiu suas chances de conseguir um bom casamento.

– Sua herança se mantém intacta, não é?

– Sim, mas a mancha deixada pelo escândalo sempre a perseguirá e a impedirá de frequentar alguns círculos. Tentei ao máximo controlar o falatório. Fiz que se espalhasse a história de que Olivia havia ido à casa de posta de Alcester para cumprimentar uma prima que estava de passagem e ali sofrera o trágico acidente. – Damien trincou os dentes. – Assim que pude, fui procurar os dois jovens nobres que haviam feito a aposta com seu irmão e consegui que me dessem sua palavra de manter em segredo o assunto. Mas os rumores persistiram.

Vanessa assentiu, como demonstração de simpatia, mas absteve-se de comentar o mais evidente. Um libertino como Lord Sin tentando abafar um escândalo era como usar azeite para apagar um incêndio. Os métodos que provavelmente havia escolhido seriam inúteis. Era quase certo que ameaçara os rapazes com danos físicos antes de procurar Aubrey com a finalidade de destruí-lo financeiramente.

Ninguém, em seu juízo perfeito, se atreveria a contrapor-se ao vingativo Lord Sin, mas isso não significava que ele pudesse silenciar todo mundo.

– Meu pior erro, no entanto – continuou Damien em voz baixa –, foi não pensar na falta de escrúpulos e na crueldade de sua preceptora. Aquela bruxa só aumentou a sensação de vergonha de Livy, fazendo-a sentir-se manchada e deprimindo-a ainda mais. Minha irmã inclusive foi encorajada a alimentar ideias de suicídio.

Fixou então os olhos nos de Vanessa e prosseguiu:

– Talvez você possa compreender agora por que considero crucial encontrar uma acompanhante para Olivia.

Vanessa o observava, consternada, percebendo a crueza de suas palavras, e só depois de um tempo conseguiu responder:

– Sim – disse num sussurro, lamentando de todo o coração o dano que seu imprudente irmão causara à pobre Olivia. – Compreendo, e prometo-lhe fazer tudo o que estiver em minhas mãos para ajudá-la, milorde.

Só depois de passado um longo momento, o intenso olhar de Lord Sinclair se suavizou. Ele fez um sinal de concordância e depois virou a cabeça para olhar de novo pela janela da carruagem.

Uns quinze minutos depois, Vanessa sentiu que o veículo diminuía a marcha e saía da estrada principal para entrar numa avenida margeada por majestosos olmos.

– Chegamos – disse seu anfitrião com ar ausente.

Ao longe, um brilho de água atraiu a atenção de Vanessa. Quando a carruagem fez uma curva, a vista a deixou sem ar. Rosewood não era somente a mansão familiar de um nobre rico, mas um lugar de espantosa beleza.

Um lago cintilava no centro do parque, que vicejava com muitas faias e castanheiras. No alto de uma suave elevação, via-se uma esplêndida e imponente mansão de granito dourado. Vanessa viu um veado vermelho pastando à beira d'água, antes que a carruagem seguisse adiante e fizesse a curva para entrar no passeio de cascalho. No instante em que o veículo parou, vários criados e lacaios acorreram para ajudá-los.

Enquanto Lord Sinclair ajudava Vanessa a descer da carruagem, ela foi saudada por uma doce fragrância de rosas que impregnava o ar do final de tarde.

– Lady Wyndham, a senhora deve estar fatigada da longa viagem – disse em voz suficientemente alta para que os criados a ouvissem. – Sua bagagem será imediatamente levada a seus aposentos.

– Obrigada, milorde. Gostaria de fazer uma ligeira toalete, mas logo estarei pronta para conhecer sua irmã. Se não for muito tarde, talvez possamos até tomar chá juntos.

– Se puder convencer Olivia a tomar o chá, terá conseguido mais do que eu – disse ele, com ar de dúvida. – Vai constatar que ela come como um passarinho.

Acompanhou-a pela escada até o interior da casa, onde os esperava outra equipe de serviçais, mais formal. Lord Sinclair falou com o administrador, um homem alto, de bochechas rosadas, que ele apresentou a Vanessa como Bellows.

– Lady Wyndham aceitou gentilmente ser nossa convidada por algum tempo – disse Damien –, e espera fazer companhia à senhorita Olivia.

Vanessa percebeu que a conversa era dirigida aos empregados, mas ela ficou grata a Damien por ele ter se referido à situação em termos tão delicados.

Bellows a apresentou a Croft, o imponente mordomo, e à senhora Nesbit, a rechonchuda governanta, que a cumprimentou com uma leve reverência e um sorriso amável, dizendo:

– É uma honra recebê-la em Rosewood, senhora.

– Quando estou em casa, costumamos observar os horários da cidade – informou-a Damien –, com o jantar servido às oito horas. A senhora Nesbit a acompanhará até a Câmara do Cálice e, quando estiver pronta, eu a apresentarei a minha irmã.

Com um sorriso dirigido a Damien, Vanessa subiu as escadas, acompanhada pela senhora Nesbit. Esta parecia ser do tipo tagarela, e logo lhe confiou em tom afável:

– A jovem senhorita Olivia, que Deus a abençoe, precisa de uma amiga. Se puder ajudá-la, ficaremos eternamente agradecidos.

O dormitório destinado a Vanessa era um tanto opulento para seu gosto, com brocados verdes e dourados, tecidos adamascados e paredes revestidas de seda. Mas era suficientemente elegante para uma duquesa ou uma amante.

O aposento era imenso, com uma área de estar separada do leito cortinado. Diante da grande lareira havia uma *chaise longue* e duas poltronas Chippendale, de encosto alto. Numa mesa lateral, viam-se belas licoreiras de conhaque e porto, enquanto em outra mesa, entre duas janelas altas, chamava a atenção uma taça de prata decorada com uma intrincada gravação de rosas.

– Essa é a razão por que este aposento é chamado de Câmara do Cálice? – perguntou, curiosa, apontando para a taça.

– A verdadeira razão. Diz-se que esta peça foi um presente da própria rainha Elizabeth ao primeiro barão Sinclair.

Enquanto a governanta inspecionava o dormitório para comprovar que tudo estava em ordem, Vanessa foi até a janela e se pôs a olhar para fora. O solar de três andares era constituído por uma fachada central com duas alas laterais e circundado por um pátio ajardinado. Descobriu, com surpresa e prazer, que ele possuía uma grande quantidade de rosas e que os terraços ajardinados pareciam estender-se ao longe.

– Que lindo! – exclamou, num murmúrio.

– É verdade – disse a senhora Nesbit. – Sua Senhoria tem boa mão para as rosas, das quais ele mesmo cuida.

– Sua Senhoria? Está se referindo ao atual barão Sinclair?

– Sim, senhora.

– *Damien* Sinclair?

– Não há outro – disse a senhora Nesbit com um sorriso. – Esses jardins eram uma sombra da glória que são hoje antes que se interessasse por eles. A senhora certamente vai se surpreender ao saber que botânicos e acadêmicos vêm pesquisar aqui, senhora, assim como vêm também artistas famosos. Durante a maior parte do verão não se pode passear por uma aleia sem tropeçar em algum desconhecido desenhando ou pintando.

– Confesso que estou muito surpresa.

– Bem, isso é verdade. Sua Senhoria tem inclusive uma ou duas variedades com seu nome, iniciativa de alguma sociedade de horticultura, uma honra que ele não procurou. De todo modo, as rosas estão na família desde as Cruzadas.

Vanessa lembrou-se de ter visto rosas no escudo de armas dos Sinclair na porta da carruagem.

– Se me permite, senhora, vou lhe trazer água quente para que possa fazer sua toalete e acenderei o fogo para dissipar o frio da noite. Quer que lhe sirva o chá no gabinete ou no salão? Ou prefere que lhe tragam aqui uma bandeja?

– Seria perfeito que fosse aqui mesmo, mas primeiro devo conhecer a senhorita Olivia.

– Certamente, senhora. Eu a levarei diretamente a Sua Senhoria.

– Obrigada, senhora Nesbit.

– Trouxe alguma donzela consigo, senhora?

– Não, não tenho nenhuma aia.

Embora uma aia pudesse conferir-lhe certo grau de importância e respeitabilidade, ela mal podia se permitir contar com alguns empregados pessoais, nem ia querer que a mãe e suas irmãs se privassem deles.

– Se desejar, poderei pôr à sua disposição a aia pessoal da senhorita Olivia, para ajudá-la a se vestir para o jantar – ofereceu-lhe a governanta.

– Ficarei muito agradecida, senhora Nesbit.

Quando ficou a sós, Vanessa voltou à janela e olhou para baixo, pensativa. Damien Sinclair estava se revelando um homem de inesperada profundidade, e ela não sabia se isso lhe provocava prazer ou receio.

Depois de Vanessa ter-se refrescado, a governanta conduziu-a ao dormitório da ala principal. A porta estava aberta, mas as cortinas estavam fechadas, e o aposento, às escuras, como lhe haviam prevenido.

Na tênue claridade, distinguiu Damien sentado junto ao leito, contemplando em silêncio a inválida ali deitada. Vanessa bateu suavemente na porta, e ele se levantou e murmurou:

– Entre.

Seu rosto permaneceu inexpressivo quando ela entrou, como se estivesse contendo qualquer sinal de emoção. No entanto, seu tom deixava transparecer uma pitada de raiva.

– Permita que lhe apresente minha irmã Olivia, Lady Wyndham.

Quando seus olhos se acostumaram com a fraca luz, Vanessa conseguiu distinguir a jovem estendida no leito. Olivia Sinclair era mais atraente que bonita, com o mesmo cabelo negro e os traços elegantemente cinzelados do irmão mais velho. Contudo, não possuía a intensidade, a vitalidade, nem a aura de completo domínio que distinguia Damien Sinclair. Olivia era pálida, tinha uma expressão fatigada e indiferente.

Penalizada, Vanessa sorriu gentilmente e estendeu-lhe a mão. Seria totalmente imprópria a pergunta "Como vai?", então, em vez disso, disse:

– Tenho grande prazer em conhecê-la.

Olivia não fez nenhum esforço para segurar a mão estendida diante dela. Simplesmente virou a cabeça.

– Olivia... – disse Lord Sinclair, num tom grave e de reprimenda.

Vanessa balançou ligeiramente a cabeça. As forças de Olivia não haviam apenas diminuído, mas pareciam nem existir. E não teria o menor sentido passar-lhe um sermão agora.

– Milorde, poderia nos deixar a sós por uns minutos?

Sinclair franziu o cenho e olhou-a fixamente, mas assentiu.

– Se é o que deseja...

Vanessa esperou que ele saísse e então sentou-se numa cadeira perto da cama de Olivia. Num tom amistoso, disse:

– Queria falar com você sem a presença de seu irmão. Ele é uma figura imponente, não é mesmo?

Fez-se um longo silêncio.

– Suponho que há quem pense assim.

Seu tom era desanimado, como se nada despertasse seu interesse.

– Mas você não pensa assim? – perguntou Vanessa, cutucando-a de leve, achando que uma resposta sem vontade era melhor que nenhuma. Ao ver que Olivia não dizia mais nada, continuou: – Você o conhece desde pequena, por isso não deve considerá-lo uma pessoa intimidante.

– Lady Wyndham – interrompeu-a Olivia com delicadeza, virando a cabeça para olhá-la –, sei que meu irmão tem boas intenções, mas não preciso de companhia.

Vanessa sorriu, tranquila, e se empertigou na cadeira, negando-se a se sentir derrotada.

– Talvez não. E nas circunstâncias em que você se encontra, eu sentiria algo parecido. Não deve ser agradável que se imponha a alguém uma presença desconhecida. Mas você e eu não temos que permanecer assim, sem conhecer uma à outra. Na realidade, confio em que podemos chegar a ser amigas. No entanto, se não desejar que seja assim, poderia permitir que venha visitá-la de vez em quando para fazer-lhe companhia.

– Não quero ser descortês, mas não desejo companhia nenhuma.

– Mesmo assim, poderia concordar em suportar a *minha*. Como vou ficar aqui no campo por várias semanas, imagino que vou me sentir muito só se não tiver com quem conversar. Você se incomodaria se eu passasse por aqui de vez em quando para vê-la? Não precisaria falar comigo e nem mesmo levar em conta minha presença. E eu, por meu lado, me absteria de falar com você. Talvez fosse cômodo para ambas se nos ignorássemos mutuamente. Pareceríamos um velho casal que mal troca uma palavra da manhã à noite.

Essa imagem provocou um tênue sinal de alegria nos lábios da jovem, e Vanessa sentiu um leve raio de esperança de que finalmente pudesse se comunicar com ela.

– Naturalmente – disse com ar despreocupado –, quem sabe você até pudesse achar minha companhia agradável. Eu poderia ler para você, penteá-la, compartilhar confidências... essas coisas que fazem as irmãs.

Olivia desviou o olhar e depois, triste, quase melancólica, disse:

– Nunca tive uma irmã.

– Tenho duas, ambas mais jovens que eu. Falando nisso, você me lembra um pouco Fanny. Ela tem a sua pele, mas não vejo bem a cor de seus olhos. São cinzentos como os de seu irmão?

Fez-se uma longa pausa.

– Azuis. Meus olhos são azuis.

– Sempre quis ter olhos azuis. Os meus são negros como os de um cavalo. Meu irmão sempre brincava comigo por causa deles quando éramos pequenos. Costumava me chamar de Velho Ned, um cavalo velho e faminto que vivia pastando.

Percebendo que Olivia permanecia em silêncio, Vanessa se aproximou mais dela, dizendo:

– Trouxe um presente para você.

– Um presente? O que é?

– Se lhe disser, perde a graça, não é?

– Acho que sim.

Vanessa lhe estendeu então um pacotinho, perguntando:

– Quer abri-lo ou eu mesma faço isso?

– Abra-o você.

Vanessa desatou a fita e retirou o papel de seda. Dentro do pacote havia um volume encadernado com pele de bezerro lindamente trabalhada em ouro. Custara muito caro, uma soma que ela mal podia se permitir, mas cujo preço até achara baixo, levando-se em conta o que sua família devia àquela jovem.

Estendeu o livro para Olivia, que examinou a capa, mas, devido à pouca luz, não conseguia ler o título.

– Quer que acenda uma lâmpada?

– Sim, por favor.

Vanessa a acendeu, mas, mesmo mantendo a chama baixa, Olivia protegeu os olhos, como se sentisse dor. No entanto, depois de alguns instantes, sua vista parecia já se ter adaptado.

– Oh!... – A exclamação soou como um sussurro, expressado quase com reverência.

O presente era uma recompilação de sonetos de William Shakespeare, que ela escolhera porque Aubrey lhe dissera que Olivia gostava de poesia.

Vanessa sentiu uma pontada de culpa ao se lembrar dele. Estava ali sob pretextos falsos, mas seu subterfúgio era necessário. Não podia revelar seu parentesco com o homem que desonrara aquela jovem. Sem dúvida, Olivia nunca permitiria sua aproximação se soubesse a verdade.

– Obrigada, Lady Wyndham.

– Acha que pode me chamar de Vanessa?

– Sim... Vanessa. Obrigada.

– Então você gosta de Shakespeare?

– Muitíssimo. E a edição é linda. Gostei muito do presente.

– Se me permitir, gostaria de ler um pouco para você.

Olivia ficou um bom tempo olhando para ela, examinando seu rosto atentamente, com inteligência e serena sabedoria.

– Acho que você é muito persistente.

Vanessa sorriu.

– Muito. Minha mãe diz que esse é meu maior defeito. Mas, assim como o Velho Ned, tenho grandes reservas de resistência.

Para sua alegria, ambas compartilharam um momento íntimo de sintonia.

– Onde você encontrou um exemplar tão precioso? – perguntou Olivia com suavidade.

– Na Livraria Hatchard, em Londres. Se quiser, posso levá-la lá na próxima vez que for à cidade.

– Duvido que eu vá a Londres em qualquer momento no futuro – respondeu ela com amargura.

– Não? Seu irmão me disse que esperava levá-la para lá no próximo ano, para sua apresentação à sociedade. – Isso não era bem verdade, mas Vanessa não tinha dúvida de que, se Olivia manifestasse o mais leve interesse nisso, Damien lhe proporcionaria uma dúzia de *débuts*.

Quando levantou os olhos, eles estavam cheios de dor.

– Como vou poder debutar se não posso andar e muito menos dançar? – perguntou em voz baixa, desolada.

Com o coração dolorido, Vanessa segurou a mão dela e disse:

– Não posso ter a pretensão de saber como isso deve ser difícil para você, mas sei que não precisa enfrentá-lo sozinha. Você tem ao seu lado pessoas que se importam com você, que a ajudarão a passar pelos momentos mais difíceis, se permitir que façam isso.

– Suponho que Damien tenha lhe contado... o que aconteceu.

– Ele me disse que você sofreu um trágico acidente, que não merecia de modo nenhum.

– Pensei que... ele estivesse zangado comigo... por ter me comportado de maneira tão tola.

– Não. Na verdade, está zangado consigo mesmo por não a ter protegido melhor. Pelo que pude ver, seu irmão tem muito carinho por você. Faria tudo o que estivesse ao alcance dele para ajudá-la a ficar boa.

– Ele não tem carinho por mim, não mesmo – disse com voz trêmula. – Nunca me deu a menor atenção até... meu acidente. Sempre estive só.

– Sei que ele lamenta isso. E você não está só, Olivia. É claro que os criados a adoram, e estou certa de que suas amigas se preocupam com você.

Uma lágrima rolou de seus olhos quando ela disse:

– No início, algumas me procuraram... mas eu as dispensei. Não queria que me vissem assim.

– Isso é compreensível – disse Vanessa com doçura. – E se eu estivesse em seu lugar, acho que teria feito a mesma coisa. Sem dúvida, para mim seria mais simples dar-me por vencida, acreditar que minha vida terminara e ficar estirada em meu sofá, sem ter que enfrentar o mundo. Seria mais fácil... mas não seria justo.

– Justo?

– Sim, com seu irmão. Não posso acreditar que você não tenha nenhuma ideia de como ele se sente culpado por ter deixado que essa tragédia acontecesse com você.

– Ele não tem culpa – afirmou Olivia em voz baixa.

– Você nunca o convencerá disso enquanto não permitir que ele faça algo para aliviar seu sofrimento. Ele está sofrendo por sua causa, Olivia. É isso que você quer?

Depois de uma evidente hesitação, ela disse, de má vontade:

– Não... Não quero que Damien sofra por minha causa.

– Então, poderia começar a demonstrar isso concordando em se consultar com o médico que ele contratou. Mesmo que não fizesse grandes progressos, pelo menos teria tentado.

Vanessa sentiu um aperto no coração, ao ver que Olivia desviava o rosto.

– Bem – murmurou –, acho que já falei muito. Não vou importuná-la por mais tempo. Vou deixar que descanse. – Fez uma pausa e disse: – Quer que apague a luz antes que me vá?

– Não... – respondeu Olivia em tom baixo. – Deixe-a acesa, por favor. Gostaria de ler alguns sonetos.

Vanessa sentiu que a opressão em seu peito diminuía. Pelo menos conseguira avançar um pouquinho. E dera à garota algo em que pensar além de sua dor e vergonha. No entanto, seria uma tarefa longa e árdua devolver a Olivia Sinclair qualquer coisa parecida com sua antiga saúde espiritual.

Várias horas mais tarde, ela se trocou para o jantar com a ajuda de uma camareira enviada pela governanta. Com muito cuidado, Vanessa escolheu um vestido de seda azul, de cintura alta, mais por ser discreto do que por seu feitio favorecedor. Pouco familiarizada com seu novo papel de amante de um libertino, preferia pecar por modéstia.

Foi com renovada ansiedade que ela desceu à procura do salão. Com o sol se pondo, ia desaparecendo a claridade do dia e rapidamente se aproximava o momento em que ela seria requisitada para cumprir os deveres amorosos que aceitara.

Encontrou o vingador contemplando os jardins, de pé diante de uma das portas de vidro. Os suaves tons dourados e avermelhados do crepúsculo que se avizinhava se estendiam pelo cenário e se combinavam com o perfume das rosas para criar uma aura mágica, embora Damien Sinclair não parecesse ter em mente um sentimento apaixonado. Permanecia imóvel como uma estátua, com sua figura esbelta e musculosa realçada pelo elegante traje noturno azul.

Vanessa, que a contragosto se sentia atraída por ele, cruzou a elegante sala em silêncio e parou a seu lado. Damien parecia não ter-se dado conta de que ela estava ali, embora Vanessa estivesse certa de que ele tinha consciência de sua presença. Seus próprios sentidos tinham entrado em estado de alerta, ampliado pelo receio do que lhe traria a noite.

Quando ele finalmente falou, em tom baixo, a pergunta que lhe fez deixou-a surpresa:

– Você gosta de rosas, Vanessa?

– Muito. Seus jardins são maravilhosos. – Como ele permanecesse em silêncio, ela comentou: – Soube que são criação sua.

– Criação, não, ressurreição. Em minha juventude, resgatei-as do esquecimento e da destruição intencional por parte de meu nobre pai.

Ao ouvir a ponta de cinismo em seu tom, Vanessa olhou para Damien, que estava de perfil. A brancura da echarpe parecia acentuar as belas linhas de seu rosto. Sua pulsação se acelerou, o que sempre ocorria quando estavam muito próximos. Apesar disso, era evidente que ele não estava pensando nela.

– E então? Qual sua avaliação a respeito de minha irmã? – perguntou ele, com uma despreocupação que parecia fingida.

Ela hesitou, pois não queria aumentar além da conta suas expectativas.

– Acho que você tinha razão. Ela é uma garota profundamente angustiada, não só por seus problemas físicos, que por si já são assustadores, mas por encontrar poucos motivos de esperança para o futuro. Mas também acredito que é cedo demais para desespero.

Ele continuou fixando o olhar sombrio nos dourados leitos de rosas.

– Olivia gostava de andar por esses caminhos. Agora nem chega perto dos jardins.

– Você se preocupa muito com ela – afirmou Vanessa.

– Se eu pudesse suportar todos os seus sofrimentos no lugar dela, eu o faria de boa vontade.

A convicção em sua voz suave não deixava lugar para dúvidas.

Vanessa desviou o olhar. Não conseguia imaginar aquele homem tão forte e cheio de vida vivendo como um inválido. Era uma pessoa que podia agarrar no pulso o destino e moldá-lo de acordo com seus desejos.

No entanto, ele balançou a cabeça, parecendo ter-se libertado de seu semblante sombrio, ao mesmo tempo em que a linha carregada de sua boca se relaxava.

– Mas não estou sendo um anfitrião simpático. Desculpe-me.

Virou-se para olhá-la. Seus olhos passearam por ela e se detiveram em seu modesto decote. Deu um sorriso suave e gentil, cheio de natural sensualidade.

Vanessa sentiu um arrepio diante da sensação de cálida intimidade que a invadia.

– Permita-me que a acompanhe para jantar, senhora.

Quando Damien lhe ofereceu o braço, ela pousou os dedos trêmulos na manga de seu casaco e se deixou levar até a menor das duas salas de jantar. Mesmo assim, a mesa de mogno era enorme. Dois altos candelabros de prata decoravam o centro, enquanto uma das extremidades estava preparada com dois conjuntos de cristal e porcelana chinesa.

Com relutância, Vanessa ocupou o lugar à direita de Sua Senhoria, inibida pela grande proximidade e intimidade de cear a sós com ele.

O vinho da Madeira estava delicioso, e a comida era uma preciosidade de delícias culinárias. Os dois primeiros pratos foram uma sopa de tartaruga com trufas e salmão defumado com gelatina, seguidos de um guisado de veado assado com ervilhas e pombo assado com molho de hortelã. Apesar de tudo e do longo dia, Vanessa tinha pouco apetite.

A conversa era formal. Enquanto Lord Sinclair se esforçava para mostrar-se atencioso, narrando fatos interessantes sobre a casa, Vanessa estava cada vez mais silenciosa, respondendo apenas monossilabicamente e mal tocando no conteúdo de seu prato.

Quando foram servidas as sobremesas, seu apetite se fora e seus nervos estavam à flor da pele. Mal provou o doce de queijo, o creme de abacaxi e as amêndoas torradas com açúcar e canela.

– Os pratos estão do seu agrado, senhora? – perguntou finalmente Damien, com delicadeza. – Devo repreender a cozinheira?

Vanessa engoliu em seco.

– Não... tudo está delicioso – respondeu num fio de voz, quase sem ar.

– Então por que mal provou a comida?

Em vez de responder diretamente, ela apenas murmurou:

– Devo deixá-lo agora para seu porto, milorde?

– Não precisamos usar de cerimônia quando estivermos sozinhos.

Quando Damien fez sinal a um lacaio para que enchesse a taça de vinho dela pela última vez e em seguida dispensou os criados, Vanessa viu crescer seu pânico. Sem dúvida, ele estava querendo discutir a questão de seus deveres carnais e preferia fazer isso com discrição.

Esforçando-se para sustentar o olhar dele, ela apontou para a taça de vinho servida até a borda e disse:

– O vinho faz parte de sua estratégia para me deixar mais sensível aos seus avanços?

Ele se pôs a examiná-la durante um bom tempo.

– Eu lhe garanto que, quando chegar a hora, não vou precisar de vinho para que se torne suscetível – disse com um sorriso terno e cheio de charme. – Na verdade, prefiro que esteja no domínio completo de seus sentidos. É melhor para desfrutar o momento.

Vanessa sentiu que uma onda de raiva lhe percorria o corpo.

– Minha agitação o diverte, milorde? Sente prazer em zombar de mim?

Ela estremeceu ao vê-lo levantar-se de repente, mas ele apenas se aproximou do cordão da campainha para chamar o mordomo. Quando Croft chegou, logo em seguida, Damien já havia voltado ao seu lugar.

– Por gentileza, pode dizer à senhora Nesbit que venha até aqui?

– É claro, milorde – respondeu o mordomo –, imediatamente.

Surpresa, Vanessa ficou esperando, perguntando-se por que ele teria chamado a governanta.

A senhora Nesbit chegou, aparentando igual surpresa.

– Mandou me chamar, milorde?

– A senhora tem a chave da Câmara do Cálice?

– A chave, milorde?

– Sim, do aposento de Lady Wyndham. Com certeza a traz consigo, não é mesmo?

– Sim, milorde – respondeu, com uma batidinha no enorme molho de chaves que trazia pendurado à cintura. – Tenho as chaves de todos os cômodos da casa.

– Pode dá-la a mim, por favor?

A mulher procurou por uns instantes no grande número de chaves e, quando a encontrou, entregou-a a ele.

– Esta é a única chave do dormitório?

– Pelo que sei, sim, milorde.

– Obrigada, senhora Nesbit. Isso é tudo.

Quando ficaram sozinhos de novo, Damien estendeu para Vanessa a chave, que estava na palma de sua mão.

– Se isso a deixar mais segura, pode ficar com ela em seu poder.

Ela examinou seu belo rosto em busca de algum indício de burla, mas em vão. Damien parecia realmente sério.

– Vou repetir o que lhe disse, Vanessa. Não precisa temer que vá forçá-la a qualquer coisa – disse calmamente. – Apesar de meus numerosos defeitos, nunca forçaria uma mulher a nada que ela não desejasse. Por ora, está livre de mim.

Vanessa de novo engoliu em seco. O silêncio se prolongou entre eles.

– Tome! – disse ele.

Quando ela fechou a mão sobre o liso metal, a chave ainda conservava o calor de sua palma.

– Obrigada – murmurou, sem jeito.

– Com todo o prazer.

Sua voz era um sussurro rouco. Quando ele se aproximou para tocá-la, Vanessa estremeceu. Sua mão ficou no ar por um instante, e depois, com um dedo, ele acariciou seu rosto.

A surpreendente ternura do gesto a deixou imóvel. Esse lado dele, esse jeito sensível e respeitoso, contrastava muito com o diabo desalmado que a obrigara a se transformar em sua amante.

– Sou apenas um homem, não um monstro – murmurou. – Com o tempo vai chegar a aceitar isso.

Depois, com um suspiro, Damien pegou sua taça e se recostou na cadeira.

– Vá dormir, Vanessa.

– Dormir?

Diante do sinal de alarme em sua voz, ele esboçou um leve sorriso.

– Sozinha, minha cara. Está livre para se retirar sozinha. Não pedirei para dividir seu leito com você. Esperarei que me convide.

Vanessa se levantou com as pernas trêmulas. Ele estava disposto a deixá-la ir embora.

– Durma bem.

Ela se apressou em se retirar, antes que ele pudesse mudar de opinião.

Chegando à Câmara do Cálice, Vanessa fechou a porta atrás de si e, sentindo-se fraca, apoiou-se nela. Damien lhe dera uma trégua. Pelo menos aquela noite não ia forçá-la a cumprir seu escandaloso trato.

A chave que tinha na mão parecia estar marcando sua carne a fogo. Depois de alguns momentos de hesitação, trancou a porta e deixou a chave no toucador. Então voltou a observar a elegante câmara, perguntando-se o que deveria fazer.

As lâmpadas estavam acesas, o fogo ardia vivo na lareira e a cama já estava preparada, convidando-a a se deitar. No entanto, naquele momento estava demasiado inquieta para dormir, e nem sequer podia ler.

As cortinas estavam fechadas, mas ela as abriu, deixando que a luz da lua penetrasse em todo o aposento. Permaneceu durante algum tempo diante da janela, observando os silenciosos jardins a seus pés e deixando que a paz prateada acalmasse seus nervos contraídos.

Por fim, virou-se e apagou as lâmpadas.

Na semiobscuridade, tirou o vestido e vestiu a camisola, perguntando-se o que Damien acharia de seu modesto traje. Supunha que, quando ele fosse exigir que ela honrasse seu trato, ia querer que ela usasse algo transparente, alguma coisa leve.

A cama era macia e acolhedora. A longa viagem e a tensão da noite haviam lhe causado mais cansaço do que imaginara, e, sem perceber, ela acabou dormindo.

Sonhou com ele... com Lord Sin, que passeava impacientemente pela noite. No sonho, ele a tomava nos braços e a beijava.

Seu beijo era terno e apaixonado, ao mesmo tempo que doce e impetuoso. Tinha o poder de deixá-la sem fôlego, de fazer que seus membros se desmanchassem como mel quente...

Foi saudada, ao despertar, pelo aroma das rosas, enquanto seu corpo, com um calor estranho, latejava.

Não conseguiu atinar com o que a havia despertado de seu sonho. Ficou por um momento imóvel, ouvindo o suave crepitar do fogo na lareira e a lenta pulsação de seu coração.

Com as cortinas abertas, a luz da lua inundava todo o quarto, e seu brilho luminoso deixou que ela entrevisse algo no travesseiro ao lado dela.

Vacilante, estendeu a mão para sentir o que era, e encontrou ali uma rosa delicada, suave como veludo.

Ficou pensando se ainda estaria dormindo e voltou os olhos para o outro lado do quarto... deparando com os olhos de fumaça prateada de Damien Sinclair.

5

Vestindo um robe de brocado azul, ele estava sentado confortavelmente diante da lareira. Sem deixar de olhá-la, levou o cálice aos lábios.

– Aceita um cálice de conhaque, Vanessa?

Vanessa deu-se conta então de que não era um sonho. Sua voz soava suave e sensual como a luz da lua, e a expressão de seu belo rosto era igualmente sedutora. Vanessa, sem saber se devia se assustar, procurava o *négligé* de seda nos pés da cama.

– O que deseja, milorde?

– Ficaria surpresa se lhe dissesse que queria companhia?

Ela o olhou fixamente, e ele deu de ombros.

– Acontece que às vezes o sono vai embora, principalmente depois do acidente de minha irmã. Prefiro não ficar sozinho enfrentando meus demônios. Por que não me faz companhia aqui, perto do fogo?

Não querendo ficar em situação tão vulnerável, pôs o *négligé* sobre a camisola e se levantou da cama. Depois de se abotoar até o pescoço, ficou junto da lareira, a uma distância prudente dele.

– Como entrou aqui? Deve ter usado uma outra chave.

– Não, a única chave que há está com você.

– Então, como entrou?

– Vai acreditar se lhe disser que há uma passagem secreta? Um antigo barão Siclair mandou construí-la durante o sangrento reinado de Cromwell para contar com um meio de fuga rápido. Mas meu pai o usava como um conveniente acesso a suas amantes.

Damien apontou para um canto do aposento muito próximo das janelas.

– Um painel que forma essa parede se desloca para um lado.

Percebendo que fora enganada, Vanessa sentiu-se invadir por uma onda de raiva.

– Por que então toda aquela cena de me dar a chave do quarto se teria acesso a ele no momento que quisesse?

– Reconheça, você não se sentiria mentalmente mais confortável acreditando estar a salvo de mim?

– Mas disse que não viria aqui até que o convidasse.

– Disse que não pediria para compartilhar seu leito... o que não farei.

Não lhe ocorreu nenhuma resposta, pois sabia que ele estava com a razão. No entanto, sua lógica só reacendeu seu ressentimento.

Olhando-a com tranquilidade, ele acrescentou:

– Cumprirei o que lhe prometi, Vanessa. Não tem nada a temer de mim.

Ela novamente fixou nele os olhos, maldizendo sua estupidez. Damien seria, a partir desse momento, uma figura sinistra e ameaçadora errando como um fantasma no meio da noite, intrometendo-se livremente no quarto, olhando-a dormir. Mas, para sua surpresa, ela não estava com medo dele, sentia-se apenas irritada. Em primeiro lugar, obrigara-a a aceitar aquela situação insustentável e depois deixara de cumprir sua palavra, se não na letra, pelo menos em espírito.

– Não tenho medo de você – respondeu ela, de queixo levantado.

– Mas não confia em mim – afirmou ele com um leve sorriso. – Seus olhos expressam muito bem isso.

– É evidente que não confio em você. Acho que me deu poucas razões para isso.

– Preciso convencê-la do contrário.

Desconfortável, descalça, ela mudou de posição, perguntando-se se tinha o direito de exigir que ele fosse embora.

– Nesse meio-tempo... – disse ele, olhando demoradamente para seu cabelo trançado – ... não me faria companhia? – repetiu. – Garanto-

-lhe que esta noite não me sinto inclinado para a sedução. Tudo o que quero de você talvez seja um pouco de conversa.

Ao ver que ela ainda vacilava, mudou de tática.

– Na verdade, vim para lhe agradecer.

– Agradecer-me o quê?

– Fui ver Olivia depois do jantar. Ela concordou em ver o doutor Underhill.

Apesar de sua raiva, Vanessa ficou aliviada ao ouvir a notícia, respondendo:

– Fico contente.

– O que lhe disse para convencê-la?

– Pouca coisa. Acho que me aproveitei de sua noção de dever familiar. Deixei que soubesse de seu sofrimento por não ser capaz de ajudá-la. Talvez tenha decidido fazer um esforço por você, não por ela.

Damien franziu o cenho.

– Acho difícil acreditar nisso. Como você deve ter percebido, nosso relacionamento não é dos melhores.

– Olivia me disse que não o culpa de seu infortúnio.

– Talvez não, mas me culpa por não ter cuidado dela durante todos esses anos. Passei os dois últimos meses tentando melhorar nossa relação, mas em vão. – Balançou a cabeça e continuou: – E você conseguiu fazê-la reagir em menos de um dia. Fiquei muito surpreso ao encontrá-la lendo Shakespeare. Creio que essa foi a primeira vez depois do acidente. – Fez uma pausa e acrescentou com relutância: – Fico-lhe muito grato.

Seu elogio tinha um quê de má vontade, como se ele não quisesse dar sua opinião sobre ela e seus métodos.

– É apenas um primeiro passo – observou Vanessa, com o mesmo tom de desagrado. – No entanto, ela ainda tem um longo caminho a percorrer.

– Realmente, um longo caminho – ele murmurou sombriamente, fixando o olhar em seu copo por um momento. – Como soube de seu gosto pela poesia?

– Meu irmão me disse.

Os maxiliares de Damien se tornaram visivelmente rígidos, lembrando a Vanessa seu próprio embuste em relação a Olivia. Mas ele parecia determinado a não se importar com coisas sombrias.

– Faria o favor de me fazer companhia, Vanessa? – perguntou, indicando com um gesto a *chaise longue*.

Embora estivesse bastante relutante a ficar tão perto dele naquelas circunstâncias íntimas, Vanessa conteve seu ressentimento e capitulou. Escolheu, no entanto, a poltrona à sua frente, lembrando a última vez que se sentara num sofá com o impudente Lord Sin. Tentando varrer da mente seus beijos eróticos e suas ainda mais eróticas carícias em seus seios, ela se ajeitou na poltrona, sentando-se sobre as pernas dobradas.

Durante alguns segundos, ficou esperando que Lord Sinclair dissesse algo, mas ele se limitou a beber seu conhaque em silêncio, enquanto contemplava o fogo na lareira.

Vanessa se surpreendeu olhando para ele com desconfiança. A luz do fogo bruxuleava sobre suas feições, iluminando a austera beleza de seu rosto, acelerando sua respiração.

Ela fora sincera ao dizer que não o temia, embora sua presença ali, na semiobscuridade, ainda parecesse uma ameaça. A sensualidade do momento a inquietava demais.

Mesmo assim, tinha de se lembrar do trato que fizera com ele. Por mais que deplorasse sua extorsão, ela ainda era melhor do que a alternativa – sua família ser expulsa de sua casa e viver na penúria. Havia concordado em ser sua amante. *Ela*, pelo menos, honraria sua palavra. Já que lhe pedira, ia conversar com ele.

– Sobre o que vamos conversar? – começou, embora a pergunta fosse mais rude do que bem-vinda.

Ele levantou os olhos para ela, dizendo:

– Por que não me fala de você?

– O que gostaria de saber?

– Qualquer coisa que queira me contar – disse ele, dando de ombros. – Por exemplo, me pergunto por que não nos conhecemos antes. Você deve ter passado um tempo em Londres.

– Bastante tempo. Até a morte de meu pai, há dois anos, minha família ia para a cidade toda primavera.

– Não me lembro de tê-la visto, e creio que me lembraria.

– Duvido que você prestasse atenção em senhoritas de colégio – disse ela, não conseguindo reprimir um sorriso. – Já eu não pude deixar de reparar em você. Durante minha primeira temporada, você esteve presente aos mesmos eventos sociais a que fui. Lembro-me particularmente de um baile no qual você causou sensação. Algo sobre uma certa dama que o perseguia em seu clube da St. James Street. O escândalo proporcionou diversão para a alta roda durante pelo menos uma semana.

– Preferiria que não tivesse me lembrado disso – comentou com uma expressão ao mesmo tempo aborrecida e divertida. Ele a observou e depois disse: – Você também não esteve sempre longe de escândalos, creio. Conheci seu marido, embora não muito bem. Se não me falha a memória, Sir Roger esteve envolvido em algumas confusões.

Foi a vez dela de fazer uma careta.

– Procuro não pensar nele.

– Então por que se casou com ele, se sentia aversão por seu modo de vida?

– Por que uma jovem dama se casa? – disse ela, olhando ao longe, para o fogo. – Eu me casei para fazer um favor a minha família. Ele era considerado um ótimo partido, e meu pai queria o casamento. Na verdade, ele estava em situação financeira desesperadora, e Roger estava com os bolsos cheios, pois acabara de entrar na posse de sua herança.

– Mesmo assim, acho que você teria de opinar sobre o assunto.

Vanessa virou a cabeça e olhou-o diretamente nos olhos.

– Você tem uma irmã pela qual está disposto a fazer o que puder. É assim tão difícil entender por que eu queria ajudar minha família?

– Não havia outras opções além de Sir Roger?

– Ele parecia ser a melhor delas. Naquela época, ele ainda não havia embarcado em sua... carreira louca. – Deixou escapar um suspiro. – Eu preferiria não falar sobre meu falecido marido, se não se importar. Foi uma época desagradável de minha vida, e tenho tentado deixá-la para trás.

– Muito bem, farei um pacto com você: se evitar falar de seu irmão para mim, não mencionarei seu falecido marido.

Fez-se um breve silêncio entre eles, durante o qual Damien bebia seu conhaque em goles pequenos, de olhos pesados mas atentos.

– Então, quando seu casamento acabou, você voltou para casa?

– Sim, e foi então que descobri... a real situação de minhas finanças. – Vanessa lutava contra outra lembrança dolorosa. Mal havia superado o choque da morte de Roger, quando um enxame de credores caíra sobre ela. Ficou aturdida quando soube que o marido havia esbanjado sua vasta fortuna no jogo e com amantes caras. – Parecia tolice tentar manter sozinha a casa. A essa altura, meu pai já falecera, e minha família precisava de mim ao seu lado.

– Seu pai sofreu um acidente equestre, não foi?

– Sim, estava caçando quando caiu do cavalo. Como sabe disso?

– Diante da desgraça que vitimou minha irmã, decidi investigar o sujeito que a seduzira. Parece que não faz muito tempo que sua mãe ficou incapacitada, não é verdade?

– Não. Quando meu pai faleceu, ela caiu de cama e nunca mais se recuperou. Creio que grande parte de seu sofrimento é mais emocional do que físico. Ela era apaixonada por meu pai.

Damien retorceu a boca num esgar cínico, sem comentar o que ela acabara de dizer, e correu os olhos pelo aposento, perguntando:

– Você está confortável aqui?

– Sim... pelo menos estava até pouco tempo atrás – disse ela com uma careta.

Ele franziu o cenho, dizendo:

– Até que certo visitante noturno inesperadamente aparecesse por aqui?

– Exatamente.

– Você não mede as palavras, não é mesmo?

– Diante dessas circunstâncias, não há razão para isso. Eu lhe avisei que não tinha experiência como amante de um cavalheiro. Sinto desapontá-lo, mas não possuo prática nas artes do flerte.

– Você não me desapontou. Ao contrário, acho estimulante a sinceridade numa dama.

– Ah, é? E você conhece muitas damas? Estou surpresa.

– Vejo que terei de tentar ser melhor como anfitrião – disse ele, rindo. – Além de lhe dar oportunidade de exercitar seu humor afiado comigo, procurarei achar atividades que a entretenham e ocupem. Gosta de ler?

– Muitíssimo – respondeu Vanessa com toda a seriedade.

– Você pode usar minha biblioteca quando desejar.

– Obrigada. Aceitarei sua oferta, quando você não estiver usando-a.

– E anda a cavalo, não?

– Sim.

– Então, deve escolher uma montaria em meus estábulos. Os cavalos de Olivia precisam ser exercitados. – Franziu o cenho. – Um de seus maiores prazeres era cavalgar. Quase sempre estava montada numa sela da manhã à noite.

Pressentindo seu humor sombrio, Vanessa, para confortá-lo, disse:

– Quem sabe com o tempo voltará a fazer isso. – Como não houve resposta, ela se esforçou para mudar de assunto. – Estou surpresa por você desfrutar desses prazeres mundanos como ler e cavalgar.

– Desfruto de muitos prazeres.

– Entendo. Tem uma legião de prazeres. As histórias que se ouvem a seu respeito são suficientes para pôr em ação até as línguas mais cansadas.

– O que exatamente você tem ouvido?

– Por exemplo, que você fundou a última ordem da Liga Fogo do Inferno.

– Fundei-a com meia dúzia de colegas.

– Aliás, tem uma reputação meio desagradável. Os rumores que circulam por aí é que você regularmente promove orgias e perversões.

– Está nos dando exagerado crédito. Somos uma pálida imitação do Clube Fogo do Inferno, que funcionava na época de nossos avós.

– Mas imagino que continua sendo uma fraternidade de libertinos depravados.

– Libertinos depravados? Isso não é redundância?

– Em seu caso, acho que não, milorde.

– Pensei que você havia concordado em me chamar de Damien – disse ele com expressão brincalhona.

Vanessa ignorou sua observação pessoal.

– É verdade que o custo da filiação é de dez mil libras?

– Sim.

Queria lhe perguntar por que convidara seu irmão para juntar-se a eles, mas já sabia a resposta: sua intenção era arruinar Aubrey. Além disso, concordara em não mencionar o nome dele.

– Creio que vale – disse. – E é permitida a filiação de mulheres?

Ele levantou as sobrancelhas e respondeu:

– No momento, não. Mas imagino que poderíamos abrir uma exceção. Está se candidatando a ser convidada?

– É claro que não – respondeu ela, divertida. – Em primeiro lugar, não posso arcar com o preço da filiação. E, em segundo, a companhia de pervertidos nunca me interessou muito.

– Você deixou bem clara para mim sua opinião sobre esse assunto, mas nunca lhe ocorreu que eu talvez não seja o crápula que você imagina?

– Não – respondeu com sinceridade.

– Você ainda tem muito o que aprender sobre mim. Espero ter o prazer de lhe ensinar.

Vanessa suspeitava que ele estivesse se insinuando, mas mesmo assim continuou no mesmo tom.

– Talvez consiga, mas não tenha ilusões de que eu vá sentir prazer. Nem toda mulher está ansiosa para sucumbir ao feitiço do perverso Lord Sin.

Um brilho prateado iluminou os olhos de Damien.

– Estou desolado.

– Duvido. Se estivesse, não teria tanta lábia em suas respostas.

A sugestão contida no sorriso hedonista de Damien fez sua pulsação se acelerar. O sorriso chegou também até seus olhos, e ela se sentiu cativada. Era um erro permitir-se brincar com ele, por mais que gostasse disso. Ela era vulnerável demais ao encanto sensual do legendário libertino.

Ante sua surpresa, Damien lentamente se pôs de pé.

– Você é muito esperta. Pelo jeito, vou ter muito trabalho para lidar com você.

Ela ficou tensa enquanto ele se aproximava dela, mas ele simplesmente ficou ali de pé, olhando-a fixamente.

– Eu poderia continuar trocando farpas com você, mas devo deixá-la dormir. A menos que você esteja pensando em me convidar para passar a noite... – O decidido silêncio dela lhe deu a resposta. – Muito bem. Foi um prazer, minha cara.

Ela se surpreendeu por ver que, na verdade, concordava com ele.

– Espero que me permita voltar de vez em quando aqui, quando estiver muito inquieto para dormir, e me deixe desfrutar de sua companhia por uma hora ou duas.

– Por acaso está me dizendo que tenho alguma escolha?

– Mas é claro. Mas pode ser que você também ache agradável ter companhia. Rosewood pode ser um lugar solitário.

Ao perceber o tom estranhamente melancólico de sua voz, achou que ele estava dizendo isso por experiência.

Vanessa parou de respirar quando viu que ele chegava mais perto, mas Damien se limitou a tocar sua face, acariciando-a levemente com o polegar, como que se despedindo. Depois, baixou a mão e se virou.

Sem dizer mais nada, foi até o outro lado do quarto. Ela ficou observando enquanto ele afastava para o lado o painel, desaparecendo pela passagem secreta como um fantasma silencioso. O painel deslizou novamente e se fechou com um clique, deixando-a só no quarto iluminado pela lua.

Passados uns instantes, Vanessa se levantou e foi examinar a parede. Não conseguiu encontrar nenhum mecanismo que permitisse a entrada. Maravilhada pela bruxaria de Damien Sinclair, ela se virou e encostou-se na parede. Sua incrível visita fora como um sonho, e Vanessa desfrutara cada minuto dela.

Confusa, balançou a cabeça. Queria desprezar o nobre libertino, e em vez disso estava intrigada ante seu jogo engenhoso. Seu senso comum a abandonara, junto com a necessidade de se proteger.

A crescente amizade entre eles era a pior ameaça. Não gostava de sentir simpatia por ele, no entanto, percebia que Damien sentia uma solidão tão grande quanto a sua.

Entreviu a escura sombra vermelha no tecido alvo de seu travesseiro e lembrou-se da rosa que ele levara. Atravessou lentamente a sala para pegar a flor aveludada e sentir seu perfume, tomando cuidado para evitar os espinhos.

Inspirou o doce aroma, mais preocupada do que queria admitir. Se apenas dois dias antes alguém tivesse dito que ela receberia de boa vontade em seu quarto o famoso Lord Sin e que sairia incólume desse encontro, não teria acreditado. Ele continuava sendo o diabo cruel que negociara para ganhar sua alma. No entanto, até então, não lhe exigira nada. Não a tocara, a não ser pela suave e enfeitiçante carícia em seu rosto ao se despedir.

Mesmo assim, era incrivelmente perigoso. Sem levar em conta seu charme sensual e a incrível beleza, Damien Sinclair possuía uma poderosa qualidade que fascinava, uma vitalidade que atraía o que havia de mais profundamente feminino em Vanessa. Apesar de sua experiência com famosos libertinos, com Damien ela era excessivamente vulnerável.

Que os céus a ajudassem; só contava com seu juízo para se proteger, uma arma lamentável. Ele não fizera segredo de suas intenções. Havia jurado seduzi-la... e fazê-la desfrutar sua sedução. E, se ela não fosse cuidadosa, ele seria bem-sucedido.

Vanessa dormiu bem, sem sonhar, e acordou mais tarde que de costume, com a radiante luz do sol inundando o quarto. Ela se levantou com um insólito sentimento de expectativa, vestiu-se e desceu para o café da manhã.

Não se surpreendeu ao ver o aparador abundantemente suprido com variadas iguarias: rins assados, presunto, ovos, bolos e tortas com geleia. Um criado estava à disposição para servi-la, e para seu grande alívio não viu ali nem sombra de Damien.

Mal havia se sentado quando apareceu Croft, o mordomo. Quando Vanessa casualmente perguntou por Lord Sinclair, foi informada de que tomara seu café cedo e estava no gabinete com o administrador.

– Sua Senhoria deixou os estábulos à sua disposição, se desejar cavalgar esta manhã, senhora – disse Croft.

– Obrigada, mas primeiro vou visitar a srta. Olivia, para ver se deseja alguma coisa.

Quando terminou o desjejum, Vanessa dirigiu-se ao quarto de Olivia. Encontrou-a na cama, ainda de camisola, mas ao menos as cortinas estavam meio abertas e o quarto não estava imerso na escuridão.

Pela viva expressão de Olivia, Vanessa concluiu que sua presença ali era bem-vinda.

– Pensei em visitar seus lindos jardins de rosas esta manhã – começou alegremente –, mas vou precisar de um guia. Como seu irmão está ocupado com seu administrador, achei que talvez você quisesse me acompanhar.

– Quer que lhe mostre os jardins? – perguntou Olivia com cautela.

– Soube que você aprecia muito as rosas. – Vanessa indicou com a cabeça a cadeira de rodas que estava num canto do quarto. – Um criado pode levá-la para baixo, e eu empurrarei sua cadeira.

– Odeio essa cadeira – disse Olivia com uma careta. – Sinto-me indefesa nela. Mas acho que esse é um pensamento infantil.

– Na verdade, não é assim. Mas ela pode lhe permitir certa liberdade que você não teria sem ela.

– Acho que tem razão. – A jovem levantou o queixo com determinação. – Muito bem, se quiser, vou lhe mostrar os jardins.

– Você vai precisar de uma sombrinha para proteger sua pele delicada. Para o primeiro dia de junho, o sol está muito forte.

– Estamos em junho? – perguntou Olivia, surpresa. – Nem havia me dado conta disso. – Sua voz ficara melancólica. – Estou de cama há tanto tempo, que todos os dias me parecem iguais.

Chamou a camareira, que junto com outras duas aias ajudou-a a preparar-se. Escolheu um vestido de musselina branca e uma jaqueta de veludo vermelho. Usava também um xale de trama bem fechada, para protegê-la do ar frio da manhã.

Seu entusiasmo era comovente. Quando o criado a levou nos braços até o jardim, Olivia pôs-se a piscar devido à brilhante claridade, mas, no momento em que foi colocada na cadeira de rodas, levantou o rosto para a reconfortante luz solar e exalou um profundo suspiro de prazer.

– Estava com saudade daqui – disse Olivia, enquanto Vanessa se punha atrás da cadeira de rodas para empurrá-la.

– Não há nada que nos impeça de vir aqui todos os dias, não é mesmo?

Olivia esboçou um meio sorriso contido, e, ao levantar a cabeça, Vanessa entreviu um indício de alegria em seus olhos azuis.

– Você não vai precisar de um guia todos os dias.

– Não, mas de companhia, sim.

– A senhora é realmente muito insistente, Lady Wyndham.

– Já havia deixado isso claro – disse Vanessa, com um sorriso. – E, por favor, me chame de Vanessa.

Passearam calmamente pelas aleias tranquilas, admirando as flores e comentando a variedade de rosas dos vastos jardins. Olivia estava familiarizada com o assunto e até podia dar detalhes de cada arbusto.

Elas não estavam sozinhas. Os jardineiros se movimentavam por entre os tufos de flores, com enxadas, pás e tesouras de podar, e várias pessoas desconhecidas, com aparência de estudantes, ocupavam as aleias com papel e caneta nas mãos. Numa curva próxima da casa, um artista instalara um cavalete e pintava aquarelas, concentrado.

Vanessa procurou evitar o encontro com outras pessoas e parava a cada momento para que Olivia descansasse. Havia bancos por toda parte, dispostos com arte à sombra de árvores ornamentais. Parava de vez em quando a cadeira de rodas sob uma delas para evitar o sol.

– Nunca imaginei como o cultivo de rosas podia ser tão complexo – disse Vanessa numa dessas paradas.

– E realmente é. Damien merece todo o crédito pela reativação do programa de cultivo. E trouxe fama a Rosewood com sua coleção. Até Napoleão ouviu falar de nós – acrescentou Olivia com orgulho. – Há vários anos, quando a imperatriz Josefina adquiriu uma muda de cada rosa para seus jardins, seus especialistas nessa área vieram para cá a fim de pesquisar. O príncipe regente emitiu passes especiais para que eles trabalhassem aqui. E apesar do bloqueio naval que impusemos à França, o almirantado ordenou que, se as plantas fossem confiscadas no mar, elas deveriam ser imediatamente encaminhadas a ele.

Já se passara uma hora quando Olivia começou a inclinar a cabeça de cansaço, embora não tivessem visto nem a metade da área ou se aproximado das estufas.

– Quer que voltemos para casa? – perguntou Vanessa. – Não quero cansar você.

Olivia assentiu e depois deu um suspiro de frustração.

– É um absurdo que eu não possa nem me sentar nesta horrível cadeira sem ficar exausta.

– Seu irmão me disse que você concordou em se consultar com o médico. Talvez ele possa sugerir algumas maneiras de aliviar sua fadiga.

– Duvido – disse a garota, sorrindo. – Mas decidi que, quanto antes eu começar a fazer o que meu irmão deseja, mais cedo ele me deixará em paz. Você não faz ideia de como ele se tornou desagradável. Fica o tempo todo me pressionando para que me levante da cama, como se eu não fosse uma inválida. Tomara que volte logo para Londres.

– Tenho certeza de que ele só pensa em seu bem-estar.

– Não – discordou a jovem. – Sou apenas uma tarefa pesada, que ele quer concluir o mais rápido que puder.

Quando estavam voltando para casa, viram a figura esbelta e atraente de Lord Sinclair indo em sua direção.

– E por falar no diabo... – disse Olivia, com evidente amargura.

Quando se aproximou delas, Damien parou e pôs-se a observar atentamente o rosto da irmã.

– Parece que o deixei tão chocado que você ficou sem fala – declarou ela secamente.

– Um agradável choque, minha querida. – Ele se inclinou para beijá-la na fronte. – É bom vê-la fora do leito e se recuperando.

Quando se reergueu, por um instante seu olhar se cruzou com o de Vanessa. Ela conseguiu ver gratidão em seus olhos, antes que ele voltasse a atenção para a irmã.

– O doutor Underhill deve chegar esta tarde, se você estiver disposta a vê-lo.

– Muito bem, mas não havia necessidade dessa pressa. Ele não vai me curar hoje, se é que isso vai acontecer algum dia.

– Não queria correr o risco de você mudar de ideia. E quanto antes ele puder recomendar um tratamento, mais cedo você vai poder se curar.

Damien passou a empurrar a cadeira de rodas. Ele próprio pegou Olivia nos braços e subiu as escadas, levando-a para seu quarto. Mas a tensão entre eles era claramente angustiante para ambos.

Vendo sua dificuldade de comunicação, Vanessa achou que seria mais fácil encontrar a cura para Olivia do que acabar com a desavença entre os dois irmãos.

– Não creio que a doença dela seja algo permanente, milorde – anunciou o doutor Underhill ao deixar o quarto de Olivia várias horas depois.

Vanessa, que estava presente durante o exame feito pelo médico, seguiu-o até o *hall* para ouvir suas explicações.

– Não pude constatar evidência de fratura – continuou o médico –, mas a contusão em sua coluna sugere um trauma grave. Já vi esse tipo de lesão duas vezes. Em ambos os casos, os pacientes recuperaram pelo menos o uso parcial das pernas.

Vanessa notou que Damien mantinha uma expressão inescrutável; por outro lado, seu tom sugeria uma emoção cuidadosamente controlada quando ele disse:

– Então o senhor acha que ela poderá voltar a andar?

– Sim, é possível, com tratamento adequado e determinação.

Damien fechou os olhos e deu um profundo suspiro de alívio. Para Vanessa, ele parecia alguém que houvesse recebido indulto de uma sentença de morte.

– Que tipo de atividade terapêutica o senhor recomenda, doutor? – perguntou Damien com voz não muito firme.

– Suave, mas com constante esforço físico. A pior coisa que ela pode fazer é permanecer na cama. – Olhou para Vanessa e acrescentou: – Desculpem-me pela franqueza, mas muitas senhoras imaginam que estão inválidas. Seus médicos lhes prescrevem permanente repouso na cama, quando o que elas precisam de fato é ficar ao ar livre e fazer muito exercício para curar aquilo que as deixa doentes. Permanecem nessa imobilidade até se tornarem fracas como sacos vazios, e depois se perguntam por que não têm nenhuma energia.

Vanessa não conseguiu reprimir um sorriso, que o médico retribuiu alegremente.

– Como disse, esforço físico constante, mas outras atividades também podem ser muito benéficas: calor, banhos quentes, massagem, tudo o que estimule os nervos e músculos e evite que o resto de seu corpo se enfraqueça a ponto de não se recuperar até que ela sare.

– Quanto tempo o senhor calcula que levará para se curar? – perguntou Damien.

– Talvez em poucos meses já possa recuperar a sensação nas pernas. Se isso ocorrer, saberemos que estamos no caminho certo.

– E se não for assim?

O médico levantou as sobrancelhas angulosas.

– Então teria de admitir meu fracasso. Mas talvez esses meses não sejam suficientes para uma avaliação. Pode ser preciso um ano ou dois até que sua coluna se recupere completamente. Se ela pudesse contar com uma pessoa que se encarregasse de fazê-la praticar movimentos suaves e fizesse massagens em suas pernas...

– Conheço uma enfermeira que às vezes atende minha mãe – interveio Vanessa. – Tem fama de ter mãos curativas.

– Isso seria ideal – declarou o médico, fazendo um gesto de aprovação. – Gostaria de voltar a examinar a senhorita Olivia dentro de três semanas, milorde. Por favor, preciso de papel e lápis para prescrever alguma medicação.

– Certamente. Gostaria muito de discutir isso com o senhor mais tarde, doutor. Mas antes poderia me dar uns minutos para ir ver minha irmã?

– Mas é claro, milorde.

Damien entrou no quarto e foi diretamente à cama onde Olivia estava deitada. Do lugar em que estava no corredor, Vanessa viu quando ele se inclinou e segurou a mão da jovem.

– Você ouviu? – perguntou ele ternamente.

– Sim – respondeu Olivia, com o rosto pálido radiante de esperança.

Com uma sensação dolorida na garganta, Vanessa pediu de todo o coração que aquele médico pouco convencional estivesse certo.

6

Ao acordar, havia outra rosa em seu travesseiro. Voltando lentamente à consciência, Vanessa tocou as pétalas aveludadas com as pontas dos dedos. A rosa da outra noite era vermelha cor de sangue, e essa parecia quase prateada à luz da lua, com suaves estrias coral, como se fossem veias.

– Essa variedade se chama Shropshire Beauty – disse uma voz masculina do outro lado do quarto.

Seu coração disparou, e Vanessa levantou a cabeça e viu dois olhos cinzentos de pálpebras baixas que calmamente a observavam na penumbra batida pela luz da lua.

Ele estava sentado na poltrona de encosto alto, em mangas de camisa e culote, como qualquer fazendeiro. No entanto, com sua natural maneira aristocrática, ninguém poderia confundir Damien Sinclair com alguém que não fosse nobre. Com o colarinho da camisa aberto, o tecido branco contrastava bastante com o peito moreno e a pele bronzeada pelo sol.

Apesar de sua intenção de manter os sentimentos sob controle, Vanessa foi tomada por uma onda de prazer. Ele prometera que voltaria para futuras conversas noturnas, e, por mais insensato que fosse, ela estava contente por ele ter cumprido a palavra.

Parecia quase natural que ela se levantasse, pusesse um xale e chinelos e fosse para junto dele à frente da lareira, onde ardia um fogo acolhedor.

Então, de novo, talvez ela tivesse cometido um engano. Damien a presenteou com um leve sorriso, carregado daquele charme que tornava fracas mulheres fortes. Para esconder sua reação àquele sorriso tão irresistivelmente sensual, inclinou a cabeça para sentir o fragrante aroma da rosa.

Como caíra tanto e tão rápido, comportando-se como uma rameira à primeira oportunidade! Que perigoso e cativante era aquele homem! Bastava que ele fizesse um sinal e lá ia ela, correndo como um cão. Mas já não conseguia resistir a ele, do mesmo modo como não podia parar de respirar.

Tentou compensar a falta de pudor evitando seu olhar.

– Verifiquei o painel de entrada que leva à passagem e não consegui abri-lo – murmurou.

– Se quiser, eu lhe mostrarei como funciona.

– Aonde ele vai dar?

Ele a olhou por um longo tempo, até que ela levantou a cabeça.

– Ao meu quarto.

Vanessa olhou para seus olhos prateados e sentiu que seu coração começava a bater mais rápido.

– Parece que não tem fechadura.

– Realmente, não tem. Você pode introduzir um objeto na junção com a parede para evitar que ele se abra. Mas não fique preocupada. Não vou pressioná-la para compartilhar meu leito sem que você o queira de fato.

– É provável que vá ter que esperar muito.

Ele sorriu.

– A espera torna o prazer muito mais doce, minha cara.

Meio incomodada, ela deixou escapar um suspiro e perguntou:

– Todos conhecem essa passagem?

– Pelo que sei, é um segredo. Eu ainda era garoto quando o descobri. Meu ilustre pai costumava convidar... algumas damas para se alojar aqui. Quando vim a este local pela primeira vez, ele estava com uma mulher casada.

– Sua amante era casada?

Damien curvou os lábios num meio sorriso.

– Receio que tenha me desiludido muito jovem.

– Você queria ser como seu pai?

– Deus me livre! – Bebeu um gole do conhaque e ficou olhando pensativamente para as chamas. – Ele era então um mau-caráter de primeira ordem. Você não ia gostar dele. Talvez até gostasse. Ele fazia muito sucesso com as mulheres. Teve uma longa série de amantes... até ficar tão enredado com uma delas que renunciou a todas as outras, inclusive a minha mãe.

Seu tom sombrio tinha um misto de sofrimento e censura. Vanessa o examinava com curiosidade.

– Confesso que você não é como eu esperava.

– E como sou?

Vanessa apertou os lábios pensativamente. Em sua casa no campo, Lord Sin parecia muito diferente da reputação que tinha. Ali, via nele pouca coisa que lembrava um libertino. Ao contrário, testemunhara o modo como tratava a irmã, seu jeito protetor e gentil com ela. Não poderia ser uma pessoa inteiramente má, já que se preocupava tanto com alguém.

– Você simplesmente parece diferente. Não tão descontrolado e perverso como pensei.

– Raramente admito orgias e perversões em casa – respondeu com secura. – E traço uma linha antes do adultério.

– Fico tranquila por saber disso.

Sua resposta provocou nele um sorriso rápido.

– Falo sério – observou Vanessa –, você me surpreende. Seu interesse por rosas, por exemplo. A jardinagem é um passatempo improvável para um homem de sua classe. A senhora Nesbit me disse que os jardins estavam quase em ruína quando você os salvou.

– Que nada! Foi só uma diversão em que me envolvi há muitos anos, na juventude. Atualmente, as rosas raramente demandam minha atenção. Tenho um excelente jardineiro para cuidar delas, e as estufas são praticamente autossuficientes.

– Sua biblioteca parece quase tão bem-cuidada quanto os jardins. Esta tarde passei algum tempo examinando sua coleção. Não esperava encontrar um número tão grande de livros. Há de tudo, de romances a discursos políticos e tratados técnicos.

– O mérito, em grande parte, cabe a meu secretário. No ano passado, ele organizou e catalogou tudo. A biblioteca de minha casa de Londres tem pouco espaço, por isso costumo mandar os volumes para cá. Creio que conheceu George Haskell em Londres.

– Sim.

– Pobre George! É um jovem inteligente, mas estudioso demais – disse, com um sorriso de autocensura. – Seria mais feliz em qualquer outro emprego. Em sua opinião, sou um tremendo fracasso.

– Um fracasso?

– Porque não ocupo meu lugar na Câmara dos Lordes. George redige excelentes discursos que não tenho a menor intenção de pronunciar.

– Por que não?

– Nunca me interessei muito por política. Contudo, ele não perde a esperança de que eu algum dia venha a desenvolver aspirações políticas.

Vanessa olhou para ele com ar de curiosidade.

– Os livros que vi em sua biblioteca pareciam ter sido bem manuseados. Seu secretário leu todos eles?

– Não, receio que seja eu o culpado. Costumo ler muito aqui. Há pouca coisa para se fazer.

– Você realmente leu *Reivindicação dos direitos da mulher*, de Wollstonecraft?

– Sim, li. E você?

– Sim – respondeu de queixo levantado, em desafio. O livro de Mary Wollstonecraft insurgindo-se contra a sujeição da mulher pelos homens era considerado sedicioso entre a classe nobre. – E concordo com muitas de suas ideias a respeito do casamento, especialmente aquelas que refutam os direitos divinos dos maridos – disse Vanessa.

– Ela estabelece alguns pontos interessantes sobre a tirania social exercida pelos homens – pontuou Damien –, mas acho um tanto exageradas algumas de suas opiniões.

– Talvez – reconheceu ela.

Ele parecia julgá-la com o olhar.

– Confesso que você também não é a pessoa que esperava que fosse. É muito mais inocente. Nunca teria imaginado que havia se casado.

– Por que diz isso?

– Porque você é muito assustadiça em relação aos homens.

– Não a todos os homens.

– É assim apenas comigo?

Vanessa olhou-o de sobrancelhas arqueadas.

– Acho que você tem me dado boas razões para ser assustadiça, se é que sou.

– Talvez seja. Vamos ter que dar um jeito nisso.

Mentalmente, ela balançou a cabeça diante do tom macio de sua promessa. Era estranho que pudesse se sentir segura com ele, quando já ameaçara tanto sua virtude.

Entre eles fez-se um silêncio tranquilo, bem recebido. Passado um momento, Damien quebrou o encanto perguntando:

– Você sempre trança os cabelos para dormir?

– Normalmente, sim – respondeu receosa. – Por quê?

– Seu cabelo é lindo. Quero vê-lo solto, espalhado sobre meu travesseiro.

Essa observação era intencionalmente provocante, e ela a ignorou com decisão. Apesar disso, mesmo à luz da lua, Damien distinguiu o rubor em seu rosto e ficou encantado.

Apanhá-la de guarda baixa não era fácil. Abrir caminho entre suas defesas suscetíveis exigia habilidade e tato delicado.

Ele dissera a verdade. Vanessa era realmente diferente do que imaginara. Era evidente que se enganara em relação à sua experiência. Apesar dos escândalos em que o falecido marido havia se envolvido e dos rumores sobre ela que circularam depois de sua morte, Vanessa não era como o crápula do marido nem como o canalha do irmão.

Damien estava disposto a admitir que podia tê-la julgado mal devido aos seus preconceitos. Muitas damas da nobreza eram extremamente egoístas e egocêntricas, só se preocupando consigo mesmas. Também nisso Vanessa era bem diferente.

O sucesso que obtivera com sua irmã o deixara surpreso e satisfeito. Contudo, faltava ver se sua bondade e amabilidade eram de fato reais, embora sua preocupação com Olivia fosse autêntica; ela estava tendo um desempenho excelente.

Sua inteligência também era impressionante. Ele nunca buscara de maneira clara estímulo intelectual ou uma conversação inteligente com suas amantes habituais. Seria uma novidade se alguma tivesse uma mente aguçada – e ele suspeitava que ia gostar disso. Surpreendeu-se desejando conhecer melhor Vanessa, a fim de explorar suas profundidades escondidas.

Precisamente por causa de suas crescentes dúvidas a respeito dela, começou a se confrontar com um dilema irônico: se a mantinha ou não presa ao combinado e a fazia sua amante.

A sedução de Vanessa começara como um desafio irresistível. Sua máscara de pessoa reservada e o frio desdém por homens como ele eram tão tentadores quanto um desafio para um duelo. Ele estava muito confiante em que conquistaria facilmente aquela bela e intrigante mulher. No entanto, para sua surpresa e talvez perplexidade, seu objetivo mudara sutilmente dias depois de tê-la conhecido, ao mesmo tempo em que seu interesse começava a se aprofundar.

Naturalmente, ainda estava disposto a ganhar a guerra de vontades que havia entre ambos, mas apesar disso queria algo mais do que uma submissão a contragosto. Estava decidido a transformar seu frio desdém em desejo ardente.

Enquanto a observava com ar pensativo, Damien reconheceu que talvez fosse melhor deixar que os acontecimentos seguissem seu rumo naturalmente, continuando a fazer-lhe a corte até que ela deixasse de ter reservas em relação a ele.

Era tentador ficar conjecturando sobre sua entrega. Seria um prazer vê-la demonstrar sua paixão. Ensiná-la a desejar e expressar esse desejo... No entanto, lembrou-se de que uma norma fundamental da sedução era não exagerar no tempo de permanência ao lado da pessoa que está sendo cortejada. Por mais que lamentasse pôr um fim àquele interlúdio íntimo, já ficara tempo demais ali por aquela noite.

Embora de má vontade, levantou-se e foi até onde ela estava.

– Preciso ir, minha cara, e deixá-la descansar. Espero que me convide a voltar.

Com um delicado dar de ombros, Vanessa rapidamente dissimulou seu ar de surpresa.

– Suponho que tenha liberdade para ir e vir quando quiser, milorde. Afinal, esta é sua casa. Mas não ficarei sem respirar à espera de sua chegada.

– Anseio pelo dia em que você me dará uma resposta inteiramente diferente dessa – disse ele, com um sorriso demorado e malicioso.

Então, intencionalmente, aproximou-se de Vanessa e passou lentamente um dedo pelo seu rosto, tanto para satisfazer sua necessidade de expressão física como para acostumá-la a seu contato.

A fagulha que cintilou entre eles àquele leve roçar assustou-a mais do que a ele. Seus olhos, na obscuridade, mostraram um sobressalto de luminosa profundidade que ele percebeu com muito gosto.

Damien sabia que deveria se contentar com essa pequena vitória. Pelo menos por ora.

Seu plano de sedução caminhava a passos largos, com frequentes oportunidades de intimidade. Ele passava parte do dia em companhia de Vanessa, toda noite jantavam juntos e de vez em quando, à tarde, ia passear com ela e a irmã pelos jardins.

A enfermeira de mãos curativas não tardou a vir de Kent e iniciou o tratamento de atividade física com Olivia, o que permitiu que Vanessa ficasse com um inesperado tempo livre para si mesma.

Quase diariamente saía a cavalo, acompanhada de um cavalariço, para explorar a bela propriedade rural e as áreas ao redor. Em uma ou duas ocasiões fez excursões ao vilarejo de Alcester, onde comprou algumas quinquilharias para Olivia. No entanto, os passeios mais agradáveis, ainda que raros, eram aqueles em que Damien a acompanhava.

Vanessa usava livremente a biblioteca dele, que logo se transformou em seu refúgio favorito na casa. A decoração da mansão era suntuosa – almofadas de Aubusson, painéis de madeira fina e teto de afrescos dourados –, mas o que a atraía era o tesouro dos volumes encadernados de couro que se alinhavam nas paredes. Vanessa passava horas encolhida no assento junto à janela, deleitando-se com os jardins de rosas.

Ao escrever para a mãe e as irmãs, procurava não mencionar apenas Lord Sinclair, para manter o pretexto de que fora contratada como acompanhante de sua irmã. Só Aubrey sabia a verdade sobre seu papel como amante de Lord Sin.

Antes de partir havia discutido violentamente com o irmão, pois ele se pusera contra seu acordo ao compreender a que extremo ela teria que chegar para cancelar suas dívidas. Vanessa não dissimulara sua aflição porque queria que ele compreendesse claramente a carga que havia colocado em seus ombros com suas imprudentes façanhas. No final, prevalecera a opinião dela, simplesmente porque eles não tinham outra saída.

O resto da família, no entanto, acreditava que ela se tornara dama de companhia da inválida srta. Sinclair por questões econômicas, uma posição apropriada para uma dama nobre empobrecida.

Não era nada agradável para Vanessa enganar sua família, mas pior que isso era ter que esconder de Olivia seu parentesco com Aubrey. Tinha receio da reação dela se descobrisse a verdade. Contudo, apesar do enorme peso da culpa, acreditava firmemente que estava fazendo mais bem do que mal. Por mais rica que fosse, a solitária garota estava extremamente carente de amizade e tocantemente agradecida por não ter de suportar sozinha seu trauma.

A atenção que dedicava a ela havia se mostrado mais uma tarefa agradável do que um peso, como Vanessa havia temido que fosse. E diante da esperança de recuperação, até o frio relacionamento entre Olivia e Damien havia começado a descongelar ligeiramente.

No início houve alguma discussão sobre levar a jovem a Bath, para se beneficiar das águas termais de lá, mas, além do fato de a viagem de carruagem ser muito difícil, considerando a fragilidade de seu estado, Olivia não queria que toda a gente ficasse sabendo de seu estado. Assim, em vez disso, Damien propôs a construção de um balneário especial em Rosewood para a irmã. Passava as manhãs ocupado com o projeto na estufa onde suas raras linhagens de rosas eram cultivadas.

Consternada, Vanessa descobriu que a ausência dele era quase tão opressiva quando sua presença, pois não conseguia tirá-lo do pensamento ou de seus sonhos. Dormindo ou acordada, seu magnetismo sensual era para ela uma obsessão.

Damien era um homem muito mais complexo do que ela imaginara no início. E só aos poucos ela foi se inteirando do que levara aquele homem a se tornar o legendário Lord Sin.

Certa manhã, durante sua segunda semana em Rosewood, Vanessa encontrou-se com ele nos estábulos e com grande prazer aceitou seu convite para cavalgar. Desfrutaram de um rápido galope e depois passearam num ritmo mais tranquilo, voltando pelo parque. Chegando a uma elevação que dominava o lago, Vanessa deixou escapar um suspiro diante do radiante esplendor.

– Que lindo! – murmurou.

– Sim, eu havia esquecido – disse ele num tom quase melancólico, enquanto emparelhava seu cavalo com o dela.

– Entendo. Você não passa muito tempo aqui em Rosewood.

– Procuro evitar isso o mais que posso – disse com cara de desgosto.

– Por quê? – perguntou ela, curiosa. – Se eu tivesse uma casa tão bonita, duvido que algum dia fosse querer sair dela.

– Minha infância me fez ter aversão a este lugar. Ele guarda muitas recordações desagradáveis.

– Que tipo de lembranças?

Ele ficou um instante sem responder. Em vez disso, desmontou lentamente e ficou olhando ao longe, à distância.

– O casamento de meus pais foi um campo de batalha – disse finalmente, em voz baixa. – Meu pai desenvolveu tal obsessão por sua amante que procurou se divorciar de minha mãe, e ela o odiava por isso.

– Divórcio? E não era algo muito difícil de conseguir?

– Segundo a legislação inglesa, ele tinha sérios motivos, já que ela era tão infiel quanto ele. Mas a família de minha mãe era suficientemente rica e poderosa para evitar que ela fosse arrastada aos tribunais. – Balançou a cabeça, como se estivesse se lembrando. – Ela teve uma procissão de amantes, suspeito que principalmente por vingança. Mas um dia foi rejeitada por um amante por causa de uma moça mais jovem e bonita, e seu casamento ficou ainda pior... mais amargo.

Damien fez uma pequena pausa e continuou:

– Felizmente para mim, fui para a universidade, e eles não exigiam que eu viesse para cá com frequência. Na época em que me formei, recebi uma herança substancial e pude me estabelecer em Londres, ficando independente de meu pai. Ele vivia na mansão de Londres, e minha mãe ficou aqui no campo. Eles se recusavam até a compartilhar o mesmo teto.

Damien se interrompeu novamente e deu uma risada.

– Foi um tanto irônico que morressem juntos num acidente de carruagem, depois de um baile. Era a primeira vez em muitos anos que compareciam juntos a um acontecimento social. Para ser verdadeiramente honesto, não posso dizer que lamentei muito a morte deles.

Olhou para Vanessa. Os raios de sol intensificavam a densa claridade de seus olhos cinzentos, e ela pôde ver a dor que as sombrias lembranças lhe causavam.

Como se voltasse a si, deu de ombros e se aproximou dela para ajudá-la a desmontar. Quando a pôs no chão, ela retrocedeu alguns passos, perturbada por aquele contato tão casual.

– Foi então que assumiu a tutela de sua irmã? – perguntou Vanessa, não desejando que ele interrompesse suas revelações.

– Sim. – Damien se agachou para apanhar um talinho de grama para mascar. – Desempenhei minhas obrigações legais de modo bastante adequado, mas não havia compreendido, até estes últimos meses, até que ponto havia negligenciado minha irmã. Olivia possuía tudo o que uma garota podia desejar – riqueza, classe, educação. Mas cresceu sozinha. Ela guarda ressentimentos em relação a mim por isso, eu sei. E realmente não posso culpá-la. Não tenho desculpa para minha negligência, além de minha completa falta de aptidão para educar uma jovem dama.

– Talvez você devesse conversar com ela sobre isso.

– E o que acha que deveria dizer a ela?

– Não creio que ela saiba quanto o preocupa. Poderia lhe dizer como lamenta o fato de se sentir tão pouco qualificado para ser seu tutor. É provável que ela nunca tenha pensado que você pudesse realmente ser inepto para qualquer coisa.

Damien deu um leve sorriso.

– E você acha que ela vai me perdoar?

– Creio que sim. Suspeito que o que ela quer é que você seja um irmão de verdade para ela. Você é sua única família, mas a verdade é que ela nunca o conheceu. Sempre se sentiu muito sozinha... ignorada por você, isolada da sociedade por uma preceptora severa. Sem dúvida foi a solidão que levou Olivia a dar um mau passo... – Vanessa omitiu as palavras "por meu irmão", e em vez disso acrescentou: – E agora se sente refém de sua cadeira de rodas. Agora, mais do que nunca, ela precisa de você, Damien, mesmo que no momento não perceba isso.

Ele deu um sorriso seco.

– Com certeza não percebe.

– Você já lhe perguntou simplesmente o que ela quer?

– Você está se referindo a quê?

– Outro dia ela fez um comentário sobre a injustiça de ser mulher. Que os homens podem sair pelo mundo em busca de aventura, mas as moças devem ficar em casa à espera de que alguém lhes faça a corte. E você mesmo disse que sua casa era como um campo de batalha. Você pôde escapar, Olivia não.

Damien franziu o cenho com ceticismo, mas Vanessa suspeitou que estava considerando muito a sério seu conselho.

Mais tarde, quando a ajudou a montar novamente, ainda estava completamente absorto em seus pensamentos e pareceu não ter percebido que Vanessa estremecera ao seu contato.

Ela se censurava por sua falta de controle; no entanto, era surpreendente como seus sentidos eram afetados por ele, e não achava razoável que tivesse começado a desejar daquele modo sua companhia.

Notou que esperava com ansiedade suas visitas noturnas e as rosas que lhe dava, uma diferente da outra em cor e tamanho – de delicados botões amarelos, passando por outras já desabrochadas, exuberantes, de um rosa palidíssimo, a elegantes espécimes vermelhos como o vinho.

Aquelas confidências à meia-noite estavam carregadas de intimidade sensual, embora raras vezes ele a tocasse fisicamente.

Uma noite, os dois estavam sentados como de costume diante da lareira, e Damien acendera uma vela para reforçar a pálida iluminação da lua. Ele bebia seu conhaque, e Vanessa sentia o perfume da rosa que trouxera aquele dia, cuja tonalidade era puro marfim.

– Você vai acabar ficando sem uma única rosa em seus jardins – murmurou.

– Duvido que haja algum risco, e ainda está longe o dia em que isso venha a acontecer – respondeu Damien com seu meio sorriso cheio do irresistível charme que ela já esperava dele.

Sem dúvida, Vanessa conjecturou, aquele sorriso pecaminoso só servira para reforçar sua reputação de malvado.

– Como você se tornou conhecido como Lord Sin? – perguntou ela, curiosa.

Sua resposta a surpreendeu por ser inesperadamente refletida.

– Suponho que estava seguindo os passos de meu pai. Eu era um jovem selvagem, não havia ninguém para controlar meus excessos nem para estabelecer limites para meus atos. E, para um garoto, Londres tinha um tesouro oculto de prazeres proibidos.

– E mais tarde? Quando você ficou mais velho? Você não era mais tão jovem quando criou a Liga Fogo do Inferno.

Damien deu de ombros.

– Um cavalheiro precisa ter algumas diversões. Quando era nova, a Liga era um excelente remédio contra o tédio.

– E agora?

– Receio que a novidade há muito tenha desaparecido.

O silêncio caiu entre eles, enquanto ambos se perdiam em seus pensamentos. Vanessa suspeitava que Damien sofrera da mesma doença de seu irmão: muita permissividade e raras ocupações sérias. Seu falecido marido também se entregara ao jogo e às mulheres para preencher o tempo, especialmente em Londres, onde as oportunidades de vício e iniquidades eram muito maiores.

– Não gosto muito de Londres – comentou Vanessa, mudando de assunto.

– Não?

– Ali há... lembranças desagradáveis para mim. Foi lá que passei boa parte de meu casamento e fiquei viúva. – Encolheu os ombros ao se lembrar daquela época horrível. – Lembro-me daquele dia de maneira muito vívida. Um amigo de meu marido veio me dizer que Roger havia morrido, e depois trouxeram seu corpo para casa... Mas o que aconteceu depois é meio confuso. Por sorte meu irmão estava ali para me ajudar. Foi ele que tomou as providências sobre a herança de meu marido, lidou com os comerciantes e os agiotas. – Vanessa subitamente interrompeu o que estava dizendo. – Sinto muito, concordei em não falar de Aubrey.

– Mas, com certeza, suas lembranças de Londres não são todas ruins – disse Damien, ignorando seu deslize.

– Nem tudo foi ruim. Poderia ter aproveitado, se as circunstâncias tivessem sido outras.

– Aposto que eu poderia ter lhe mostrado um lado mais agradável da cidade.

– Duvido que fosse suficientemente licenciosa para ter direito a entrar em seu reino – disse ela sorrindo.

Ele balançou a cabeça, examinando-a com ceticismo.

– Você nunca quis fazer nada perverso?

– Talvez, embora minha definição de perversidade seja inteiramente diferente da sua. Houve ocasiões em que me senti bastante tentada a desobedecer às convenções sociais. Lembro-me de certo baile em que a duquesa de Salford fez uma observação particularmente desagradável... Cheguei quase a atirar nela meu copo de ponche.

– Isso teria sido algo perverso, realmente – comentou ele com aquele sorriso de anjo caído que podia cativar o coração de qualquer mulher.

Ela corou e desviou o olhar na direção do fogo, dizendo:

– Por que sempre tenho que lhe contar coisas pessoais?

– Será que é porque não costumo fazer julgamentos?

Vanessa se deu conta de que isso era verdade. Nunca sentira que estivesse sendo julgada por ele.

– De qualquer modo – Damien acrescentou suavemente –, é justo retribuir. Você já me fez desnudar minha alma diversas vezes.

Vanessa suspeitava que não se tratava apenas do fato de que a atmosfera intimista de suas conversas noturnas por si só induzisse à confissão. Sinclair estava tentando deliberadamente fazer que ela se revelasse, para conhecer seus segredos, pois assim poderia atraí-la mais facilmente para sua cama.

Sua estratégia estava sendo bem-sucedida, pelo menos em parte. Ela abandonara a extrema cautela que mantinha em relação a ele. E ainda achava difícil manter um ar de compostura quando ele estava perto. Damien conseguia fazê-la estremecer apenas com um olhar e deixá-la sem fôlego com um simples toque.

Talvez fosse o medo do que estava para acontecer que a deixava tão perturbada. Damien havia sido extremamente paciente com sua reserva, não exigindo dela nada mais do que um beijo. No entanto, Vanessa estava certa de que a situação não podia continuar indefinidamente como estava. Ele não demoraria a exigir que ela se tornasse sua amante de verdade.

Outra noite, durante o início de sua terceira semana em Rosewood, a conversa ficou ainda mais pessoal, de um modo muito profundo e inquietante. Eles estavam novamente sentados diante da lareira, à luz cálida de uma vela. No início, Vanessa estava tranquila, até que sentiu aquele olhar de pálpebras pesadas de Damien sobre ela. Já se acostumara a esses exames lânguidos e penetrantes.

Ela não estava preparada para a pergunta que rompeu o agradável silêncio entre eles.

– Quanto tempo faz? – perguntou ele com suavidade.

Ela podia ter fingido que não entendera. Podia ter se negado a responder a pergunta tão íntima, intrusiva. Mas desde o princípio a sinceridade fora um traço distintivo em seu relacionamento, e ela havia chegado a valorizá-la, apesar da angústia que isso provocava nela.

– Dois anos.

– Tanto assim?

Vanessa desviou os olhos de seu olhar indagador.

– Não acreditou em mim – ela replicou, com tremor na voz. – Eu lhe disse a verdade. Não tenho experiência nessas questões. Não tive amantes. Apenas meu marido.

– E não desfrutou de nada – disse ele, em voz baixa.

– Não era... agradável – declarou ela, enrubescida, envergonhada por Damien ter conseguido arrancar dela essa confissão.

– Deixe-me adivinhar – continuou ele, quase num sussurro. – Ele nunca dedicou tempo para excitar você. Em vez disso, buscava seu próprio prazer sem levar em conta o seu. Você ficava lá, tensa e calada debaixo dele, na expectativa da dor, recebendo-o por obrigação.

A crua imagem pintada por ele se aproximava muito da realidade. Vanessa inclinou a cabeça ao reviver a sombria lembrança.

– *Era* meu dever. Mas... isso me magoava.

– Vanessa, pode confiar. Nunca vou magoar você.

Lentamente, ela levantou o olhar para ele, procurando seu rosto. Confiança não era uma palavra que usaria com Damien Sinclair, mas, de modo surpreendente, confiava nele. Porque se não fosse assim, como teria lhe revelado seus segredos? Devia ter evitado suas insistentes sondagens e suas próprias confissões íntimas, mas por outro lado, de modo um tanto confuso, sentia-se quase aliviada de haver exposto sua vergonha íntima.

Os olhos de Damien se fixaram nos dela.

– As relações carnais não precisam ser desagradáveis para a mulher. Na realidade, não devem ser.

– Ele me achava... fria, insensível, porque não podia suportar que me tocasse.

Uma instantânea fagulha de raiva brilhou nos atormentados olhos prateados.

– Era um maldito grosseirão.

Ela encarou Damien, querendo crer na firme convicção de suas palavras.

Damien prosseguiu, mantendo seu tom baixo e tranquilo:

– Vanessa, seu desagrado pela intimidade física tem origem numa experiência cruel. Embora não tenha experiência e conhecimento nesse campo, duvido que seja fria e insensível. Apostaria toda a minha fortuna em que, dentro de você, há uma mulher cálida e apaixonada que anseia se libertar.

Involuntariamente, a emoção lhe fechou a garganta. Durante muito tempo vivera com vergonha e culpa por achar que tinha algum problema. Que, se tivesse sido uma esposa melhor para Roger, talvez ele não fosse procurar a cama de outras mulheres. Inclusive talvez até tivesse moderado seu modo de vida selvagem e temerário e não houvesse encontrado um ignominioso fim, com uma bala no coração, durante um duelo.

A possibilidade era como um bálsamo para uma ferida em carne viva, e Vanessa se sentia completamente reconhecida a Damien por sugerir um motivo para ela nunca ter reagido fisicamente ao marido na cama.

– Você... acha que sou capaz de me apaixonar?

Ele a contemplava com os olhos semicerrados tão sensuais e irresistíveis que Vanessa sentiu uma dor no coração.

– Tenho certeza disso. Poderia lhe provar isso, se pusesse seu prazer em minhas mãos.

Ela entreabriu os lábios, mas nenhum som saiu deles.

Então, Damien, tranquila e lentamente, pôs o copo na mesa e se levantou.

– Posso lhe demonstrar como é sentir-se querida e desejada?

Com movimentos lentos, fez que Vanessa se pusesse de pé. Imóvel, ela o encarou e viu as centelhas que iluminavam o fundo de seus olhos. A proximidade dele produziu nela um choque agradável que se estendeu às extremidades de seus nervos.

– Eu a desejo, Vanessa. Mais do que você possa imaginar.

– Damien...

– Silêncio. Não tenha medo de mim. Vou deixar que você tome a iniciativa.

Pegou a mão dela e comprimiu a palma de encontro ao seu rosto.

– Só me toque – disse, guiando a mão de Vanessa e fazendo que seus dedos deslizassem lentamente por seus traços.

Ela fechou os olhos com um suspiro e começou a explorar as partes planas e os ângulos de seu belo rosto, aprendendo sua forma masculina, o contorno único, a sutil flexão de carne e osso.

A sensação era nova para ela, ainda que de certo modo familiar. Em seus sonhos o havia tocado assim, saboreando o calor de sua pele, a áspera barba despontando em seu queixo, a fluidez de sua respiração quando seus dedos desenhavam a curva flexível de sua boca.

– O que sente?

Sentia brotar em seu interior uma intensa onda de calor, suavidade, entrega. O que ela sentia era espanto ante aquele encantamento que a envolvia tão naturalmente e a deixava sem fôlego. O que experimentava era desejo.

Abriu os olhos e o encarou, aturdida. Seus olhos claros estavam ternos e cúmplices, mas Damien não fez nenhum outro movimento.

Ele sabia do poder que tinha sobre ela, sabia até que ponto era perigosamente sensual. No entanto, não dava mostras de querer tirar vantagem disso.

– Não – disse ele num rouco sussurro. – Você ainda não está preparada.

Sem deixar de olhar para ela, levou as pontas de seus dedos aos lábios, beijando-as calmamente, sem pressa.

Depois, com a mesma ternura, soltou-a.

– Não quero pressioná-la mais esta noite, querida. Quando finalmente vier a compartilhar meu leito, será algo tão certo para você quanto é para mim.

O som de sua aveludada promessa ficou ecoando em sua mente por muito tempo depois que ele se foi. Ao se lembrar, Vanessa estremeceu. Ainda tremia por causa daquele fogo encantador que ele acendera em seu interior. E esse tremor continuou, com os doces e íntimos sentimentos que ele despertara com sua ternura.

Olhou para as mãos, fixando-se nos dedos. Parecia impossível, mas ainda sentia a pressão de seu beijo ardente e a marca de seus lábios suaves. Mas eram os inexplicáveis anseios de seu coração que mais a assustavam.

7

Vanessa jamais imaginara que seu papel em Rosewood fosse ser tão fácil nem que suas emoções seriam tão conflitantes. Num espaço de tempo muito curto, os dois Sinclair haviam conseguido afetá-la de modo inimaginável. Damien, cativando seus sentidos e envolvendo-a em seu feitiço sensual, e a jovem Olivia, atraindo poderosamente seu coração.

Sua resposta a Damien a perturbava, a inquietava demais. Não gostava nem um pouco dos sentimentos ternos que ele despertara em seu íntimo. Era uma imprudência extrema deixar que essa atração emocional por ele a dominasse. Precisava ter em mente que seduzi-la era para ele um jogo impulsionado pela vingança, e ela era sua presa.

Estava quase desejando pôr um fim nessa insegurança. Por alguma razão ele lhe havia concedido uma prorrogação, retardando a formalização de seu trato. Mas Vanessa havia chegado a um ponto em que a perspectiva de compartilhar seu leito não era tão angustiante quanto a tensão de esperar a queda da espada que sentia sobre a cabeça. Ela não podia considerar o ato sexual senão com temor e, à fria luz do dia, não conseguia acreditar na suposição de Damien de que ela podia ser capaz de se apaixonar.

Vanessa achava que, quanto antes se consumasse seu trato, mais rápido Damien descobriria a verdade sobre ela e poria fim a sua tormentosa perseguição. Depois que visse que ela não era nada brilhante, ele se cansaria de seu jogo e dela, e talvez mandasse que fizesse as malas.

No entanto, exceto pela ameaça que lhe pendia sobre a cabeça, sua vida ali era mais agradável do que teria direito de esperar. O mais estranho era não ter que viver se preocupando com sua subsistência. Durante os últimos dois anos, dedicara uma parte considerável de cada dia a decidir sobre a melhor maneira de economizar. Para Damien, ao contrário, dinheiro não era problema, especialmente quando se tratava do bem-estar de sua irmã. Concordara rapidamente quando Vanessa sugeriu que uma modista e uma chapeleira talvez pudessem elevar o moral de Olivia.

A jovem se negava terminantemente a sair de casa, até mesmo para fazer compras; no entanto, Vanessa acreditava que lhe faria muito bem voltar a se interessar por sua aparência.

– Mas não preciso de vestidos novos – protestou Olivia, mostrando-se mais uma vez obstinada. – Não tenho onde exibi-los, já que não pretendo voltar a sair daqui.

– Talvez não – disse Vanessa, adulando-a –, mas minha irmã Fanny acredita que não há nada como um chapéu novo para alguém se sentir bonita, e você pode usar um xale ou dois para nossas visitas aos jardins. Além disso, também precisa de uma roupa de banho para a piscina que seu irmão está construindo para você na estufa.

Quando a chapeleira chegou com seus chapéus enfeitados com laços, rendas e penas de avestruz, Olivia encontrou dois que lhe agradaram.

– Suponho que os chapéus vendidos em Londres são mais elegantes do que os que podem ser encontrados aqui no campo – disse a Vanessa, um tanto melancólica, quando voltaram a ficar sozinhas.

– Nem sempre, embora lá os preços sejam exorbitantes.

– Deve ser maravilhoso viver em Londres.

– Na verdade, a cidade não me agrada muito.

– Não? Mas ali há tanta coisa para fazer e ver! Bibliotecas públicas, livrarias, museus, peças de teatro, representações de ópera...

– Certamente essas são as vantagens, mas eu estava pensando no torvelinho social.

– Você está se referindo a bailes, reuniões, jantares?

Vanessa assentiu, enquanto envolvia em papel de seda o chapéu cor de limão que Olivia havia escolhido. Durante o ponto alto da temporada, não era raro receber meia dúzia de convites para uma única noite. Quando tinha a idade de Olivia, a perspectiva de um baile era o mais emocionante. Mas, à medida que ficava mais velha, foi se deixando cativar menos pela jaula dourada da sociedade londrina, a vida vazia, o implacável fingimento, os mexericos ofensivos e vingativos. E, quando o marido começara seu declínio, as noitadas haviam se tornado quase insuportáveis. Vanessa lembrava-se de si mesma com o rosto tenso durante horas, com um sorriso estereotipado nos lábios, suportando os olhares sombrios daqueles que em outros tempos se diziam seus amigos. Apesar disso, não queria estimular a inclinação para a solidão de Olivia.

– Um baile pode ser algo extremamente agradável – disse em tom leve –, mas, depois de passar anos frequentando-os, todos parecem iguais. Mesmo assim, toda dama jovem de posses deve vivenciar a temporada pelo menos uma vez. Você deveria ir para formar sua própria opinião.

– Não sei se farei isso um dia – disse Olivia, olhando ao longe.

Fez-se um longo silêncio, e Vanessa viu que seu lábio inferior tremia.

– Minha ex-acompanhante, a sra. Jenkins, dizia que eu merecia o que aconteceu comigo. Que tive sorte de sobreviver como uma inválida.

– Você não merece nada disso! – replicou Vanessa, dirigindo-se a Olivia com voz áspera pela primeira vez.

– Não estou tão certa disso. O erro foi meu por ser tão tola e leviana.

– Não é tolice apaixonar-se. Sua única falha foi escolher o homem errado.

– Uma falha espantosa – disse Olivia num sussurro.

Vanessa deixou o chapéu de lado e foi sentar-se na beira da cama, pegando a mão da jovem.

Olivia olhou-a com os olhos azuis cheios de lágrimas.

– O que Damien lhe contou da loucura que fiz?

– Disse que você havia sido vítima de uma aposta cruel, que um canalha a convenceu a fugir.

Observou que o queixo da jovem tremia, mas achou que era melhor que ela falasse de sua experiência traumática, que tentasse enfrentar os dolorosos sentimentos de perda e traição em vez de reprimi-los.

– Você não é a primeira jovem a ser enganada por um estranho bonito – disse Vanessa gentilmente.

– Fui mesmo enganada. Acreditei que ele queria se casar comigo. Queria muito acreditar nele quando dizia que eu era bonita, que me amava.

Seu olhar vago ficou distante.

– Ele era tão encantador, tão doce, tinha uns olhos tão alegres! Fez que me sentisse... especial. E gostava muito de poesia. Era muito romântico. Eu... achava que era. Até aquela noite horrível.

– O que aconteceu? – indagou Vanessa.

Havia ouvido a versão de Aubrey, e Damien lhe contara a história que havia conseguido montar com o testemunho de pessoas presentes quando tudo ocorreu, pelo que soube dos criados e mediante as próprias confissões de Olivia. Mas muitos detalhes ficaram sem esclarecimento.

– Havíamos planejado viajar para Gretna Green – murmurou, referindo-se ao pequeno povoado além da fronteira escocesa, local no qual os casais em fuga aproveitavam a legislação permissiva que só exigia uma testemunha para oficializar a união. – Estava nervosa e ao mesmo tempo excitada. Fiz a pé todo o caminho até a casa de posta de Alcester, pois não queria despertar nenhuma suspeita indo a cavalo. – Respirou fundo e prosseguiu:

– Assim que cheguei, percebi que havia algo errado. Ele não parecia contente de me ver. Havia reservado um quarto privativo e estava ali com dois amigos que eu conhecera numa reunião local uns meses antes. Eles estavam perplexos. Eu queria sair dali, mas Aubrey não quis ir. Disse que mudara de ideia sobre a fuga. Lembro que seus amigos caíram na gargalhada e disseram que ele ganhara a aposta com justiça.

Envergonhada, Olivia enrubesceu.

– Era uma cifra alta, mil libras. No princípio, não entendi nada. Devia estar parecendo uma idiota, ali de pé, com minhas caixas de chapéu. Então seus amigos me disseram que Aubrey em nenhum momento tivera intenção de se casar comigo, que tudo fora uma brincadeira. Quando um deles se ofereceu para me tomar sob seus cuidados, Aubrey ficou zangado e exigiu que ele se desculpasse, mas a essa altura eu já não podia suportar ouvir mais nada. Virei-me e saí correndo do quarto. Ao chegar à escada, devo ter esbarrado em algo ou tropeçado em minhas caixas. Sei que tentei me agarrar a alguma coisa... Minha lembrança seguinte é que acordei em meu quarto, incapaz de me mexer. Disseram-me que eu havia caído da escada.

Então não conseguiu mais conter as lágrimas e disse:

– Nunca mais tive notícias dele.

Vanessa sentiu que seus olhos também se enchiam de lágrimas. Poderia dizer a ela por que Aubrey a abandonara depois do trágico acidente. Damien tomara o cuidado de não permitir que seu sedutor voltasse a se aproximar dela. Mesmo assim, Vanessa estava firmemente convencida de que aquele não era o momento para revelar-lhe sua relação com Aubrey. Estava fazendo progressos com Olivia, convencendo-a a dar a si mesma uma oportunidade, e outra traição poderia acabar pondo fim à recente amizade.

No entanto, ao ouvir a história, Vanessa sentiu uma nova onda de raiva. Ainda estava horrorizada, furiosa com seu imaturo e imprudente irmão, que deixara inválida aquela jovem, arruinando sua vida. Olivia era como uma flor delicada, intacta, maculada e pisoteada no esterco.

– Agora você pode entender por que não posso me apresentar de novo diante da sociedade – sussurrou Olivia.

Vanessa estreitou sua mão, confortando-a.

– Entendo que você possa pensar que seu mundo acabou, Olivia. Mas isso não é verdade. Você vai superar tudo, como fiz com meu casamento. Não era muito mais velha do que você quando me casei, e acabei sendo obrigada a enfrentar um escândalo.

Sua voz se reduziu a um rumor.

– Meu marido... em menos de um ano consumiu sua considerável fortuna e se encheu de dívidas, embora isso não o tenha impedido de meter-se num mau negócio atrás do outro. Lembro-me de ocasiões em que achava que fosse morrer de vergonha. Inclusive o fim de Roger foi vergonhoso. Ele foi morto num duelo por causa de outra mulher. Uma atriz.

– Que coisa horrível!

Vanessa tentou sorrir, mas não conseguia reprimir completamente sua amargura.

– Foi o que achei na ocasião. Mas a única coisa que me restava fazer era manter a cabeça erguida. Aprendi a seguir em frente com minha vida, ignorando as tempestades. Confie em mim, querida. Esse escândalo passará. E a melhor maneira de enfrentá-lo é levantando a cabeça. Acovardar-se não vai lhe servir de nada.

Olivia levantou o rosto para olhá-la e disse:

– Como venho fazendo aqui em meu quarto?

Vanessa assentiu delicadamente.

– É compreensível que você se sinta relutante em enfrentar o mundo, para não se expor a comentários maldosos e insultos, mas, se ficar isolada de todos os que se preocupam com você, só vai aumentar seu sofrimento.

– Damien diz... que se preocupa comigo.

– Estou convencida de que isso é verdade.

– Disse-me que lamenta muito não ter se comportado como um irmão comigo. Pediu-me que lhe desse outra oportunidade.

– E você fará isso?

– Sim – respondeu a garota, trêmula, enxugando os olhos. – Na realidade, não era minha intenção torná-lo uma vítima de meu ressentimento. Acontece que me sentia muito presa aqui.

– Não há por que ser assim.

– Há tantas coisas que já não posso fazer! Antes do acidente sempre fui autossuficiente, mas agora preciso de pelo menos duas aias para me ajudar a me vestir e um criado para me levar para baixo. E estava acostumada a cavalgar todos os dias, fizesse bom ou mau tempo.

– Você ainda pode sair de carruagem, não é mesmo? E, naturalmente, pode ir ver seus cavalos. O cavalariço me disse que eles sentem muito sua falta.

Olivia mordeu o lábio.

– Sinto falta de muitas coisas.

– De que mais, além de cavalgar?

– De minha música. Tinha muita habilidade para tocar piano, mas... agora não consigo fazer funcionar os pedais.

– Ainda não, mas com o tempo você vai conseguir. E não há nenhum problema com seus dedos, não é? Pode mantê-los ativos até o dia em que volte a tocar. Sei que se não forem exercitados regularmente podem aos poucos acabar perdendo a mobilidade.

Olivia assentiu lentamente.

– Também acho que posso cantar.

– A senhora Nesbit me disse que você tem uma voz angelical.

– Bem, angelical não... – replicou com modéstia, porém enrubescendo de prazer.

– Gostaria muito de ouvi-la.

Nessa ocasião, quando Vanessa estreitou a mão de Olivia, ela lhe disse com emoção:

– Estou feliz por você ter vindo para cá.

Vanessa sorriu.

– Eu também – respondeu honestamente.

Naquele dia, Olivia fez seu primeiro esforço importante para reintegrar-se ao mundo.

Vanessa e Damien estavam no salão, e já iam se sentar para jantar quando o mordomo entrou e, depois de limpar a garganta, anunciou:

– Milorde, a senhorita Olivia expressou o desejo de juntar-se ao senhor e a Lady Wyndham à mesa.

Olivia apareceu à porta atrás dele, sentada em sua cadeira de rodas, que um robusto criado empurrava. Damien levantou-se abruptamente, com uma expressão de surpresa e preocupação.

– Estou bem – tranquilizou-o Olivia no mesmo instante. – Vanessa me disse que devo parar de me acovardar sob os lençóis, e, já que em algum momento ia ter que começar, escolhi esta noite. Damien, acho que o escandalizei novamente!

Ele dirigiu um eloquente olhar para Vanessa, antes de voltar a dar atenção à irmã. O sorriso que ela exibia rivalizava em brilho com o sol.

– Pode me escandalizar sempre que quiser, querida.

Dirigiu-se então ao mordomo:

– Croft, traga uma garrafa de champanhe, por favor. Acho que isto requer uma comemoração.

Se Damien ficou surpreso pelo fato de sua irmã ter-se juntado a eles para jantar, muito mais o fez o calor familiar que impregnava o ambiente. Enquanto seus pais eram vivos, as refeições eram provas de resistência, frias e formais, com gélidos silêncios interrompidos de vez em quando por palavrões e recriminações. Aquilo em nada se parecia com a cordialidade que os cercava naquela noite.

A amistosa intimidade continuou, ao seguirem juntos para a sala de música. Lá estava o magnífico piano com que Damien presenteara a irmã quando ela fizera dezesseis anos. Um presente cuja entrega, deixada a cargo de seu secretário, agora lamentava.

Vanessa tocava e Olivia cantava, enquanto Damien as observava cada vez com mais carinho e prazer.

Não esperava progressos tão notáveis com sua irmã. Ter levado Vanessa para lá parecia agora um toque de gênio. Sua cultura e educação certamente a qualificavam como acompanhante adequada; mas ele podia ter passado anos procurando sem encontrar alguém como ela, capaz de desencadear tão rapidamente aquela mudança. Em poucas semanas, conseguira fazer que Olivia experimentasse um renovado interesse pela vida, tarefa em que ele durante meses fracassara.

Sentia-se muito agradecido por seus esforços e pelo calor que havia levado ao seu lar. Aquela noite era uma das ocasiões mais agradáveis em Rosewood de que ele conseguia se lembrar, e ela ainda não terminara.

Diante de sua insistência, Olivia se retirou cedo, para não ficar muito cansada em sua primeira aventura com companhia. O próprio Damien a levou para cima e depois voltou à sala de música, encontrando Vanessa sentada no sofá, bebendo uma taça de vinho.

Uma estranha ternura o invadiu enquanto a observava. Parecia relaxada, contente, com o olhar tranquilo, descontraída e com as defesas baixas.

Uma voz sussurrou-lhe mentalmente que seu julgamento estava se tornando distorcido e confuso, mas Damien deliberadamente a ignorou, do mesmo modo como descartara qualquer peso na consciência sobre o que se propunha a fazer. Finalmente chegara o momento de tentar se infiltrar na frágil armadura dela.

No entanto, sabia que os anseios de posse que sentia crescer dentro de si eram algo mais do que simples apetite carnal. Experimentava uma premente necessidade de estreitar Vanessa nos braços e ensinar-lhe a experimentar desejo e paixão, de desentranhar de seu corpo as ânsias insatisfeitas e despojá-la de sua escandalosa inocência. Apesar de toda a sua familiaridade com o escândalo, ela era terrivelmente inexperiente em assuntos carnais.

Como estivera enganado a esse respeito... De imediato ficara impressionado com o modo como se sacrificava pela família. Sendo tão resistente à intimidade física, tivera de reunir toda a sua coragem para concordar em ser sua amante. Um atributo que ele tinha de admirar.

Damien não duvidava que seu desdém pelos homens e pelo sexo eram consequência das desagradáveis relações que mantivera com o falecido marido, e desejava imensamente remediar sua lamentável ignorância, tanto para o bem dela como para o seu próprio. Desejava libertá-la de seus temores.

– Estou mais agradecido do que você possa imaginar por sua amabilidade com minha irmã – murmurou ao entrar na sala.

Vanessa olhou para ele com um sorriso.

– Amabilidade é algo que merece alguém que se faz amar.

– Você parece desfrutar da companhia dela.

– Sim, muitíssimo.

– Então sua estada aqui não tem sido muito desagradável, não é verdade?

– Não, absolutamente – respondeu depois de uma hesitação.

Ele se perguntava o que sua pausa implicava: não muito desagradável *ainda*. Não enquanto seu pacto continuasse pendente.

– Quer me acompanhar até o jardim?

– A esta hora da noite?

Sua súbita cautela o fez recordar seu anterior nervosismo em relação a ele.

Damien se expressou em tom leve:

– Peço-lhe que não se comporte como se esperasse que eu fosse abusar de você, Vanessa. Garanto-lhe que não tenho em mente nada sinistro. A piscina de Olivia está quase terminada, e achei que você gostaria de vê-la sem a presença de todos os operários.

Vanessa olhou para a janela, cujas cortinas haviam sido corridas ao anoitecer, e depois para o vestido de seda que estava usando. O decote quadrado e as mangas curtas, com recortes, não a protegeriam do frio da noite.

– Talvez devesse levar uma echarpe – sugeriu, insegura.

– Acho que não vai precisar dela. A estufa é cálida.

– Bem...

Tomou seu braço com um sorriso e a conduziu através das portas até o jardim. O ar da noite refrescou sua pele exposta. A lua quase cheia resplandecia, e as estrelas brilhavam como diamantes sobre veludo negro.

Vanessa pôs-se a pensar que devia estar louca para se aventurar por um tranquilo jardim iluminado apenas pela lua com um homem como aquele, e, apesar de tudo, um temerário prazer e um forte sentimento de expectativa a invadiam. Talvez tivesse bebido muito vinho...

– De repente você ficou em silêncio – observou Damien.

– Estou me perguntando se é sensato estar aqui com você.

– Prefere visitar a estufa por sua conta? Se quiser, deixarei que vá sozinha.

– Não, não quero ir só.

– Vamos, querida, não tenha medo! Se não a pressionei em todas as minhas visitas a seu quarto, onde desfrutamos de toda a intimidade, é improvável que vá fazê-lo aqui, onde podemos ser vistos.

– Mesmo assim, vai me desculpar por sentir receio de suas tendências hedonistas.

Lentamente, ele balançou a cabeça.

– Fico aborrecido por você ter uma opinião tão pobre sobre meu caráter. E pensar que procurei usar com você meu mais charmoso sistema de corte!

Vanessa conteve o sorriso, decidida a não sucumbir a seu atrativo sensual. No entanto, devia admitir que gostava de seus jogos verbais e do desafio de prosseguir disputando com ele em seu engenhoso combate.

– Creio que vou conseguir resistir a seu encanto. Melhor seria se praticasse com uma dama mais disposta.

– Ah, não há nenhuma outra disponível neste momento. Receio que terei de me contentar com você.

– Duvido que uma única mulher baste para satisfazer seu enorme apetite.

– Parece que você está se subestimando.

– E acho que você me supervaloriza.

Ele levantou uma sobrancelha.

– Isso é uma acusação? Vamos, querida, poderia me considerar insultado!

– Seria possível insultá-lo a ponto de fazer que você cedesse em sua perseguição?

O demorado e divertido olhar que ele lhe dirigiu fez seu coração disparar. Como podia se sentir tão vulnerável pelo perverso charme daqueles olhos atraentes?

Vanessa estremeceu ante essa sensação. Perto dele, onde quer que fosse, tinha de lutar contra a tentação. E ela era cada vez maior.

– Chegamos – murmurou Damien assim que atingiram o fundo do jardim.

Estavam na área da estufa. Quando ele abriu a porta, Vanessa hesitou antes de penetrar no recinto escuro, grande e profundo.

– Espere um momento. Vou acender uma lâmpada.

Entrou e, depois de alguns instantes, ela divisou a fagulha de um fósforo ao ser acendido.

– Isso dissipa sua ansiedade?

Não podia responder que sim, porque na verdade sua ansiedade aumentara: o resplendor da luz só iluminava os belos traços cinzelados de seu rosto.

A cautela de Vanessa aumentou ao ver que Damien fechava o ferrolho atrás deles. Ele deve ter pressentido sua reação, porque disse casualmente:

– Prefiro que não nos incomodem, mas, se isso a tranquilizar, posso lhe oferecer uma arma.

Foi até uma estante onde eram guardadas as ferramentas de jardim e, depois de procurar por alguns instantes, estendeu-lhe um tubo de cerca de meio metro de comprimento.

– Isso é uma arma consistente. Pode me golpear com ela se tentar ir além dos limites.

Sorriu para ela com os olhos cálidos cheios de lânguida sensualidade. Era evidente que não se preocupava em imaginar que corresse nenhum perigo com ela. Vanessa aceitou o tubo com ceticismo, suspeitando que, assim como a chave de seu dormitório, estava destinado a engendrar uma falsa sensação de segurança.

Damien a conduziu pela vasta estufa, junto a corredores de rosas e orquídeas exóticas em vasos, até uma variedade de limoeiros, limeiras e laranjeiras. O ambiente era muito mais cálido ali, além de fragrante, devido ao cheiro de terra úmida e ao perfume das flores.

Por fim chegaram diante de um par de biombos de rara seda chinesa, que ali haviam sido colocados para preservar a intimidade de quem estivesse do outro lado, onde se encontrava uma piscina ladrilhada, afundada no terreno, repleta de água, que formava suaves ondulações.

– A caldeira para aquecer a água já foi colocada – explicou Damien –, mas foi preciso instalar novas tubulações.

Vanessa percebeu que era evidente que a piscina havia sido projetada para uma pessoa inválida. A extremidade mais próxima estava equipada com uma saliência larga da altura dos quadris, enquanto, por dentro, uma extensa rampa se inclinava para baixo, de modo a fazer que o paciente deslizasse até a água.

– E então, Vanessa, o que você acha? Satisfez suas expectativas?

Sincera, ela assentiu, dizendo em seguida:

– É impressionante! Realmente, estou assombrada.

– Assombrada pelo fato de eu ser criativo? Possuo alguns modestos talentos. Já sabe que isso é permitido aos libertinos depravados.

– Sua habilidade não me surpreende, mas sim que dedique sua mente e talento a fins tão bons. A maioria dos nobres ricos têm uma decidida falta de interesse em trabalhos úteis.

Ele sorriu docemente.

– Então confio em poder ser diferente dos nobres que você conhece.

Mostrou então um armário de mogno provido de toalhas, mantas e batas. Depois colocou o lampião num banco.

– Quer experimentar a água? Está quente e muito agradável.

– Agora?

Ele lhe dirigiu aquele seu sorriso irresistível.

– É o momento ideal. E, se gostar, vai estar mais segura para convencer minha irmã a entrar na água.

Vanessa não conseguia desviar os olhos dos dele. Era audacioso, desavergonhado, convincente, e ela estava sucumbindo totalmente ao seu feitiço.

Damien se sentou no banco para tirar os sapatos e as meias e levantou a beirada das calças acima dos joelhos. Quando ficou de pé, Vanessa o fitou de olhos arregalados.

– Não tenha medo. Não vou ficar totalmente nu.

Seu tom era leve, encantadoramente brincalhão, e os olhos, sedutores.

Foi até a piscina, sentou-se na saliência e passou as pernas por cima, mergulhando-as na água com um suspiro de prazer.

– Não quer vir aqui comigo?

Ao ver que ela vacilava, baixou o tom de voz até um murmúrio rouco, tão sedutor quanto pecaminoso.

– Tire os sapatos e as meias, Vanessa. Atreva-se a viver perigosamente. Afinal, tirar os sapatos não é perversão.

Vanessa sentiu que sua força de vontade se enfraquecia, porém ficou imóvel.

A voz de Damien transformou-se numa carícia.

– Vamos, me agrade, se não quiser agradar a si mesma.

Vendo que ela ainda não respondia, ele balançou tristemente a cabeça.

– Sabe qual é seu problema? Você é muito reprimida. Nega-se a deixar sair a mulher apaixonada que há em você.

Ela estremeceu, como se Damien houvesse tocado numa corda sensível. Roger frequentemente a acusava de ser desprovida de paixão e, embora estivesse brincando, doía-lhe que aquele homem lhe fizesse essa acusação. Doía-lhe mais ainda pensar em como Damien reagiria quando compreendesse que na verdade ela era fria e incapaz de sentir paixão. Então não ia mais querer que ela fosse para seu leito.

Ergueu o queixo em desafio. Ela não queria que ele a desejasse. E já o advertira honestamente em mais de uma ocasião que ele havia feito uma pobre escolha em matéria de amante.

Embora compreendesse que estava se deixando manipular toscamente, fez o que Damien lhe pedia: tirou os sapatos e as meias e juntou-se a ele na saliência da piscina. Ele não duvidara que ela reagiria a suas provocações, e não escondeu a satisfação quando ela se sentou ao seu lado. Sentindo-se também perversa, Vanessa levantou a saia alguns centímetros e afundou os pés na água, que estava deliciosamente cálida e relaxante.

Pelo canto do olho, ele lhe dirigiu um olhar divertido.

– Você precisa aprender a confiar em mim.

– Seria mais fácil confiar num lobo.

Damien, fingindo consternação, levou a mão ao peito, dizendo:

– Ah, bruxa ingrata! Você magoa minha alma decadente.

– Talvez devesse pedir ao doutor Underhill que lhe aplicasse algumas bandagens.

Damien deu uma risada baixa e rouca.

– Não consigo entender por que você desconfia tanto de mim. Nunca fiz nenhuma tentativa realmente séria contra sua virtude.

– Não? Por acaso está brincando comigo?

– Eu a beijei, mas só uma vez, e isso foi antes de conhecê-la.

– Não diria que agora você me conhece.

– Ah, conheço, sim! Nas últimas semanas fiquei sabendo muita coisa sobre você. Que é amável e generosa. Enérgica e inteligente. Com uma intuição ágil da qual me vejo em sérios apuros para me defender. E que os homens a assustam.

Seu tom alegre de repente adquiriu uma nuança mais séria.

Vanessa mordeu o lábio e ficou em silêncio. Por que fora tonta a ponto de contar-lhe seus segredos?

– Você não devia permitir que uma má experiência a marcasse para toda a vida.

Ela baixou a vista e olhou para as mãos. Não queria ter medo dos homens, mas o contato íntimo a horrorizava. Não desejava deixar-se abater pelo passado, pelas sombrias lembranças de seu casamento, mas havia poucas esperanças de banir essas recordações tão ingratas.

Damien pareceu estar lendo seus pensamentos, porque baixou a voz até quase um murmúrio:

– Proponho como meu principal objetivo ajudá-la a superar seus medos.

Irritou-se ao ouvi-lo sugerir que sua perseguição era para beneficiá-la.

– Com certeza não vai esperar que eu acredite que sente por mim um interesse altruísta. Acho que não sou tão inexperiente.

– Não, reconheço. Espero me beneficiar também. Uma mulher bonita comigo em meu leito é um prêmio suficiente.

Vanessa sentiu que ele a examinava, e isso a estimulou a fazer a pergunta que muitas vezes a atormentara:

– Eu... já me perguntei por que você ainda não exigiu que eu cumpra nosso acordo. É só para me atormentar ou para prolongar sua vingança?

– Não. Claro que não! – Ele parecia surpreso.

– Por que então?

– Você ainda não está preparada.

Surpresa com sua resposta, ela o olhou.

– Como sabe?

– Por experiência. Intuição masculina. O sinal mais evidente é sua aversão a ser tocada.

Damien passou o dedo suavemente por seu rosto.

– Ah, já há progressos! Desta vez você não piscou. Isso me leva a confiar em que algum dia a ouvirei sussurrar aos meus ouvidos palavras de entrega.

Sua expressão era cálida, suave, enquanto ele desenhava seu lábio inferior com o polegar.

– Previno-a de que só aceitarei sua completa entrega.

Com o polegar, roçou a comissura interna de sua boca, num gesto descaradamente sexual. Vanessa ficou sem ar, ao mesmo tempo em que uma chama de nova ira ardia em seu interior. Fazia semanas que Damien pusera em prática seu jogo de espicaçar seus nervos, de brincar de gato e rato com ela, e chegara ao ponto da crueldade.

– Se me trouxe aqui para me seduzir – sussurrou, com um olhar ameaçador –, preferiria que se apressasse e acabasse logo com isso.

Ele permaneceu imóvel.

– Trouxe você aqui para lhe mostrar a piscina – respondeu com serenidade. – Se tivesse pretensão de seduzi-la... – inclinou a cabeça –, teria me aproximado mais... Assim.

Seu hálito quente roçou o rosto dela. Vanessa estremeceu, aguardando o toque de seus lábios, mas ele não tentou beijá-la. Em vez disso, passou um dedo pela delicada linha de sua clavícula.

– Na verdade, você é muito encantadora, sabe?

O calor de sua voz percorreu todo o seu corpo, fazendo-a estremecer. Damien Sinclair era um diabo perigoso que tinha o poder de enfeitiçá-la.

Suas mãos deslizaram com uma torturante lentidão, deixando um rastro ardente à sua passagem, expulsando sua ira... Vanessa fechou os olhos, lutando contra a implacável opressão que despertava nela, perguntando-se como poderia resistir àquele homem cuja evidente virilidade lhe conferia esse poder sensual sobre qualquer mulher que desejasse.

Um momento mais tarde, sentiu que ele se mexia. Para sua surpresa, Damien havia deslizado da saliência para dentro da piscina. Não era profunda, chegava apenas até os joelhos, mas a água se agitava em torno de suas coxas, destacando o inchaço de suas calças na altura das virilhas. Vanessa compreendeu que ele estava descarada e inconfundivelmente excitado.

Ao perceber para onde ela olhava, Damien curvou os lábios num sorriso seco.

– Como vê, seus atrativos me fascinam.

Desconcertada pela audácia, ela desviou o olhar, mas ele não era tão modesto. Apoiou um dedo lânguido sob seu queixo e a obrigou a levantar os olhos.

Vanessa ficou imóvel, fascinada por sua terna expressão. O exame dele era de uma intimidade tão física como um beijo roubado.

– Você não confiaria em mim?

Vanessa umedeceu os lábios e olhou para ele. Tinha certeza de que Damien podia notar a pulsação em seu pescoço.

– Deixe-me beijá-la. Prometo que pararei quando você quiser.

Muda, Vanessa olhou para ele, tentando desesperadamente ignorar a tentação de sua boca; no entanto, isso era impossível. Desejava seu beijo, seu contato. Era uma loucura pensar que conseguiria escapar de seu feitiço.

Damien estendia a mão na direção de seu pescoço. Suas carícias demoradas faziam vibrar seu corpo, comoviam docemente seus sentidos. Diante da sedutora perversão de seus experientes gestos, sentia enfraquecer sua resistência. Contudo, era seu olhar o que mais a cativava. Por trás da suave sedução daqueles olhos cálidos havia uma promessa de ternura, de paixão que ia além daquilo que ela podia imaginar.

– Doce sereia, deixe-me...

Havia cerrado os cílios escuros. Inclinava a cabeça, e sua boca descia até a dela.

Vanessa suspirou ao primeiro sabor de sua boca. Seus lábios eram cálidos, vibrantes e... oh!... tão mágicos!

O que havia restado de sua resistência desapareceu quando ele tomou seu rosto nas mãos. Introduziu delicadamente a língua em sua boca, procurando a dela. Vanessa estreitou o corpo contra ele, impotente diante da cálida sensação que ele provocara.

Em resposta, ele intensificou o beijo, cobrindo-a de ternura íntima e sensualidade, absorvendo-a. Passou um tempo longo, muito longo antes que o beijo terminasse... mas então ele deslizou os lábios por seu rosto até a orelha.

– Seu sabor é tão doce... como um vinho excepcional.

A voz profunda, aveludada de Damien parecia tocá-la, alimentando a selvagem ousadia que crescia em seu íntimo.

Vanessa engoliu em seco, num esforço para fazer que sua respiração alterada voltasse ao normal; e ainda sentia uma dor intensa entre as coxas e, no íntimo, um desejo ardente, como se estivesse derretendo, que não tinha forças para reprimir.

Damien devia saber o efeito que causara nela, pois afastou-se ligeiramente.

– A rendição faz bem, não é mesmo? – sussurrou.

Sim, ela queria dizer, mas as palavras ficaram presas em sua garganta.

Ele se aproximou mais, unindo cada centímetro de seu corpo ao dela. Seus olhos cálidos e prateados fixavam os dela, enquanto separava suas pernas com os joelhos. Vanessa engolia em seco. Para sua surpresa, Damien lentamente a atraiu para a água, o que a fez cavalgar sua coxa dura como granito.

Seu corpo permanecia tenso enquanto ele mantinha o braço em volta de sua cintura, atraindo-a para seu calor. Sob a saia, Vanessa pôde sentir a carne rígida dele de encontro à suavidade da sua.

– Não tenha medo de liberar seus sentimentos, Vanessa.

Damien movimentou a coxa até o monte pubiano. A erótica fricção a fez deixar escapar um suspiro. Ele a estreitava contra seu corpo em completa excitação, até que ela, já não conseguindo se controlar, se deixou dominar por ele, cedendo à chama do prazer, do desejo.

Então Damien deslizou suavemente as mãos até seus quadris e começou a movimentá-los lenta e ritmicamente, guiando-a para o escuro e secreto prazer que Vanessa jamais conhecera.

– Damien...

– Psiu... Não resista...

Começou então a beijá-la novamente, com lábios suaves, cálidos e ainda mais sedutores.

De tão excitada, Vanessa deixou escapar um som febril. Estava quente, sentia-se fraca, quase desfalecida. A dor complacente em seu corpo crescia de modo incontrolável. Movia os quadris despudoradamente, pedindo algo que não podia identificar, enquanto os lábios e a língua de Damien penetravam com delicadeza em sua boca, explorando suas profundezas.

Vanessa, impotente para deter as turbulentas sensações que Damien despertava nela, estreitou-se de encontro ao seu corpo, apertando os seios contra o sólido muro de seu peito. Precisava desesperadamente saciar o apetite fervente que brotava de seu interior, satisfazer o frenético desejo que sentia dele.

Com o coração batendo num ritmo selvagem, agarrou-se em seus braços com fúria, cravando os dedos nos músculos tensos de Damien, enquanto ele a aproximava cada vez mais do proibido e palpitante prazer prometido. Começou então a se contorcer, sua paixão atingindo um grau febril.

– Isso mesmo, amor... Entregue-se...

O clímax inesperado a deixou atônita; a surpresa e o pânico se desenharam em seus traços, ao mesmo tempo em que a tempestade eclodia em uma tormenta de fogo de raios brilhantes e coloridos. Damien, contudo, continuou estreitando-a com mais força enquanto ela experimentava uma onda atrás da outra de estremecimento e prazer. Tremendo, Vanessa se agarrava a ele, impotente, entregue ao selvagem ataque de seus sentidos.

Damien ouviu com intensa satisfação as suaves exclamações da mulher irresistivelmente excitada que tinha nos braços. Cada tremor dela fazia arder seu próprio corpo com uma tortura singular, lembrando-lhe os meses de celibato, mas ele se manteve rígido, lutando contra a dolorosa pulsação de sua ereção, enquanto ela chegava ao ápice da doce fúria de prazer.

Pensou que podia tê-la possuído ali mesmo, naquele momento. Ela ardia... por ele. Sua pele estava febril de calor erótico, cada centímetro de seu corpo queimava, pronto para a posse. E ainda assim ele vacilava; não estava seguro quanto à razão disso.

Estava frustrado por ter de se conter. Seria tão simples enfiar-se entre suas coxas macias e aplacar sua violenta luxúria... E ele ainda sentia mais do que luxúria por ela. Queria acariciá-la, reivindicá-la... mas não desse modo e nem naquele lugar. De algum modo, isso era errado. Damien desejava que sua primeira vez fosse algo mais do que uma apressada relação física que ela mais tarde lamentaria.

Com um suave juramento, Damien trouxe-a mais para perto dele, segurando seu corpo trêmulo e enfraquecido, enquanto se esforçava para manter o controle. Ela era tão maravilhosamente sensual e sensível como ele havia imaginado, e ele precisava de toda a sua força de vontade para combater o doloroso desejo que sentia, a terna e carnal necessidade.

Passados alguns momentos, inclinou-se ligeiramente para trás para observar o rosto enrubescido de Vanessa. Assustada, confusa, ela o inquiria com seus belos e suaves olhos de corça.

A voz de Damien soou rouca e suave, porém com um toque de ironia:

– Se minha intenção tivesse sido seduzir você, querida, teria te excitado exatamente assim.

Ela olhou fixamente para ele, com ar aturdido e desolado, e ele se amaldiçoou por sua tolice. Vanessa estava tentando compreender o que acabara de se passar com ela, e ele fizera uma brincadeira, distanciando-se em vez de a tranquilizar, elogiar e consolar.

Amenizando sua atitude, retirou um raminho de grama de seu rosto e conteve seu apetite.

– Desculpe-me, querida.

– Desculpá-lo? – perguntou ela, num trêmulo sussurro.

– Por apressar o que devia ter sido uma primeira vez para você.

– Eu não sabia...

– Não sabia o quê? Que as relações sexuais pudessem ser tão agradáveis? Que se pudesse sentir um fogo assim doce?

– Sim...

– Há muito mais paixão do que a que você acaba de experimentar – disse Damien sorrindo –, se você se permitir descobri-la. Gostaria muito de lhe ensinar, querida – disse, inclinando a cabeça, e ela sentiu seu hálito quente acariciar-lhe o rosto.

– Vanessa, quero ser aquele que vai lhe mostrar os mistérios do prazer, que vai lhe revelar todos os doces segredos que há entre um homem e uma mulher.

Fez então uma pausa, suspirou suavemente e a afastou de si com ternura.

– Talvez seja melhor levá-la de volta para casa antes que desapareça o último vestígio de meu controle.

Ele a ajudou a sair da piscina, enquanto Vanessa lutava com sua confusão. Praticamente pedira a Damien que a seduzisse, e no entanto ele se retraíra no último momento.

De certo modo, aquilo parecia mais cruel do que forçá-la. Damien a havia deixado imperdoavelmente excitada, invadida por um doloroso desejo, agitada pelo espanto, pelas dúvidas e pela insegurança.

Sem dizer nada, torceu a saia molhada e calçou as meias e os sapatos. Seria muito ruim se a vissem em companhia de Lord Sin de vestido molhado e, pior ainda, descalça.

Ela se recusou a olhar para Damien quando ele tomou sua mão e, segurando o lampião, a conduziu pela estufa. Não encontraram ninguém no trajeto de volta graças ao fato de terem ido pela passagem secreta. Entraram na casa por uma espécie de despensa externa no jardim das rosas, passando por uma portinha semiescondida por ferramentas.

O ar dentro da passagem cheirava a mofo mas era seco. Vanessa se sentiu sufocada. O espaço era tão estreito que mal acomodava os ombros de Damien, e o teto, tão baixo que ele tinha que inclinar a cabeça. Depois que subiram alguns degraus de madeira, Damien tocou seu cotovelo, fazendo-a parar diante de um painel deslizante na parede da passagem.

– Seu dormitório. – Com um gesto de cabeça, indicou a passagem que estava às suas costas.

– Esta passagem acompanha a parede externa de seu salão, sob os assentos das janelas, e continua até meus aposentos.

Em silêncio, abriu o painel secreto que dava para o quarto de Vanessa e mostrou-lhe como funcionava o ferrolho, dando um puxão bem rápido.

Ao ver que ele se virava para ir embora, Vanessa sentiu uma aguda sensação de pesar.

– Não vai ficar? – deixou escapar, surpresa por lhe perguntar isso.

Ele curvou os lábios num sorriso doce e triste.

– Você não confiou em mim. – Pôs um dedo em seus lábios e continuou: – Eu a desejo muito, muitíssimo, querida, mais talvez do que você possa imaginar. Mas estou disposto a esperar até que você me deseje também. Quando estiver preparada, não precisarei vir buscá-la; você irá até mim.

Então a deixou, levando consigo o lampião. Vanessa entrou em seu quarto quase de má vontade e fez deslizar o painel às suas costas.

Inquieta e nervosa, ficou vagando na escuridão do dormitório, pensando em Damien Sinclair. Por mais que tentasse, não conseguia esquecer a sensação do corpo dele contra o seu, nem o especial sabor de seu beijo, nem a feroz explosão de prazer que havia despertado nela.

Durante semanas havia lutado para não sucumbir a sua poderosa masculinidade, mas essa noite havia perdido a batalha; no entanto, vergonhosamente, não tinha nenhum remorso.

Fechou os olhos por alguns instantes. A lembrança do abraço de Damien a enchia de um doce e doloroso desejo que era totalmente desconhecido para ela. Ele a levara para um lugar onde Vanessa nunca havia estado, um lugar brilhante e assustador. Tornara-se uma estranha para si mesma mediante o desejo frenético que tomara conta de si. Damien a fizera vislumbrar o paraíso, mostrando-lhe quão desesperadamente uma mulher podia querer um homem. Quão desesperadamente *ela* podia querer.

Vanessa balançou a cabeça e estremeceu. Como podia ele ser tão terno e provocar nela semelhante tumulto de emoções violentas? Tal paixão, desejo e feroz necessidade? Ele era diferente de todos os homens que conhecera, um amante de sonho que podia extrair a própria alma de um corpo feminino.

Tremendo ao se lembrar, Vanessa trocou o vestido que usava pela roupa de dormir. Mecanicamente dependurou o vestido molhado e escovou o cabelo. Então se deitou, embora soubesse que o sono não viria. O inquieto anseio que sentia não desaparecia.

Durante um bom tempo, com os seios sensíveis e uma dor forte entre as coxas, ficou contemplando o dossel acima de sua cabeça. No escuro, uma imagem de Damien fluía em sua mente – as feições sensuais, cinzeladas, os cálidos olhos prateados, brilhantes, a linda e impressionante boca, os braços vibrantes enlaçando-a e prometendo êxtase.

Com os nervos excitados pelo conflito, Vanessa se virava na cama, com um travesseiro grudado ao corpo. A pura e aterradora realidade era que ela o desejava. Ansiava que ele lhe mostrasse os mistérios da paixão, como lhe prometera.

Afundou a cabeça no macio travesseiro, lembrando as palavras que ele sussurrara: "Quando estiver preparada, não precisarei vir buscá-la; você irá até mim".

Será que devia ir?

Seu coração batia num ritmo selvagem.

Lentamente se sentou na cama, sentindo a dolorosa cadência de sua pulsação, enquanto seu estômago parecia estar dando um nó de tensão.

O que aconteceria se fosse até ele?

Percebeu que tremia. Por um momento que pareceu não ter fim, ela lutou com uma confusão de emoções: esperança e medo, excitação e desânimo, expectativa e inquietação.

E se ela fosse fria e incapaz de sentir paixão como temia? E se não fosse assim?

A decisão acabou não sendo realmente consciente.

Como num sonho, Vanessa se levantou da cama e acendeu uma vela. Foi até o painel que escondia a passagem secreta, procurou o ferrolho e o empurrou.

Então, com o coração disparado no peito, respirou fundo e fez deslizar o painel.

8

Chegou ao final do estreito corredor e parou, quase sem conseguir respirar. Viu que o painel da parede tinha um ferrolho semelhante ao de seu quarto.

Hesitante, Vanessa apagou a vela e ficou sozinha no escuro, com o coração palpitando dolorosa e agitadamente. No entanto, passado algum tempo, reuniu toda a sua coragem e empurrou o painel, abrindo a porta.

Ela não tinha muita dificuldade para enxergar porque as cortinas não haviam sido fechadas. O ar doce da noite de verão entrava por uma janela aberta, enquanto a luz da lua inundava o dormitório com seu brilho branco-azulado.

A enorme cama que dominava o aposento estava ocupada. O homem ali estendido estava absolutamente imóvel, envolto num resplendor de luz prateada e sombras.

Ela pensou que Damien estivesse dormindo. Tinha as mãos cruzadas sob a cabeça e estava coberto até a cintura por um lençol. Mas ela estava enganada. Ele a observava. Subitamente, ela perdeu o fôlego.

No silêncio do dormitório, seus olhos se encontraram.

– Acordei você? – perguntou, num sussurro, com voz trêmula.

Damien se soergueu nos cotovelos.

– Não, não estava dormindo. Mas devo estar sonhando. Você é um sonho?

O calor em sua voz provocou nela uma sensação de vitalidade que a deixou tremendo.

– Não, não sou um sonho.

– Quer vir para cá? – perguntou-lhe gentilmente. – Não quis me mexer para não assustá-la.

Vanessa percebeu que ele compreendia sua terrível vulnerabilidade. Caminhou vacilante até um dos lados da cama. No silêncio reinante, podia distinguir o som de sua própria respiração.

A proximidade de Damien deixou-a completamente consciente de sua nudez. O lençol cobria a parte inferior de seu corpo musculoso, mas não dissimulava em absoluto o amplo peito, a cintura fina e rija, o ventre liso e as cadeiras estreitas...

Vendo que ela não se mexia, Damien pegou o candelabro de seus dedos inertes e o colocou na mesa de cabeceira. Então, tomou-a pela mão e a fez sentar-se ao lado dele.

Durante um bom tempo ele nada disse, pois queria dar a Vanessa tempo para se assegurar da decisão que tomara. Depois daquela noite já não poderia voltar atrás.

Na semiescuridão, os olhos dela estavam arregalados e inquisidores enquanto ele afastava de seu seio uma mecha de cabelo. Seus dedos roçaram ligeiramente nele, sentindo a rica e sedosa textura.

– Seu cabelo é lindo! Sonhei que ele me envolvia.

Sem responder, ela o olhava.

Sua mão deslizou por seu braço, acariciando-o suavemente.

– Assusto você? – ele murmurou.

– Eu... acho que... um pouco.

– Você também me assusta... com sua beleza, com sua inocência.

Pegou a mão dela e a colocou sobre o peito nu, fazendo-a sentir as fortes batidas de seu coração.

– Sinta meu coração, Vanessa, veja como ele se acelera ao seu contato.

Como Vanessa continuasse imóvel, ele baixou a voz aveludada a um simples sussurro.

– Não vou pressioná-la, Vanessa. Faremos o que você quiser, nada além. Você fixará o ritmo entre nós. Não precisa temer nada de mim. Prometo.

Ela o olhava, fascinada. A luz da lua dançava sobre seus traços, acentuando as pronunciadas maçãs do rosto, o queixo fino, a coluna firme de seu pescoço. Vanessa sabia que ele estava dizendo a verdade, o brilho intenso de seus olhos dizia isso.

Vanessa levou o olhar mais para baixo, até o torneado e musculoso peito que tinha sob os dedos, depois piscou nervosamente, quando seus olhares se cruzaram.

– Eu... não sei... o que fazer. Você me mostra?

Um sorriso espontâneo e terno se insinuou nas comissuras de sua boca sensual.

– Terei muita honra.

Damien tomou sua mão e disse:

– Toque-me, Vanessa – pediu-lhe suavemente.

Guiada por ele, percorreu com a mão seu corpo, acariciando-o, insegura no início, depois com mais entusiasmo. Podia sentir os firmes músculos vibrando sob sua pele, sua força, e isso despertou nela um calor que começava a lhe ser familiar.

No entanto, ao se aproximar de suas virilhas, ela hesitou. Sentindo seu desconforto, Damien tranquilamente afastou para um lado o lençol que lhe cobria o quadril, deixando à mostra sua ereção, pulsante e ereta, entre as coxas musculosas.

– Sou apenas um homem, querida – murmurou. – Carne e sangue, assim como você. Sinta-me, Vanessa, sinta a força com que você me excita.

Inexoravelmente, levou a mão dela até sua palpitante ereção, fechando intencionalmente seus dedos em volta dela. Sua respiração se acelerava diante da imensa e inflada extensão, dura como uma rocha mas coberta por um veludo macio e quente. Afinal, a visão não era assustadora... Em vez disso, era estranhamente excitante.

– Minha carne pode ser um instrumento de prazer e não só de dor, Vanessa. E posso jurar que ela será apenas sua.

Ele se moveu então, estimulando sua mão a deslocar-se mais para baixo, para acariciar a bolsa quente sob seu grosso membro; em seguida, sobre suas fortes coxas de cavaleiro, com seus finos pelos escuros, fazendo que ficasse mais tempo em seus flancos esbeltos... Então, surpreendentemente, soltou sua mão.

– Agora é sua vez, sozinha, querida. Pode fazer fazer comigo o que quiser. Estou à sua mercê.

Era uma experiência nova ter um homem como Lord Sin, poderoso e viril, vulnerável e flexível, sob seu toque. Isso era algo liberador, embriagador.

Quase por vontade própria, a mão dela retomou a pecaminosa exploração do magnífico corpo nu, acariciando-o, tocando, persistindo. Ele era bonito, pensou Vanessa, saboreando a sensação de sua carne quente, firme, a pele esticada e lisa, os nervos flexíveis. Sua beleza masculina inundava seus sentidos, enfeitiçando-a.

– Isso, assim, minha querida... toque-me...

Sem fôlego, voltou à densa ereção e, vacilante, acariciou a congestionada extensão, que estremeceu ao seu contato.

Damien fechou os olhos e deixou escapar um leve gemido.

Vanessa parou imediatamente.

– Eu o machuquei?

Ele deu uma breve risada.

– Sim. Uma dor que dá prazer. Você pode enlouquecer um homem com essas manobras maravilhosas. Não pare, não pare.

Ela mordeu o lábio, sentindo um arrepio ao se dar conta de seu recém-descoberto poder feminino; no entanto, ainda tinha dúvidas, sua coragem oscilava.

Por sorte, Damien tomou a decisão por ela. Passou languidamente um dedo em seu seio, oculto sob o corpete e a camisola. Vanessa exalou um profundo suspiro, com o mamilo já bem visível sob o tecido fino.

– Sua camisola, meu bem – disse ele suavemente, com uma voz que era puro veludo. – Vai ficar vestida?

De repente ela se imobilizou. O pensamento de ficar nua diante daquele homem, de exibir para ele todo o seu corpo, a desconcertava.

No entanto, sabia que ele não a obrigaria a fazer isso contra a vontade. De novo, estava deixando a escolha para ela.

Fechou os olhos com força por um momento, levantou-se da cama, tirou a camisola e deixou-a caída no chão. Ouviu Damien inspirar profundamente e viu seu olhar brilhando de prazer.

Com as faces afogueadas, dispunha-se a cobrir os seios nus com os braços, mas ele afastou deles suas mãos, dizendo:

– Não, deixe-me olhá-la.

Diante da possessiva intimidade de seu olhar ardente, sentiu que seu corpo era tomado pela vergonha e, ao mesmo tempo, pela excitação.

– Você tem os seios lindos, querida, firmes e exuberantes, e os mamilos são como delicados botões de rosa. Não deveria ter vergonha de mostrá-los a mim.

Ante seu exame atento e abrasador, ela sentiu que seus mamilos começavam a doer e que os seios ficavam mais pesados.

– Venha, querida – ele lhe pedia.

Pegou-a pelos braços e a atraiu para a cama, a fim de que se deitasse com ele, com os seios nus e doloridos apertados contra seu peito. Aquele contato íntimo deixou-a rígida.

– Deite-se aqui comigo um pouco – disse ele. – Desejo senti-la em meus braços.

Obediente, ela permaneceu imóvel, com todo o corpo vibrando de desejo e comoção pelo calor rude que emanava dele. Suas mãos o acariciavam nas costas, enquanto ele a sustentava ligeiramente, como se esperasse que sua rígida tensão desaparecesse.

E isso acabou ocorrendo. Depois de um tempo, ela sentiu que seus músculos rígidos se relaxavam, enfraqueciam. Damien, sem pressa, a atraiu mais para perto, para que ficasse completamente deitada de encontro a ele, e que sua forma masculina imprimisse nela sua virilidade. Vanessa podia sentir seu membro pulsando em contato com sua barriga, enquanto seus lábios se moviam tocando seu cabelo.

– Você quer que eu pare? – perguntou com voz sussurrada e rouca.

Ela deu um profundo suspiro, dizendo:

– Não... não pare.

Seus longos dedos voltaram a pousar em seu queixo e lentamente Damien virou o rosto dela para ele. Ela sabia que ele queria beijá-la. Sentiu o delicioso calor de sua respiração entre os lábios semicerrados e em seguida o terno toque de sua boca obrigando-a a abri-los.

Beijou-a com toda a lentidão, tomando extremo cuidado, com um persistente e íntimo conhecimento de sua boca. Vanessa sentiu um arrepio percorrer todo o seu corpo enquanto a língua de Damien a investigava, mergulhando em suas profundezas. Os últimos vestígios de resistência por parte dela começaram a diminuir depois desse beijo incendiário.

Passado um momento, ele deslizou mais abaixo de sua boca ardente. Seus lábios roçaram o pescoço dela, ao mesmo tempo em que ele acariciava levemente seu corpo. Sua respiração se tornou mais ofegante quando ele percebeu a crescente tumefação de seus seios. Onde quer que seus dedos a tocassem, a pele parecia arder.

Vanessa sentia crescer em seu interior sensações de anseio e desejo enquanto seu seio se aninhava na mão de Damien. Com muito cuidado, ele mudou a posição em que estavam, fazendo-a deitar-se de costas, e se inclinou sobre ela. Vanessa começou a ficar tensa, mas então o hálito quente de Damien roçou seu mamilo, e sua própria respiração se transformou em cálido líquido nos pulmões.

Damien traçou um halo de beijos em volta da aréola e finalmente atingiu o centro rosado. No mesmo instante, todos os fogos que ele já provocara nela se acenderam novamente, como metal incandescente e com premência. Vanessa sentiu a mesma necessidade abrasadora que experimentara na estufa, entre as rosas.

Ele deslizou lentamente a língua sobre um suave cume, despertando um leve estremecimento em suas extremidades, um febril anseio. Outra vez roçou com a língua a carne intumescida, saboreando-a, fazendo-a escorregar pela superfície distendida de seu peito, incendiando seus sentidos. Quando com especial pressão fechou a boca em torno do duro botão, Vanessa arqueou o corpo, desejando sua boca.

Damien sugou-a suavemente, como se a sorvesse, e suas atenções eróticas lhe arrancaram um gemido de prazer. Ele continuou lambendo o duro e dolorido pico, enquanto sua mão inquieta se deslocava para baixo, ao longo de seu corpo, com estudada lentidão, acariciando-lhe a pele nua com suaves toques.

Sentia que seu corpo se derretia, mas ela ainda não estava preparada quando ele deslizou a mão por entre as trêmulas coxas para reclamar sua suavidade feminina. Vanessa ficou então rígida, pressionando os ombros dele com as mãos, em sinal de protesto.

Damien se soergueu sobre ela e a olhou atentamente nos olhos.

– Confie em mim, Vanessa. Juntos podemos chegar lá onde nascem as estrelas.

– Eu não sei se...

– Silêncio, meu bem. – Sua boca mergulhou na dela. – Não consegue reconhecer o desejo quando o sente?

De novo separou lentamente suas coxas, introduzindo os dedos nos cachos escuros de sua feminilidade. Vanessa fechou os olhos firmemente, mas deixou-o prosseguir sem protestar quando ele começou a acariciar a suave fenda feminina, úmida e ardente. Sufocou um grito no instante em que ele descobriu o delicado botão ali escondido.

De modo sensual e experiente, acariciou-a com o polegar, eliminando completamente qualquer pensamento de negação: o lânguido e tentador ritmo despertava um impiedoso e selvagem prazer nela. Vanessa sentia-se incendiada, febril, palpitante. Suas coxas se abriram enquanto ele separava a pele sensível de seus lábios íntimos.

O temor a invadiu quando ele fez que um dedo penetrasse profundamente em sua carne estremecida, encontrando-a lisa e úmida.

– Veja, seu mel está fluindo para mim – sussurrou com satisfação, olhando para seu rosto rosado.

Ela movia a cabeça sem parar no travesseiro enquanto se rendia à magia de suas mãos maravilhosas e carinhosas.

Os dedos dele agora estavam mais atrevidos, explorando-a com toques mais escorregadios e ardorosos, descobrindo seus segredos íntimos, a generosa sensualidade nas dobras da carne estremecida; as lentas arremetidas eram uma tortura doce e deliciosa.

Vanessa se contorcia, arqueando o corpo, tentando aliviar a dor ardente e latente que sentia entre as coxas. Achou que podia desmaiar, mas não por medo. Ele já não fazia parte dos tumultuados sentimentos que a invadiam.

– Está pronta para mim, Vanessa? – disse Damien com voz rouca. – Eu acho que sim...

Uma tremenda decepção a assaltou ao perceber que, de repente, a magia cessava; na verdade, ele estava untando seu membro enorme com a umidade produzida por seu corpo. Em seguida se pôs sobre ela, encaixando-se no vão de suas coxas.

Ela sentiu seu peso, a pressão de suas poderosas coxas contra sua pele nua, a exploração controlada de sua consistência.

Vanessa, que tremia indefesa, olhou-o, oprimida por um profundo e primitivo temor combinado com a excitação que tomava conta dela. Ambos fecharam os olhos quando ele introduziu a sedosa cabeça de seu membro em sua carne palpitante.

Ela ficou rígida e sufocou um grito quando o ardente membro mergulhou em sua fragilidade delicada, seu corpo recém-sensibilizado queimando de pânico e desejo. Seu medo cresceu espontaneamente; no entanto, ele deslizou para dentro dela sem esforço, como se o corpo de Vanessa tivesse sido criado expressamente para ele, para aquele momento.

Sua tensão se aliviou quando ele envolveu seu corpo com o dele, confortando-a, tranquilizando-a.

– As estrelas, meu bem. Quer vir comigo?

Seus olhos se encheram de lágrimas enquanto o olhava. Ele a abraçava com tal ternura e seus olhos eram tão doces...

– Sim...

Ela permaneceu imóvel, desejando desesperadamente que ele continuasse dentro dela, ansiando sentir toda a sua plenitude em seu interior.

A boca de Damien procurou a dela, excitando-a com carinho.

– Desejo ir mais para dentro – sussurrou, enquanto a beijava, penetrando-a mais fundo. – Até que você só possa respirar se fizer parte de mim.

Sua voz rouca e macia a acariciava ao mesmo tempo em que despertava nela uma vibrante necessidade, que crescia e ia aumentando. Ele a beijava e murmurava palavras sensuais, incitadoras, enquanto seu corpo começava a se movimentar de encontro ao dela.

Vanessa estremeceu. Ele era um fogo sombrio que incendiava seus sentidos. Era puro tormento e agudo prazer. O trêmulo desespero crescia nela, fazendo-a contorcer-se e arquear o corpo.

Envolveu-o com as pernas enquanto lutava para se aproximar, com as sombrias ondas de prazer renovando-se incansavelmente.

– Damien... – Seu nome soou como uma súplica em seus lábios.

Cravou as unhas em suas costas. O gemido suplicante que brotou de sua garganta se transformou num grito, que ele sufocou com seu beijo. Ela já não tinha consciência do que havia à sua volta, apenas de Damien, de seu cabelo escuro e dos olhos prateados, do intenso impulso de seu corpo, de sua boca febril e de suas acometidas sucessivas. Ele era seu mundo, o centro da vertiginosa loucura que a manteria sob seu turbulento controle.

Ao faminto assalto à sua boca seguiu-se o frenético movimento de seus quadris, enquanto seu membro rígido a penetrava e sua voz rouca e sensual a instava a prosseguir, a desaparecer num cume incendiado.

– Venha, venha para mim!

Vanessa percebeu vagamente que estava soluçando.

Ele se movia mais rápido, mais fundo, enchendo-a até estourar, com a respiração densa, pesada. Labaredas brilhantes se acendiam na obscuridade de sua mente, e ela então soltou um grito forte de imenso prazer. Sentia-se como se estivesse morrendo nos braços de Damien.

Começou a se contorcer sob ele com despreocupado abandono. Entregara-lhe seu corpo, pressionada pelo cego desejo que a agitava, arrebatava, devorava.

Com sua boca, ele capturou seu grito de paixão, enquanto ela explodia em volta de seu membro. Sem lhe dar trégua, segurou-a pelas nádegas, levantando-a para poder penetrar ainda mais profundamente nela.

Com o rosto retorcido de dor e prazer, Damien se derramou em seu interior.

Depois, quando ele se deitou ao seu lado, agitado pelos últimos estremecimentos, Vanessa ainda continuou agarrada a ele por um bom tempo. Damien sustentou seu corpo flácido e trêmulo, tomando-a nos braços com a respiração difícil, irregular.

Percebeu, alarmado, que ela estava chorando.

– Querida! – exclamou.

Preocupado, virou o rosto dela para ele, em busca de seus olhos brilhantes.

– Machuquei você?

Ela engoliu em seco e assentiu com a cabeça, dizendo depois:

– Sim, me machucou de prazer – respondeu com voz rouca.

Quando ele viu seu sorriso trêmulo, ficou aliviado. Suas lágrimas eram de alegria, de admiração. Ela experimentara o calor e a paixão, que ele sabia que ela era capaz de sentir, e isso a havia chocado.

Encheu-se de ternura ao estreitá-la suavemente. Desejava secar suas lágrimas com beijos.

– Seu corpo despertou para o desejo pela primeira vez.

Para surpresa de Damien, ela estendeu a mão e tocou seus lábios com as pontas dos dedos.

– Nunca havia percebido como as estrelas são maravilhosas.

Um sorriso encheu os olhos dele. Em sua deplorável inocência, ela não tinha conhecimento de que o ato amoroso podia ser tão poderoso, tão comovente. E, para ser sincero, nem ele. A intensidade esgotante de seu clímax o assustara. Por mais desinteressado que estivesse nos prazeres da carne, a paixão com ela parecera de algum modo refrescante e renovada.

E ele sabia que uma só vez com ela não bastaria.

Uma fria brisa noturna flutuou sobre eles, esfriando sua pele quente. Sentindo que ela tremia, Damien puxou o lençol e cobriu a ambos, atraindo Vanessa para mais perto dele. Com o corpo fraco, ela afundou o rosto em seu ombro, num gesto inconscientemente sensual.

Damien sentiu uma nova agitação de desejo e uma ternura perigosa. Enquanto Vanessa jazia lânguida em seus braços, ele brincava com uma mecha de seu cabelo acetinado, com os pensamentos numa fusão de emoções.

Seu plano de satisfazer um apetite fugaz havia amadurecido, tornando-se algo mais consistente. O que começara com uma sedução carnal se transformara numa terna corte... Uma corte que estava fadada a prosseguir.

O despertar sexual de Vanessa seria como criar uma flor de estufa, mas, antes que ela o deixasse, ele a faria florescer plenamente como mulher. Apertou os lábios de encontro a seu reluzente cabelo enquanto fazia a solene promessa.

Vanessa suspirou ante seu leve contato. Sentia-se acariciada, protegida, enquanto dormia em seus braços. Seus sonhos foram um emaranhado de imagens eróticas e desejo sexual, imagens de Damien, seu forte corpo masculino movimentando-se de encontro à sua suavidade, incendiando-a, levando-a cada vez mais para o alto, até que ela desmoronava.

Acordou ao sentir seu vibrante calor ao seu lado. Por um momento permaneceu imóvel, saboreando a sensação, revivendo o encanto de seu ato amoroso.

Ele vencera. Damien havia conseguido convencê-la a compartilhar seu leito. Mas ela não podia lamentar sua vitória. Só podia experimentar uma sensação de assombro diante do êxtase a que a havia levado, só um profundo alívio ao constatar que ela não era a mulher fria e insensível que sempre se condenara a ser. Isso e uma grande gratidão para com o homem que a levara a essa revelação. Damien lhe mostrara um lado apaixonado que ela nunca se dera conta que existia.

Depois de suas desventuradas experiências no leito conjugal, talvez fosse inevitável que sucumbisse com gosto à sua experiente sedução. Ela nunca havia sido cortejada tão ardentemente por um homem, nem tratada com tanta ternura.

Mas nem imaginara possuir aquele apetite selvagem, aquele fogo poderoso e doce. Estranhamente, não sentia vergonha por seu despudor, mas talvez em si mesmo ele fosse vergonhoso.

Fechou os olhos e tentou experimentar um adequado senso de contrição, mas não conseguiu. Tudo o que ela conseguia lembrar era a magia de seu feitiço, as enérgicas arremetidas de seu corpo e suas próprias manifestações de êxtase enquanto ele a levava à plenitude.

Sentindo dor ao lembrar, sentou-se na cama e cobriu os seios com o lençol. Quase nesse momento, sentiu os dedos de Damien roçando suas costas nuas. Ele não devia ter dormido.

Ela sentiu um arrepio ante seu toque incrivelmente delicado.

– Preciso ir – murmurou ela, insegura.

– Por quê? – perguntou, com voz suave, sedutora. – Temos toda a noite pela frente.

Ele se virou a fim de olhar seu rosto tocantemente lindo à luz prateada da lua. Ele lhe prometera mostrar-lhe os mistérios do prazer e, que os céus a ajudassem, desejava que o fizesse. A mulher que havia nela, que nunca conhecera a paixão verdadeira, ansiava por ela agora, com esse homem. No entanto, ela ainda sentia medo. Temia que ele pudesse levá-la a um sofrimento maior do que a dor física do ato carnal de acasalamento que ela vivera em outro tempo.

Ele deve ter percebido sua hesitação, porque pegou seu queixo na palma da mão, num gesto íntimo e decididamente protetor.

– Fique comigo...

Acariciou seu queixo e depois levou a mão até a fina coluna de seu pescoço. Vanessa levou a cabeça para trás, apreciando a sensualidade do contato. A carícia prosseguiu mais para baixo, até sua mão descansar possessivamente na curva de seu seio, e isso a fez sentir o coração saltar contra a palma da mão dele. Como ele conseguia despertar um desejo tão profundo nela tão rapidamente?, perguntava-se. Essa emoção tão terna e feroz?

Vanessa não protestou quando ele enfiou a mão em seu cabelo e a fez deitar-se ao lado dele. Voluntariamente se apertou contra seu corpo, contra seu membro, que estava rígido e pleno...

Teve um sobressalto e olhou para ele, desconcertada.

Ele levantou as sobrancelhas.

– O que há, querida? Assustei você de novo?

– Acho que estou só... surpresa. Roger nunca conseguiu... – Ela se interrompeu, envergonhada, evitando seus olhos.

– Nunca conseguiu o quê?

– Se excitar... de novo. Depois que satisfazia seu desejo, me deixava só. Eu costumava rezar para que... acabasse logo.

Com um olhar doce, Damien a abraçou e lhe sussurrou uma promessa ao ouvido.

– Proponho-me fazer que você esqueça que um dia ele existiu – disse. – Vamos banir para longe todas as suas más lembranças. E começaremos a partir desta noite.

Ouviu-a suspirar. Estava confiantemente deitada junto dele, com o rosto apoiado em seu coração, o cabelo solto como uma cortina de seda sobre a pele dele. Suas mãos deslizavam delicadamente pelas costas dela.

– Alguns homens podem demorar mais do que outros e ser estimulados mais depressa – explicou. – Quando um homem deseja uma mulher tanto quanto eu a desejo, sua excitação nunca é completamente saciada.

– Você... me deseja? – A pergunta fora feita a sério, sem fingimento.

Ele continuava passando os dedos por suas costas, provocando ondas de tremor em seu corpo.

– Imensamente – respondeu Damien com absoluta sinceridade. – Que homem de verdade não a acharia irresistível?

Pegou-a gentilmente pelos antebraços e a fez levantar a cabeça para olhá-lo.

– Desde o momento em que a vi naquele antro de jogo eu a desejei.

Ela retribuiu solenemente seu olhar, com os olhos escuros refletindo a luz da lua.

– Nunca teria imaginado. Achava que você queria me mandar para o inferno.

– Isso foi antes de provar sua boca doce... – Beijou-a com ternura, e os lábios de Vanessa tremiam de encontro aos dele. – Poderia fazer amor com você durante horas. Não tenho a menor dúvida disso.

– Horas? – perguntou, admirada, e em seu tom de voz havia tanto surpresa quanto ceticismo.

Damien sorriu, divertido.

– Receio que minha reputação de amante acaba de ficar injustamente manchada.

Ela se esforçou para reprimir um sorriso.

– Injustamente? Então suspeito que você não seja um observador particularmente objetivo.

– Exige prova, senhora?

– Ficaria muito zangado se lhe dissesse que sim? – perguntou ela com uma combinação de audácia e timidez encantadora.

O riso de Damien estava impregnado de doce ternura.

– Realmente magnífico! Muito bem, amor, diante de sua insistência, poremos minha resistência à prova.

Ela não conseguiu fôlego para lhe responder, porque ele já a estava beijando com a febril suavidade de um amante.

Uma chispa se acendeu e resplandeceu entre eles enquanto ele passava as mãos por seu corpo e sussurrava de encontro a seus lábios:

– Deixe-me mostrar-lhe de quantas maneiras posso lhe comprazer, minha sereia...

9

Foi uma noite de puro encantamento, que terminou logo. Ao amanhecer, com a primeira claridade, ele a acompanhou pela passagem secreta até seu quarto.

Parecia impossível, mas o beijo que Damien lhe dera antes que ela se fosse a excitou tanto quanto o havia feito ao primeiro contato de sua boca, quando Vanessa achava que estava tão sensualmente esgotada que não podia se imaginar capaz de sentir nenhum desejo nem prazer.

Dormiu profundamente, saciada e esgotada, e acordou bem mais tarde que de costume. Durante alguns instantes permaneceu na cama, recordando a noite anterior. Ainda podia sentir as cálidas e elegantes mãos de Damien em sua carne, seu corpo esbelto e ágil dando-lhe prazer, as palavras de elogio e satisfação enquanto a levava ao êxtase mais uma vez.

Ele a havia transportado para um mundo de intenso prazer com sua paixão desenfreada, e ao fazer isso dissipara nela os sentimentos de temor e suas dolorosas lembranças. O mais notável era que sua maneira especial de fazer amor a havia deixado admirada ao descobrir sua própria paixão.

O certo seria que se sentisse envergonhada por se comportar como uma rameira. No entanto, isso era impossível. Ela havia suportado um casamento sem alegria e a desgraça das relações carnais com o marido sem nunca ter sabido o que significava ser plenamente mulher, sentir-se amada, desejada, solicitada. Damien fizera-a experimentar a verdadeira paixão – talvez a única que podia conhecer na vida –, e, por mais fugaz que fosse, não repudiaria essa fantasia.

Fechou os olhos, saboreando as lembranças de suas amáveis carícias. O calor varonil ainda persistia em sua pele, e ela não tinha a menor vontade de se lavar, para que ele não saísse.

A ideia de banhar-se foi uma intromissão em seu devaneio, porque a lembrou dos planos para aquele dia. Damien se propusera levar Olivia, naquela tarde, ao balneário que construíra para ela na estufa.

Levantou-se com um eufórico sentimento de expectativa e chamou a camareira para ajudá-la no banho.

No entanto, não vira Damien durante toda a manhã e nem mais tarde, à hora do almoço, já que, segundo lhe haviam dito, ele estava supervisionando os últimos toques em sua criação. Depois ela se ocupou em ajudar Olivia a vestir seu novo traje de banho, preparando-se para o acontecimento especial. Quando finalmente Damien chegou ao quarto da irmã, Vanessa ainda não tivera nenhuma oportunidade de trocar com ele algumas palavras em particular.

Refletiu que era aconselhável que não ficassem a sós, porque ela mal conseguia enfrentar seu olhar. De repente se sentiu terrivelmente tímida, enquanto seu coração palpitava num ritmo semelhante ao do pânico. Depois ele a olhou, alegre, com um sorriso suave e tranquilo que irradiava o calor do sol matinal, e a velocidade de sua pulsação se acelerou. No entanto, exceto por um ou outro breve gesto, ele se comportava como se nada insólito tivesse se passado entre eles.

Vanessa disse a si mesma que ele por certo não ia querer anunciar sua recém-descoberta intimidade com uma demonstração pública apaixonada, principalmente diante da irmã.

O próprio Damien acompanhou Olivia à estufa, junto com Vanessa e duas aias. A expressão da jovem foi de autêntico prazer ao ver aquele balneário feito para ela entre as rosas.

– Oh! Obrigada, Damien – exclamou, sincera, enquanto ele a empurrava na cadeira até a borda da piscina. – Quanto trabalho teve por mim!

– Não foi trabalho nenhum. Por que não a experimenta e vê por si mesma se o projeto é apropriado?

Mostrou-lhe como entrar na piscina pela saliência à sua altura. Vanessa puxou para um lado a saia da roupa de banho para que ela pudesse deslizar facilmente pela rampa.

Com um suspiro, Olivia se instalou nas águas movimentadas e cálidas.

– Isto é delicioso! Estou emocionada!

Vanessa mal ouvira o que ela dissera, porque Damien, ao se levantar, roçara brevemente seu ombro com o dele. Olhou-o, profundamente afetada por aquele contato casual. Por um momento, ao ver a fumaça prateada de seus olhos, foi assaltada pela lembrança do que havia ocorrido entre ambos na noite anterior. Todo o seu ser palpitou, consciente de sua presença.

Ficou aliviada quando Olivia pediu alegremente ao irmão que saísse da estufa e a deixasse entregar-se a seu banho.

– Vanessa cuidará de mim, estou certa. Se precisar de você, avisarei.

Damien fez uma careta, fingindo estar ofendido.

– Acho que fui despedido – disse.

Sorrindo, inclinou-se diante delas e virou-se para sair.

Vanessa acompanhou-o com o olhar. Perguntava-se como seria o relacionamento entre eles, depois de ter passado a noite em sua cama. Pensava que não seria nenhum sacrifício tornar-se sua amante, mas, ao contrário, teria grande alegria e prazer nisso.

Ela não teve nenhuma oportunidade de ficar a sós com ele até a noite, depois do jantar, quando Olivia se retirou para seu quarto. Damien a levou para cima e voltou para o salão, onde encontrou Vanessa, que mal conseguia manter os olhos abertos.

– Desculpe-me, querida. Fiz você ficar muito tempo acordada a noite passada.

– Não me lembro de ter oposto muita resistência a isso – disse, sorrindo e sonolenta.

Damien se inclinou e beijou-a na testa, com um beijo casto que daria em uma irmã.

– Por que não se retira e vai dormir um pouco?

Ela o olhou de modo incerto, dizendo:

– E você vai...

– Eu vou o quê? – perguntou, levantando as sobrancelhas.

– ... vai ao meu quarto esta noite?

Diante do sorriso sedutor dela, que fez palpitar seu coração, ele disse:

– Estava esperando com ansiedade esse convite. Se estiver certa de que deseja minha companhia...

– Sim – respondeu ela audaciosamente.

– Nesse caso... – Sentou-se ao lado dela no canapé de brocado. – Desculpe-me por tocar num assunto tão delicado, mas acho oportuno, diante das circunstâncias, tomarmos algumas precauções.

Tirou do bolso de seu paletó um saquinho de seda vermelho.

– Você está familiarizada com estas coisas? – perguntou, deixando que ela examinasse o conteúdo.

– Parecem... esponjas.

– E são. Embebidas em vinagre ou conhaque, quando são introduzidas nas partes íntimas femininas, no canal do amor, não permitem que a semente do homem sobreviva, evitando com isso a fecundação.

Vanessa viu que havia uma dúzia de pedaços de esponja marinha, em cuja extremidade fora fixado um cordãozinho.

– Deveria ter pensado nisso ontem à noite – observou Damien. – Terei prazer em lhe ensinar a usá-las.

Ela podia perfeitamente imaginar como se fazia isso. A ideia de que Damien lhe desse uma instrução tão íntima deixou-a enrubescida e, forçosamente, lembrou-a não só de seu papel como amante de Lord Sin como também dos seus desejos de vingança.

No entanto, ele tinha razão. O escândalo de uma gravidez fora do casamento seria uma decepção para sua família.

Por outro lado, era possível que ela fosse estéril. Enquanto estivera casada com Roger, nunca havia concebido, mas era prudente que tomasse precauções. A aparência de uma relação inocente com Damien seria impossível de manter se ele a deixasse grávida.

Contudo, parecia que as questões pendentes entre eles não tinham importância, quando Damien foi ao seu quarto. Ela esperava por ele encolhida numa poltrona de encosto alto, quando o painel deslizou silenciosamente.

Damien usava um robe azul-escuro, que se abriu quando ele entrou no quarto. Como ele nada usava por baixo, Vanessa teve uma ampla visão frontal de sua nudez.

Nervosa, observou seus ágeis e firmes movimentos quando ele penetrou no quarto. Ele já estava excitado, e seu membro, enorme e tenso.

Isso a deixou sem ar.

Durante um longo momento ficaram se olhando. À luz das velas, seus olhos estavam luminosos, e em seu olhar ardia uma paixão que ele não se esforçava em dissimular.

– Achei que o dia não terminaria nunca – murmurou com voz rouca.

– Eu também – disse ela sussurrando, enquanto ele se inclinava para fazê-la ficar de pé.

Damien tocou seu rosto, fazendo-a estremecer sob a leve carícia de seus dedos longos, lisos e deliciosos em sua pele.

– Desejo você.

Vanessa tremeu, emocionada porque aquele homem magnífico e pecaminosamente bonito a desejava.

Então ele desabotoou sua camisola, passou a peça pelos ombros, tirou-a pela cabeça e deixou-a cair no chão.

Quando levou a mão à curva de seu seio, Vanessa fechou os olhos, sentindo um prazer imenso com a suavidade erótica de seu toque. Estremeceu quando ele passou o dedo entre os seios e depois até embaixo, até sua cintura fina, para de novo voltar lentamente para cima.

Com o polegar, ele roçou a ponta intumescida de seu mamilo, e Vanessa começou a sentir um forte calor interno, junto com um ardente e ao mesmo tempo terno desejo.

Não precisava de mais impulso. Com um suspiro de prazer, pôs os braços no pescoço dele. A boca quente e sensual de Damien se uniu à sua enquanto a noite se fechava e os envolvia com sua vibrante e doce magia.

Depois disso, ele passou a visitar seu quarto toda noite. Damien se revelou um excelente professor, que explorava a parte sensual de sua natureza e enfrentava suas inibições. Vanessa sentia-se como se estivesse vivendo um sonho encantado.

Por um acordo tácito, nunca falavam de sua relação; não desejavam que a realidade se imiscuísse nela. Vanessa se negava a pensar no futuro e no fato de que, ao compartilhar seu leito, Damien só satisfazia seu desejo de vingança. Ela fora obrigada a aceitar seu infame trato para garantir a sobrevivência de sua família depois que o irmão imprudentemente perdera no jogo todas as suas posses. No entanto, ficava cada dia mais difícil lembrar a razão por que estava ali.

Na semana seguinte, notou uma mudança no relacionamento de Damien com a irmã. Embora Olivia ainda se retirasse de vez em quando com crises de melancolia, parecia sinceramente decidida a deixar de dar importância a sua ira e desespero e aceitar a oferta de Damien de estreitar a amizade entre eles. Além disso, pela primeira vez manifestara desejo de deixar o leito não só para seus banhos diários e visitas regulares aos jardins, mas também para se aventurar pelos vastos terrenos da propriedade.

Como o tempo havia ficado fresco e chuvoso, Olivia teve bastante trabalho para convencer Damien de que a umidade não lhe faria mal. Mas, vez por outra, quando se abriam uns claros entre as nuvens, ele a levava para dar curtos passeios pelo campo, cobrindo-a com mantas quentes para evitar que se resfriasse.

Não demorou muito até convencê-lo a ampliar essas excursões para piqueniques no campo.

– Vanessa disse que gosta muito dos piqueniques no campo – disse-lhe numa tarde chuvosa, enquanto Damien e ela jogavam uma partida de xadrez no salão. – Com certeza não vai querer decepcioná-la.

– Realmente não vou. – Fixou os olhos em Vanessa, que estava do outro lado do aposento. – Sempre farei o impossível para comprazer uma hóspede tão encantadora.

Ela sentiu que enrubescia, lembrando precisamente como ele havia se esforçado para comprazê-la durante a noite.

Voltou a concentrar a atenção no livro, mas, à medida que a tarde avançava, via-se observando os dois: as cabeças morenas inclinadas sobre o tabuleiro de xadrez. Estavam rindo e brincando tão à vontade que ela quase sentiu inveja.

Nunca pensara que veria o decadente Lord Sin tão despreocupado, tão apaziguado, e mais de uma vez teve que se esforçar para desviar o olhar de seu rosto.

Cada vez que o olhava, Vanessa percebia que experimentava uma nova onda de inquietação. De maneira intolerável, estava caindo sob o feitiço de Damien, com muito pouco esforço por parte dele. Damien tinha tantas facetas como um diamante de cem quilates. E o carinho afetuoso que sentia por sua irmã era ainda mais preocupante que o sensual e irresistível encanto que exercia sobre ela.

Naquela mesma noite, Damien foi tomado por uma inquietação semelhante. Vanessa e ele estavam sentados diante da lareira, envolvidos em uma de suas conversas, e ele observou com surpresa que aquela era a visita mais longa que fazia a Rosewood desde que era jovem.

– Geralmente, depois do primeiro dia já me sentia totalmente aborrecido e ansioso para partir.

– Semprei pensei que o aborrecimento surge da falta de ocupação – murmurou Vanessa em resposta. – Talvez, se você tivesse algo interessante para preencher as horas vazias, não se sentiria tão inquieto.

– Suponho que esteja querendo me sugerir um remédio, não é mesmo?

– Há algum interesse em particular que exija um bom uso de sua mente e de seu talento? Alguma coisa que o impressione ou excite?

– Quer dizer além de meus habituais prazeres decadentes? – Damien franziu o cenho, pensativo. – Não é uma ocupação muito própria de um cavalheiro, mas sou muito bom em conseguir dinheiro.

Vanessa sorriu.

– É realmente um valioso talento. Com certeza poderia se divertir muito seguindo essa linha.

– Talvez. E o que me diz de você, meu dragão encantador? Tem algum interesse que mantenha em segredo?

Ela deu de ombros ligeiramente.

– Gostaria de ter tido filhos, como a maioria das mulheres. Mas agora isso é altamente improvável.

– Por quê?

– Porque não tenho intenção de voltar a me casar. Minha única preocupação agora são minhas irmãs e de que modo vou mantê-las. Jurei a mim mesma que elas nunca se casariam por dinheiro, como eu. Se se casarem, será por amor.

Ao ver insinuar-se no rosto dele um sorriso zombeteiro, Vanessa levantou as sobrancelhas.

– Suponho que você não acredita no amor, não é verdade?

– Oh! Claro que acredito no amor. Sobretudo em seus poderes destrutivos. O amor pode se transformar em obsessão com muita facilidade. Meu pai foi um excelente exemplo disso, e minha irmã, outro. Olivia acreditou que estava apaixonada e quase destruiu sua vida.

No silêncio que se seguiu à sua observação, Damien desviou o olhar para o copo de conhaque que tinha nas mãos. Nunca conhecera o amor, nem queria conhecê-lo, desde o exemplo abominável dado por seu pai.

No entanto, pela primeira vez, conscientizou-se do risco que corria com Vanessa. Estava assustado com a ternura que sentia por ela.

Já tivera amantes que haviam despertado sua paixão, mas emoções mais suaves, como admiração, amizade e afeto, nunca haviam interferido em suas aventuras.

Isso de compartilhar algo cálido e íntimo com uma mulher era coisa nova para ele. E viciante. Vivia ansiando pela companhia de Vanessa, procurando pretextos para estar com ela.

Compreendeu então que, se seu relacionamento continuasse daquele jeito, ele corria o grave perigo de imitar seu pai.

Damien prometera a sua irmã que fariam um piquenique no primeiro dia claro, o que havia deixado Olivia ansiosa, examinando o céu todos os dias ao se levantar. Finalmente a chuva parou numa segunda-feira, deixando uma manhã clara e limpa. Damien mandou que preparassem uma cesta de lanche para comerem ao ar livre, e por volta do meio-dia os três já estavam acomodados na carruagem, só com um cocheiro e um criado para atendê-los.

Quando pararam, no alto de uma colina, Vanessa ficou encantada com a pitoresca vista campestre verde-esmeralda. As colinas baixas pareciam rolar continuamente, formando uma interminável colcha de campos e pastos decorada por arbustos e pedaços de bosques. Damien ajudou-a a descer da carruagem e depois tomou a irmã nos braços como qualquer criado robusto.

Para a ocasião, ele trocara seu habitual traje elegante e impecável por calças de couro, botas altas e um simples jaleco, e Vanessa achou que ele mais parecia um cavalheiro rural do que um nobre dissipado, tão à vontade naquele terreno como estaria nas mesas de jogo ou na ópera.

Instalaram Olivia à sombra de um castanheiro, com meia dúzia de almofadas, e então desfrutaram de um delicioso repasto de galinha fria, queijo, frutas frescas e vinho, enquanto os serviçais guardavam uma respeitosa distância.

Quando acabaram de devorar a última migalha, o dia já havia ficado quente e aprazível. Olivia se recostou nas almofadas com um suspiro, contemplando as nuvens de algodão que flutuavam no céu.

– Isto é precioso – Olivia murmurou. – Gostaria que todos os dias fossem lindos como o de hoje. Não pensa assim, Vanessa?

Vanessa só conseguiu trocar um olhar com Damien. Seus esforços para animar a garota, para banir sua solidão e melancolia, pareciam estar dando certo.

– Oh!, não sei – respondeu ela em tom leve. – Se todos os dias fossem assim, então hoje já não seria um dia especial. O que me lembra...

Pediu a Damien que lhe passasse a lata colorida que fora embalada junto com a comida. – Tomei a liberdade de pedir à cozinheira que fizesse isto – disse para Olivia.

A jovem abriu a lata e sorriu ao ver os merengues em forma de cisne.

– Como sabia que são os meus prediletos?

– Creio que me lembro de você ter mencionado isso uma ou duas vezes.

– Posso me lembrar de pelo menos uma dúzia – interveio Damien com uma careta.

Olivia deu uma mordida delicada em um merengue e fechou os olhos, saboreando a doçura.

– Nunca consigo que a cozinheira os faça para mim. Disse que não quer me mimar.

– Um pouco de mimo de vez em quando não faz mal.

– Você é tão sábia!

– Fico contente que pense assim. Minhas irmãs me consideram uma tirana mandona, às vezes.

Olivia riu, e o som de seu riso era musical, feliz.

– Estou certa de que não é.

– Bem, suas queixas são feitas geralmente depois de eu ter-lhes recusado um vestido novo com o qual já haviam se encantado.

– Gostaria de conhecer Fanny e Charlotte algum dia.

Diante desse comentário inocente, Vanessa trocou outro olhar com Damien. Seu rosto endureceu momentaneamente, e seus olhos cinzentos ficaram frios.

Ela não tinha dúvida de que ele estava se lembrando do conflito que havia entre eles. Damien não queria que sua irmã tivesse nada a ver com os parentes de Vanessa. Ela lembrou que estava ali apenas porque era sua amante.

Ultimamente estava ficando muito ansiosa por negar essa estrita verdade. Durante os últimos dias, Damien a tratara mais como um membro da família do que como uma amante, demonstrando-lhe calor e afeto, assim como paixão; era quase como se estivesse chegando a se preocupar com ela. Era evidente que Vanessa se permitira deixar-se seduzir por várias ilusões.

– Talvez algum dia venha a conhecê-las – respondeu, evasiva, dissimulando a repentina e aguda pontada de pesar que sentia. – O que vamos ler agora? – perguntou, decidida a mudar de assunto.

Haviam levado com eles vários livros de poesia de Olivia, e, depois de uma breve discussão, Vanessa começou a recitar *Baladas líricas*, de Wordsworth e Coleridge, em voz baixa e tranquila.

Damien bebia seu vinho e escutava, lutando contra seu próprio humor negro. A lembrança da família de Vanessa havia desterrado o ambiente íntimo e alegre e o havia feito recordar as circunstâncias que tinham levado à presença de Vanessa em Rosewood.

Embora fosse bom que ele lembrasse, porque o forçava a considerar o dilema que agora enfrentava: o que fazer ante a crescente necessidade que sentia dela. De modo inquietante, Vanessa começava a afetar seu julgamento.

Não lamentava tê-la levado para lá. Estava profundamente grato a ela ao ver todo o carinho com que ajudava sua irmã a sair de sua carapaça ferida. Em poucas semanas, desde a chegada de Vanessa, Olivia mudara. Sua alegria havia recomeçado a surgir lentamente, devido em grande parte à cordialidade, à engenhosidade e à infinita paciência da moça.

No entanto, sua irmã não fora a única pessoa a sucumbir à sua sutil influência. Os serviçais pediam sua orientação naturalmente, como se ela fosse a dona da casa, e ela conquistara também os empregados encarregados dos demais serviços da propriedade, do pessoal que cuidava dos jardins, que competiam para lhe mostrar as flores mais recentes e oferecer-lhe os mais belos buquês para seus aposentos.

E também enfeitiçara a ele, intrigando-o mais do que ele achava possível. Ele jamais conhecera uma mulher com aquela tentadora combinação de inocência e sofisticação, de simpatia e inteligência, de vulnerabilidade e força. Com certeza nunca conhecera uma beleza com tão pouca noção de seu poder.

Era ela a razão de seu tempo ali passar tão rapidamente. O desafio de perseguir Vanessa o poupara de vivenciar sua costumeira impaciência.

Não havia sido uma tarefa simples vencer seu medo, mas ela já não permanecia fria e reservada em sua presença. Ao contrário, reagia a ele com uma paixão que ainda o surpreendia.

– "Em horas de fadiga, doces sensações, sentidas no sangue e no coração" – entoava suavemente a voz musical de Vanessa.

Damien a observava de cenho franzido. "O sangue e o coração, realmente." Ele havia conseguido mais do que negociara quando lhe pedira que se tornasse sua amante para saldar a dívida do irmão. Sua pretensão era que ela satisfizesse suas necessidades físicas, é claro, mas nunca havia esperado que despertasse nele um apetite tão feroz... nem sentimentos de ternura tão inexplicáveis.

Ele estava sombrio, com o cenho franzido. Nenhuma cortesã, por mais hábil e bonita que fosse, havia conseguido manter seu interesse por tanto tempo quanto Vanessa, certamente não com tanta intensidade. Ela era sensual o bastante para inflamar seus sentidos e, no entanto, animada e inteligente para se entender com ele fora da cama. O que era surpreendente é que, quanto mais estava com ela, mais a desejava.

Advertiu a si mesmo que se tratava de um sentimento perigoso. Se não tomasse cuidado, acabaria sendo dominado pela paixão, como já acontecera com seu pai.

Sabia que seria uma loucura que uma mulher dominasse sua vida, que fosse tão importante a ponto de ele permitir que seu coração dominasse a cabeça. Havia prometido que nunca sucumbiria a essa aflição fatal... Mesmo assim, temia que fosse isso que estivesse ocorrendo.

Estava se envolvendo muito profundamente. Sua atração por ela havia se tornado forte demais para sua paz mental, e a afinidade entre ambos começava a fugir do seu controle.

Contemplou sua figura enquanto ela lia. A graciosa curva de seu pescoço lhe dava vontade de atraí-la para si e provar seu gosto.

"Ao diabo com tudo, controle sua luxúria." Damien trincou os dentes. Refletiu que precisava urgentemente pôr alguma distância entre eles. Enquanto a tivesse tão perto, era uma tentação muito grande.

É evidente que não podia mandá-la embora quando ela estava fazendo tanto bem a sua irmã. Portanto, seria ele que precisaria ir-se dali. Ia haver uma reunião de seus colegas da Liga Fogo do Inferno naquele fim de semana, em Berkshire. Clune ia oferecer uma festa particular só para cavalheiros, o tipo de comemoração que costumava degenerar em selvagens orgias. Damien havia se desculpado; no entanto, se fosse, isso poderia ajudá-lo a tirar da mente certa mulher tentadora que estava ocupando seus pensamentos muito mais do que era desejável ou prudente.

Ao mesmo tempo, podia visitar certa propriedade próxima que seu assessor de negócios lhe recomendara que comprasse. E aproveitaria a ocasião para viajar até mais longe, para o norte, e inspecionar uma fábrica que ganhara nas mesas de jogo no inverno anterior. A pressão dos negócios podia ser uma desculpa válida para ficar ausente por algum tempo...

No entanto, não tinha nenhum desejo de estragar aquele idílico dia de verão nem de atrapalhar a rara felicidade de sua irmã. Ia esperar até a noite para lhe dar a notícia. E também a Vanessa.

Damien bebeu um longo gole de vinho e forçou-se a desviar dela o olhar.

Enquanto isso, teria que refrear seu desejo feroz antes que ele se transformasse em completa obsessão.

Olivia parecia relutante em aceitar o fim daquela tarde mágica, mas, quando ela começou a mostrar sinais de cansaço, Damien insistiu em levá-la para casa.

– Prometo-lhe que faremos outros piqueniques como este – disse.

Enquanto a levava para seu quarto, ela se lembrou de que deixara seu xale favorito na estufa naquela manhã, quando fora tomar seu banho de piscina. Vanessa ofereceu-se para ir buscá-lo e o encontrou estendido sobre um banco, perto da piscina.

Já estava saindo do local quando uma voz baixa a chamou pelo nome. Levantou o olhar, sobressaltada.

Um homem bloqueava seu caminho. Usava um velho uniforme militar e uma jaqueta desfiada, e a barba despontava em seu rosto, escurecendo-o.

Estava acostumada a ver pessoas desconhecidas em Rosewood, já que estudantes, cientistas e botânicos visitavam regularmente o local no verão, para pesquisar as rosas. Mas nunca nenhum deles se aproximara dela ou a seguira. Aquele homem podia ser qualquer coisa – de um estudante universitário a um rufião.

Sua cautela pareceu diverti-lo, porque curvou a boca num sorriso calmo, ao tirar o chapéu para revelar um rosto familiar e querido.

– O que há, Vanessa? Não dá as boas-vindas a seu único irmão?

– Aubrey! Que diabos...?

Ele se adiantou para abraçá-la e depois se afastou um pouco para olhá-la com afeto.

– Não pretendia assustar você, querida.

Ela o olhou, inexpressiva.

– O que levou você a deixar crescer barba? Nunca o teria reconhecido se você não tivesse me chamado.

Ele retorceu a boca com amargura.

– Essa é exatamente a ideia, querida. Sinclair provavelmente dispararia contra mim se soubesse que descumpri suas ordens.

– Oh, Deus! – exclamou Vanessa, lembrando a inimizade existente entre os dois homens. – Está louco? Se ele o visse...

– Com sorte, nunca saberá que estive aqui. Meu disfarce foi bem eficaz para enganar você, não é mesmo? Comprei a jaqueta de um estudante de Oxford por um guinéu.

– Sim, mas... – Baixou o tom de voz e, depois de uma rápida olhada em volta, levou-o para mais longe, atrás do biombo chinês. – O que está fazendo aqui?

– Vim para ver como você estava indo.

– Estou muito bem.

Aubrey franziu o cenho enquanto a examinava atentamente.

– Sinclair não a tratou mal, não é?

Vanessa desviou o olhar dos penetrantes olhos do irmão.

– Não, absolutamente. Você não deveria estar aqui – disse ela.

– Não posso ficar longe – respondeu. – E como está Olivia? Talvez não tenha o direito de perguntar, mas preciso saber. Eu a vi sendo carregada da carruagem há um momento, mas ela estava rindo. Parecia... Não demonstrava estar sofrendo terrivelmente. – Havia esperança em sua voz. – Pelo menos não tanto como eu temia.

Vanessa ficou fria.

– Não recuperou o uso das pernas, se é isso que quer saber. Continua inválida, e seu estado físico é instável, embora emocionalmente tenha começado a se recuperar, em certa medida.

– Queria falar com ela. Só um momento.

– Isso é impossível, Aubrey. Isso só faria mal a ela.

– Então ela me odeia tanto assim?

– O que você acha? – perguntou Vanessa, sem rodeios.

Aubrey fez uma careta e desviou o olhar.

– Queria lhe falar da profunda pena que sinto.

– Estou certa de que isso tranquilizaria sua consciência, mas não vejo em que poderia beneficiá-la.

– Pode pelo menos lhe entregar uma carta minha? Não posso lhe escrever. Minhas cartas são devolvidas.

Vanessa fez que não com a cabeça.

– Não, Aubrey, não posso. Isso só iria servir para lhe lembrar o modo como você arruinou a vida dela.

O irmão adotou uma expressão sombria.

– Não consigo suportar pensar no que fiz.

– Bom, simplesmente vai ter que viver com isso – respondeu Vanessa, implacável. – E ela também.

Para sua surpresa, viu que começavam a brotar lágrimas nos olhos negros do irmão.

– Poderia lhe falar do meu pesar?

– Não me atrevo, Aubrey – respondeu-lhe com mais suavidade. – Olivia confia em mim porque não sabe de minha relação com você. Já tem sido muito ruim enganá-la, mas, se tivesse que lhe revelar a verdade depois de todo este tempo, ela iria se sentir como se eu a tivesse traído.

– Desejaria poder fazer algo.

– Eu sei, mas o melhor que pode fazer é ir para casa e não voltar aqui.

Ele trincou os dentes, e Vanessa percebeu a obstinada expressão de seu queixo.

– Não posso ir assim, sem mais. Tem que haver algo que eu possa fazer por ela.

– Tem certeza de que o que o trouxe aqui não foi uma briga de galo ou uma luta de boxe e não sua consciência?

Ele a olhou com tristeza.

– Certamente que não. Vim porque estou preocupado com ela... e com você.

Sua dor parecia autêntica. Evidentemente, havia se convencido de que seus motivos não eram egoístas.

– Talvez seja assim – disse Vanessa com um suspiro. – Mas você só iria piorar as coisas se ficasse.

Olhando-a nos olhos, ele tomou suas mãos e estreitou-as com carinho.

– Vanessa, quero que você saiba como apreciei o sacrifício que você fez por mim. Pagou um preço muito alto por meus pecados, mas prometo-lhe que não fez isso em vão.

Ela jamais vira nele uma expressão tão solene.

– Eu lhe devo muito mais do que consigo expressar. Você me fez encarar com seriedade minha vida, me fez compreender quão baixo desci. E juro que vou mudar, dar uma virada completa em meu comportamento, vou ser um homem diferente.

Vanessa examinou atentamente o rosto do irmão. Se Aubrey estava sinceramente sentindo um pouco de culpa, de remorso, talvez estivesse começando a amadurecer, pelo menos um pouco.

– Na verdade, não tem sido tão ruim – disse ela, em voz baixa. – Há ocasiões em que até desfruto de algumas coisas. E acho que estou fazendo bem a Olivia.

– Eu... me indagava... As cartas que você envia para casa são bastante alegres, mas sei que deixa de dizer muitas coisas em consideração a nossas irmãs.

O resto da família acreditava que ela estava ali como acompanhante da srta. Sinclair e não como amante de Lord Sin. Só Aubrey conhecia toda a verdade.

– Como estão Charlotte e Fanny? – perguntou Vanessa.

– Muito bem. Todos sentimos sua falta, principalmente mamãe. Você não vai acreditar, mas as meninas estão fazendo um sério esforço para reduzir os gastos. Fanny só comprou um chapéu, desde que você foi embora.

Vanessa sorriu.

– Diga-lhes que aprecio seus esforços para economizar.

– Você mesma terá que dizer isso numa carta, pois não volto para casa. Aluguei um sótão na cidade. Para me penitenciar de meus pecados e tudo o mais – acrescentou secamente, ante o escandalizado olhar da irmã.

– Aubrey, você não pode ficar. Não pode magoar Olivia Sinclair de novo – implorou.

Mas ele pôs um dedo em seus lábios para silenciá-la.

– Por favor, procure compreender, Vanessa. A última coisa que desejo é prejudicá-la. Por enquanto ficarei longe dela, mas não posso ir embora. Não posso ignorar o que fiz. Tentei por todos os meios esquecer, acredite, mas não deu certo. Não posso me afastar. Simplesmente não posso.

Depois da inquietante visita de seu irmão, o jantar foi um acontecimento enervante para Vanessa. Por mais que quisesse acreditar na sinceridade de Aubrey, temia que ele estivesse ali por razões egoístas, que só pensasse em si mesmo, que quisesse apenas tranquilizar sua consciência. Atormentado pelo sentimento de culpa e pelo remorso, havia se convencido de que se desculpar com Olivia faria desaparecer seu pesar. Parecia não se importar que a jovem ficasse arrasada se tivesse de enfrentá-lo.

Vanessa também temia as consequências da revelação de seu parentesco com Aubrey. Se fosse revelada a verdade sobre sua fraude, Olivia talvez viesse a odiá-la.

Damien também ficaria indignado se soubesse que Aubrey se encontrava a menos de dois quilômetros de sua querida irmã.

Durante o jantar, Vanessa, insegura, observava Damien. Ele parecia tenso, preocupado, com os olhos frios, sem nenhum sinal do calor sensual que recentemente sempre exibiam ao vê-la. Comparado com a intimidade da semana anterior, seu comportamento era quase gélido.

Perguntou-se se teria feito algo para aborrecê-lo. Não podia ter sabido da visita de seu irmão... No entanto, ela percebia que algo ia mal entre eles.

Foi uma surpresa quando, lá pela metade do prato de peixe, Damien mencionou casualmente sua intenção de viajar aquele fim de semana para resolver assuntos de negócios no norte. Mas sua posterior revelação de que estava pensando em assistir à reunião daquele fim de semana no condado de Clune realmente a assombrou.

Dirigiu um olhar para Damien. Lord Clune era um dos infames líderes da Liga Fogo do Inferno, e suas diversões eram célebres pela depravação.

Damien pareceu ignorar seu olhar indagador.

– Gostaria de partir na sexta-feira, a menos que você tenha alguma objeção a deixá-la sozinha, Olivia.

– Absolutamente – disse ela em tom leve. – Estou certa de que ficarei bastante bem sem você, já que não estarei sozinha. Vanessa me fará excelente companhia.

– Não tenho nenhuma reserva em deixá-la em suas mãos capazes – replicou, fixando finalmente os olhos nos de Vanessa.

Sua expressão continuava inescrutável, e seu frio distanciamento era em si mesmo significativo.

Vanessa olhou-o com um súbito vazio no estômago. Perguntou-se, estupefata, se ele lhe estaria mandando uma clara advertência de que a intimidade entre eles estava chegando ao fim. Que o que havia sido um arrebatador período estava terminando, porque ele tinha que buscar prazeres mais originais.

Teve certeza disso mais tarde aquela noite, quando, pela primeira vez desde o começo de sua tórrida relação, Damien não foi ao seu dormitório.

Com o coração dolorosamente apertado, passou toda a noite ansiando pelo toque de Damien e o prazer que conhecera em seus braços, tensa pelo desejo insatisfeito.

10

Pela manhã, a dor angustiante ainda não a abandonara. Vanessa acordou enjoada e desanimada. Mas pelo menos, à fria luz do dia, recuperou algo parecido com o pensamento racional.

Compreendeu que estava enganando a si mesma. O encanto dos dias passados não era na verdade autêntico. Ela não era diferente de Olivia nesse aspecto: como uma verdadeira inocente, sucumbira ao feitiço de um experiente canalha. E, agora que Damien conseguira seu objetivo – sua completa rendição –, já não tinha motivos para persegui-la.

Vanessa se autocensurou, dizendo a si mesma que era um absurdo sentir-se abandonada ante seu afastamento. Ele fora completamente franco com ela desde o princípio. Devia ser sua amante para saldar a enorme dívida de jogo de seu irmão. Todo o seu relacionamento se baseava na vingança. Para dizer a verdade, deveria se sentir satisfeita de que o desejo de Damien por ela estivesse esfriando.

No entanto, alegrou-se ao saber que ele já tomara o café da manhã. Seu humor já estava baixo sem a necessidade de enfrentá-lo e arriscar-se a revelar sua dor e sua confusão.

Cavalgou mais tempo do que de costume e conseguiu sossegar parte de sua agitação naquela linda manhã de verão, mas seu ânimo sofreu outro golpe quando voltou e encontrou dois visitantes em Rosewood, porque de novo foi lembrada de sua insignificante posição no lar dos Sinclair.

Surpreendentemente, Olivia recebera as visitas no gabinete da manhã. Sentada em sua cadeira de rodas, olhou agradecida para Vanessa e rapidamente fez as apresentações:

– Lady Wyndham, permita-me apresentar-lhe nossas vizinhas mais próximas, Lady Foormoor e sua filha, a senhorita Emily Price. Emily e eu fomos juntas para a escola.

– Como estão vocês? – perguntou Vanessa cortesmente, enquanto se sentava em uma cadeira de *chintz*.

Esteve prestes a fazer uma grosseria diante daquele par de olhos azuis que a examinavam tão altaneiros. Seu traje de equitação estava um pouco fora de moda, mas isso não justificava uma recepção tão hostil.

O cumprimento de Lady Foxmoor foi tão gélido quanto seu olhar.

– Ah, sim, a acompanhante! Ouvi dizer que foi contratada para ajudar a senhorita Sinclair.

Poderia ter dito "humilde verme" e não teria desentoado.

Vanessa apertou os maxilares e deixou passar o insulto. Seu *status* social havia caído de forma dramática, já que uma acompanhante de uma dama era considerada pouco mais que uma criada.

No entanto, a visitante parecia decidida a estabelecer sua superioridade.

– Sua reputação a precede, Lady Wyndham.

– Oh! – exclamou Vanessa arqueando as sobrancelhas. – Como assim?

– Seu falecido marido se fez muito popular entre os dissolutos de Londres.

– Não se pode dar crédito a tudo o que se ouve – replicou friamente.

– Vai descobrir que aqui no campo não somos tão liberais.

Olivia, que parecia atônita pelo tom depreciativo da conversa, interveio rapidamente:

– Vieram convidar-nos pessoalmente para seu baile, Vanessa.

Com igual rapidez, Lady Foxmoor esclareceu:

– Estou certa de que Lady Wyndham não vai querer comparecer à nossa simples reunião campestre. Não pode ser comparada de modo nenhum às grandes ocasiões londrinas às quais está acostumada.

Vanessa imediatamente compreendeu que não seria bem recebida no baile, no entanto, não se incomodou de ter sido excluída. Mas, antes que pudesse responder, Olivia saiu calmamente em sua defesa.

– Posso assegurar-lhes que Vanessa não se sente em absoluto superior.

– É evidente que não, se aceitou o papel de acompanhante de uma dama – disse Lady Foxmoor com menosprezo. – Mas estou certa de que não vai querer proclamar em sociedade quão baixo caiu.

– Não caiu, em absoluto! – objetou Olivia, veementemente. – Na verdade, para mim ela é mais minha irmã do que acompanhante.

Decidida a dissimular sua raiva, Vanessa replicou suavemente ao insulto:

– Está enganada, Lady Foxmoor. Estou achando muito divertida a perspectiva de uma simples reunião campestre. Terei prazer em comparecer a seu baile.

A mulher, desgostosa, franziu os lábios. A srta. Price, que parecia estar extremamente incomodada, baixou os olhos e deixou que a mãe dirigisse a batalha, enquanto Olivia procurava disfarçar sua cólera.

As duas visitantes ficaram ali mais alguns minutos e depois se despediram. No momento em que o mordomo as acompanhou até a porta, Olivia demonstrou sua raiva.

– Que atrevimento! Excluir você do convite por sua condição de acompanhante! Você continua sendo uma convidada nesta casa.

– Não importa – tranquilizou-a Vanessa. – Não tenho intenção de ir ao baile. Só disse que iria para incomodar.

– Mesmo assim, ela não tinha nenhum direito de menosprezá-la nem tratá-la como uma criada.

– Agradeço que me defenda, Olivia, mas não vou deixar que seus insultos me afetem. E você deveria fazer o mesmo. Além disso, é preciso não esquecer que a razão de sua visita era convidá-la pessoalmente para o baile.

A jovem balançou a cabeça de cenho franzido.

– A verdade é que me surpreende o fato de terem feito isso, considerando o escândalo de minha planejada fuga. Acreditei que meu nome estaria proscrito, sobretudo considerando que Emily e eu nunca fomos grandes amigas.

– Não devem ter se escandalizado tanto quanto você temia.

– Oh!, não tenho ilusões de que tenham perdoado meus pecados! – foi sua réplica mordaz. – Vieram por causa de meu irmão, confiando em que ele me acompanhe ao baile. Há anos que Lady Foxmoor tenta atraí-lo para uma de suas filhas. É um excelente partido e a última esperança para Emily.

De modo absurdo, Vanessa sentiu uma pontada de ciúme ante a ideia de que Damien pudesse se casar com alguém. No entanto, a pálida senhorita Pryce, com seus grandes olhos, não parecia ser o tipo de mulher que pudesse atrair um crápula da estirpe de Lord Sin.

– Lady Foxmoor deve ter ficado verde de inveja ao encontrá-la aqui como membro da casa – observou Olivia. – Não duvido que a veja como rival no afeto de meu irmão, e não deve suportar a ideia de que você leva vantagem.

Por um momento, Vanessa não soube o que responder. Se fosse revelada sua verdadeira relação com Damien, seria repudiada pelos seus refinados vizinhos como uma prostituta. Embora as pessoas educadas pudessem aceitar a discreta relação de uma viúva com um nobre de posses, Lord Sin não era apenas um nobre.

– Devo lhe dizer que nunca procurei conquistar o afeto de seu irmão – disse Vanessa como evasiva.

– Talvez não, mas de qualquer modo já o conseguiu.

– Está se referindo a quê?

– De certo modo, agora ele é um homem diferente. – Pensativa, Olivia contemplava Vanessa. – Com certeza, ele nunca passou tanto tempo assim em Rosewood.

– Ficou aqui por sua causa, Olivia.

– Não. No início achei que fosse assim, mas há algo mais. Ele costumava odiar ficar por aqui, mas parece que agora já não se importa. Não está tão inquieto, e seu humor já não fica brusco. E acho que é por sua causa. E é evidente que gosta de sua companhia. Talvez não tenha se dado conta disso por não conhecê-lo bem, mas notei como ele olha para você. A luz de seus olhos está mais suave...

Vanessa fingiu que sorria, esperando desviar a conversa para um terreno mais seguro.

– Acho que você está tentando intencionalmente evitar falar do convite de Lady Foxmoor.

Olivia esboçou um sorriso tímido.

– Talvez.

– Surpreende-me que as tenha recebido, se não deseja sua amizade.

– Na verdade, não tinha vontade de ir – disse Olivia com um sorriso tímido. – Mas decidi que tenho que começar por algum lugar.

– Vai querer ir ao baile, então? Você poderia fazer uma aparição breve. Se for assim, eu a acompanharei com muito gosto.

– Não, não quero ir. Compreendo que não posso me esconder da sociedade para sempre, mas ainda não estou preparada para dar um passo tão importante.

Vanessa achou que o assunto estava resolvido, mas Olivia continuava bastante irritada pela visita, a ponto de se queixar ao irmão aquela noite, durante o jantar.

No início, Vanessa prestou pouca atenção à conversa. Estava muito ocupada, lutando para ocultar seus sentimentos e simulando indiferença e despreocupação. Damien ainda não lhe havia dito nada sobre não ter ido ao seu dormitório na noite anterior. De fato, mal trocara duas palavras com ela aquela noite. No entanto, negava-se a deixá-lo saber quanto sua frieza a magoava.

Assim, passaram-se alguns minutos até ela se dar conta das observações de Olivia.

– Fico muito zangada por ver Vanessa ser tratada de maneira tão mesquinha. Lady Foxmoor foi intencionalmente grosseira. Devia tê-la ouvido, Damien. Praticamente ordenou que Vanessa ficasse longe do baile, só pelo fato de ser minha acompanhante.

Damien cerrou os maxilares, mas continuou em silêncio.

– Mas estava ansiosa para que você comparecesse. Em duas ocasiões me sugeriu que lhe dissesse que sentiria muito prazer em vê-lo.

Acho que você deveria ir ao baile com Vanessa só para irritá-la. Isso deixaria claro como cristal que ela aqui é hóspede e não uma criada.

Damien arqueou as expressivas sobrancelhas.

– Quando será o baile?

– Na quarta-feira – respondeu Olivia. – Você disse que a essa altura planejava estar de volta.

Ele bebeu um gole de vinho e assentiu.

– Sim, já deverei então ter concluído meus negócios. – Dirigiu a Vanessa um olhar impassível. – Teria muita honra se me permitisse ser seu acompanhante.

Olivia deu um grito de entusiasmo.

– Oh! Que ótimo! Isso será um belo castigo para a velha bruxa. Não se atreverá a humilhar Vanessa em sua presença.

– Não é preciso que se incomode por minha causa – objetou Vanessa.

– Mas é necessário que se mantenha a honra dos Sinclair – replicou Damien com um sorriso frio.

– Sim, certamente – concordou Olivia. – E Vanessa precisa de um vestido novo para a ocasião. Sem dúvida vai... – insistiu, ao ver que ela tentava protestar. – Se eu pude suportar me ver ataviada com todos esses vestidos que você me impôs, você vai ter que aceitar só um. Inclusive vou ajudá-la a escolher o tecido. Sabe que tenho muito bom gosto. Além disso, você não vem me pressionando para visitar as lojas da cidade?

Vanessa queria recusar a oferta. Não podia sentir-se à vontade com Damien pagando sua roupa e endividando-a ainda mais. Mas, se aceitar um vestido de baile servisse para tirar Olivia de casa, então ela a acompanharia, embora de má vontade.

Os dias seguintes transcorreram lentos para Vanessa. Damien parecia realmente empenhado em evitá-la, enquanto ela simulava uma indiferença que não sentia e tentava aceitar a dura realidade.

Tinha que se lembrar de sua posição. Era a amante de Damien, apenas isso.

Apesar da ternura que ele lhe demonstrara durante as últimas semanas, ele a via apenas como um objeto carnal. Era tolice considerar a incrível sensualidade de Damien algo mais que uma gratificação física masculina. Praticamente qualquer cálido corpo feminino bastaria. Damien Sinclair continuava sendo um perverso crápula, um libertino com enorme apetite sexual, cujo pecaminoso encanto tornava fracas mulheres fortes. Ela não seria a primeira a quem teria seduzido e depois esquecido.

O que ela havia considerado um desejo de camaradagem fora tão somente um meio de manter seu desassossego dentro dos limites. Sentiria falta da encantadora companhia e das conversas noturnas porque chegara a valorizar o que parecera uma amizade nascente. No entanto, nunca deveria ter alimentado a menor expectativa a respeito de sua relação, nem ter-se permitido ser tão vulnerável.

O melhor que podia fazer era controlar seus sentimentos insensatos a respeito dele antes de se arriscar a um mal ainda maior.

Quinta-feira, véspera da partida de Damien, Vanessa e Olivia foram para a cidade fazer compras. Deixaram os criados esperando na carruagem e entraram sozinhas no estabelecimento da modista. Olivia não queria que nenhum de seus criados ficasse vagando à sua volta, chamando a atenção para sua incapacidade.

Vanessa tinha que admitir que o gosto da garota para roupas era excelente. Em menos de uma hora estavam ambas satisfeitas, depois de entrarem em acordo sobre um vestido de seda brilhante cor de cobre, com uma sobressaia de tecido dourado, que Vanessa exibiria na festa. O preço era a décima parte do que teria custado em Londres num ateliê da moda.

Ao sair da loja, Vanessa dirigiu a cadeira de rodas de Olivia para o local onde as esperava a carruagem, mas parou por um instante para pôr uma manta no colo de Olivia. Estava inclinada sobre a cadeira quando, de repente, Olivia sufocou um grito.

– O que houve? – perguntou Vanessa, preocupada.

– Aquele homem...

Ela acompanhou o olhar da garota e descobriu ao longe um cavaleiro que montava um cavalo ordinário e se dirigia para elas em trote lento. Vanessa ficou sem fôlego ao reconhecer a figura familiar de seu irmão Aubrey.

Evidentemente, Olivia também devia tê-lo reconhecido, por isso ficara branca como uma folha de papel.

Durante vários segundos, Vanessa permaneceu petrificada, incapaz de pensar em nada. Quando compreendeu que devia afastar Olivia da presença de Aubrey, ele já se aproximara o bastante para tê-las visto.

Aubrey se sobressaltou e parou o cavalo bruscamente.

Durante um bom tempo, ele e Olivia se olharam em silêncio.

Vanessa ajustou fortemente a manta. Não acreditava que o irmão tivesse planejado o encontro, mas estava igualmente furiosa com ele por deixar-se ver, e lhe lançava olhares. Mas ele só tinha olhos para Olivia.

Ambas as mulheres estremeceram quando ele começou a desmontar.

– Vanessa, quer me levar para casa, por favor? – pediu a garota, com voz rouca.

– Sim, é claro.

– Não, espere, por favor – rogou Aubrey. – Por favor, escute-me por um momento.

Tirou o alto chapéu e se adiantou até elas, bloqueando o caminho da cadeira de rodas.

– Senhorita Sinclair... Olivia...

– Senhor, não tem nenhum direito de dirigir-se a mim – disse ela de dentes cerrados, visivelmente trêmula.

– Talvez não. – Aubrey pôs um joelho em terra para que seus olhos ficassem no nível dos dela. – Compreendo que não possa suportar me ver, e não a censuro por isso.

Vanessa percebeu o remorso em sua voz, assim como o viu em sua expressão, e apertou os maxilares. O dano estava feito. Aubrey se dera a conhecer a Olivia. Também podia apresentar-lhe suas desculpas.

– Compreendo que não mereço seu perdão – disse ele em tom baixo –, mas queria que você soubesse como estou amargurado e envergonhado pelo que lhe fiz.

Contemplou a cadeira de rodas que a mantinha prisioneira.

– Se pudesse ocupar seu lugar, eu o faria.

O olhar de Olivia continuava angustiado, mas havia um tom agudo em sua voz quando lhe respondeu secamente.

– Sua preocupação chega um tanto tarde, não acha? Já se passaram meses desde que fui bastante tola para acreditar em sua terna declaração.

Aubrey exibiu um leve e sombrio sorriso.

– Tentei vê-la, escrever-lhe, mas seu irmão me impediu de fazer isso desde o princípio e ordenou que devolvessem minhas cartas.

– Gostaria de ter sido ao menos um pouco inteligente quando você começou a me cortejar – disse, com a boca trêmula. – Que prazer deve ter tido em ganhar uma aposta com tal facilidade...

Aubrey negou com a cabeça.

– Não, não foi assim. Minha perseguição a você começou com uma aposta, é verdade, mas, sem que eu me desse conta, ela se transformou em algo mais. Veja... eu me apaixonei...

Vanessa não podia continuar em silêncio por mais tempo.

– Acabe com isso, Aubrey! – exclamou, dando furiosamente um passo na direção dele.

Olivia empalideceu ainda mais, se é que isso era possível, enquanto sua voz se reduzia a um simples sussurro.

– Como pode ser tão cruel? Ainda não fez o bastante? Mais uma vez vai ter que me transformar em objeto de seus passatempos malignos?

– Não é um passatempo. Juro pela minha vida! Não consegui esquecê-la, Olivia. – As lágrimas brilhavam em seus olhos. – Sei que arruinei qualquer possibilidade de futuro com você, mas não posso deixar que pense que isso não me importa. Pelo menos acredite se lhe digo que nunca pretendi fazer-lhe mal.

Olivia olhou aturdida para Vanessa. Parecia desesperada, tão frágil quanto um cristal.

– Por favor – pediu –, leve-me para a carruagem.

– Pode ficar tranquila, senhorita Sinclair. Já não a contaminarei mais com minha presença. Vou desaparecer de sua vista.

Virou-se e montou em seu cavalo, depois olhou tristemente para a irmã.

Vanessa foi a primeira a se recuperar. Ajeitou de qualquer maneira a manta no colo de Olivia e começou a empurrar a cadeira até a carruagem, com os pensamentos em tumulto. Como Aubrey podia ter sido tão cruel? Ela deveria ter intervindo antes? De algum modo poderia ter evitado a Olivia a dor de ver o homem que destroçara sua vida? O que poderia dizer a ela agora?

No entanto, Olivia estava tão absorta em seus pensamentos que parecia cega a tudo o que a rodeava. Passaram um bom tempo em silêncio, até que ambas se instalaram na carruagem a caminho de casa. Então Olivia levantou a vista, e seus olhos estavam cheios de dor.

– Ele não era um desconhecido para você.

A declaração continha mais perturbação que acusação.

– Não – respondeu Vanessa, em voz baixa. – Aubrey é meu irmão.

Olivia ficou sem fôlego. Parecia estar envolta numa névoa ante a revelação.

– Por que nunca me contou?

– Por medo. Temia que não me aceitasse como acompanhante se ficasse sabendo de meu parentesco com ele.

– Damien sabe?

– Sim. Nós... concordamos, desde o início, que seria melhor não lhe contar.

Olhou para Olivia, solene, com o coração cheio de dor.

– Nunca quis enganar você. Se agora quiser que me vá de Rosewood, irei.

A jovem nada respondeu.

– Por que veio para cá?

Vanessa desviou o olhar. Preferia nada lhe dizer sobre a sórdida verdade, não lhe revelar a ameaça de Damien a sua família nem sua escandalosa relação, não lhe explicar que fora obrigada a se tornar amante do irmão para poder salvar sua mãe e as irmãs da pobreza. Olivia ainda era muito jovem, muito inocente para ficar sabendo de fatos tão duros.

– Porque queria ajudá-la – disse afinal; pelo menos isso era completamente certo. – Fiquei horrorizada quando soube o que meu irmão fizera e queria reparar alguma coisa.

– Então... você esteve o tempo todo a par do que aconteceu?

– O próprio Aubrey me contou há algumas semanas. – Vanessa se inclinou para a frente. – Se não puder me perdoar por esconder de você a verdade, compreenderei.

Dessa vez foi Olivia quem desviou o olhar.

– Não sei – respondeu, olhando pela janelinha sem nada ver. – Preciso de tempo para pensar em tudo isso.

Durante o resto da tarde Olivia se encerrou em seu quarto enquanto Vanessa se desesperava e se perguntava se teria que fazer as malas. Quando Olivia a chamou, pouco antes do jantar, dirigiu-se, insegura, ao encontro dela.

A jovem estava sentada na cadeira de rodas, olhando pela janela com expressão meio triste.

– Compreendo por que você escondeu de mim a verdade – disse Olivia olhando para ela. – Se eu tivesse sabido que Lord Rutherford era seu irmão, nunca teria falado com você e muito menos permitiria que fosse minha amiga.

– Sou sua amiga, Olivia – respondeu Vanessa de todo o coração.

– Eu sei. E não quero que vá embora.

Vanessa sentiu um alívio profundo, mas, antes que pudesse responder, Olivia voltou a falar.

– Você acredita que ele falava a sério? – perguntou em voz baixa.

– Falava o quê?

– Disse que estava apaixonado por mim. Posso acreditar nele?

Preocupada, Vanessa hesitou em responder. A declaração de amor de Aubrey a surpreendera e escandalizara, e embora parecesse ter sido feita com honestidade, no fundo ela achava difícil acreditar que seu temerário e irresponsável irmão tivesse se apaixonado de verdade. O mais provável era que tivesse agido daquele modo por culpa. Mesmo assim, não podia estar inteiramente segura.

– Não sei – respondeu com sinceridade. – Estou convencida de que Aubrey lamenta profundamente seus atos, mas não sei se está apaixonado de verdade. Não creio que fosse capaz de ser tão cruel fabricando uma mentira assim... Mas há seis meses também não teria acreditado que ele fosse capaz de ser tão desumano a ponto de fazer uma aposta tão desprezível.

Olivia exibiu uma expressão amarga.

– Sabe o que é pior? Quero acreditar que ele me ama. Estou sendo muito boba?

Vanessa não sabia o que responder, mas nem precisou fazê-lo. Olivia ergueu o queixo de modo desafiador e por um momento foi a imperiosa filha do barão em vez de uma inocente jovem enganada pelo amante.

– Se acredita que pode me enganar outra vez, está muito enganado – concluiu furiosa.

Olivia esteve muito calada aquela noite, tanto que seu irmão lhe perguntou se ela estava se sentindo bem.

A jovem trocou um olhar com Vanessa.

– Estou muito bem, embora talvez tenha feito esforço demais hoje fazendo compras.

– Prefere que eu adie minha viagem? – perguntou Damien, solícito. – Não é absolutamente necessário que eu vá amanhã.

Olivia fez que não com a cabeça e disse:

– Não, é claro que não. Não há razão para se preocupar comigo. Vanessa está aqui para cuidar de mim.

Ela ficou agradecida pela resposta de Olivia. Felizmente ela não falara de seu irmão para Damien. Estremeceu ao pensar no que ele faria se soubesse de sua presença nas redondezas.

Só esperava que Aubrey tivesse agido com bom-senso e voltado para casa, uma vez que já tivera a oportunidade de descarregar sua consciência. Senão, estaria arriscando a sorte.

Pelo menos Damien partiria de manhã e estaria ausente durante quase uma semana. Reconheceu que ficaria bastante aliviada com sua ausência. Talvez então fosse capaz de dominar a dolorosa ansiedade que sua simples proximidade despertava nela, de esquecer o encantamento ardente que conhecera em seus braços, de superar suas absurdas ilusões.

Ela se retirou cedo, mas para sua contrariedade permaneceu acordada, com os nervos em frangalhos, sem conseguir dormir. Pelo modo como Damien a evitara todos aqueles dias, não esperava que fosse ao seu quarto aquela noite, embora ela tivesse se preparado para ele como das outras vezes, usando as esponjas que lhe dera. De modo exasperante, viu-se hesitando entre desejos contraditórios: queria que ele não fosse, e confiava que o fizesse. Estava decidida a recebê-lo com frieza caso aparecesse.

Seu coração disparou ao ouvir o som do painel secreto deslizando do outro lado do aposento.

Permaneceu imóvel, de costas para ele, embora evidentemente estivesse ciente de sua presença. Momentos depois, notou que o colchão havia se movimentado, quando ele se sentou ao seu lado, e sentiu, sob o cabelo, o toque sensual da mão dele em sua nuca.

– Vim me despedir – murmurou Damien, sabendo que ela fingia dormir.

Vanessa, de má vontade, virou-se para olhá-lo. Na escuridão, à luz da lua, mal podia distinguir seus traços firmes e viris.

– Perguntava-me o que o teria trazido aqui depois de todas estas noites.

Ele devia ter notado a frieza em sua voz, mas nada respondeu nem lhe deu nenhuma explicação sobre sua ausência.

– Sentiu minha falta, querida?

Vanessa se afastou, ferida por sua jovialidade.

– Acho que milorde é muito convencido. Não senti nem um pouquinho sua falta.

Ele ficou imóvel, com uma expressão indescritível.

– Deduzo que está zangada porque ultimamente me descuidei de você.

– Imagine! – disse ela. – Fiquei até contente pela pausa que consegui ter sem sua luxúria.

Damien sorriu, irônico.

– Suponho que lhe devo uma explicação. Pensei que talvez nossa... associação estivesse se tornando muito sufocante para minha paz mental.

Ela o encarou firmemente, como se perguntasse se podia acreditar nisso.

Damien acariciou suavemente a superfície sensível de seus lábios.

– Você é perigosa para meu controle, Vanessa. Mil vezes por dia a desejo.

– Por sorte logo vai poder satisfazer suas demandas carnais com alguém mais disposto. Sua reunião da Liga Fogo do Inferno vai lhe dar ampla oportunidade de depravação e libertinagem.

Ao ouvir seu tom sarcástico, Damien sustentou seu olhar desafiador. Não tinha intenção de lhe revelar quão terrivelmente vulnerável ficava diante dela.

Vanessa ficaria assustada se soubesse que ele não tinha nenhuma vontade de comparecer à festa de Clune. Estava se forçando a deixar Rosewood numa tentativa de se afastar dela.

Contudo, não podia viajar sem ficar com Vanessa uma vez mais, sem tocá-la, sem abraçá-la. Havia ficado perplexo ao dar-se conta de quão poderosa era a necessidade que sentia dela. Havia lutado – ferozmente –, mas perdera a batalha.

Ficou contemplando-a em silêncio por um bom tempo.

– Quer que eu vá embora?

– E se lhe disser que sim?

– Então, tentarei convencê-la a mudar de ideia.

Vanessa o olhou, hipnotizada pelo fogo frio de seus olhos, consciente da inegável tensão sexual existente entre eles. Ela era sua amante, comprada e paga para isso. Essa havia sido sempre a desagradável verdade entre ambos.

Mas não era sua obrigação com Damien que feria seu coração com um sentimento semelhante ao desespero, mas sim o conhecimento de sua incapacidade para se defender. Só com seu toque ela já se desmontava.

Era o que se passava naquele momento. O sutil roçar de seus dedos em sua carne a fascinava, a fazia tremer. Suas carícias foram descendo pelo pescoço, passando pela linha do ombro e seguindo adiante por baixo do corpete da camisola e indo parar no volume arredondado de seus seios. Vanessa estremeceu.

– Que devo fazer para apaziguá-la, querida? – murmurou ele, enquanto continuava a acariciá-la suavemente.

O ritmo da respiração de Vanessa começou a acelerar. Havia se proposto resistir a ele, mas era inútil pensar em escapar de Lord Sin. A bem da verdade, nem queria isso.

Quando ele roçou com os nós dos dedos os mamilos sob a camisola, o calor abrasou seu corpo. Podia sentir a dor febril que se iniciava bem no fundo de seu ser.

Damien sabia exatamente que efeito suas experientes carícias causavam nela, que o diabo o levasse! Fixou os olhos nos dela enquanto, com decisão, afastava os lençóis e apoiava a mão em seus quadris, a poucos centímetros do centro de seu desejo.

Ali começou então a latejar uma palpitação vibrante e exigente. Damien estava usando os prazeres do próprio corpo de Vanessa contra ela.

– Fico ou vou? – perguntou.

– Fique – murmurou involuntariamente.

Vanessa viu brotar o fogo nos olhos dele, sua expressão decidida, embora não tivesse movido um único músculo. Sabia que a intenção dele era transformar sua relutância em convite de boas-vindas.

Com involuntária satisfação, observou como tirava o robe. Estava completamente excitado, e a magnificência de seu corpo nu lhe tirou o fôlego. Os músculos de seu torso ondularam quando ele se juntou a ela na cama.

Tinha uma expressão dura, e seus olhos brilhavam intensamente quando se inclinou sobre ela.

– Desejo você, Vanessa. Agora. – O puro desejo tornava mais sombria sua voz rouca. – Desejo sua suavidade estreitando-se e estremecendo em torno de minha dureza.

Inclinou-se e tomou a cabeça dela nas mãos. Sua boca, com suas belas linhas firmes e sensuais, ficou suspensa sobre a de Vanessa.

Ela reprimiu um gemido quando ele começou a acariciar seus lábios com os dele. Sentia que sua vontade se enfraquecia e seu coração batia descompassado.

– Não se negue a mim, meu bem. Nem se negue a si mesma.

Aquele sussurro invadiu sua mente e desencadeou uma agitação em seu interior. Seu contato era tão prazeroso...

Não protestou quando ele levantou sua camisola até a cintura, nem quando sentiu seu denso membro, suave como veludo, pressionar sua coxa. Seus lábios ardiam sob o beijo profundo e penetrante, enquanto seu corpo estremecia ante a promessa daquela carne quente e rígida proporcionando-lhe prazer.

Ele manteve seu assalto habitual, privando-a de sua vontade até que ela ficou aquecida, excitada e entregue à magia negra que ele comandava. Incapaz de dissimular quão desesperadamente o desejava, Vanessa enlaçou com os braços o pescoço de Damien e gemeu, precisando dele para aplacar seu inexplicável apetite.

Damien sentiu a ardente resposta a seu beijo e se pôs sobre ela, cobrindo-a com seu corpo firme. Por um momento, manteve-se tenso em cima dela, contendo sua violenta necessidade.

– Diga que não quer... – murmurou suavemente, deixando a escolha para ela. – Diga que não quer que a penetre.

Vanessa não podia dizer isso. Ela o desejava, desejava-o desesperadamente. Desejava que a amasse, que a preenchesse...

Vendo que ela não respondia, Damien pressionou suas coxas e se acoplou a ela, arremetendo dura e profundamente, encontrando-a úmida, cálida, acolhedora.

Ouviu-a perder o fôlego numa profunda respiração de prazer, quando seu membro poderoso a encheu. Penetrando-a estreitamente, começou a se mexer, retirando-o e arremetendo de novo, até que Vanessa arqueou o corpo e lançou um grito, indefesa, perdida na rede de seu próprio desejo.

Damien captou seus sons suaves e selvagens, compartilhando seu desespero, sua voraz necessidade. Quando ela o envolveu com as pernas e se levantou para acompanhar o ritmo firme, ele a penetrou ainda mais profundamente, dominado pelo desejo cego. Minutos depois, enquanto ela se agitava em pleno clímax, ele estremeceu e derramou sua semente em seu interior com um estalo de êxtase explosivo; seus gemidos roucos se misturavam aos gritos de Vanessa, enquanto se retorcia de encontro ao corpo dela.

Durante um longo tempo permaneceu ali, respirando com esforço, sentindo ondas de prazer ainda pulsando, com o rosto mergulhado na doce fragrância de seu cabelo. Por fim, aliviou-a de seu peso e girou o corpo até ficar de costas, com a pele ainda brilhante de suor pelo selvagem ato de amor.

Damien a atraiu para si e ficou contemplando o dossel acima deles, maldizendo-se por deixar que sua paixão fosse tão incontrolada. O inferno sabia que se propusera ficar longe dela. Ele compreendia muito bem o perigo que Vanessa Wyndham representava. Estava muito perto de acabar obcecado por ela. No entanto, não podia negar seu desejo, como não podia imobilizar as batidas de seu coração.

Damien brincava distraído com uma mecha que se soltara de seu brilhante cabelo negro. Mesmo após ter-se saciado de modo tão selvagem, a necessidade que sentia de Vanessa percorria todo o seu corpo como conhaque inflamado pelo fogo.

Que diabos estava acontecendo? Em seu licencioso passado, tivera incontáveis mulheres, mas o desejo de possuir por completo uma delas era algo inteiramente novo para ele. Desejava Vanessa Wyndham mais do que já desejara qualquer outra mulher, e desconhecia a razão disso.

A profundidade de seu desejo também era nova. A necessidade ardente e primitiva que retorcia suas entranhas não estava apenas na superfície, mas em todo o seu ser. Quando Vanessa estava perto, só desejava perder-se nela, senti-la, saboreá-la, mergulhar no raro prazer de fazer amor com ela, tornar-se parte dela.

Damien fechou os olhos. Temia muitíssimo estar sucumbindo à fatal aflição que sempre desprezara em outros homens.

Apesar de suas intenções, estava sendo capturado em sua própria sedução.

11

Quando Vanessa acordou, ele já se fora, deixando-a com as lembranças de sua sombria paixão, consumida e reavivada repetidamente. Com seu desejo ardente reiniciando sua batalha interna, passou os dias que se seguiram lutando desesperadamente contra as emoções que Damien havia desencadeado nela.

Acreditava que sua ausência a deixaria aliviada, no entanto, isso se passara antes que ela convencesse Olivia a acompanhá-la à igreja na manhã do domingo seguinte. Sem a nobre presença de Damien para protegê-la, Vanessa recebeu uma fria acolhida por parte da refinada sociedade ali presente.

Ao que parecia, Vanessa ganhara uma inimiga em Lady Foxmoor. A mulher ficou o tempo todo sussurrando atrás de seu livro de orações e lançando olhares de superioridade na direção dela. Depois, apenas um pequeno grupo de pessoas se aproximou para conhecê-la; as demais a ignoraram intencionalmente.

Compreendeu que devia mesmo esperar algo assim desde o momento em que não havia demonstrado a adequada deferência e humildade em seu papel de acompanhante de uma dama; por elevar a si mesma ao nível de membro da família e inclusive por atrever-se a manter um cargo no lar do barão Sinclair, a partir do qual poderia urdir suas artimanhas.

Habituada com o escândalo desde os tempos de seu casamento, Vanessa estava mais zangada por Olivia do que por si mesma. A jovem suportou os insultos com polidez, dissimulando bem sua angústia, mas estava de mau humor assim que se sentou na carruagem.

Quando Vanessa tentou animá-la, Olivia reagiu, desesperada:

– Eu lhe disse que seria inútil. Minha vida está arruinada! Minha reputação sofreu um dano irreparável.

Ao compreender que Olivia acreditava, equivocadamente, que ela era o alvo da desaprovação, Vanessa começou a lhe explicar então que era contra *ela* que seus distintos vizinhos estavam se manifestando; mas a garota estava angustiada e não a ouvia.

– Se meu irmão estivesse aqui, não se atreveriam a me desprezar... o que é o cúmulo da hipocrisia, considerando as tendências libertinas de Damien.

Diante da expressão preocupada de Vanessa, acrescentou:

– Não sou mais criança nem estou cega. Conheço perfeitamente a reputação de crápula de meu irmão. Meu pai era ainda pior, muito pior. Por que será – perguntou-se com amargura – que a sociedade costuma perdoar um homem por qualquer tipo de pecado, mas se uma mulher dá um passo em falso fica arruinada para toda a vida? Não é justo!

Vanessa já se perguntara a mesma coisa muitas vezes. Mas era inútil argumentar que, num mundo masculino, uma mulher tem que fazer o melhor por si e por sua classe, sobretudo levando em conta que Olivia não estava com humor para ser consolada, nem nesse momento nem depois.

Naquela tarde, quando Vanessa tentou convencê-la a ir tomar seu banho, Olivia lhe respondeu:

– Para quê? Nada do que já tentamos conseguiu fazer a menor diferença. Nunca mais voltarei a andar.

– Você não pode ter certeza disso – lembrou-lhe Vanessa, gentilmente. – Ainda é muito cedo para se afirmar se a lesão em sua coluna é permanente. O médico disse que levaria meses para você recuperar a sensibilidade nas pernas.

– Também disse que poderia não me recuperar nunca. Se for assim, então não poderei me casar nem ter filhos.

– Ter filhos talvez seja difícil, mas o casamento não está fora de questão.

– Você acha que não? – respondeu a jovem, zangada. – Com minha reputação tão comprometida, nunca serei um bom partido.

Vanessa fez que não com a cabeça.

– Nisso você está errada. Pelo que deduzo, você é uma herdeira importante. Com boa reputação ou não, uma dama com riqueza e categoria sempre poderá escolher. Se quiser, ainda pode se casar.

– Que homem ia querer estar amarrado a uma inválida? Seu irmão não ia querer.

Sua boca, que estava trêmula, enrijeceu.

– Ele bem que merecia ser obrigado a sofrer por sua crueldade como tenho sofrido. Dadas as circunstâncias, ele até que se saiu bem. Meu irmão queria matá-lo, mas eu o fiz jurar que não faria isso. Lord Rutherford teve sorte de escapar com vida.

Vanessa estava de acordo, mas teve que se conter para não dizer que Damien havia de fato tentado vingar-se. Embora não tivesse matado Aubrey, ele o arruinara financeiramente nas mesas de jogo e levara sua família à beira da miséria.

– Sim, tenho mesmo que ser marginalizada por minha estupidez – acrescentou Olivia, com veemência –, e o correto seria que ele fosse obrigado a me fazer companhia enquanto eu permanecer inválida.

Assentiu com energia, como se tivesse acabado de tomar uma decisão.

– Ele ainda está por aqui?

– Na realidade, não sei – respondeu Vanessa, surpresa e receosa. – Disse-me que ficaria até que achasse um meio de falar com você, mas, depois de seu encontro do outro dia, pode ser que tenha voltado para casa.

A jovem levantou o queixo com obstinação.

– Se ainda estiver por aqui, gostaria que você lhe levasse uma mensagem de minha parte, convidando-o para vir me visitar em Rosewood.

– Olivia... – começou Vanessa, com gravidade. – Você sabe que Damien não aprovaria tal coisa.

– Damien não precisa ficar sabendo. Lord Rutherford pode vir disfarçado, e se você estiver aqui para agir como guardiã, sua presença não despertará receio entre os criados.

– Mesmo assim... seria prudente? A vingança nunca é tão satisfatória quanto parece. Ver Aubrey de novo só vai ser um tormento para você.

– Talvez sim, mas, se estiver dizendo a verdade, será um tormento maior para *ele*. Se sente realmente remorso, como diz, então pode ficar se remoendo de culpa. Ver-me nesta cadeira vai fazê-lo se lembrar de sua crueldade.

– Olivia...

– Por favor, Vanessa, não tente me fazer mudar de ideia. Se não quiser avisá-lo em meu nome, eu mesma irei até a cidade para procurá-lo, e a situação será então muito pior.

Quando a cortina se levantou, um coro de gratos aplausos masculinos saudou a cena que se apresentava no palco. Sentado numa poltrona entre o público, Damien puxava o punho da manga, tentando esconder o aborrecimento.

Clune havia organizado um espetáculo para entreter seus convidados, todos eles homens. No palco, três belezas núbeis desenvolviam uma complicada dança sobre uma imensa cama; com o corpo nu ondulando, as pernas se entrelaçavam em posturas extravagantes, enquanto mais meia dúzia de outras lindas jovens exibiam vestidos diáfanos que não deixavam nada para a imaginação. Para torná-los mais apetitosos e excitantes, traziam os lábios, os mamilos e a fenda feminina pintados, mas Damien, estranhamente, permanecia indiferente.

Em outras ocasiões, tais prazeres, ao menos por algum tempo, o teriam curado de seu aborrecimento. Em anos anteriores, já desfrutara das festas de Clune e, com frequência, ele próprio organizava as orgias. No entanto, estava ali assistindo àquele ato por uma única razão: fugir de Vanessa Wyndham.

Dizia-se que a melhor maneira de um homem banir uma determinada mulher de seus pensamentos era perder-se nos provocantes lábios e acolhedoras coxas de outra.

Damien semicerrou os olhos, tentando dissipar a lembrança da última noite com Vanessa... o brilho negro de seus olhos quando a levara aos céus e a trouxera de volta.

Que diabos estava se passando com ele?

Antes, sempre que se sentia insatisfeito com a vida, saía atrás de alguma nova diversão ou emoção, uma nova amante que pudesse satisfazer seus gostos sofisticados. Sua busca selvagem de gratificação sexual nos brilhantes salões de baile e nos dormitórios da Europa tinha como objetivo aliviar sua inquietação.

Nunca sentira dificuldades para encontrar parceiras. Havia descoberto que a maioria das mulheres, nobres ou não, casadas ou docemente virginais, estavam sempre prontas para ser tomadas por ele. Sexo para Damien era uma forma refinada de arte. Nunca permitia que nele se envolvessem suas emoções.

Exceto com Vanessa.

Ficou tenso – continuava sentindo o impulso de seus suaves quadris. Fazer amor com ela aquela última vez havia sido algo único, devastador. Nunca antes ficara tão perdido por uma mulher.

Oh, Deus! Sua paixão fora longe demais. Mas como diabos ia terminar com ela?

Uma explosão de lascivos risos masculinos o trouxe de volta ao presente, tornando-o consciente do espetáculo libidinoso que tinha diante de si. A profunda e familiar inquietação tomou conta de Damien, o que o fez torcer a boca com desagrado.

Talvez ele fosse tão dissoluto e depravado como Vanessa acreditava. Por escolha, ele era um devotado amante dos prazeres, não um nobre ocioso e rico atrás de um passatempo. Sem dúvida era um libertino. Mas aquelas diversões lascivas o atraíam cada vez menos.

Seu rosto devia estar mostrando sua insatisfação, porque depois de alguns momentos seu anfitrião, Jeremy North, Lord Clune, sentou-se ao seu lado.

– Meu amigo, parece que não está apreciando o espetáculo.

– Pelo contrário – mentiu Damien –, estou fascinado com a esbelta ruiva da linda marca na coxa.

Clune sorriu, divertido.

– Como de costume, demonstra excelente gosto. Vem da França. É filha de um aristocrata que tombou na dura época de sua terrível revolução. Só sabe algumas palavras de inglês, mas seus talentos são espantosos.

Damien dissimulou um sorriso.

– Grandes elogios, vindo de um homem dedicado à depravação.

– Certamente. O que é isso que ouvi sobre a nova beleza que você tem sob seu cuidado? – perguntou Clune.

– Beleza?

– Uma viúva, creio. Circulam por aí rumores de que está vivendo em sua própria mansão no campo. Uma jogada audaciosa, inclusive para você. Pretende compartilhá-la com os amigos ou vai guardá-la egoistamente só para si?

Damien expirou lenta e profundamente, preocupado com a suposição equivocada de que Vanessa estivesse na mesma categoria de suas amantes habituais. Igualmente preocupante foi o ciúme feroz que sentiu só de pensar em dividir Vanessa com outros homens. O ciúme era uma sensação nova para ele. Ou era até ela chegar.

– Receio que sua suposição esteja errada, Clune – disse, com ar despreocupado. – A dama foi contratada como acompanhante de minha irmã, nada mais.

Clune pareceu meio cético, mas nada disse. Em vez disso, levantou a mão e fez sinal para a ruiva que estava no palco.

Damien a observou enquanto ela descia a escada e parava diante dele. Tinha uns olhos enormes, mas vítreos. Sem dúvida havia sido drogada com algum narcótico para tornar mais fácil a tarefa de aceitar de bom grado as perversões de uma dúzia de cavalheiros.

Damien franziu o cenho ao dar-se conta de que ela era mais jovem do que pensara no início.

– Está se dedicando a saquear berços, Jeremy? – perguntou, levantando uma sobrancelha,

O amigo deu de ombros.

– Tem dezoito anos, ou assim diz. Eu lhe garanto que não me aproveito da situação. É muito bem paga por seus esforços, terá o suficiente para viver com comodidade durante um ano. E se eu não a tivesse encontrado, alguém o teria feito.

Dezoito anos era a idade de sua irmã, pensou Damien, sério, enquanto a jovem se instalava em seu colo com um sorriso sonhador.

Quando ela abriu o diáfano *négligé* e levantou os pontudos mamilos até sua boca, o anfitrião polidamente se levantou, dizendo:

– Deixo-os entregues a seus prazeres.

A garota esfregava os botões endurecidos na boca de Damien. Sabia a vinho doce, no entanto ele, em vez de se excitar, teve que se armar de coragem para enfrentar uma estranha e repentina aversão.

Em vez de mostrar seu desgosto, porém, ou de dizer a Clune que ele estava sendo um anfitrião menos que satisfatório, Damien tomou uma abrupta decisão e levantou a moça nos braços. Deixando a diversão para trás, ele a levou para cima, ao seu quarto.

Ela já estava meio adormecida antes mesmo que ele a colocasse na cama. Mesmo assim, ainda se reanimou para lhe dirigir um confuso olhar quando ele cobriu sua quase nudez com uma colcha e se afastou.

Seus colegas da Liga Fogo do Inferno teriam ficado pasmos ao vê-lo rejeitar aquela beleza, mas ele havia descoberto novos limites para sua depravação. Não podia se aproveitar daquela garota. Em vez disso, quando se fosse, ele a mandaria para Londres e ordenaria a seu secretário que visse o que poderia ser feito para lhe conseguir outro tipo de emprego.

– Durma, menina – murmurou Damien, plenamente consciente de sua ação: Lord Sin se transformava num inverossímil salvador da virtude feminina. Virou-se, constatando então outra verdade nada agradável: antes do acidente de sua irmã, nunca havia se preocupado tanto com o destino de uma jovem.

O ar da tarde cheirava a rosas de verão, mas estava carregado de tensão. Com séria preocupação, Vanessa viu seu irmão se aproximar por uma aleia do jardim. Sentia-se como a mais perversa das traidoras. Concordara em servir de acompanhante de Olivia, no entanto, perguntava-se se não estaria cometendo um sério erro.

Desejava de todo o coração que aquilo fosse o melhor para a jovem. Mas a vingança, por mais desagradável que tivesse sido no início, não podia ser ruim, se dava a Olivia um propósito na vida, se a mantinha lutando em vez de entregar-se ao desespero.

Rogando aos céus para não estar enganada, Vanessa conteve a respiração quando Aubrey parou diante de Olivia, sentada em sua cadeira de rodas, fria como o mármore, sem nenhuma expressão nos olhos azuis. Só Vanessa sabia como era fingida boa parte de sua indiferença.

Os antigos amantes ficaram se olhando por um bom tempo antes que Aubrey pusesse um joelho em terra e sussurrasse o nome de Olivia.

Vanessa desviou os olhos para evitar a emoção angustiada que se estampava no rosto do irmão, sentindo-se de repente supérflua no jardim perfumado de rosas.

Aubrey voltou várias vezes naquela semana, confundindo-se bem na paisagem ajardinada, como um estudante qualquer que estivesse ali para pesquisar as famosas rosas. Olivia, no entanto, não dava sinais de ceder em seu desejo de castigo, e qualquer conversa entre eles era praticamente unilateral. Ela era a princesa de gelo, e Aubrey, um submisso suplicante de seus favores. Contudo, ele parecia aceitar sua frieza como uma penitência adequada, como um flagelo – uma humildade nada característica nele, que deixou Vanessa muito chocada.

Em sua segunda visita, ele levou um livro de poesias, que leu em voz alta. Só pelo seu olhar perdido na distância Olivia dava algum sinal de estar pelo menos ouvindo.

Vanessa estava muito incomodada com a situação e com seu papel no arranjo dessas visitas clandestinas. Tremia ao pensar na reação de Damien quando soubesse. Ficaria furioso, poria Aubrey para fora e a desprezaria por ter ajudado a montar aquela farsa.

Ela se debatia seriamente entre contar ou não a ele, mas, se o fizesse, isso significaria trair a confiança de Olivia. E também eliminaria qualquer possibilidade de que Aubrey conseguisse o perdão da jovem. E quando Damien voltasse para Rosewood no meio da semana, qualquer aparência de pensamento racional desapareceria no momento em que Vanessa o visse.

Ela estava na sala de música tentando aprender uma difícil peça no piano, quando ele de repente apareceu na porta. Vanessa levantou a vista, e seus olhos se encontraram.

Um forte anseio tomou conta dela instantaneamente, e ela teve que fazer um esforço para manter um mínimo de compostura.

– Pensei que você fosse minha irmã – disse Damien tranquilamente, sem dar sinal de que sentira a falta dela durante quase uma semana de ausência.

– Olivia está lendo em seu quarto, creio – ela respondeu, adotando o mesmo comportamento frio dele.

– Espero que esteja tudo bem com ela.

Vanessa hesitou, mas deixou passar a oportunidade de lhe contar a verdade sobre as visitas secretas de seu irmão. Pensou então que seria melhor deixar que Olivia resolvesse seus problemas a seu modo.

– Ela está bastante bem.

– Vou vê-la. – Damien começou a se virar para sair, mas então parou. – Então vamos sair às nove, depois do jantar?

– Sair?

– O baile dos Foxmoor é esta noite, ou você esqueceu?

– Não, mas não estou certa de que seja aconselhável que eu vá.

Vanessa lhe fez um breve relato sobre a fria recepção que seus distintos vizinhos lhe haviam dispensado na igreja.

Damien cerrou os maxilares.

– Uma razão a mais para ir. Nunca é bom permitir que os outros controlem suas ações, especialmente uma manada de lobos sociais pudicos.

Vanessa abaixou os olhos para o teclado do piano.

– Para um nobre de posses e importante não há nada de mais em afrontar as convenções sociais, mas uma dama de meios limitados dispõe de poucos recursos que possam ajudá-la a superar a censura.

– Nunca pensei que você fosse se render, minha querida.

Ela levantou a cabeça, e Damien sorriu quase ofensivamente.

– Você disse a minha irmã que ela não devia encolher-se sob os lençóis. Não é isso que você está fazendo?

– Talvez sim – disse Vanessa, levantando o corpo.

Quando ficou sozinha, pensou que Damien tinha razão. Era tão culpada quanto Olivia de esconder-se da sociedade, e aquele certamente não era o exemplo que desejava dar à garota. Podia não gostar da perspectiva de se exibir de braços dados com Damien diante de seus vizinhos, no entanto, não devia permitir que a intimidassem.

Além disso, deveria ir por outros motivos. Ela sempre se divertira nos bailes. Inclusive podia conhecer alguém essa noite, o que seria uma mudança bem-vinda depois da solidão de Rosewood. Também nisso Damien tinha razão. Agora podia entender por que ele se sentia tão inquieto ali.

Naquela noite, Vanessa, com a ajuda das aias de Olivia, vestiu-se com mais apuro do que de costume para ir ao baile. Apesar de não estar muito confiante, começou a se animar ao ver o resultado final no espelho de corpo inteiro.

Damien estava só quando foi ter com ele no salão, antes do jantar. Estava magnífico, com um casaco preto ajustado ao corpo e calças de cetim brancas. Sua vasta cabeleira negra contrastava com o austero branco de seu lenço de linho, enquanto os fios dourados do brocado de seu colete branco combinavam com o vestido de Vanessa.

Sua expressão continuava enigmática, porém, quando seus olhos pousaram no traje bronze e dourado que ela vestia.

Pelo menos a reação de Olivia, ao entrar no salão nesse momento, foi muito mais entusiástica, ao dizer, admirada:

– Oh, você está linda, Vanessa! Sabia que o dourado lhe cairia muito bem. Ela não está bonita, Damien?

– Linda – respondeu suavemente, e seu tom acariciante fez disparar o coração de Vanessa.

Foi sua única demonstração de aprovação. Vanessa ficou agradecida a Olivia por alimentar a conversa durante o jantar. Damien parecia distante, sem deixar transparecer nada do charme que antes a encantava.

Falou com a irmã sobre sua recente viagem, dizendo-lhe que estivera cuidando de assuntos de negócios, mas sem fazer nenhuma menção à Liga Fogo do Inferno nem à reunião a que pretendia ir. Embora, com certeza, o tipo de depravação que sem dúvida desfrutara na casa de Lord Clune não fosse nada adequado aos ternos ouvidos de Olivia.

Depois de ajudar Vanessa a subir na carruagem, Damien pouco falou. Seguiram para o baile em silêncio, o que só fazia crescer em Vanessa a fascinante sensação de sua presença. Ela se esforçava por dissimular a ansiedade. Estava decidida a manter a fria urbanidade que ele lhe dispensava.

Vanessa sabia que o mais sensato seria que ela se distanciasse de Damien, antes que acabasse se tornando dependente dele, o que seria insuportável. Precisa se lembrar de que a relação deles era apenas de negócios e que devia ser mantida num nível estritamente carnal.

Quando chegaram ao destino, foi preciso aguardar algum tempo até que as carruagens se alinhassem diante da entrada e esperar mais um pouco antes de serem cumprimentados por Sir Charles, Lady Foxmoor e sua filha Emily, um após o outro. Lady Foxmoor escondeu sua hostilidade com Vanessa e foi muito efusiva com Lord Sinclair, que suportou com elegância sua adulação.

O baile evidentemente estava sendo um sucesso; o salão estava cheio, animado pelos convidados e pelos acordes harmônicos da música. Vanessa sentiu que seu estômago começava a querer dar um nó, mas estava decidida a seguir seu próprio conselho: a melhor maneira de frustrar os mexeriqueiros era manter a cabeça erguida e ignorar sua desaprovação. Certamente ela adquirira muita prática nesse particular durante seu casamento com um marido que promovia escândalos.

No entanto, Damien havia deixado claro, desde o início, que não tinha intenção de entregá-la aos lobos. Ficou ao lado dela durante a primeira meia hora, fazendo que fosse apresentada a algumas pessoas. E insistiu em levá-la até a pista para a primeira dança.

– Não é preciso que se preocupe comigo – sussurrou Vanessa, quando ele a tomava pela mão.

Damien olhou para ela com um sorriso.

– Não é nenhum suplício falar com a mulher mais encantadora do baile.

Vanessa suspeitava que seu interesse era intencional, em atenção aos demais convidados. Apesar de sua posição como serviçal, se contava com o apoio do barão de Sinclair, não se atreveriam a insultá-la.

Seu coração batia rápido enquanto ela olhava para Damien. Ele era sensual, vital, e seu encanto letal o tornava irresistível. Embora suas atenções fossem simuladas, ela não podia negar seus poderosos efeitos.

Ele havia conseguido o resultado previsto. Embora as damas se mantivessem em geral a certa distância, Vanessa logo se viu cercada por uma legião de cavalheiros, tanto jovens como mais maduros, que pediam para ser apresentados a ela e queriam preencher seu carnê de dança. Decidida a aproveitar a noite, resolveu deixar-se levar.

Depois disso, perdeu Damien de vista. Um pouco mais tarde, numa pausa entre as danças para tomar uma taça de ponche, procurou-o dissimuladamente com o olhar. Quando o viu do outro lado da sala, ele pousou os olhos breve mas ardentemente nos dela, e Vanessa sentiu o familiar e sensual estremecimento. Em seguida, seu companheiro reclamou sua atenção, e ela teve de atendê-lo, o que fez com um sorriso fingido.

Nem todos no baile eram estranhos para ela. Cumprimentou com uma inclinação de cabeça várias damas conhecidas dos anos que vivera em Londres e uma em particular, Lettice Perine. Sua apresentação à sociedade ocorrera na mesma temporada que a de Vanessa; casara-se alguns meses depois dela e ficara viúva no mesmo ano.

Vanessa se animou ao vê-la caminhando em sua direção com um sorriso amistoso.

– Quanto tempo, querida! – exclamou Lettice, enquanto se cumprimentavam com um beijo no rosto, meio que a certa distância, como era o costume. – Nem preciso perguntar como vai você. É evidente que está fazendo sucesso. Não havia conseguido me aproximar de você, de tanta gente que a cercava.

Vanessa ignorou o comentário e ficou observando a amiga, que estava carregada de diamantes.

– Você está ótima, Lettice. Nunca pensei que pudesse encontrá-la em Warwickshire. Você mora aqui perto?

– Estou apenas de visita. Robert tem uma filha aqui.

– Robert?

– Meu novo marido. Voltei a me casar. Não soube?

Com um movimento de cabeça, ela fez sinal na direção de um corpulento e já idoso senhor que estava perto da poncheira e sorriu, afetuosa.

– Agora sou simplesmente a senhora Bevers. Robert fez fortuna no comércio. Pode não ser o mais emocionante e apaixonado dos amantes, mas não se pode pedir mais, em se tratando de companhia agradável. Sou surpreendentemente feliz, Vanessa. Robert é um amor e é muito bom comigo, ainda que vivamos afastados da sociedade.

Levantou a mão para exibir seus anéis e pulseiras de diamantes.

– Depois da morte de Percy, descobri que estava quase na miséria. Soube que você teve o mesmo destino, pobre amiga. Mas vejo que já está refeita.

Vanessa apenas deu um sorriso cortês.

– Devo preveni-la de que os cavalheiros estão loucos por você. Sem dúvida acham-na excepcional por atrair o interesse do infame Lord Sin. Qual é seu segredo, querida?

– Não tenho segredos, Lettice. Estou aqui como acompanhante da irmã de Lord Sinclair.

Lettice olhou-a com uma expressão de malícia.

– Certamente. Bem, acompanhante ou não, a metade das damas presentes estão morrendo de inveja. Por isso a estão obsequiando com sua frieza. Mas aposto que a metade delas daria a menina dos olhos para ter na cama um homem tão magnífico.

Vanessa ficou tensa depois da casual suposição de que compartilhava o leito de Damien, embora tenha conseguido disfarçar sua consternação atrás de uma careta inexpressiva. Ao ver que ficara calada, a amiga deixou vagar o olhar até o outro lado do salão, onde Damien estava cercado por um grupo de damas aduladoras.

– Não a censuro nem um pouco por não tirar os olhos dele, Vanessa. Que mulher conseguiria resistir a um famoso crápula que é pecaminosamente bonito, escandalosamente charmoso e diabolicamente rico? Você escolheu o solteiro mais recalcitrante da Inglaterra, mas deve saber que ele teve inúmeras relações.

Vanessa forçou um sorriso.

– Ouvi dizer.

– Seria prudente que você não se apaixonasse muito por ele. Lady Varley fez um papel ridículo no ano passado, perseguindo Sinclair depois que ele terminou seu relacionamento.

Lettice foi mais para a frente e baixou o tom de voz.

– Aceite meu conselho, querida. Quando ele se cansar de você, procure um mecenas de posses, com os meios necessários para mantê-la com joias e vestidos por toda a vida. Melhor ainda, encontre um cavalheiro já ancião, bêbado, e convença-o a se casar com você. Se você tiver sorte, vai lhe proporcionar uma companhia agradável, e pode ser que até chegue a amá-lo. Senão, bem, provavelmente você sobreviverá a ele muitos anos.

– Garanto-lhe que não estou interessada em me casar de novo – respondeu Vanessa, convencida, ignorando os demais conselhos da amiga.

Não gostou muito quando Lettice se despediu dela e foi em busca de alguma outra conhecida. Ficara contente ao ver um rosto familiar entre desconhecidos e feliz pela amiga, por ter encontrado a felicidade em circunstâncias tão inverossímeis.

No entanto, aquela conversa a inquietara. Se Lettice supunha que ela e Damien eram amantes, sem dúvida as outras pessoas estariam pensando a mesma coisa. Agora parecia evidente que essa era uma explicação melhor para a fria acolhida que lhe haviam dispensado do que sua condição de simples serviçal. A intenção de mascarar sua relação com o respeitável posto de acompanhante fracassara. Simplesmente, Lord Sin era uma figura famosa demais para que um pretexto tão frágil fosse verossímil.

Também estava se tornando claro para ela que não era provável que escapasse da relação sem ser tachada de prostituta.

Incomodada pelo calor do salão e precisando se afastar um pouco da multidão, Vanessa atravessou as portas de vidro e saiu para o terraço. O ar da noite de verão refrescou sua pele quente; o cenário era tranquilo, e a lua era um enorme disco brilhante banhando a paisagem lá embaixo. Mesmo assim, toda essa beleza não conseguiu acalmar o turbilhão de seus pensamentos.

Sua reputação talvez estivesse em frangalhos quando sua relação com Damien acabasse. Mesmo assim, pensou de modo desafiador, ela tomaria de novo a mesma decisão. Ser marginalizada pela sociedade não era um preço tão alto a pagar pelo bem de suas irmãs.

Mas ela ainda tinha por resolver a difícil questão de seu futuro. Mordiscou o lábio. Quando sua associação com Damien chegasse a termo, no final do verão, talvez pudesse pensar em ir atrás de um arranjo como o que Lettice sugerira.

Os sonhos de amor provavelmente estavam fora de seu alcance – ela nunca voltaria a se casar para ficar à mercê de um marido mulherengo. No entanto, poderia ter sorte em conseguir um relacionamento tranquilo, baseado em companhia e carinho mútuos.

Vanessa desfrutou de apenas poucos momentos de contemplação, antes que o som sutil de passos atrás dela lhe dissesse que não estava sozinha. Ao se virar, viu um cavalheiro indo em sua direção, o filho mais velho de um fazendeiro da região, de cujo nome não se lembrava. Parecia que estava muito bêbado. Quando chegou bem perto, obsequiou-a com um sorriso lascivo, apoiando-se pesadamente na mureta de pedra do terraço.

– Ah, milady! – disse, entre outras palavras confusas. – É uma sorte encontrá-la sozinha.

– Já ia voltar para o salão – respondeu Vanessa, procurando desestimular qualquer atitude mais atrevida.

– Não vá, por favor! – disse ele, apoiando a mão em seu braço, para retê-la. – Já que Lord Sin a abandonou, ficaria encantado de tomar seu lugar. O que acharia se eu lhe mostrasse como posso ser agradável?

– Duvido que fosse gostar de ouvir minha resposta, senhor – respondeu ela com mordacidade.

Ele então atirou pesadamente um braço em seu ombro, e Vanessa mais se zangou do que se assustou. Mas, quando ele começou atrevidamente a lhe tocar o peito abaixo do decote, assustada, ela se afastou.

O homem se negava a soltá-la, embora ela tentasse escapar de seu abraço. Com um murmúrio ininteligível, ele a apertou ainda mais nos braços, fazendo-a dar um gemido de dor.

De repente, Damien apareceu e arrancou o sujeito de cima dela, agarrando-o pelo pescoço.

– Sugiro que se desculpe imediatamente com a dama, Henry – ordenou Damien friamente, aumentando a pressão com que o sujeitava.

O jovem assentiu com voz sumida. Quando Damien o soltou, ele foi para trás, cambaleando, com a mão na garganta e respirando com dificuldade, e então balbuciou uma desculpa.

– Agora pode ir para casa. Não! Os estábulos ficam deste lado – indicou Damien, apontando para os degraus que iam do terraço para baixo.

Quando Henry se afastou, às pressas, Damien se voltou para Vanessa, que esfregava o braço que o rapaz apertara.

– Você está bem?

Assustada, ela fixou nele os olhos. Seu falecido marido podia tê-la arrastado a inumeráveis escândalos, mas até aquela noite nenhum homem a havia tratado com tanta falta de respeito. Por causa de Damien, agora estava exposta a todo tipo de indignidade.

Seu sentimento explodiu. Ele devia saber, quando fizera dela sua amante, que sua reputação não resistiria. Sem dúvida, seu primeiro objetivo devia ter sido esse.

– Bem? Com certeza! Estou muito acostumada a defender-me de ataques físicos e encantada por ter me transformado num símbolo, um alvo para qualquer idiota bêbado que queira me abordar.

Se sua acusação implicava alguma injustiça, estava muito furiosa para admitir isso.

– Quer ir embora? – perguntou Damien delicadamente.

– Evidentemente, tudo o que queria era ir-me daqui, mas resistirei até o fim da noite. Sair agora seria admitir a derrota, e não estou disposta a isso.

Levantou o queixo e, passando ao lado dele, entrou no salão, ignorando os olhares curiosos de vários convidados, que haviam se reunido para observar o espetáculo.

Durante as horas seguintes, fingiu não ser o centro do agitado escândalo. Contudo, no momento em que Damien ordenou que trouxessem a carruagem, havia recuperado pelo menos uma aparente compostura e conseguido adotar uma atitude de frio desdém.

Nenhum dos dois falou muito na volta para casa.

– Errei ao insistir em que você me acompanhasse esta noite – disse Damien afinal, interrompendo o frágil silêncio.

– Sim, foi um erro – concordou Vanessa friamente. – Minha presença só fez confirmar que somos amantes.

– Lamento que você tenha sido submetida a tratamento tão grosseiro.

– É mesmo? Achei que tivesse apreciado. Não era exatamente o castigo que pretendia para mim? Minha ruína em troca da de sua irmã?

Damien trincou os dentes, sentindo uma pontada aguda de culpa. Não se importara absolutamente nada com a reputação de Vanessa, pelo menos no início. Mas isso fora muito tempo atrás. Agora só podia lamentar os insultos de que ela sem dúvida seria alvo por sua causa.

Se tivesse alguma nobreza a liberaria de suas obrigações para com ele. Mas, por enquanto, era incapaz de ser tão nobre.

– Pelo menos o dano não é irreparável – observou ele.

– Não é? E o que sugere para repará-lo? Não vejo que a situação possa mudar durante todo o resto do verão e, assim ela só pode piorar. Agora estou sob sua proteção, mas, no momento em que me for daqui, serei conhecida como uma de suas amantes abandonadas.

– Não, se for você a romper a relação. Na verdade, rejeitar-me até lhe trará certo prestígio. Quando nossa associação terminar, posso fazer que pareça que fui eu que perdi seus favores.

Vanessa conteve sua resposta; sabia que ninguém iria acreditar nessa improvável versão dos fatos.

– Suponho que deva ficar agradecida a você por essa pequena consideração – disse, por fim, num tom mais cáustico do que pretendia.

Ele fixou nela os olhos cinzentos.

– Você está livre para ir embora agora, se quiser.

– E minha mãe e irmãs é que sofrerão com isso – respondeu Vanessa com amargura. – Obrigada, milorde, mas cumprirei as condições de nosso acordo ao pé da letra.

12

— Vanessa, estou morrendo de curiosidade para saber o que aconteceu no baile – disse Olivia na manhã seguinte, enquanto uma criada empurrava sua cadeira de rodas para dentro de seu quarto.

Vanessa, que ainda não estava bem acordada, sufocou um suspiro e se virou. Quando as cortinas foram abertas, piscou diante da luz que inundava o quarto.

– Trouxe seu café da manhã – acrescentou Olivia de modo insistente, enquanto outra criada punha uma bandeja na mesa. – Achei que você podia comer enquanto me conta o que aconteceu ontem à noite.

Entendendo que ela não a deixaria sossegada se não satisfizesse sua curiosidade, Vanessa sentou-se na cama e se recostou nas almofadas. Apesar do delicioso aroma das tortas quentes, ela não tinha apetite, mas aceitou uma xícara de chocolate, decidindo, enquanto o mexia, quanto do desastre da noite anterior poderia contar a Olivia.

Passara a metade da noite acordada, obrigando-se a enfrentar a desagradável verdade. Sua reputação estava gravemente prejudicada por sua associação com Damien, o que talvez não pudesse ser remediado no futuro.

– Vanessa, está prestando atenção? – perguntou Olivia.

Ela esboçou um sorriso forçado, vendo que Olivia havia dispensado as criadas e esperava, ansiosa, um relatório sobre a festa.

– Sinto muito. Estava distraída. Tive uma noite muito divertida ontem.

Olivia parecia preocupada.

– Não foi isso que ouvi. Entre os criados, o comentário é que Damien se envolveu numa briga para defender sua honra.

– Não foi nada sério assim – disse Vanessa, sorrindo. – Um cavalheiro das redondezas havia bebido demais e tentou me beijar. Seu irmão teve que intervir. As poucas testemunhas da cena devem ter aumentado a história – contou em tom divertido.

– Quem era o cavalheiro?

Vanessa hesitou, pouco disposta a dar força ao falatório. Mas Olivia parecia decidida a conhecer todos os detalhes. E precisava ser alertada, caso alguma vez viesse a passar por situação semelhante.

– Acho que se chama Henry Marsh.

– Henry? Como se atreveu? – exclamou Olivia, indignada. – Nunca gostei nem um pouco dele. Oh, Vanessa! Deve ter sido horrível para você.

– Não foi agradável – concordou –, mas aprendi uma lição valiosa: no futuro, vou procurar não ficar a sós com um cavalheiro desconhecido. Na verdade, creio que o mais prudente para mim será evitar completamente essas reuniões.

Olivia franziu o cenho, indignada.

– Temia que pudesse acontecer alguma coisa assim, que você se tornasse alvo de mexericos simplesmente por ser hóspede nesta casa. A culpa é de Damien. A mulher mais virtuosa seria suspeita em sua companhia. Sei bem disso. Por causa da perversidade de minha família, sempre tive que me comportar como uma santa, mantendo-me sempre preservada de reprovação. E isso não é justo – acrescentou com certa amargura.

Na noite anterior, Vanessa estaria de acordo com essa opinião. No entanto, naquele momento apenas sentia resignação. Desprezava Damien por obrigá-la a passar por aquela situação, mas não conseguia chegar a odiá-lo. Se fosse totalmente honesta, admitiria até ser grata a ele por ajudá-la a se livrar de seus medos.

– Há uma solução para o caso – disse Olivia, pensativamente, com um dedo nos lábios. – Damien pode remediar o mal que lhe causou. Pode lhe oferecer a proteção de seu nome e casar com você.

Vanessa teve que sorrir diante da ideia absurda.

– Estou falando muito sério! – declarou Olivia. – Você precisa fazer de tudo para que ele se apaixone por você. Então ele se sentirá na obrigação de fazer-lhe uma honrada proposta de casamento. Seria maravilhoso, não acha? Seríamos irmãs.

Vanessa estava contente por ver Olivia excitada com alguma coisa, embora essa sua ideia nunca pudesse dar certo.

– É claro que não será fácil – refletiu a jovem em voz alta, fazendo eco a seus pensamentos. – Damien parece mais afetuoso com você, mas sempre afirmou que nunca ia se apaixonar. Disse que viu como o amor destrói as pessoas, inclusive mamãe e papai. Por isso tem permanecido tão inacessível, embora já tenha sido perseguido por muitas mulheres.

Vanessa fez que não com a cabeça. A sugestão de Olivia era quase ridícula. Damien Sinclair não era o tipo de homem que se apaixona, e muito menos se permitiria sucumbir à irmã de um inimigo mortal.

Ainda que mantendo um tom leve, ela respondeu:

– Todo mundo sabe que os libertinos não se apaixonam. E, de qualquer modo, também não tenho vontade de voltar a me casar.

Olivia pareceu ficar decepcionada.

– Acho que foi uma ideia descabida. Mas eu adoraria ter você como irmã.

Ficaram conversando sobre assuntos variados durante algum tempo, mas, quando Olivia a deixou para que pudesse se vestir, Vanessa foi invadida por uma súbita onda de melancolia. Fechou os olhos, cansada por não ter dormido bem e pela tensão emocional. Era impossível imaginar que pudesse salvar sua reputação. Como mercenária, como a viam, talvez ela *devesse* ser prudente e levar em conta o conselho de sua amiga Lettice de encontrar um protetor rico...

Abriu os olhos. Estava resignada à perda de seu bom nome, mas talvez fosse possível transformar sua ruína em vantagem.

Franziu o cenho, empertigou-se lentamente e se esforçou para concentrar os pensamentos. Estava certa de que ser amante era melhor do que ser esposa; pelo menos oferecia, em alguma medida, liberdade e independência. Uma amante não era considerada uma propriedade legal, com menos direitos que uma escrava.

E nem todas as mulheres decaídas tinham de enfrentar um futuro de vergonha e aborrecimento. A acreditar nos rumores, diziam que havia em Londres cortesãs que faziam fortuna na profissão que haviam escolhido, mulheres ambiciosas que tinham metade dos cavalheiros da alta sociedade a seus pés.

Vanessa reconhecia que, no momento, não estava preparada para engrossar suas ilustres fileiras. Não possuía as habilidades necessárias para cativar um homem, embora fosse agora muito mais experiente em fazer amor do que antes de conhecer Damien...

Damien. *É claro.*

Vanessa contraiu os lábios. Sempre fora obstinada quanto a proteger suas irmãs de um casamento infeliz, como ela fora forçada a fazer. Sua união com um dos mais célebres amantes da Inglaterra podia ser sua melhor oportunidade de garantir seu bem-estar financeiro. Quem melhor que o perverso Lord Sin para aconselhá-la sobre as maneiras de chamar a atenção até dos mais esquivos cavalheiros?

Ergueu o queixo em desafio. Se desse um passo tão óbvio como se juntar à classe das cortesãs, seria difícil voltar à sua vida de antes. Como mulher de reputação duvidosa, teria que evitar a companhia das irmãs para não as arrastar a nenhum escândalo vinculado ao seu nome. Mesmo assim, sua má fama poderia refletir-se nelas e diminuir suas possibilidades de fazer um bom casamento. Mas pelo menos não seriam obrigadas a se casar contra a vontade.

Fazer isso seria dar um passo enorme e sem dúvida irreversível. No entanto, nunca poderia pensar em manter sua família com o mísero salário de governanta ou dama de companhia, mesmo que conseguisse arranjar emprego. A virtude e a respeitabilidade não lhe proporcionariam nem as necessidades básicas, como casa e comida. E o mundo já a tachara de rameira...

Reunindo toda a sua coragem, Vanessa jogou para o lado as cobertas e saiu da cama para se vestir. Pretendia procurar Damien imediatamente, antes que sua decisão fraquejasse. Precisava falar com ele sobre a importante questão de sua formação.

Damien se inclinou sobre o pescoço do nervoso cavalo castanho, pressionando-o para correr mais. Estava furioso consigo mesmo, por muitas razões. Por ter avaliado equivocadamente as dificuldades que Vanessa poderia enfrentar em sociedade como sua amante não declarada. Por subestimar como a mesquinha crueldade das pessoas da alta sociedade podia ser selvagem. Por ter permitido que aquele idiota filho de um fazendeiro a abordasse. Por sentir tanta compaixão pela dor de Vanessa... Por exercer tão pouco controle sobre sua própria paixão...

Saíra para cavalgar confiando em que um exercício pesado fosse amenizar seu desejo. Queria acabar com suas frustrações correndo pelos campos, trotando sobre colinas cobertas de vegetação, saltando imprudentemente as cercas e riachos do caminho, com o som dos cascos do animal no chão ressoando em sua cabeça.

Finalmente diminuiu a marcha, para poupar o cavalo. Era um absurdo descarregar suas frustrações num animal soberbo, e o esforço físico estava fazendo pouco efeito sobre as emoções e a tensão sexual que haviam se apoderado dele.

Trazendo o suado animal a um passo confortável, ele voltou para Rosewood. Nuvens de tempestade se adensavam ameaçadoramente no horizonte, como um reflexo de seu humor sombrio.

Depois de uma semana de ausência, devia ter esquecido Vanessa, mas sua intenção de arrancá-la da mente não dera certo. Não conseguia esquecê-la, que o diabo a levasse!

Ele voltara para casa, depois da viagem, decidido a negar sua obsessão, mas no instante em que a viu na sala de música, sentada ali, tão fria e linda, seu coração deu um salto. Não a tomara nos braços, como seu instinto natural o instava a fazer, mas em vez disso fingiu um cruel distanciamento.

Seu fingimento quase caíra por terra quando a vira naquele traje cor de cobre e dourado, magnífica como uma rainha, encantadora como qualquer fantasia masculina. Seu sangue se incendiara, e ele teve que recorrer a toda a sua força de vontade para não tomar Vanessa nos braços e levá-la para cima, para sua cama, e passar toda a noite fazendo amor com ela, com o coração cheio de alegria, em vez de ir àquele maldito baile.

Durante o jantar e pelo resto da noite, o frio e régio comportamento de Vanessa refletira sua própria intenção de manter-se distante. Maldição! Deveria estar contente pelo fato de que ela fora bastante astuta para não protestar por ele ter-se retirado. O calor que em outro tempo fizera parte de sua relação, a intimidade, a amizade, haviam terminado, como ele desejara. Porém, diante de sua consternação, Damien se surpreendera sentindo falta da doçura, do companheirismo, da suavidade de seu sorriso.

E depois viera aquele ataque do bêbado a ela e sua reação irreconhecível: sua fúria assassina e seu enorme remorso depois, quando ansiara abraçar Vanessa e consolá-la, aliviar sua aflição. A profundidade de suas emoções o surpreendeu.

Damien murmurou um feroz juramento. Na verdade, parecia estar seguindo as pegadas de seu ilustre pai. Anos atrás, havia jurado que jamais sucumbiria ao cego desejo que quase destruíra seu pai: nunca se apaixonar tão profundamente por uma mulher.

Mas a festa na casa de Clune não lhe oferecera uma saída nem satisfizera sua selvagem necessidade. Seu desejo de possuir Vanessa não desaparecera nem sequer quando procurou outra companhia feminina, num esforço para esquecê-la. A crua realidade é que ele não desejava ninguém mais. Fora incapaz de perder-se nos prazeres da carne como de costume. E sua inquietação, seu anseio insatisfeito persistiam.

Damien trincou os dentes. Temia muito que uma única mulher pudesse acalmar o ardente desejo que tomava conta dele.

Reconheceu, sombrio, que era inútil negar a intensa necessidade que sentia dela. Simplesmente, teria que deixar que sua obsessão seguisse seu curso.

Teve um sobressalto quando, depois de um tempo, viu à distância um cavaleiro que se parecia demais com o objeto de seus esgotantes pensamentos. Damien achou que estava sonhando, mas, quando o cavaleiro chegou mais perto, ele percebeu que realmente era Vanessa.

Parou abruptamente e ficou à espera dela, maldizendo as batidas apressadas de seu coração. Até com seu gasto traje de montar estava bonita. O desejo o aguilhoou com nova insistência, e ele teve de se controlar com muito esforço para fingir indiferença quando ela se aproximou.

– Queria vê-lo a sós – disse ela, fazendo parar seu cavalo cinza. – Se puder me conceder alguns minutos, tenho algo a lhe pedir... um favor... se quiser entender assim.

– Estou à sua disposição, como sempre – respondeu Damien, evasivo.

Vanessa olhou para ele, insegura, sentindo um ligeiro rubor nas faces. Surpreendentemente, desmontou e soltou as rédeas, deixando a égua livre para pastar. De modo também estranho, deu-lhe as costas e contemplou a paisagem ao longe, com seu mosaico de campos, cercas e muitas árvores. Parecia resistir a olhá-lo nos olhos.

Ele ficou esperando com crescente curiosidade.

– Estive pensando... – começou ela, vacilante – sobre minha situação. – Lamentavelmente, minha associação com você acabou me trazendo... uma má fama indesejável. No entanto, isso talvez possa resultar em meu benefício.

– A que você está se referindo? – perguntou Damien ao ver que ela hesitava.

Vanessa respirou fundo e dirigiu a ele um olhar rápido por cima do ombro.

– Queria que você me ensinasse a satisfazer os desejos dos homens.

Damien franziu o cenho.

– Não estou certo de tê-la compreendido.

Finalmente, devagar, ela voltou o rosto para ele. Ergueu o queixo num gesto de determinação, embora seu olhar permanecesse imutável.

– Gostaria de aprender as habilidades de uma cortesã... Todos aqueles segredos que me permitam atrair até o amante mais saciado, de modo que, quando findar meu prazo como sua amante, eu possa conseguir um protetor rico que não seja exigente em relação a meu passado manchado.

Damien começou a ficar sem ar. Ela não podia estar falando a sério. No entanto, Vanessa prosseguiu, em voz baixa, muito mais tranquila:

– Cheguei à conclusão de que devo ser prática. Uma mulher sem recursos fica à mercê do destino. O mundo é assim, e não posso mudá-lo. Mas posso, sim, tentar extrair o melhor dele. Juntar-me às mulheres mundanas parece ser o modo mais factível de que disponho para manter minhas irmãs.

Já quase sem ar, acariciou o quarto dianteiro da égua.

– Faltam quase dois meses para que nosso trato termine, tempo no qual posso me preparar para outro tipo de vida. Imagino que, se aprender a ser desejável para os homens, posso melhorar minhas possibilidades de encontrar algum que talvez não seja tão desagradável como companheiro na cama; quem sabe até algum do meu agrado. Ficaria muito reconhecida se você pudesse me ajudar. Sua experiência na arte da sedução é incomparável, e duvido que possa encontrar instrutor melhor.

A mente de Damien ficara paralisada. Ela queria que ele lhe ensinasse os truques de uma prostituta, os modos de usar melhor seu corpo para seduzir algum ricaço desprevenido.

– Resumindo – acrescentou ela em voz baixa –, gostaria que me ensinasse a ser depravada.

O sorriso dela era estranhamente estoico, o que tocou o coração de Damien. Ele percebeu que, para esconder sua confusão, ela deixara cair uma máscara sobre o rosto.

Seria seu pedido um estratagema para explorar sua culpa? Era decepcionante pensar que Vanessa Wyndham pudesse ser tão mercenária quanto tantas outras de seu sexo, ainda que ela tivesse dado a entender que não era movida pela cobiça, mas pela devoção a suas irmãs. Seria sua preocupação com o bem-estar delas realmente diferente do desejo dele de proteger sua própria irmã?

Em seu lugar, outras damas da alta sociedade poderiam ter exigido o casamento como reparação pelo ultrajante tratamento. Em vez disso, Vanessa só pedia que ele a ensinasse a agradar a outros homens, que a preparasse para um papel que ele lhe impusera contra sua vontade. Será que conseguiria fazer isso?

Pelos padrões racionais, ele deveria se sentir aliviado com a proposta dela. Se pudesse ajudá-la a encontrar um protetor rico, já não teria que se sentir culpado por ter arruinado sua reputação. Poderia satisfazer sua paixão por ela sem se preocupar com seu futuro. Ou seja, poderia deixar que sua obsessão desaparecesse de modo natural, o que sucederia inevitavelmente com o tempo.

Então, por que temia que esse novo acordo o deixasse muito vulnerável? Por que, por um gélido momento, experimentara uma estranha sensação parecida com o pânico? E por que sentira um entorpecimento perto do coração?

Damien balançou a cabeça, como para interromper as sensações de choque e confusão que se debatiam dentro dele.

– Muito bem, querida – viu-se dizendo, quase como se estivesse fora de si, divorciado de seus sentimentos. – Creio que posso dar um jeito de satisfazer sua vontade nesse particular.

Sua instrução começou naquela mesma tarde; por que esperar?, Damien se perguntou, numa voz curiosamente desapaixonada.

A chuva caía pesada lá fora quando ele entrou no quarto de Vanessa pela passagem secreta. Ela estava rígida, esperando-o sentada na *chaise longue*, ainda vestida com seu traje de montar. Era a primeira vez que Damien a visitava durante o dia, o que tornava a atmosfera mais fria, menos íntima.

Enquanto ele se aproximava dela, Vanessa o olhava, insegura, mais nervosa então do que em qualquer outra ocasião, desde que tomara a decisão transcendental de entregar-se totalmente a ele. Damien ainda usava as calças de montar e as botas, e estava em mangas de camisa. Havia tirado o casaco, o colete e o lenço de pescoço. Seu cabelo negro parecia mais escuro contra o branco tecido da camisa.

Então ele lhe dirigiu um sorriso calmo que baniu para longe o pessimismo e o nervosismo de Vanessa.

– Isso nunca vai funcionar, querida – murmurou com sua cálida voz masculina, que nunca deixava de despertar seus sentidos. – Vejo que tenho muito a lhe ensinar. Deveríamos começar com sugestões sobre como receber seu amante. Você parece que está prestes a enfrentar uma execução.

Seus olhos cinzentos estavam cálidos. Tomou sua mão e depositou um delicado beijo em seu pulso, fazendo parar seu coração.

– Primeira lição. Quando um amante expressar o desejo de visitá-la, você deve dar a impressão de que está ansiosa por sua chegada. Para isso, você deve estar adequadamente vestida, com algo apropriado que acentue seu atrativo feminino natural. Quer que a ajude a vestir algo mais cômodo?

– Acho que posso fazer isso – respondeu Vanessa, recuperando a voz.

Estava decidida a permanecer tão desapaixonada como ele parecia estar. Sua alusão a outros amantes não deveria deixá-la aflita. Ela lhe pedira que a ajudasse em sua educação sexual, e ele estava simplesmente fazendo isso.

Quando ela se levantou e foi até o armário buscar algo para vestir, Damien se instalou na *chaise longue*, de onde podia observá-la.

– Pense que você está oferecendo uma promessa de prazer – acrescentou casualmente. – Ajuda a ambientar a cena, como o cenário de uma obra de teatro. À noite, um fogo baixo, talvez velas, um cálice de seu conhaque favorito... pequenos detalhes que expressem sua boa acolhida.

– E durante o dia? – perguntou ela, enquanto tentava achar um *négligé* de cetim creme-pálido.

O sorriso dele era tão suave e sedutor quanto pecaminoso, e lembrava a Vanessa mais uma vez como ela era vulnerável ao seu instintivo encanto.

– A luz do dia requer um pouco mais de imaginação, mas há algumas normas. Seu objetivo deve ser fazer que seu amante se sinta como se ele fosse o único homem que você deseja no mundo. O único que pode atingir seus sentidos e acelerar seu pulso.

"Como você me faz sentir agora", pensou Vanessa. Foi então para trás de um biombo para se trocar.

– Agora, por exemplo – disse Damien. – Em vez de se esconder, você deveria se desvestir para mim. Tire cada peça de roupa lentamente, de modo que minha vista se entretenha com seus encantos. Transforme o simples ato de se desnudar num jogo sensual com o propósito expresso de me excitar.

Ela se virou para olhá-lo por cima do ombro.

– Considera isso um jogo?

Damien deu de ombros.

– Todo ato de amor é um jogo, que você deve saber como ganhar, se é que se propõe conseguir uma clientela endinheirada.

Vanessa fez uma careta diante da advertência, perguntando-se se ia conseguir lidar com algo tão íntimo com tanta frieza quanto Damien. Acabou de tirar a roupa e vestiu o *négligé* de cetim. Depois levantou o queixo, saiu de trás do biombo e caminhou na direção dele.

Damien a observava, pensativo.

– Se pretende fazer nome como cortesã, querida, terá que deixar de lado parte de sua reserva.

Damien se levantou, tomou-a pela mão e a conduziu para a frente do espelho de corpo inteiro, no qual ela podia se ver refletida. Pondo-se atrás dela, Damien retirou os grampos que prendiam seu cabelo, acariciando a densa massa de fios lisos, até que ele caiu em brilhantes ondas sobre seus ombros.

Então a abraçou para desabotoar seu *négligé* e abriu-o, expondo todo o seu corpo nu à vista de ambos.

Seu experiente olhar de crápula perpassou o reflexo dela no espelho, avaliando-a calidamente.

– Você tem um corpo magnífico, exuberante, esbelto e feito para o prazer. Não devia nem pensar em escondê-lo.

Seus olhos, onde pousavam, pareciam marcá-la. Vanessa estremeceu quando ele passou um dedo por seu braço numa carícia lenta, sem pressa, um ataque deliberado a seus sentidos.

– Não, querida, não feche os olhos. Contemple-se.

Afastou para um lado suas sedosas mechas de cabelo, descobriu o tentador mamilo e depositou um beijo em sua carne. Depois tirou o *négligé* de seus ombros e deixou que ele caísse no chão.

– Veja como você é linda!

Sua voz a acariciava tanto quanto suas mãos.

Damien passou os dedos pelo cetim de suas costas. Em seguida correu lentamente as mãos pela frente de seu corpo, roçando brevemente seu ventre, para subir de novo e circular seus seios plenos e exuberantes.

Em resposta instantânea, seus mamilos endureceram, enquanto Vanessa ficava sem fôlego, num arrebatamento sensual.

– Seu corpo é uma tentação! – murmurou Damien. Procurou sua orelha e tocou-a com a língua. – Por este corpo apetitoso um homem esqueceria até seu próprio nome.

Dos lábios de Vanessa escapou um suave suspiro, enquanto ele se apertava contra suas costas, envolvendo-a em seu agradável e luxuriante calor. Ela fechou os olhos.

– Não, olhe para você, Vanessa.

Ela obedeceu. Com os olhos negros cheios de paixão, observou como os dedos suaves dele acariciavam seus seios, levantando e definindo sua forma, acariciando os firmes botões de seus mamilos salientes com os polegares. A excitação de Damien impregnou seu corpo cálida e densamente enquanto ela observava sua própria sedução.

Quando ele se inclinou para beijar-lhe a nuca, Vanessa arqueou o pescoço; a lenta resposta de seus sentidos a debilitava. O ardor das carícias de Damien explodia por todo o seu corpo enquanto ele mordiscava levemente sua pele sensível.

– Desejo tocar você inteira – sussurrou com voz rouca –, beijar cada centímetro de seu corpo e tomar posse dele.

Seus lábios abrasadores provocavam nela tremores de prazer. Recostou-se nele completamente, desfazendo-se em seu calor, enquanto ele brincava com seus mamilos levantados, puxando-os e esfregando suas pontas, até lhe causar dor de tanto prazer. Era profundamente excitante, incrivelmente erótico.

Vanessa observava suas maravilhosas manobras entre uma névoa de desejo. Antes de conhecer Damien, ela nunca se considerara pervertida, mas já não reconhecia a mulher enrubescida e trêmula que via no espelho. Não conhecia a si mesma.

Conteve um gemido enquanto ele deslizava a mão mais para baixo, passando com deliberada lentidão por seu estômago até os suaves cachos negros que cobriam seu monte pubiano. O olhar de Damien cruzou com o dela no espelho, ao mesmo tempo em que ele afundava os dedos na cálida e úmida suavidade entre suas coxas e acariciava sua carne molhada.

Ao vê-la gemer, ele sorriu satisfeito.

– Considere esta sua próxima lição, querida. A resposta da mulher incendeia os homens. Deixe-me ver quanto você desfruta de meu contato.

Lentamente separou seus inchados lábios sexuais e introduziu dois dedos em seu interior. Vanessa deu um suave grito de prazer diante dos sensuais dardos de fogo que sentia dentro de si.

– Isso, assim... Deixe-se levar.

Quase tremendo de necessidade, ela se entregou ao prazer com os seios intumescidos subindo e descendo com a respiração entrecortada.

O explosivo orgasmo a colheu de surpresa. Retorcia-se num clímax muito mais poderoso pela decisão de Damien de prolongar nela a última gota de excitação com seus dedos acariciantes. A implacável intensidade a fez estremecer, enquanto sua carne continuava a pulsar docemente com breves tremores.

Quando ela tombou lânguida de encontro a ele, Damien aproveitou sua lassidão e, segurando-a pelos ombros, levou-a até a parede e, ainda de costas para ele, inclinou-a para a frente, com as mãos apoiadas na superfície dura. Abriu então a braguilha da calça.

Ela ficou surpresa ao sentir a lisa e dura carne de sua ereção roçando-lhe as nádegas, e mais ainda quando uma emoção selvagem a dominou ao perceber sua intenção. Ela desejava aquilo, queria que a possuísse por aquele caminho, por trás.

Ficou tensa, mas a voz de Damien, suave e rouca, chegou a seus ouvidos, acalmando-a.

– Fique tranquila, querida.

Vanessa, muda e indefesa, apoiou-se na parede.

Com cuidado e devagar, Damien separou suas coxas, segurou o membro duro como aço e introduziu a sedosa cabeça na úmida e quente passagem de sua feminilidade.

– Me ajude... – ele pediu.

Ela gemeu de prazer enquanto ele penetrava profundamente em sua carne trêmula, remexendo-se inquieta quando ele começou a se movimentar dentro dela.

Em resposta, ele a pegou pelos quadris, segurando-a para evitar que fugisse. No entanto, ela não tinha vontade de fugir. Com movimentos hipnóticos, a pele do ventre dele acariciava a dela, de modo lento e seguro, entrando e saindo, até transformar esse movimento numa doce e extática tortura.

Latejando de excitação, ardendo de necessidade de senti-lo penetrar mais fundo, Vanessa selvagemente chegou seu corpo mais para junto do dele, encaixando-se em seu membro duro. Sua respiração, que já estava irregular, a cada sacudidela ficava mais rápida. Seus seios palpitavam enquanto ele a forçava docemente, fazendo-a subir a cada poderosa arremetida, quando introduzia nela seu falo pleno e ereto.

Vanessa era uma massa de frenéticas sensações... ardente como uma chama de desejo. Então, subitamente, naquele martelante desvario, explodiu em espasmos, e as intensas ondas de prazer tomaram todo o seu corpo, envolvendo Damien em sua voragem. Ela percebeu seus gemidos sussurrados, sentiu-o agitar-se com a força de sua própria satisfação, enquanto os gritos dela ressoavam por todo o aposento.

A explosiva paixão deixou-a aturdida e esgotada. Minutos depois, ele se retirou dela. Vanessa, esgotada, ficou recostada na parede, sentindo falta do calor do corpo dele.

– Um esforço digno de elogio, querida – disse ele tranquilamente, com apenas uma ponta de rouquidão na voz, enquanto fechava as calças. – Com um pouco mais de prática, você será muito competente.

A fria observação lhe trouxe instantaneamente lembranças cruéis.

Vanessa estremeceu. O coração lhe doía com uma sensação semelhante ao desespero. Damien havia feito exatamente o que ela lhe pedira, mostrando-lhe como usar o corpo para satisfazer sua insaciável necessidade carnal. E ao fazer isso ele havia destruído qualquer ilusão de intimidade entre eles. Sua paixão não havia sido nada mais que um exercício para o cumprimento de um dever.

Sentiu um calafrio que envolveu toda a sua nudez.

Nunca, em toda a sua vida, se sentira tão saciada, tão plena. Nem tão fria.

13

Fora uma lição dolorosa, mas que Vanessa estava determinada a aprender: as emoções não tinham lugar em seu relacionamento com o cruel Lord Sin. Ele concordara em ensinar-lhe a conquistar um protetor rico, e ela tinha que se contentar com isso se tivesse alguma esperança de acabar com o desejo desesperado que ele despertava nela tão facilmente.

Ele se revelou um excelente professor. Durante o tempo que passara em Rosewood, ela vivera noites de maravilhosa paixão, cheias de deliciosa sensualidade, mas agora também havia tardes e noites. Quando sua irmã ficava ocupada com as massagens ou banhos, Damien dava a Vanessa lições de desejo.

Ele a instruía sobre os pontos mais importantes no que dizia respeito a ser uma amante competente. Como aquecer o conhaque e oferecer ao amante. Como usar perfume em locais secretos do corpo. Como se colocar em sublime majestade diante de seu toucador, enquanto fazia a toalete.

Mais notavelmente, ele lhe ensinava as artes sexuais – de envolvimento, sedução, de como incendiar os sentidos de um homem e satisfazer seus desejos carnais.

– Fazer amor é uma arte, e você é a artista – disse Damien seriamente, iniciando sua instrução.

– Pensei que havia dito que era um jogo.

Ele exibiu um rápido sorriso, dizendo:

– Não seja impertinente. Agora preste atenção...

Ensinou-lhe a despertar o desejo em um homem, a reduzi-lo a milhares de pedacinhos.

– Seu corpo transmite uma linguagem sexual toda própria. A maneira como você se move, como reage a uma carícia, pode fazer um homem se sentir como um rei ou o mais miserável dos mendigos. Quando você toca um homem, dê a impressão de que gosta disso. Seus olhos devem estar lânguidos, você pode sentir arrepios, dar suspiros de prazer. E, quando ele a tocar, você deve parecer ansiosa, até faminta...

Sua habilidade sempre a surpreendia; sua prática, os prolongados métodos de incitar o desejo deixavam-na sem fôlego. Ele era o mágico mestre que incendiava as chamas de seus desejos mais obscuros.

Vanessa passou os dias seguintes vagando entre a fantasia e a lucidez. Quando Damien voltava para ela seus cálidos olhos prateados, quando ela experimentava a ardente intensidade da paixão dele, quase acreditava que seu desejo por ela fosse real. Mas ela não se podia permitir ter sonhos impossíveis.

Um dos objetivos de Damien era que ela se sentisse à vontade diante do corpo masculino. Para isso, ele frequentemente pedia que ela o desvestisse lentamente, fixando-se na sensualidade do exercício. Então ele se deitava de costas na *chaise longue* e lhe dizia que o tocasse e explorasse.

Da primeira vez, sua audácia desmedida deixou-a um pouco chocada, mas também muito interessada. Totalmente nu, ele se recostou na *chaise longue* como um deus pagão. Vanessa respirou fundo diante do magnífico esplendor de suas formas, de sua masculinidade, de seu enorme membro ereto e pulsante.

Ele exibia um sorriso cheio de ardor mas indolente, enquanto a olhava por entre os cílios escuros e longos. Ainda com os olhos fixos nela, ele se inclinou para pegar seu membro. O gesto foi arrojado e torturante.

– E então, querida, mereço sua aprovação?

– Sim – ela sussurrou, com a boca seca pela excitação.

– Então me mostre.

O prazer perpassava cada um de seus nervos enquanto ela se encaminhava para junto dele.

Damien esperou, sem nada fazer.

Fascinada, Vanessa passou as mãos pelo seu torso, acariciando o peito musculoso, explorando a perfeição escultural de seu corpo, tão atraente, forte e elegante. Então levou as mãos mais para baixo, até suas coxas bem torneadas, e depois a seu membro longo, ereto, duro e pronto.

Ao tocá-lo, Vanessa sentiu uma onda de desejo fluir por todo o seu corpo e lembrou-se do maravilhoso prazer que ele lhe proporcionara. Seus dedos friccionavam a túmida extremidade, circulando em volta da cabeça ingurgitada, suave, acariciando sua pele aveludada. Então deixou que seu toque descesse mais, para segurar delicadamente a enorme haste, maravilhada com sua espessura e formidável comprimento, tão forte e pulsante de vida.

O olhar de Damien ficou cinzento como fumaça e sua respiração se alterou.

– Veja como seu toque me causa tremores.

Ele também a fazia tremer. Vanessa estremeceu, precisava que ele pulsasse entre suas coxas.

– Não consigo esperar – ela sussurrou, e seu tom de súplica era ao mesmo tempo imperativo.

– Então não espere – respondeu ele com seu sorriso perverso cheio de sensualidade.

Ela ainda estava inteiramente vestida, mas levantou a saia e colocou-se por cima dele. Equilibrando-se nos joelhos, ela se encaixou nele, deixando escapar gritos sufocados de prazer quando sua carne o absorveu.

Ele a ajudou, levantando os quadris para aumentar sua excitação. Vanessa ficou sem ar.

– Até onde você quer que a penetre? – perguntou ele, provocando-a, enquanto ia um pouco mais fundo para dentro dela.

– Mais fundo... por favor...

Damien a atendeu, e aquilo foi mais do que ela podia aguentar. Aquele prazer abrasador se estendia por todo o seu corpo, instantâneo e devorador, e ela começou a se mexer, indefesa, apertando seu sexo contra o dele.

Quando implorou que a soltasse, ele finalmente teve compaixão e segurou seus quadris inquietos, mantendo-a imóvel e ajustando cada suave arremetida ao ritmo de sua respiração. Vanessa respondeu com todo o vigor de seu corpo trêmulo.

Ela chegou ao clímax logo em seguida. Com um gemido baixo, caiu para a frente sobre ele, encostando o rosto em seu cálido ombro, para sufocar um grito que estava a caminho.

Quando por fim recuperou os sentidos, que se achavam num turbilhão, viu-se estendida languidamente sobre ele, enquanto Damien permanecia enorme e duro dentro dela.

Em seus ouvidos soou então a voz divertida dele:

– Sua avidez é muito lisonjeira, querida, mas nossa próxima lição será sobre a arte do controle.

Aquelas sessões a deixavam sem fôlego e trêmula e tornavam ainda mais difíceis que antes sua tarefa de se proteger. Para aumentar seu desânimo, Vanessa sentiu que estava caindo ainda mais sob o pecaminoso e erótico feitiço de Damien. Ele era como uma droga potente que embotava seus sentidos e a tornava dependente de seu toque. Ela se deu conta de que estava lutando desesperadamente contra seus desejos novamente despertados e a sedutora perversão de suas carícias.

Muito mais perigosas, no entanto, eram as poderosas emoções que ele despertava nela. Vanessa temia principalmente a ternura. Algumas vezes, durante os momentos tranquilos após o esgotamento da luxúria da carne, era difícil para ela lembrar que seu relacionamento era estritamente profissional. No entanto, sabia que, se quisesse proteger seu coração, teria que se esforçar para não alimentar quaisquer sentimentos por ele.

Ele lhe falava tanto de assuntos práticos quanto dos relacionados com o sexo, coisas que precisaria conhecer se pretendia passar o futuro enfeitando o leito de libertinos. Explicava-lhe o que iam esperar dela fora dos dormitórios, nos brilhantes salões de festas da moda londrinos. Aconselhava-a sobre as compensações que podia obter, como joias e vestidos, carruagens e cavalos, casas e mobiliário. Destacava a importância de simular um ávido interesse pelas companhias masculinas, de sorrir diante de conversas fúteis, flertar com dândis apaixonados apenas por si mesmos, prestar atenção em todas as suas palavras, por mais aborrecidas que fossem para uma mulher espirituosa e inteligente. Ensinou-lhe a capitalizar os talentos naturais que ela possuía.

– A beleza é, certamente, um elemento importante, mas ela sozinha não torna uma mulher desejável.

– E se não é a beleza, então o que será?

– Qualquer combinação de qualidades pode provocar excitação – presença de espírito, inteligência viva, encanto natural, elegância, uma sensualidade sutil. O comportamento pode ser uma tentação até maior que os atributos físicos, e mesmo uma mulher comum pode ser irresistível se possuir outras qualidades que a favoreçam.

Vanessa examinou-o com curiosidade.

– Você já encontrou uma mulher irresistível?

Ele curvou a boca num sorriso cínico.

– Algumas, e durante certo tempo. Fiz o propósito de nunca permitir que meu interesse durasse muito.

Vanessa ficou em silêncio, lembrando as razões que Damien lhe dera para mantê-la longe de sua cama. "Nossa associação está se transformando em algo muito tórrido para minha paz de espírito..."

Então entendeu a razão por que Damien deixara de tentar conquistá-la. O motivo pelo qual se afastara emocionalmente dela quando lhe pareceu que sua intimidade estava se tornando intensa demais. Ele estava decidido a manter-se longe dela e a nunca permitir o envolvimento de suas emoções.

Vanessa tinha o coração oprimido e lamentava a perda, mas não podia se dar ao luxo de lamentar-se.

Especialmente naqueles momentos, durante as aulas desapaixonadas que ele lhe dava e nas quais planejavam a sangue-frio capturar um desprevenido protetor para ela, Vanessa se perguntava se poderia levar adiante seu plano.

Não lhe agradava nem um pouco pensar em ter que entregar seu corpo a qualquer outro homem. Na realidade, o único homem que ela conseguia ver no íntimo papel de protetor era Damien.

Contudo, sua avaliação continuava sendo racional. Depois de conhecer o patrocínio do famoso Lord Sin, seria capaz de estabelecer uma excelente ligação em qualquer lugar, e suas irmãs estariam a salvo da penúria.

Se havia momentos em que ela sentia uma onda de desespero diante do caminho que escolhera, descartava-a sem pestanejar. Eram variados os nomes para o papel que ela estava tentando aprender – ambiciosa, hetera, ave-do-paraíso, cortesã –, mas a verdade nua e crua era que estava aprendendo a ser uma prostituta. Sem dúvida, uma prostituta cara, elegante, mas mesmo assim uma prostituta. Por isso, não podia ter melindres ou sentimentalismo.

Ela não seria a primeira mulher a ganhar a vida entre lençóis. Havia um número incontável de cortesãs bem-sucedidas que haviam aprendido a viver apenas da beleza e de suas habilidades. Além disso, entre o papel de amante e de esposa, o primeiro era de longe o preferido. A segunda era infinitamente mais vulnerável à tirania de um homem. Com o casamento, a mulher perdia o controle de sua fortuna, dos filhos e inclusive de seu corpo.

E, em muitos aspectos, a vida de uma cortesã seria realmente libertadora. Ela não teria mais que se sentir presa pelos rígidos ditames da sociedade, nem por julgamentos hipócritas.

Assim, Vanessa se esforçava para aprender bem as lições que Damien, com tanta experiência, lhe dava.

O segundo objetivo de Damien era fazer que se sentisse à vontade com seu próprio corpo.

– Você é uma boa aluna, querida, mas ainda tem muito a aprender sobre o ato amoroso. Nós mal começamos a explorar as profundezas de sua paixão...

Com esse fim, iniciou-a nas delícias dos óleos aromáticos e da massagem corporal. Nessa aula, estendeu vários lençóis sobre a *chaise longue* para proteger o tecido brocado e depois ordenou que se despisse. Quando Vanessa sugeriu que ele se deitasse nu ali em vez dela, Damien negou com a cabeça.

– Não, deite-se de bruços e desfrute esta lição. Você deve experimentar os prazeres da estimulação manual por si mesma, para compreender qual é a melhor maneira de excitar seu amante.

Ele passou óleo por todo o corpo de Vanessa, começando pelas costas... depois o pescoço, a coluna, as nádegas, as coxas... Suas mãos deslizavam devagar, massageando-a gentilmente, com movimentos ritmados, lentos, lânguidos, que produziam calor e eram incrivelmente sensuais. Então a fez virar-se para que ele pudesse massagear seus seios e os mamilos.

Vanessa já estava tremendo mesmo antes que suas mãos mágicas chegassem a suas pernas. Estendeu então a mão e levou-a para cima, entre suas coxas, até seu sexo, onde parou.

Damien olhou para ela com olhos que pareciam queimá-la com seu calor abrasador.

– Se por infelicidade um amante não conseguir excitá-la e você estiver muito seca para a penetração, pode utilizar este método.

Fez deslizar pelo seu interior os dedos untados de óleo, roçando com os polegares o botão exposto de seu sexo. Vanessa fechou os olhos com um estremecimento de prazer e arqueou o corpo contra ele, deixando que a levasse a um mundo de perfeita felicidade.

O óleo não era o único estimulante que ele usava. Damien também ensinou a ela os efeitos benéficos das rosas no ato amoroso.

Várias tardes depois, Damien a fez ficar praticamente nua, vestida só com o espartilho e as meias com as ligas. Vanessa enrubesceu ao ver no espelho sua própria imagem erótica. A peça que usava era apenas uma armação fechada com cordões que deixava livres os seios, realçando os mamilos rosados e salientes e mantendo completamente exposto o monte de Vênus entre suas coxas.

– Lembre-me de levá-la para comprar roupas adequadas quando formos a Londres – disse Damien, pensativo, examinando-a. – Esse espartilho não faz justiça a seu belo corpo e é muito simples para o que você pretende.

Ela se virou para olhá-lo com ar indagador.

– Vamos a Londres?

O olhar de Damien ficou sombrio de repente.

– É o lugar mais evidente para começar sua busca de um protetor. Naturalmente, vamos ter que proceder discretamente enquanto você for acompanhante de minha irmã, mas é essencial em sua educação que aprenda a negociar com a vida mundana londrina. E além disso há alguns perigos que você deve conhecer se pretende viver na periferia do baixo mundo.

– E quem melhor para me ensinar os perigos da perversidade que o famoso Lord Sin? – perguntou Vanessa, com malícia.

– Exatamente. Agora venha aqui.

Ele estava sentado numa das poltronas de encosto alto e segurava uma rosa vermelha de haste longa. Ainda ruborizada, Vanessa ficou de pé diante dele.

Seu olhar devorador percorreu-a de cima a baixo, dos reluzentes seios, pálidos e nus, às coxas, coroadas por negros pelos encaracolados que cobriam a fenda de sua feminilidade. Então, com um sorriso sedutor, levantou a rosa e roçou seus mamilos com ela, excitando-a, até que ela estremeceu. Depois desceu um pouco mais e, devagar, passou as pétalas aveludadas pelos lábios de seu sexo.

Vanessa respirou fundo diante daquela delicada sensação.

Damien arrancou uma pétala da flor e estendeu-a a ela.

– Agora é sua vez.

– Minha?

– De se tocar.

As faces de Vanessa ficaram mais rosadas, mas Damien aparentemente ignorou sua vergonha.

– Seu amante pode não ser atencioso o suficiente para compreender todas as suas necessidades. Você deve aprender a atingir seu próprio prazer, caso o homem não consiga satisfazê-la.

Obedecendo de má vontade, ela pegou a suave pétala e passou-a pelo lugar secreto entre suas coxas. Bruscamente, sentiu correr por seu sangue o selvagem estremecimento de uma onda de excitação.

– Isso – sussurrou ela, olhando para ele – é tão decadente!

– Ainda não – Damien murmurou. – Mas será, eu lhe prometo. Agora continue. Imagine que são meus dedos que a acariciam, excitando seu prazer.

Vanessa fez o que ele sugeria, explorando um mundo de mistério proibido. O calor a incendiava por dentro enquanto se acariciava com a pétala de rosa, fazendo-a deslizar pelo rijo botão escorregadio.

Enquanto a observava, o olhar de Damien ensombreceu.

– Querida, seus mamilos estão duros. Isso quer dizer que está ficando excitada?

– Sim, mas não é como quando você...

Ele sorriu.

– Fico lisonjeado. Talvez, depois de tudo, você esteja pronta para a próxima lição.

Retirou a mão dela, inclinou-se e a beijou em seu centro íntimo e úmido. Vanessa ficou rígida diante da surpresa.

– Já lhe disse que gosto muito do perfume das rosas? – murmurou Damien com voz rouca.

Com os olhos brilhando como prata líquida, ele se levantou e a despiu completamente. Depois a levou até a cama, colocou-a sobre os lençóis e ajeitou sua posição a seu agrado: o cabelo, formando uma torrente sedosa e revolta sobre seus seios nus, um travesseiro sob os quadris, as coxas igualmente nuas estendidas para sua apreciação sensual.

Com o olhar ainda preso a ela, afastou-se um pouco para se despir.

– É hora de você descobrir como a decadência pode ser agradável.

Vanessa esperou, atenta e cheia de angústia, que ele fosse até ela, consciente do mais poderoso sentimento de expectativa que sentira na vida.

Nu e excitado, Damien foi até a cama e se ajoelhou entre suas pernas. O calor de seu olhar incendiava o sangue de Vanessa. No entanto, não a penetrou. Em vez disso, inclinou-se sobre seus seios, que imploravam para ser tocados.

Sua língua circulou a protuberância morena, agora dura e ávida. Vanessa suspirou de pura alegria ao receber de novo suas carícias.

– Vou lhe mostrar como usar a boca para deixar um homem louco – sussurrou ele contra sua pele.

Lambeu seus mamilos, um depois do outro, passando a língua pelas aréolas, despertando os nervos dela com cada carícia. Então seus lábios e dentes se juntaram nesse assalto, dando-lhe imenso prazer.

Vanessa deu um leve gemido. Agora os delicados mamilos lhe doíam, estavam duros, pontudos e sensíveis. Ele então foi deslizando a boca mais para baixo, por todo o seu corpo. Sua língua ardente provocava fagulhas pela carne dela, enquanto ele lambia carinhosamente cada curva, saliência e cavidade, fazendo-a estremecer com sensações tão vibrantes que a feriam.

Entre as carícias, Damien falava com ela, e cada palavra sussurrada e sensual era tão excitante quanto sua língua perversa.

– Quero beijar todo o seu lindo corpo, querida. Quero explorar cada centímetro de sua pele cálida e me apossar de você. Quero ouvir você gemer de prazer até que me leve à loucura.

As lascivas imagens, tão vívidas e potentes, provocavam vagos estremecimentos em sua parte mais sensível, entre suas coxas.

– Quero que você enlouqueça de desejo, que meu nome trema em seus lábios...

Sussurrando, com o hálito de encontro à sua pele, ele beijou a suave pele acetinada de seu estômago, deixando-a trêmula, levando-a ao paroxismo com uma lentidão intencional.

Percebendo sua necessidade, moveu a mão para baixo, fazendo-a deslizar entre suas pernas. Ela gemeu quando sua suavidade fluiu em torno da erótica carícia dos dedos dele e de novo quando ele passou a língua úmida mais uma vez pela trêmula superfície da parte interna de suas coxas. Ela desejava aquilo, ansiava que ele a possuísse.

Damien passou a se mover ainda mais devagar.

– Quero amar você com minha boca...

Vanessa viu como as asas de seu nariz vibravam enquanto ele inspirava seu odor feminino. Em seguida, beijou seu calor úmido com um tentador roçar de seus lábios sensuais.

Sufocando um grito, Vanessa, entre chocada e escandalizada, tentou afastá-lo, mas ele segurou suas mãos, como se pusesse em seus pulsos grilhões de veludo. Seus olhos ardiam de desejo quando ele voltou a se inclinar sobre ela.

Vanessa gemeu quando ele percorreu com a língua a borda de seu sexo molhado. Depois aproximou a boca de sua parte interna, chupando-a e mordiscando suavemente, mergulhando-a num mar de sensações vívidas.

Sua boca levou-a à mais fascinante forma de prazer que ela já conhecera. O calor e a vertigem a invadiam. Ao longe, distinguiu a voz de Damien, que povoava sua mente com palavras eróticas, dizendo-lhe como necessitava dela e a desejava. Beliscava com os dentes as intumescidas e doloridas dobras de sua carne, preparando-a para a posse, até que ela começou a gemer sem vergonha alguma, em seu ardente desejo de se liberar.

– Damien... – ela implorou, agitando-se violentamente sob suas carícias.

Suavemente, ele lhe proporcionava enorme prazer com a língua, decidido a encontrar suas mais profundas e proibidas reservas de êxtase. Ela acabou não aguentando o doce tormento. Damien percebeu que ela estava ardente, úmida e escorregadia ao contato com sua boca, agitando-se com suaves espasmos. Mas nem mesmo assim ele lhe deu descanso. Movendo-se mais para cima com rapidez, ele a cobriu com o calor de seu musculoso peito e penetrou-a profundamente.

Uma única arremetida bastou para provocar um novo tumulto de excitação nela, que ansiosa levantou o corpo enquanto ele mergulhava ávido entre suas coxas, gemendo quando o febril e desejado calor dela o envolveu.

Como resposta, ao sentir que o esplendor recomeçava, Vanessa deu um grito. Estava agitada, em convulsão pelo fogo de sua posse. Diante desses tremores, Damien perdeu o controle de sua selvagem necessidade e, enquanto ondas de felicidade percorriam seu corpo, ele se juntou ao seu ardente êxtase com um gemido feroz, ao mesmo tempo em que mergulhava numa cega e furiosa liberação.

Muito tempo depois que ele tombara sobre ela, bem depois que os tremores de Vanessa haviam cessado, ela jazia lânguida em seus braços, palpitante de prazer, perdida em sonhos. Estreitando Vanessa junto a si, o rosto de Damien estampava enorme satisfação. Acariciava levemente a pele febril, que se esfriava rapidamente, e se maravilhava ao se dar conta de como ela se ajustava perfeitamente a ele.

Sua satisfação foi efêmera. Ao mudar de posição, sentiu o ardor dos arranhões que as unhas de Vanessa haviam deixado em suas costas. Damien sorriu preocupado, lembrando seus gritos de êxtase. Ele lhe havia dado prazer, levara-a ao paraíso com ele... e ele próprio se perdera no paraíso.

Como estava enganado! Pensara que tê-la repetidas vezes finalmente satisfaria a ardente ânsia que sentia dela. Havia deixado que sua obsessão seguisse seu curso. Mas seu plano fora um completo fracasso. Longe de acabar, seu desejo só estava aumentando, seu apetite estava ainda mais forte do que fora em toda a sua vida. Sentia uma incontrolável necessidade de possuí-la interminavelmente, de rotulá-la como propriedade sua, de torná-la tão obsessiva quanto ela o estava deixando.

Damien praguejou em silêncio. Tinha que levar Vanessa a Londres sem demora. Quanto antes ela encontrasse outro protetor, mais cedo se livraria dela.

Com um distanciamento prático, interrompeu a repentina onda de inquietação que girava em seu íntimo. Já tivera muitas amantes, terminara inúmeras relações antes de Vanessa. Agora não seria diferente.

Deliberadamente, Damien ignorou o pensamento de como se sentiria quando ela se entregasse a outro homem. Ela passaria a outro amante com sua bênção, alguém que apreciaria sua inteligência, seu espírito elevado e o deixaria livre para recuperar o controle de sua alma.

14

Estava acertado. Eles haviam decidido ir para Londres na segunda-feira seguinte. Damien alegou que tinha alguns assuntos na cidade que exigiam sua atenção especial. Quando propôs a Vanessa que o acompanhasse para fazer algumas compras, Olivia apoiou firmemente a ideia, dizendo que todo o guarda-roupa de sua acompanhante precisava ser renovado com urgência.

Não agradava a Vanessa a ideia de deixar a jovem sozinha em Rosewood, mas Olivia insistiu em que não estava disposta a fazer uma viagem tão cansativa nem preparada para deixar a proteção de sua casa. Também esperava desfrutar realmente a solidão e a oportunidade de afirmar sua independência do irmão.

Assim, Vanessa relutantemente fez as malas, consolando-se com a ideia de que, de todo modo, renunciaria permanentemente a seu papel de acompanhante de Olivia no final do verão. Além disso, Londres não era tão longe, e eles ficariam ausentes apenas alguns dias. A viagem seria uma boa prova para ver como Olivia se arranjaria sozinha.

Vanessa tentou avisar o irmão de que devia suspender suas visitas enquanto eles estivessem ausentes, mas fazia mais de uma semana que não via Aubrey. Imaginou que ele estivesse mantendo distância para evitar ser descoberto por Lord Sin. Ou quem sabe já estivesse cansado de sua crise de consciência.

Na tarde anterior à sua partida, Vanessa estava sozinha no jardim, lendo à sombra de uma árvore, quando viu Aubrey caminhando em sua direção. Olhou ao redor, preocupada com o fato de que ele pudesse ser visto por algum jardineiro, mas felizmente estavam sozinhos.

– Onde esteve na semana passada? – perguntou-lhe quando ele se sentou no banco ao lado dela. – Já estava me perguntando se teria renunciado e voltado para casa.

Ele lhe dirigiu uma olhadela sagaz.

– É claro que não. Estive tão ocupado que não consegui fugir nem por um momento. Arranjei um emprego.

Vanessa olhou para ele, surpresa.

– Você deve estar brincando.

Aubrey fez uma careta, mas sorriu.

– É muito triste que nem minha própria irmã acredite em mim, mas é verdade. Aceitei um trabalho real com o rico cidadão que comprou Brantly Hall, o sr. Jonah Goodwine. Ele vai receber o título de baronete,* e aspira ascender à alta burguesia. Meu trabalho é lhe ensinar a se comportar como um cavalheiro.

Vanessa, ainda surpresa, balançou a cabeça. Não ficaria mais admirada nem se Aubrey afirmasse ter provas de que fora à Lua e voltara.

– Meu cargo é de secretário particular do sr. Goodwine – explicou-lhe Aubrey –, mas felizmente meu papel é mais de conselheiro social, já que não tenho talento para a erudição. Ele acha que ter como empregado um visconde é uma grande coisa. O que há, Van? Deixei-a sem palavras?

– De fato – respondeu ela finalmente, desconcertada. – E o que o fez dar esse passo?

Aubrey assumiu uma expressão séria.

– A esperança de um emprego remunerado. Você sempre me disse que devia encontrar alguma coisa digna em que me ocupar e ficar longe de problemas. Talvez essa seja a minha oportunidade. Já estou bastante crescido e devo assumir minhas responsabilidades em vez de esperar que você fique me tirando de apuros. E, do ponto de vista financeiro, o emprego é extremamente gratificante. Vou receber um ótimo salário e, com o tempo, serei capaz de liquidar minhas dívidas.

Olhou para as mãos e baixou o tom de voz ao dizer:

– Foi imperdoável de minha parte colocá-la numa situação tão insustentável, ter de partilhar o leito de Sinclair para nos salvar. Sei que nunca

* Na Inglaterra, título de nobreza intermediário entre barão e cavaleiro. (N. T.)

poderei compensá-la pelo que fez por mim, Vanessa, mas me proponho a fazer tudo o que estiver ao meu alcance para ser digno de seu sacrifício.

Ela sentiu um doloroso nó na garganta. O malandro do seu irmão parecia estar falando sério sobre dar uma virada em sua vida. Certamente seus esforços até o momento eram louváveis... A questão agora era ver se ele ia persistir nessa direção...

– Acho que ainda há esperança para você – disse Vanessa em tom leve.

Com expressão séria, ele concordou.

– Se puder, vou tentar recuperar a boa opinião de Olivia a meu respeito. Pode ser que tenha destruído qualquer possibilidade de reconquistar sua estima, mas desejo permanecer perto dela. Brantly Hall está a apenas quinze quilômetros daqui, de modo que posso continuar visitando-a de vez em quando... pelo menos secretamente, desde que Sinclair não descubra. E enquanto Olivia consentir em me ver.

Seu reconhecimento fez que Vanessa se lembrasse do assunto que suas surpreendentes notícias haviam feito que esquecesse.

– Aubrey, isso me faz lembrar que amanhã viajo para Londres com Sinclair.

Aubrey franziu o cenho.

– Isso não é meio... indiscreto? Uma coisa é você viver aqui, em sua casa de campo, onde é acompanhante de sua irmã, mas ficar com ele na cidade...

– Não pretendo ficar com ele, mas em nossa casa. Ficaremos ausentes por poucos dias, mas acho que é melhor que você se mantenha afastado de Olivia durante esse tempo.

– Por quê?

– Não me opus a suas visitas porque elas pareciam ter um efeito positivo sobre Olivia, mas nessas ocasiões vocês sempre estiveram acompanhados. Não seria prudente que você ficasse a sós com ela. Não quero que venha a lhe fazer mais mal do que já fez.

Vanessa percebeu a dor em seus olhos.

– Você ainda não confia em mim, não é? Eu a amo, Vanessa. Meu coração se partiria antes que voltasse a magoá-la.

Vanessa hesitou. Até então estivera completamente cética em relação às declarações de amor de seu irmão, mas talvez seu coração estivesse realmente comprometido. Se assim fosse, teria ela direito de impedir uma relação que podia trazer felicidade a Olivia? Além do mais, o galanteio de Aubrey poderia progredir mais sem sua interferência...

– O que Olivia quer? – ele a interrompeu em voz baixa.

– Não sei. Ultimamente não tenho falado sobre você com ela.

– Então pergunte a ela. Se Olivia quiser que eu me mantenha afastado, eu o farei. – Aubrey se levantou. – Sei que deve ser difícil para você acreditar, depois de tudo o que a fiz passar, mas mudei, de verdade.

Depois que ele se foi, Vanessa continuou sentada ali, profundamente confusa a respeito de tudo o que o irmão lhe dissera.

Era possível que o verdadeiro amor pudesse reformar um homem – e, ao que parecia, isso havia acontecido com Aubrey. Induzido pelo amor que sentia por Olivia, ele fizera um balanço em sua vida, vira que estava profundamente carente e resolvera mudar.

E se seu avoado irmão podia passar por uma transformação tão completa, será que alguém como Damien Sinclair também não conseguiria fazer o mesmo?

Talvez Damien fosse um libertino pertinaz, mas não tão desenfreado e decadente como ela acreditara no início. Não era inteiramente pervertido. Quem visse a profunda consideração que tinha pela irmã não iria acreditar que ele não pudesse se redimir.

No entanto, ele podia ser muito mais, fazer muito mais com sua vida. Com sua riqueza e posição, podia fazer o bem em grande medida. Mas precisaria de uma razão para mudar. Ela alimentava pouca esperança de que o incansável Lord Sin perdesse algum dia o coração por ela ou por qualquer outra mulher. Ele jamais permitiria isso. A menos...

Ao pensar em Damien apaixonando-se, Vanessa foi invadida por um desejo profundo, tão brusco e repentino que a assustou. Mas ela se obrigou a descartar o traiçoeiro sentimento. Não podia se permitir absurdos sonhos românticos.

Não, o melhor que podia esperar era um fim rápido de seu relacionamento. Era hora de ir para Londres, hora de tentar conseguir as atenções de um admirador rico.

Só então ela poderia mudar de vida. Só então poderia tentar esquecer que conhecera o mágico charme do perverso Lord Sin.

A viagem a Londres fora bastante agradável, se Vanessa não levasse em conta o distanciamento de Damien, cada vez maior à medida que se aproximavam da cidade. Quando chegaram, ele lhe deu pouco tempo para descansar. Levou-a diretamente à casa dos Rutherford, e ela teve que se contentar com os poucos serviçais de que dispunha para tomar banho e mudar de roupa.

Uma hora mais tarde, ele a acompanhava ao Drury Lane Theatre e depois à Sala Verde, para que pudesse observar como as atrizes marcavam encontros às escondidas com os rapazes que disputavam seus favores. Depois, levou-a de volta para sua casa sem dar uma palavra.

Na noite seguinte, circularam pelos salões de jogos em que as apostas eram sempre vultosas.

– Seria conveniente que você aprendesse as regras de vários jogos de azar – aconselhou-a Damien. – Se seu protetor for uma pessoa afeiçoada às cartas, você pode ter de passar muitas tardes em locais como este.

Vanessa sentiu que seu coração disparava, não tanto por causa do futuro que Damien previa para ela quanto por sua evidente indiferença. Seu olhar parecia frio e inflexível; sua ternura, inexistente. Era difícil para Vanessa esconder seu desespero; obrigava-se a fingir que estava se divertindo com aquelas saídas.

Na noite seguinte foram a um baile de máscaras, onde ela pôde observar os flertes de damas não muito respeitáveis com as vítimas que elas escolhiam – para ver como uma dama cortesã em busca de um protetor exibia suas melhores plumas para conseguir o melhor arranjo possível.

Damien argumentava que o objetivo dessas excursões era mostrar-lhe a vida que ela ia levar como membro do grupo de mulheres mundanas. Era um elegante e sombrio mundo de paixão e prazer, um reino depravado no qual ele se movia com tanta facilidade quanto na brilhante e dourada arena das pessoas elegantes. Parecia um reflexo da alta sociedade. Nela, os cavalheiros permaneciam fiéis a suas amantes, e as esposas gozavam de pouca consideração.

Para que se conscientizasse dos perigos inerentes a sua nova profissão, Damien também a fez dar uma volta pelo Covent Garden, o famoso local do lucrativo comércio de carne de segunda. Vanessa viu caftinas que pareciam tão inocentes quanto freiras, e prostitutas cuja vida costumava ser breve e violenta.

Vanessa achava que tivera sorte de ter escolhido vender-se a quem oferecesse o melhor lance e por essa ter sido uma escolha *sua*, sob condições de luxo e independência.

Também tinha a sorte de ter Damien como preceptor. Se ele desaprovava sua escolha, não dava sinais disso. Se havia ocasiões em que ela captava algum sinal de expressão sombria em seus olhos – um vislumbre de frieza, de ira –, concluía que devia ser imaginação sua.

Seus dias eram tão ocupados como as noites. Damien levou-a também a uma discreta modista patrocinada por mulheres mundanas, que confeccionou para ela trajes especialmente criados para a alcova, assim como vestidos de noite mais atrevidos que os usados costumeiramente por ela. Uma das peças que ele encomendou para ela a perturbou: um par de ligas de pele de veado magnificamente bordadas com rosas douradas.

Contudo, quando ela protestava por causa de seus exagerados gastos, Damien dava de ombros com seu estilo charmoso e dizia:

– Considere uma remuneração pelo excelente cuidado dedicado a minha irmã.

Vanessa, incomodada por ficar ainda mais em débito com ele, mantinha um atento controle de seus presentes, esperando que pudesse reembolsá-lo um dia. No entanto, as joias que ele lhe dera de presente eram tão esplêndidas e caras que ela jamais poderia cobrir seu valor.

Durante a noite em que ele a acompanhou aos jardins de prazer de Vauxhall, presenteou-a com um maravilhoso colar e um bracelete de esmeraldas, para combinar com os novos vestidos que lhe comprara, e não admitiu uma palavra de recusa.

Vanessa conseguiu pôr sozinha o bracelete, mas, quando tentou o mesmo com o colar, teve que procurar Damien para lhe pedir ajuda. Estava tremendo quando ele, com seus dedos frios, prendeu a joia em seu pescoço. Era o contato mais íntimo que tinham desde que haviam chegado a Londres. Toda noite ele a deixava em sua porta, sem fazer nenhuma tentativa de tocá-la e menos ainda de compartilhar seu leito.

Vanessa disse a si mesma que devia estar agradecida por ele ter posto fim a sua intimidade física. Era muito melhor para ambos que mantivessem distância entre si. No entanto, com uma intensidade dolorosa, sentia falta de seu calor sensual, do amante encantador e solícito que conhecera.

– Você não precisava ser tão extravagante – murmurou, na vã tentativa de distrair os próprios pensamentos.

– Não é mais do que teria feito por qualquer amante – respondeu ele com frieza.

Vanessa estremeceu e virou-se para olhá-lo. Estava lindo de tirar o fôlego, elegante ao extremo no casaco azul bem cortado, que cobria um colete creme de brocado. E frio como uma estátua.

Ficou arrasada por Damien lhe lembrar o pouco que ela significava para ele, que fora apenas mais uma numa longa lista de mulheres. Não queria as joias que lhe dera. Queria sua amizade, sua ternura, seu amor... "Santo Deus!"

Ela congelou, enquanto ele punha a capa de cetim esmeralda sobre seus ombros nus. Quando lhe estendeu o braço, ela o tomou, aturdida, e permitiu que ele a acompanhasse até onde estava a carruagem. Vanessa se recostou nas almofadas e permaneceu em silêncio enquanto lutava com seus pensamentos desesperados.

Num instante paralisante, compreendeu toda a verdade. Contra todos os ditados sábios e o bom senso, contra os mais firmes instintos de conservação, havia se apaixonado por Damien.

Todas aquelas semanas enganara a si mesma negando que ele a fascinava, a enfeitiçava, a cativava. Sua inteligência aguçada, seu charme cativante, seu afeto pela irmã, a consideração para com seus medos... havia muito o que amar nele. Ela havia entregado o coração ao terno amante que tão habilmente lhe mostrara as paixões femininas e a libertara de seus temores.

Horrorizada, ficou olhando sem nada ver pela janelinha da carruagem.

Como de costume, ele pareceu compreender seu estado de espírito.

– Você está muito calada hoje – disse, examinando-a na obscuridade da carruagem. – Está se sentindo mal?

Vanessa forçou um arremedo de sorriso.

– Estou bem. Só tenho um pouco de dor de cabeça.

Trêmula, reuniu toda a sua força para não deixar transparecer que seu mundo acabara de ruir.

Nunca ia deixar que Damien soubesse até que ponto partira seu coração. Não queria sua piedade – ou pior, seu desprezo. Quando chegasse a hora da separação, confiava que não se comportaria de modo tão tolo como suas amantes anteriores. Quando se despedissem, tudo estaria acabado.

Vanessa havia visitado os jardins de Vauxhall no passado, mas não depois da morte do marido. O esplêndido lugar era tão famoso por seus espetáculos de verão como pelas aleias gramadas e iluminadas por festões de grinaldas de lanternas vermelhas e douradas. Naquela noite, o concerto musical apresentava orgulhosamente, em dois atos, uma grande orquestra e alguns cantores, num mágico cenário de fontes e quedas-d'água, além de uma brilhante exibição de fogos de artifício.

Vanessa teria sentido grande satisfação com tudo isso se não estivesse tão angustiada. Dadas as circunstâncias, estava até achando bom todo aquele barulho, porque a livrava da necessidade de conversar com Damien enquanto caminhavam pelos jardins.

No intervalo, ele a levou a um palco situado num nível superior, decorado com pinturas de Francis Hayman, onde jantaram – fatias de salmão, finas como folhas de papel, franguinho de leite e torta de pombo e, de sobremesa, morangos, cerejas e sorvetes de sabores variados.

Tentando dissimular seu desespero, Vanessa bebeu mais do que devia do forte ponche. Talvez por isso estivesse um pouco alta quando um grupo de cavalheiros passou por seu boxe com algumas mulheres que, pelo escandaloso corte dos vestidos, não tinham aparência de damas.

Os cavalheiros pareciam ter gostado muito do ponche, porque estavam agitados e riam alto de alguma piada. Quando viram Damien, pararam e o cercaram.

– Venha juntar-se a nós, Sin – disse alguém com voz pastosa. – Queremos ver que prazeres o Passeio Escuro nos oferece.

Diferentemente de outras aleias do parque, o Passeio Escuro ganhara uma reputação infame. Seus cantos sombreados e românticos esconderijos haviam sido projetados para os apaixonados, mas costumavam ser usados para fins execráveis, e várias jovens solteiras tiveram seu nome arruinado ali.

– E traga sua "dama" – disse outra voz com um risinho.

Pelas escabrosas gargalhadas que faziam coro a essa sugestão, era evidente que a consideravam pertencente à mesma classe de suas companhias femininas. Preocupada, Vanessa reconheceu que isso era algo que se podia esperar, ao estar acompanhada de um crápula como Damien.

Incomodada pelo modo audacioso como estava sendo considerada, ficou contente por Damien não a ter apresentado. Em vez disso, ele recusou o convite com um gesto de mão e deixou que seus dissolutos amigos seguissem seu caminho.

No entanto, essas não foram as únicas visitas em seu boxe. Minutos depois, passou por ali um casal. Vanessa reconheceu o cavalheiro como Lord Houghton, um amigo de seu falecido marido. Não conhecia a mulher que ele levava pelo braço, belíssima, de cabelo louro platinado, seios volumosos e um vestido de cetim branco. Sua maquiagem era leve, de bom gosto, e ela parecia a essência de uma prostituta de luxo.

Lord Houghton cumprimentou Vanessa e Damien com uma inclinação da cabeça, e teria seguido adiante se uma musical voz feminina fazendo um leve protesto não o tivesse impedido.

– Charles, pare e apresente-me seus amigos.

Ele corou ligeiramente e voltou a inclinar-se.

– Lady Wyndham, Lord Sinclair, permitam-me apresentar-lhes a sra. Swan, uma grande atriz.

Vanessa sentiu-se empalidecer ao ouvir aquele nome. Paralisada, mal ouviu a resposta da atriz.

– Lord Sin e eu já nos conhecemos – ronronou. – Atualmente estou me apresentando no Haymarket, milorde, e ficaria encantada de tê-lo na plateia.

Damien fez um leve movimento de cabeça em sinal de reconhecimento e respondeu com despreocupada amabilidade:

– Ficarei encantado de assistir à representação, se meus compromissos permitirem, mas ficarei em Londres apenas uns dias.

A sra. Swann se voltou para Vanessa e levantou delicadamente uma sobrancelha.

– Também conheci seu marido.

– Acredito que sim – respondeu Vanessa, de modo contido.

Roger tivera seu ignominioso final num duelo por aquela atriz.

A moça não parecia nem um pouco envergonhada de sua má fama. Com um astuto sorriso nos lábios vermelhos, levou a mão ao pescoço para chamar a atenção para o colar de esmeraldas parecido com o que Vanessa estava usando.

– Sin tem um excelente gosto para joias, não é mesmo?

Vanessa foi sacudida por um susto gélido ao compreender o que aquilo implicava: as esmeraldas haviam sido um presente de Damien.

– É verdade, tem mesmo – respondeu, indignada e ao mesmo tempo magoada.

Lord Houghton parecia envergonhado por sua companheira ter sido tão descortês na exibida referência a suas joias. Despediu-se apressadamente, levando consigo a atriz.

Quando voltou a ficar a sós com Damien, Vanessa bebeu mais um grande gole de ponche. Ao sentir o peso de seu olhar, também o olhou de modo sombrio e áspero. Tinha as pálpebras pesadas, e a bebida deixara sua língua solta.

– Imagino que ela seja uma de suas ex-amantes. Acertei?

– Por um curto período, sim – respondeu, dirigindo-lhe um olhar sereno. – Nunca tentei esconder o fato de que tive ligações no passado.

"Nem de que terá outras no futuro", pensou Vanessa amargamente. Damien jamais lhe mentira sobre suas aventuras amorosas. No entanto, sua honestidade não tornava mais fácil aceitar que fora íntimo daquela que causara a morte de seu marido. Nem conter o doloroso ciúme que brotava em seu íntimo. Nem sufocar a insistente opressão do desespero só de pensar em Damien com qualquer outra mulher.

Que tola fora tendo esperança de que ele pudesse mudar...

Quase louca de tristeza, Vanessa desviou o olhar e levou o copo de ponche aos lábios.

Ao término do segundo ato, ela já consumira quantidade suficiente da poderosa bebida para entorpecer sua desolação. Sua cabeça girava e ela se sentia perigosamente desanimada, mas conseguiu não se dependurar pesadamente no braço de Damien quando se encaminharam até a margem do rio para ver o espetáculo dos fogos de artifício.

À medida que as pessoas se dispersavam para voltar a seus camarotes, eles se encontraram de novo com o grupo de cavalheiros embriagados de antes; dessa vez não estavam acompanhados pelas duas mulheres, e os cinco pareciam bastante bêbados.

– Venha conosco, Sin – disse um deles. – Estamos pretendendo percorrer todos os antros de Londres, começando por Tavistock's.

– Receio ser obrigado a recusar – respondeu Damien, com raiva quase incontrolável. – Você deve ter notado que tenho comigo uma dama.

– Traga-a também. Quanto mais gente, melhor!

O sujeito que acabara de falar tirou o monóculo e cravou os olhos semicerrados nos seios de Vanessa.

Ela trincou os dentes, mas manteve a dignidade, enquanto Damien a afastava imediatamente de seus amigos.

Sentindo-se decididamente temerária e destrutiva, Vanessa simulou um sorriso e olhou para Damien.

– Na verdade, gostaria de ir a um bordel. Poderia ser muito... instrutivo.

– Não acho – respondeu ele, formal.

– Por que não? – perguntou ela friamente. – Você disse que me mostraria os perigos dos perversos do submundo. O que pode ser pior que um bordel?

– Geralmente são mais apropriados para a classe mais baixa de mulheres da vida. Uma prostituta refinada não se exporia ali.

Vanessa parou, forçando-o a fazer o mesmo.

– Mas ouvi dizer que a esses lugares também vão mulheres disfarçadas. Usam meias máscaras para esconder a identidade.

– Você não ia se interessar pelo tipo de espetáculos que são vistos lá, querida. Eu lhe garanto.

– Acho que deveria deixar que eu decidisse isso. Além do mais, em que lhe importam meus sentimentos?

Por seus olhos cinzentos perpassou um brilho sombrio de ira.

Ao ver que Damien ainda hesitava, Vanessa acrescentou com um sorriso gelado:

– Se você se recusar, imagino que aqueles seus educados amigos poderiam ser convencidos a me acompanhar.

15

Enquanto acompanhava Vanessa pelas escadas do clube de pecado mais elegante de Londres, Damien espumava de raiva. Resistira a levá-la ali, expô-la à decadência na qual ele próprio era tão versado.

Seu humor fora se tornando pesado e perigoso à medida que corria a noite. Ver Vanessa ser humilhada por seus amigos bêbados, que a devoravam com os olhos, era ainda mais repugnante do que ser insultado por uma de suas ex-amantes sobre as joias que estava usando.

Ele escolhera esmeraldas para Vanessa para complementar sua beleza morena, para destacar o brilho de seu cabelo. Não se lembrava das bugigangas com que presenteara Elise Swann há tantos meses. Na verdade, fora seu secretário que escolhera os presentes para a atriz, e qualquer semelhança era mera coincidência. Talvez pudesse simplesmente ter dito isso a Vanessa. Por mais indelicada que pudesse ter sido essa explicação, pelo menos teria lhe dado uma desculpa.

Mas os incidentes haviam deixado em sua boca um sabor amargo... estranhamente, uma espécie de vergonha. Apertou os maxilares ao reconhecer aquele sentimento pouco comum.

Até aquela noite, poderia considerar que sua visita a Londres tivera um relativo sucesso. Durante os dias passados, conseguira evitar o relacionamento com Vanessa, pelo menos fisicamente. Havia limitado a um mínimo absoluto a oportunidade de intimidade, recorrendo a frias formalidades e negando a si mesmo o menor contato com ela. Para ele, fora mais difícil apagar a febre, manter ao menos um mínimo de controle sobre seu insaciável desejo, sufocar seus alarmantes sentimentos de ternura.

Não se atrevia a permitir nenhuma emoção afetuosa entre eles. Os encontros no meio da noite, as conversas tranquilas não tinham espaço em seu relacionamento atual. Se estava lamentando a perda, ou ansiando pela amizade que havia pouco tinham compartilhado, sentia que os falsos ecos de seu passado naquela breve estada em Londres – solidão e vazio – eram o preço que estava disposto a pagar para se libertar de sua obsessão.

A educação de Vanessa prosseguia a passos largos, e logo ele estaria em condições de deixar que ela cuidasse de si mesma, sem que sua consciência o atormentasse. Pelo menos ele confiava desesperadamente nisso.

– Será que vamos encontrar aqui seus amigos libertinos? – perguntou ela, interrompendo friamente seus pensamentos sombrios.

Ele esboçou um sorriso irônico.

– Espero que não. Tavistock Court, para onde foram, é especializado em flagelação. Duvido que você possa ter algum desejo de ser castigada com varas e urtiga para estimular a excitação sexual.

– Não – respondeu Vanessa com um leve arrepio.

– O salão de Madame Fouchet é conhecido por suas diversões mais do que pelas perversões.

– Há alguma diferença? – perguntou Vanessa com malícia. Era uma pergunta descabida, que Damien se negou a responder.

Maldizendo sua obstinação, Damien deu umas batidinhas na porta. Vanessa insistira em ir lá, e até ameaçara procurar outra pessoa para acompanhá-la, se ele se negasse a fazer isso. Mas ela ia descobrir, refletiu Damien sombriamente, a enorme diferença entre os jogos de prazer carnal que desfrutava com ele e a sórdida espécie de depravação pública que havia na casa de Fouchet. Quem sabe ficaria tão escandalizada que no futuro se manteria longe desses covis degenerados. Se assim fosse, teria valido a pena levá-la lá, apesar do forte receio que sentia.

Foram imediatamente levados por um mordomo a uma antessala, onde foram cumprimentados pessoalmente por Madame Fouchet, uma francesa que parecia encantada de receber Lord Sin em sua casa. Se tinha alguma curiosidade em relação a Vanessa, dissimulou-a com perfeição.

– E que prazer posso lhe oferecer esta noite, milorde?

Damien dirigiu-lhe um sorriso cheio de charme que escondeu completamente seu mau humor.

– Esta dama nunca esteve numa casa como a sua, madame. Gostaríamos de ficar observando um pouco, se for possível.

– É claro – respondeu ela, como se esse pedido não fosse insólito num lupanar destinado principalmente a jovens aristocratas. – Gostariam de um aposento privado? Talvez alguma companhia? – disse, olhando para Vanessa. – Teria grande prazer em oferecer um ou dois jovens para distrair milady.

Damien trincou os dentes.

– Mais tarde decidiremos sobre nosso prazer. No entanto, seria aconselhável alguma discrição. A senhora dispõe de uma máscara para a dama?

– Certamente.

Em seguida entregou-lhes uma meia máscara; ao que parecia, proteger a identidade de alguém era algo bem comum ali. Quando perguntou se queria que os acompanhasse em sua visita, Damien agradeceu, dizendo que não era necessário.

– Como queira, milorde. Se precisar de algo mais, é só dizer. – Então ela se retirou, deixando à vontade seus nobres clientes.

Sem dizer palavra, Damien conduziu Vanessa por uma antessala até uma alcova. Abriu a cortina que havia na parede e deixou à mostra uma janela de cristal que permitia ver sem ser visto, do outro lado da qual se via um elegante salão com mobiliário dourado. Havia ali meia dúzia de belas jovens vestidas com trajes translúcidos, sentadas ou reclinadas artisticamente em várias poses sensuais que mostravam seus encantos.

– É aqui que os clientes escolhem suas companheiras e seu espetáculo particular para a noitada – explicou Damien, sem nenhuma inflexão na voz. – Já é um pouco tarde. Aquelas são as intérpretes que ainda não foram escolhidas.

– É só isso que vestem? – perguntou Vanessa com voz fraca.

Damien simulou um sorriso.

– Não. Costumam usar roupas adequadas a cada espetáculo. Madame Fouchet é muito boa para satisfazer fantasias, e o vestuário faz parte delas. Para cavalheiros que preferem jovens virgens, há colegiais e moças do campo que naturalmente, por um milagre, recuperam a virgindade durante a noite. Para frutos mais proibidos, pode-se escolher uma preceptora ou uma freira. Se a pessoa aspira à nobreza, pode ter uma duquesa ou até uma rainha. Ou, se o gosto for pelo exótico, pode ter garotas escravas ou um harém inteiro, embora o custo de um harém seja maior.

Fez uma pausa para avaliar sua reação.

– É bem possível que esta noite haja um harém. Gostaria de ver o belo espetáculo, querida?

Vanessa fez que sim, hesitante. A destrutiva inquietação que a levara ali ainda agitava seu sangue, embora, francamente, estivesse contente de não estar sóbria.

Damien conduziu-a a um amplo vestíbulo.

– Os aposentos deste piso são usados para acontecimentos em grupo – explicou-lhe Damien. – Para maior intimidade, há outras acomodações lá em cima.

Parou em outra alcova, cuja janela possuía uma amplitude de visão menor que a do salão principal. Vacilou um instante, afastando-se para um lado com evidente desgosto. Vanessa conseguiu sentir o aroma de incenso enquanto se aproximava da janela.

O exótico cenário consistia num palácio oriental, com luxuosas cortinas transparentes e fumaça flutuante. Viam-se vários homens nus reclinados em almofadas de seda, como paxás, usando apenas turbantes. Um deles exibia uma crescente ereção enquanto observava uma bailarina nua que balançava o corpo brilhante, coberto de óleo e com os braços ornados de decorativos braceletes. Outras garotas serviam na boca de alguns clientes uvas e outras guloseimas, enquanto esfregavam óleo em seus genitais.

Vanessa se atirou para trás com o rosto em fogo de vergonha. Como chegara a pensar que poderia passar por tudo isso? Agora não podia voltar atrás, depois de ter obrigado Damien a levá-la lá.

Ele levantou uma sobrancelha, mas se absteve de fazer qualquer comentário. Levou-a para a alcova seguinte, olhou através da janela e depois se afastou para que ela pudesse olhar.

– A abordagem é um espetáculo popular aqui. Os clientes se vestem de piratas e se apoderam de um barco de passageiras.

Vanessa viu que o cenário era um barco iluminado por tochas acesas. Várias mulheres nuas estavam amarradas aos mastros. Um homem que se satisfazia com uma delas tinha o rosto ruborizado pelo esforço e suas nádegas se contraíam selvagemente entre as coxas brancas da mulher.

Em outro canto, três homens estavam deitados com outra mulher amarrada, acariciando juntos seus seios e sexo e introduzindo um grande falo entre suas pernas, enquanto ela se retorcia em aparente êxtase.

– A violação é uma fantasia popular – observou Damien, com voz desagradável. – Aqui um homem pode desenvolver suas tendências de perversão sem consequências. E as damas aventureiras podem pagar pelo prazer de ser uma das cativas.

Vanessa fechou os olhos, sentindo ao mesmo tempo repugnância e excitação.

– Aqui você aprenderia as técnicas da escravidão – acrescentou Damien com frieza. – Pode ter um amante que talvez goste de tais prazeres.

Ela fez uma careta quando foi lembrada do futuro que a esperava. Quando a levou até a última alcova, Vanessa se muniu de coragem para o que pudesse encontrar.

– Este é simplesmente o cenário de um baile – comentou ele. – Sem dúvida deve ter começado com todo mundo usando máscaras, mas os convidados não iam se contentar por muito tempo em ficar só dançando e comendo.

Ela reparou que o aposento era mais iluminado que os anteriores, com vários lustres cuja luz se refletia nos espelhos dourados das paredes. Os trajes e peças de roupa de homem estavam espalhados desordenadamente pelo chão, enquanto em outro espaço, num plano mais alto, onde geralmente se apresentavam os músicos, via-se um revolto mar de corpos nus. Os convidados pareciam mudar de parceiro com frequência e sem discriminação. Pálida, Vanessa dessa vez se afastou ainda mais rapidamente da janela.

Vendo sua reação, Damien teve uma grande sensação de alívio. Pelo menos não a havia corrompido a ponto de poder presenciar uma orgia daquelas com indiferença. Até mesmo sob a máscara que usava dava para ver como estava escandalizada.

– Já viu o suficiente? – perguntou Damien num tom de desafio.

Ela assentiu, mas respondeu num tom malicioso:

– Nunca teria imaginado que pudesse haver tantos níveis de depravação.

Ele esboçou um sorriso cínico.

– Querida, você ainda nem começou a ver o que é depravação. Em Londres há centenas de casas como esta. Só nesta rua pode-se encontrar qualquer tipo de perversão sexual... torturas, homens que se satisfazem com homens e até com animais...

– E você é o príncipe da depravação – disse ela.

Damien de novo sentiu que sua raiva crescia.

– Na verdade, meus gostos são bastante simples. Minha única necessidade é uma mulher que me excite adequadamente... como você bem sabe. Agora – acrescentou, tomando-a pelo braço –, se já terminou, permita-me levá-la para casa.

– Mas há mais coisas, não é? – objetou Vanessa, em atitude desafiadora, livrando-se de seu braço. – Não disse que lá em cima há quartos privados? Sem dúvida, não vou perder essa edificante oportunidade. Ou você de repente ficou covarde?

Dessa vez ele deu um sorriso gelado.

– Muito bem, meu anjo, se você insiste... Espere aqui um instante, que vou falar com Madame Fouchet.

Deixou-a só na alcova, mas Vanessa não quis ficar observando a orgia. Embora preferisse pôr fim a sua visita, negou-se a permitir que Damien continuasse lhe dando ordens por mais tempo. Em todo caso, a depravação lá em cima não devia ser tão ofensiva quanto as escandalosas cenas que já presenciara. E era muito melhor saber o que esperar caso fosse visitar outra casa de prazer como aquela.

Depois de algum tempo, Damien voltou com uma chave.

– Já prepararam um quarto para nós – disse.

Ele a levou para o outro lado do vestíbulo e a acompanhou para cima até uma antessala e depois a um dos vários quartos. Ele a fez entrar primeiro e depois fechou silenciosamente a porta.

Ela olhou com curiosidade à sua volta. O quarto, pouco iluminado, era opulento e elegante, com uma decoração em que dominavam o vermelho e o preto, com alguns toques de púrpura. A grande cama que dominava o centro do aposento tinha lençóis de cetim preto, e havia um par de faixas de seda amarradas a cada um dos quatro postes do dossel. Uma estranha parafernália estava discretamente disposta numa mesinha: falos de marfim liso e de tartaruga, bolas de cristal, chicotes, garrafas de óleo e outros artigos de aspecto decadente cujo uso Vanessa só podia imaginar.

Damien estava recostado na porta.

– Quer que Madame Fouchet ponha um robusto jovem a seu serviço? Ela sem dúvida deve ter um criado ou dois que gostariam de fazer esse papel num serviço tão especial.

A pergunta, além de fria, era insultante, e Vanessa, animada pelo ponche que havia bebido, respondeu imediatamente, no mesmo tom de provocação:

– E se eu lhe dissesse que sim? – respondeu ela, vendo que ele apertava os maxilares.

– Diria que você poderia achar uma experiência interessante ser possuída por estranhos.

– Talvez faça isso – disse ela, negando-se a deixar que ele percebesse quanto sua crueldade a magoava.

A própria expressão de Damien não mostrava absolutamente nenhuma emoção, mas em seus olhos prateados havia uma fagulha brilhante de ira que a alertava do perigo de brincar com fogo.

Vanessa prudentemente recuou e, olhando a parede que estava atrás dele, perguntou:

– Há janelas para se espiar estes quartos?

– Estou certo de que sim, mas esta noite me garantiram intimidade.

– Acho que desistirei dos empregados.

– Bom. – Damien se afastou da porta. – Não estou a fim de compartilhar você com ninguém justamente agora.

Atravessou o quarto e foi na direção dela. Segurou-a pelos ombros e, abaixando a cabeça, beijou-a, mas sem ternura; em seu beijo só havia ardor e dureza.

Desafiando-o, Vanessa retribuiu seu duro beijo, mais inflamada do que assustada pela sombria tensão que pulsava entre eles. Quem sabe não seria ela o tipo de mulher que ele estava desejando nessa noite? O que importava se ele partia seu coração em pedaços? Melhor assim, porque sem ele poderia abrir caminho pelo mundo impiedoso de Damien sem olhar para trás.

As duas línguas lutaram, depois se juntaram, fazendo-a arder de febre. Era como se Damien estivesse empenhado em dominar, porém Vanessa estava determinada a não deixar que ele vencesse essa batalha de vontades entre eles.

Os lábios dele estavam famintos, impiedosos, enquanto suas mãos abriam o fecho de seu vestido. O traje decotado caiu facilmente, expondo os seios ao encanto de sua boca. Ele se inclinou sobre ela, sugando seus duros mamilos até fazê-la soltar um leve gemido. O coração de Vanessa começou a martelar quando ele se interrompeu.

Seus olhos não se haviam afastado dela desde que, com intensidade, ele a despira, começando com a máscara e terminando com as meias. Quando ela estava completamente nua, levou-a para a cama e a deitou sobre os frescos lençóis de cetim.

Nessa posição, surpreendeu-a ver um espelho dourado grudado no teto. Podia ver não só a si mesma, mas a todos os segredos de seu corpo. Sua pele pálida fazia um contraste perfeito e erótico com o cetim preto.

– Para que você se veja enquanto está tendo prazer – explicou-lhe Damien em voz baixa.

Estava tranquilamente deitada ali, até que ele pegou uma das faixas de seda e começou a amarrar seu pulso a um dos postes da cama. Vanessa ficou tensa e olhou-o desconfiada.

– Certamente você não vai querer ficar acanhada agora, vai? – disse Damien, desafiando-a. – Foi você quem insistiu em experimentar um bordel. Esta é a sua oportunidade.

Ela levantou o queixo ante sua observação maldosa. Nessa noite, Damien se transformara num desconhecido impiedoso e até perigoso, mas ela não acreditava que ele pudesse lhe fazer mal. E ela se tornara desconhecida para si mesma.

– Só espero que faça que a experiência seja agradável – respondeu ela, devolvendo-lhe o desafio.

Damien sorriu com frieza, embora seus olhos ardessem.

– Prometo que farei o impossível para isso.

Completou a tarefa amarrando seu outro braço, mas, para seu alívio, deixou as pernas livres. Ela viu quando ele foi até a mesa e voltou com um falo de marfim, sentando-se depois ao seu lado na cama.

Seu olhar ardente percorreu todo o corpo nu de Vanessa, tocando-a de modo muito íntimo.

– Minha fantasia é esta, meu anjo: tê-la à minha mercê.

– Mas não foi sempre assim? – replicou ela secamente.

Sua réplica foi ignorada. Sentiu a carícia fria do marfim em sua pele, enquanto ele o passava lentamente pela parte interna de sua coxa.

Vanessa sentiu um arrepio quando uma onda de alarme e excitação percorreu seu corpo. Conseguia compreender por que algumas mulheres gostavam daquela fantasia: um poderoso macho totalmente vestido e dominante mantendo-as cativas, enquanto elas, nuas e vulneráveis, se submetiam a todos os seus caprichos. O pequeno monte no vértice de suas coxas latejava docemente à espera de suas atenções.

Mas Damien não satisfez imediatamente seus desejos. Durante alguns momentos, a única coisa que fez foi roçá-la de leve com o liso marfim.

Vanessa se mexeu com impaciência sobre o cetim preto, e suas coxas se estendiam instintivamente, famintas de suas carícias. No entanto, ele parecia empenhado no tormento sexual. Sem pressa, roçou a fenda feminina com a ponta da peça de marfim, circulando a borda externa, tomando cuidado para não tocar na delicada pele do interior.

– Damien... – pediu ela, quase implorando.

– Paciência, querida. Desejo que você esteja completamente preparada.

Ela *estava* preparada. No espelho podia ver os maduros lábios se insinuando sob os úmidos cachos pubianos, brilhando com seus próprios sucos, lustrosos, dispostos.

Durante vários minutos, ele continuou brincando com ela, deslizando o marfim por sua cálida e escorregadia fenda, untando-a com o meloso líquido que se desprendia de seu próprio corpo. Sua mão foi até seus formigantes e duros mamilos, tocando-os de leve.

Ela vibrava de necessidade, quando ele finalmente reduziu as carícias.

– Você vai gostar de sentir isto – disse, fazendo que a ponta de marfim deslizasse lentamente pelas suas profundezas pulsantes.

Vanessa exalou um suspiro de satisfação, que acabou se transformando num gemido ofegante quando ele, num ritmo cadenciado, começou a movimentar dentro dela o eixo de marfim, retirando-o quase totalmente e em seguida empurrando-o cuidadosamente de volta.

– Não é interessante ser forçada a experimentar prazer, querida?

Era extremamente excitante. Um frenesi corria por seu sangue. Quando ele aprofundou mais o instrumento na trêmula parte interna de seu corpo, Vanessa se retorceu, com os braços estirados, já que continuavam amarrados, enquanto seus músculos internos prendiam firmemente o eixo de marfim. Ele acelerou o ritmo enquanto com a mão acariciava e apertava seus seios vibrantes. Vanessa ardia com uma necessidade febril. Estava muito perto do delicioso orgasmo...

E então Damien parou.

Desconcertada, ela abriu os olhos e deu com ele olhando-a. O meio sorriso em seus lábios era ligeiramente brincalhão.

– Preferiria que você me esperasse, anjo.

Conservou o falo dentro dela, enquanto se levantava da cama. Vanessa teve vontade de amaldiçoá-lo. Ele a havia deixado à beira do êxtase, tremendo diante da frustração do desejo insatisfeito, humilhada e indefesa. A erótica imagem do espelho mostrava uma mulher nua no limiar do clímax, com a pele em fogo, os mamilos em ponta, as brancas coxas brilhando com sua própria umidade.

Vanessa conteve um gemido de anseio frustrado. Damien compreendia perfeitamente o que estava fazendo com ela, ao deixá-la nessa intensa necessidade.

Ele continuava fitando-a nos olhos enquanto, de pé junto dela, se despia. A lâmpada dourada tingia os rijos planos e músculos de seu corpo, assim como sua sombria e congestionada ereção. Quando a trêmula ponta se levantou diante de seu ventre, Vanessa estremeceu ao vê-lo enorme e pulsante. Sua carne interna, indefesa, pressionou o grosso marfim que tinha entre as pernas. Quase podia sentir Damien dentro dela, de tão desesperadamente que o desejava.

Ele se aproximou dela grandiosamente nu, magnificamente excitado. Seus corpos se juntaram sobre os lençóis de cetim, e ele retirou o eixo de marfim do meio de suas coxas.

– Prefere o verdadeiro, não é, doçura? – murmurou ele, com voz rouca, cobrindo-a com seu corpo. – Não prefere?

– Sim – respondeu ela com voz áspera, impaciente com sua demora.

Ela sabia que ele podia ver como estava intumescida, escorregadia e disposta. Sentia a crista pulsante de sua virilidade tateando sua entrada e gemia selvagemente, ansiosa para recebê-lo.

Os olhos de Damien mergulharam com intensidade nos dela, enquanto a carne flexível de Vanessa se dilatava ante sua lenta arremetida. O fraco sorriso dele e seu olhar brilhante estavam tão triunfantes e possessivos quanto seu corpo. Fundiu-se nela o mais fundo que pôde, e Vanessa compreendeu que estava perdida. Seu corpo arremeteu, enquanto ondas e ondas de estremecidos tremores a percorriam e ela cedia a um êxtase cada vez maior.

Damien conseguiu manter um ligeiro controle. Era verdade o que havia dito: com Vanessa não necessitava de jogos nem de instrumentos sexuais para sentir desejo. Nunca precisara. Com ela sentia uma brilhante e quente glória de prazer. Ela era febre em seu sangue, desejo em sua alma.

Havia dito a si mesmo que queria finalmente ver-se livre, livre de sua loucura por aquela linda mulher, mas era mentira. Desejava marcá-la como sua propriedade, como algo dele. Seu maior desejo era a primitiva necessidade de uni-la a ele naquele momento.

Pegou-a com uma força selvagem, arremetendo até o fundo, com investidas implacáveis, desenfreadas. Ia conseguir que ela se lembrasse dele, que se lembrasse da precipitada sensação de prazer, da violenta excitação, de modo que nunca pudesse ficar debaixo de outro homem sem pensar nele, só nele...

Vanessa o prendia com as pernas, atraindo-o ainda mais para dentro de si. A respiração de Damien se acelerava em violentos e rápidos arquejos enquanto ele se fundia uma e outra vez nela, que arqueava o corpo, estremecia e se acoplava a ele a cada investida. Quando Vanessa gritou ao experimentar um novo clímax, ele sentiu sua alegria e apertou os maxilares, deixando-se invadir pela loucura. Seu corpo se contraiu, quando uma selvagem e incontida felicidade explodiu em seu interior e, com uma arremetida final, tombou agitado sobre ela.

Depois ficaram ambos imóveis durante um bom tempo, esgotados em consequência de tanta paixão, com o peito de Damien amassando seus seios e a pele de ambos brilhando de umidade.

O ruído surdo das batidas do coração de Damien começava a se regularizar, quando ele ouviu um som abafado que podia ter sido um soluço. Levantou a cabeça, surpreso. Vanessa tinha os olhos cerrados, mas as lágrimas brilhavam em seu rosto ruborizado.

Seu coração se contraiu e ele perguntou:

– Machuquei você?

Por um momento ela não respondeu. Damien a aliviou de seu peso, tão desconcertado quanto alarmado. Seu ato amoroso havia sido feroz, mas não mais violento do que no passado.

– Vanessa!

Viu que ela engolia em seco e ao mesmo tempo fazia um esforço visível para conter as lágrimas. Não podia enxugar os olhos porque tinha as mãos amarradas.

– Machuquei você? – perguntou novamente, começando a desatar as faixas de seus punhos.

Ela abriu os olhos e ergueu o queixo com determinação.

– Absolutamente – respondeu com voz inalterada, embora a dor refletida em seus olhos brilhantes desmentisse suas palavras.

16

Vanessa olhava sem ver pela janelinha da carruagem de Damien, enquanto se dirigiam velozmente para o norte de Londres; o dia cinza e úmido refletia seu humor.

Mentira na noite anterior. Damien a havia ferido, sim. Não fisicamente, é claro. Pelo contrário, dera a seu corpo um prazer que ela jamais conhecera.

Era seu coração que ele partira, sem nem se dar conta disso. A fria e casual experiência de Damien sobre gratificação carnal na casa de Madame Fouchet fizera Vanessa lembrar como ela era tola em sonhar com coisas impossíveis. Ela desejava seu amor, enquanto ele só queria seu corpo.

Estranhamente, Damien não parecia ter gostado muito mais que Vanessa da visita ao bordel. Em vez disso, estava perigosamente zangado quando a levou para casa na noite anterior, embora não desse para saber se a razão disso era ela ou ele próprio. Sua brusca comunicação a assustou.

– Gostaria de voltar para Rosewood amanhã.

– Amanhã? Tão cedo?

– Sei que vamos antecipar a viagem em alguns dias, mas acho que você já viu o bastante do mundo depravado. E duvido que haja mais alguma coisa para eu lhe ensinar.

De fato, Vanessa já vira o suficiente da parte depravada de Londres para uma vida inteira, e, longe de se sentir desapontada, estava realmente aliviada por ir embora. O decadente mundo de Damien, de luxo e permissividade, era pouco atraente para ela, especialmente desde que o homem por quem se apaixonara tão sem esperanças parecia não existir mais. Durante todo o tempo passado na cidade, ela não vira nenhuma evidência do amante terno e amigo que havia inicialmente vislumbrado em Rosewood; só existia o perverso crápula conhecido como Lord Sin.

Ela foi tomada por uma tristeza tão intensa que até lhe causou dor. Será que apenas imaginara aquela sua parte íntima e solícita que ele mantinha escondida do mundo?

Sentado ao lado dela na carruagem, Damien permanecia absorto em seus próprios pensamentos preocupantes, enquanto sua consciência o flagelava duramente.

Havia sido um erro levar Vanessa ao bordel de Madame Fouchet na noite anterior. Ele vira o escândalo e a desilusão refletidos no brilho escuro de seus olhos. Desilusão com *ele*.

Mentalmente, Damien fez uma careta. Vanessa devia saber que tipo de vida ele levava, é claro que nunca tentara ocultar-lhe isso. Mas a realidade havia sido muito mais inquietante do que ele esperava, o espetáculo, muito mais lascivo. Se antes ela já o considerava depravado e dissoluto, agora tinha provas irrefutáveis disso.

As lágrimas dela haviam partido seu coração. Quase tão dolorosa foi sua negativa em lhe dizer por que estava chorando. Talvez fosse um absurdo, mas ele queria que entre eles houvesse sinceridade.

Será que Vanessa o havia comparado com seu falecido marido? Seus perversos jogos sexuais a teriam feito lembrar demais sua dor e vergonha nas mãos de Sir Roger? Ou a comparação começara antes, à noite, ao ver Swann em Vauxhall? Se a memória não o enganava, o último escândalo de Sir Roger resultara de um duelo por causa de uma atriz... Deus do céu!, por causa de Elise Swann!

Damien praguejou entre dentes ao lembrar a expressão aflita de Vanessa por ocasião do encontro nos jardins do prazer na noite anterior. Como não havia se dado conta do motivo?

Acreditava que seu ar ofendido se devia a simples ciúme. Dada a turbulenta história de seu casamento, ela podia compreensivelmente ter-se sentido atingida. Seu marido havia morrido por causa da mesma atriz com quem ele se divertira e que cobrira de esmeraldas. Havia ficado desolada ao sofrer aquela terrível humilhação lançada diretamente em seu rosto... e ele era o culpado.

Depois aumentara sua tristeza levando-a a um bordel e tratando--a como qualquer prostituta sofisticada..., embora a sofisticada prostituta fosse exatamente o que ela pretendia ser e o que ele se propusera a fazer dela.

Precisava acabar com aquela maldade. Não podia continuar naquela farsa por mais tempo. Não podia fingir indiferença enquanto Vanessa se esforçava para conquistar um lugar em seu reino pervertido. Ela não pertencia a esse mundo, nem tampouco sua própria irmã. Sem dúvida devia haver outras formas menos destrutivas de obter a independência financeira que ela tão decididamente buscava. Ele tinha de pôr fim àquele esquema repulsivo criado por eles, para que sua consciência tivesse alguma paz.

Damien voltou a olhar pela janelinha da carruagem através da melancólica névoa. Naquele momento, sentia desprezo por si mesmo.

Seus cuidadosos ensinamentos haviam sido destinados a preparar Vanessa contra o tipo de libertino que sem dúvida ia encontrar em seu novo papel. Libertinos de sua própria classe. Mas se tivesse tido um mínimo de nobreza, refletiu sombriamente, ele a teria protegido de si mesmo.

A chuva fina havia amainado quando chegaram a Rosewood. Damien acompanhou Vanessa até a casa, onde foram cumprimentados por um Croft nada sorridente.

Quando Damien perguntou onde se encontrava sua irmã, o mordomo franziu o cenho.

– Creio que a senhorita Olivia se encontra no jardim, milorde. E está acompanhada de um cavalheiro que veio visitá-la.

Vanessa imediatamente gelou. A primeira pessoa em quem pensou foi no irmão. Com o coração subitamente acelerado, seguiu Damien pelas portas do salão até o jardim.

Olivia não estava à vista, mas depois de uns instantes a distinguiram à distância, sentada em sua cadeira de rodas sob uma tília. Diante dela estava sentado um homem que segurava suas mãos.

Ao reconhecer Aubrey, Vanessa empalideceu.

– Damien, espere... – Ela o seguia, apressada, quase sem fôlego, temendo o que ele pudesse fazer.

Em vez disso, ele apressou ainda mais os passos largos para chegar logo perto da irmã.

Ao ouvir passos, o casal olhou para ele com ar de culpa enquanto ele se aproximava. Ambos ficaram em silêncio.

Vanessa percebeu o exato instante em que Damien identificou o visitante, porque parou bruscamente. Captou a onda de raiva selvagem que o dominava. Cada linha de seu corpo se enrijeceu.

Aubrey, em vez de fugir atemorizado, levantou-se devagar.

– Milorde – disse, de modo firme.

Vanessa só podia admirar a coragem de seu irmão. Então, sentiu a abrasadora força da fúria de Damien, quando ela o alcançou e parou ao seu lado.

O silêncio se prolongou, tão potente quanto o tremor depois de um relâmpago.

Foi Olivia quem falou primeiro.

– Damien, não o esperava.

– Que diabos você está fazendo aqui? – perguntou Damien a Aubrey. – Achei que lhe havia dito para ficar longe de minha irmã.

– Eu o convidei para vir – apressou-se Olivia em intervir.

Damien virou para olhá-la, como se ela tivesse perdido a cabeça.

– Tinha algo a perguntar à srta. Sinclair – respondeu Aubrey em voz baixa.

Damien, com a atenção voltada para o intruso, apertou os punhos.

– Sugiro que saia de minha propriedade antes que o ponha para fora à força.

Inquieta, Vanessa o pegou pelo braço, lembrando-se de quanta violência ele usara com o jovem que tentara beijá-la recentemente no baile. Sua raiva contra Aubrey era mil vezes maior, e, diferentemente do filho do fazendeiro, seu irmão não mostrava nenhum sinal de voltar atrás.

– Amo sua irmã e espero me casar com ela – disse ele no mesmo tom de voz tranquila. – Ela, por sua vez, diz que também me ama.

Olivia estendeu a mão como que implorando, ao dizer:

– É verdade, Damien. Eu o amo. Por favor, não fique zangado.

– Não se meta nisso, Olivia – exigiu ele, de olhos fixos no inimigo. – Vou mandar que um criado o expulse de minha casa imediatamente.

Olivia ficou tensa. Instantaneamente, sua timidez infantil se transformou finalmente em força feminina.

– Você não pode me mandar para o quarto como se eu fosse uma criança.

– Garanto-lhe – interveio Aubrey, em tom conciliador – que ninguém sente mais remorsos do que eu pelo que fiz.

– E eu o perdoei, Damien.

– Não vou tolerar sua interferência, Olivia.

Vanessa fez uma careta diante de seu tom áspero, enquanto Olivia erguia o queixo em desafio.

– Nem eu vou tolerar a sua! É de meu futuro que você está se desfazendo tão cruelmente.

Vanessa, preocupada, puxou Damien pela manga, dizendo:

– Por favor, por que não discutimos isso num momento mais tranquilo?

Ele a ignorou e olhou furioso para a irmã.

– Com certeza se trata de seu futuro, e não vou permitir que você o arruíne completamente.

– E o que lhe importa isso? Você não se preocupa comigo, nunca se preocupou.

Ao ver Olivia trêmula, mordendo o lábio inferior, Damien fez um esforço visível para controlar sua fúria.

– Olivia, esse homem destruiu sua vida. Você mesma disse isso.

– Achei que talvez houvesse feito isso, mas estava enganada. Na semana passada, senti dor no pé, Damien. Não lhe contei porque tive receio de que se tratasse apenas de imaginação. Mas ontem isso voltou a acontecer. Você compreende o que isso significa? Se seu médico não estiver enganado, se eu voltar a ter sensibilidade nas pernas, com o tempo vou poder recuperar completamente seu uso.

Ele a olhou fixamente durante algum tempo, sem dúvida sentindo a mesma surpresa e alegria que Vanessa pela possibilidade de recuperação da irmã.

Mas então Aubrey tomou a mão de Olivia, e Damien voltou a assumir de novo aquela postura dura, com fúria renovada.

– Vanessa, leve minha irmã para casa.

Essa era uma ordem a que ela não podia obedecer.

– Damien, por favor, acho que você deveria ouvi-los.

O olhar gelado que ele lhe dirigiu quase a fez estremecer. Seus olhos pareciam emitir raios prateados.

– Você realmente aprova isso? Com certeza, aprova. Ele é seu irmão.

– Não é por isso...

– Suponho que sabia de seus encontros clandestinos, não sabia? – perguntou Damien.

– Você não deve censurá-la – disse rapidamente Olivia. – Convenci-a a me dar apoio.

Vanessa devolveu o olhar feroz de Damien com firme resolução.

– Olivia é madura o suficiente para saber o que faz, Damien. E era evidente que eles sentiam uma forte afeição um pelo outro. Creio que merecem uma oportunidade de resolver suas diferenças. Aubrey a ama sinceramente. Você não deveria desdenhar sua proposta de modo tão radical.

– Você não pode estar falando a sério. Ele é um perdido, um mulherengo, um...

– É verdade – concordou Aubrey, solene. – Já fui tudo isso. Não levei uma vida admirável, mas jurei mudar.

Damien dirigiu um olhar relampejante a Aubrey, que fez mais um esforço para apaziguá-lo.

– Antes de conhecer sua irmã, nunca havia questionado minhas tendências imorais. Não tive razões para isso e até posso entender, milorde, que não deseje que me case com Olivia.

– Que perspicácia de sua parte... – respondeu Damien, selvagemente, esbanjando sarcasmo. – Mas já estou vendo qual é sua intenção. Está atrás da fortuna dela para salvar sua pele. Se não fosse assim, por que se casaria com uma inválida?

Olivia estremeceu como se tivesse levado um golpe, e seu rosto refletia a angústia que sentia.

Damien se assustou. Sem dúvida, compreendera que havia ido longe demais. No entanto, estava com muita raiva para conseguir se desculpar. Vanessa ficou de coração partido. Ele parecia ser capaz de ferir a todos a quem amava.

– Está enganado, milorde – disse Aubrey de modo brusco, exibindo finalmente sua raiva. – Ia querê-la mesmo que não voltasse a andar.

– Não acredito. Você nada mais é do que um caçador de fortuna. Maldito seja! Mas talvez não tenha se dado conta de que poderia deixá-la sem um centavo.

– Sei perfeitamente disso e não me importaria que ficasse na miséria. Eu a manteria da melhor maneira que pudesse, talvez não com luxo, mas posso lhe garantir que não lhe faltaria nada.

– Nada que você pudesse lhe oferecer seria suficiente.

– Eu sei – respondeu Aubrey, humildemente, olhando para Olivia. – Sei que nunca serei suficientemente digno dela. Mas pretendo tentar.

Vanessa jamais vira Damien com uma expressão tão fria.

– Acho que você está se esquecendo de que controlo tudo o que possui. Suas dívidas de jogo me dão essa prerrogativa.

– Não me esqueci disso – disse o rapaz em voz baixa.

– Então, lembre-se disso também – disse Damien, cerrando os dentes: – Antes de permitir que se case com minha irmã, eu o verei no inferno.

Olivia golpeou o braço da cadeira enquanto seus olhos se enchiam de lágrimas.

– Eu o *amo*, Damien. Amo-o de verdade.

Ele balançou a cabeça com violência e disse:

– Livy, ele a iludiu de novo, reavivou sua louca e cega paixão...

– Não, não fez nada disso. Conheço meu próprio coração, Damien. Isso não é um capricho. Tive muito tempo para refletir sobre isso. Não fiz outra coisa durante meses. É verdade que houve um tempo em que desejei fazê-lo pagar pelo que sofri, mas aprendi a perdoá-lo. O que você também fará, se lhe der uma oportunidade.

– Não farei isso. – Damien apertou os maxilares ao olhar para Aubrey. – Sugiro que vá embora antes que resolva lhe dar um tiro.

Vanessa, alarmada, apertou ainda mais seu braço.

– Eu lhe peço, não lhe faça mal...

Damien se libertou dela.

– Não tenho aspirações em relação à riqueza de sua irmã, Lord Sinclair – insistiu Aubrey. – E sei que devo conquistar o direito de amá-la. Mas farei isso, juro.

– Entretanto, esconde-se por trás de suas saias como fez com sua irmã, deixando nas costas dela suas dívidas de jogo.

Aubrey deu um passo à frente, de punho cerrado, com a raiva refletida em sua expressão, mas, ouvindo Olivia dar um grito de susto, deteve-se bruscamente e olhou para ela. Os dois trocaram um olhar de ternura, de decisão.

– Por você, meu amor – disse ele –, vou-me embora... por ora.

Vanessa compreendeu que ele não renunciaria à luta. Aubrey podia se retirar agora, mas voltaria a lutar outro dia. Tremeu ao pensar no que podia acontecer então.

Observou-o pegar o chapéu de cima do banco e cumprimentá-las em despedida. Com um olhar persistente para Olivia, ele se foi.

Depois que ele partiu, Olivia começou a soluçar, indignada, e então voltou-se para o irmão, acusando-o:

– Você não tinha o direito de mandá-lo embora.

Damien ignorou suas lágrimas e chamou o criado, que permanecera a certa distância do passeio onde estavam, no jardim.

– Leve a senhorita para casa.

Olivia cravou nele seus olhos, dizendo:

– Se fizer Aubrey ir embora, vou odiá-lo para sempre.

Damien apertou os lábios mas nada respondeu. Passado um momento, levaram Olivia do jardim e ele ficou a sós com Vanessa.

O silêncio que se seguiu estava carregado de tensão. Vanessa enfrentou Damien com ar de desafio, e suas emoções estavam divididas entre a raiva pela crueldade de Damien, a culpa de haver traído sua confiança e o desejo desesperado de fazê-lo recuperar a razão. Vinha temendo esse confronto desde que seu irmão aparecera em Rosewood.

– Suponho que você vai me explicar por que permitiu que seu irmão voltasse a atormentar minha irmã – disse Damien, em voz baixa e tensa.

Vanessa inspirou profundamente. Pelo menos ele estava lhe dando oportunidade para se explicar.

– Aubrey não havia ficado a sós com ela até a semana passada, quando fomos para Londres – disse com firmeza. – Assegurei-me disso.

– No entanto, conspirou com eles às minhas costas, estimulando seus encontros secretos.

– Não era conspiração. Simplesmente facilitei a oportunidade de que descobrissem até que ponto eram sérios os sentimentos de um pelo outro.

– *Maldição*! Como acompanhante de Olivia, você era responsável pelo seu bem-estar!

A ferocidade contida no tom de Damien a fez compreender quão perto ele estava de perder o controle.

– Sei perfeitamente quais são minhas responsabilidades para com Olivia – respondeu Vanessa de modo tranquilo. – E fiz o que acreditava ser o melhor para ela.

– Para ela? Espera que eu acredite que não estavam maquinando para melhorar a fortuna de seu irmão?

Vanessa olhou fixamente os olhos cinzentos e abrasadores de Damien, dizendo:

– Não estava *maquinando*, garanto-lhe. Os desejos de Aubrey mal penetraram em meu pensamento. O que me preocupa é a felicidade de Olivia. Ela estava obviamente infeliz sem ele. E o será ainda mais se você não der seu consentimento para o casamento.

Ao ver que ele não respondia, Vanessa acrescentou com tranquila intensidade:

– Olivia é capaz de tomar essa decisão por si mesma, Damien, e deve ter esse direito; como minhas próprias irmãs, que poderão escolher com quem vão se casar.

Com os maxilares cerrados, Damien ficou andando de um lado para outro sob a tília. Levantou o punho como se fosse socar o tronco da árvore.

– Seu irmão não é mais que um caçador de fortuna, um velhaco. Arruinou a vida de Olivia. Nego-me a confiar minha irmã a esse moleque vagabundo.

– Talvez Aubrey tenha sido o que você diz, mas ele mudou muito. Está realmente envergonhado do que fez, não só por ter causado dano físico a Olivia, como também por ter manchado sua reputação. Está empenhado em se corrigir... em reparar esses danos. Ele honestamente lhe ofereceu a proteção de seu nome em casamento, e acho que você estaria muito enganado se não levasse seu pedido em consideração.

Ao ver que Damien se negava a responder, Vanessa continuou a argumentar:

– Na verdade, seria uma boa opção para os dois. Não fosse pelo seu comportamento lamentável com ela, Aubrey seria um partido bem bom para Olivia. Seu título de nobreza supera o seu. É educado e inteligente, e embora podendo perder o resto de sua herança para você, tem esperança de conseguir um emprego. Atualmente encontrou trabalho na região como secretário social de um de seus vizinhos. Foi isso que acabou me convencendo de sua sinceridade. Nunca o havia visto tão decidido e sério como está agora. Creio que está realmente apaixonado. – Fez uma pausa e prosseguiu: – O que importa realmente é que Olivia o queira.

Damien emitiu um som rouco, de zombaria.

– O que sabe de amor uma garota da idade dela?

– Sem dúvida, sabe mais que você.

Ele virou a cabeça e fixou nela um olhar furioso.

– Olivia quer conhecer seu próprio coração, Damien. Se ela o escolheu, que direito você tem de se pôr em seu caminho?

A fúria relampejava nos olhos de Damien como fogo prateado.

– Sendo seu irmão, não só tenho o direito mas também o dever de protegê-la de velhacos sem escrúpulos como seu irmão.

– Você a protegeria se permitisse esse casamento. Pense nisso: se ela se casar com Aubrey, será viscondessa. Solteira, sempre terá que conviver com o estigma de seu escândalo.

– Então você a casaria com esse depravado?

– E qual é a alternativa? Ela talvez pudesse encontrar um partido melhor do que meu irmão, mas a escolha seria de seu coração? Não há nada pior do que a pessoa estar presa num casamento sem amor, acredite em mim, eu sei. Também poderia escolher não se casar, ficar solteira, mas essa é uma vida muito solitária para uma mulher: sem marido, sem filhos. Em minha opinião, Olivia já ficou sozinha muito tempo.

Vanessa voltou para ele um olhar frio.

– Naturalmente, pode buscar companhia fora do casamento. Mas duvido que você fosse querer que sua irmã escolhesse o caminho que tomei: tornar-se amante de algum cavalheiro rico.

Seus olhares se chocaram, e Vanessa compreendeu que o havia atingido em cheio.

– As circunstâncias são totalmente diferentes – respondeu, nervoso.

– É evidente que são. Como herdeira, Olivia tem opções que nunca tive. Se você lhe der sua permissão.

– Você parece decidida a me transformar no vilão desta peça.

– Não, simplesmente estou decidida a convencê-lo a olhar as coisas de mente aberta.

Seu lábio se curvou.

– Há dois meses, Rutherford era um jogador, um sujeito pervertido. Como você pode saber se essa transformação milagrosa de sua vontade vai durar?

– Não posso. Só sei que, no fundo, Aubrey é um bom homem. E acredito que fará o impossível para não voltar a fazer mal a Olivia.

Damien apertou os maxilares.

– Esse é um risco que não estou disposto a correr.

Vanessa bateu o pé no chão com frustração e desespero, enquanto elevava a voz com raiva:

– Não lhe ocorre que essa condenação que você faz de Aubrey é muito hipócrita? Como você pode ser um juiz correto do caráter de alguém, justo você, um homem com um passado pavoroso e uma reputação de depravado?

Não recebendo resposta, Vanessa sorriu estranhamente.

– Diga-me, Lord Sin, por acaso meu irmão é mais depravado ou dissoluto que você? Pode ser que você não deseje ou não mereça a oportunidade de demonstrar que pode amar e ser amado, mas há homens que querem realmente se redimir.

Ela esperou, mas ele continuou em silêncio. Por fim, Vanessa deixou cair os ombros.

– Por favor, me desculpe, vou consolar Olivia. Suponho que será bom para ela nesses momentos contar com alguém que a compreenda.

Virou-se e se foi.

Damien cerrou os olhos com força e recostou-se no tronco da árvore. Ainda queria socar alguma coisa. No entanto, a sinceridade de Vanessa havia conseguido fazê-lo parar.

Não era surpreendente ouvi-la advogar tão apaixonadamente a causa do irmão. Ele não teria esperado menos, embora, por estranho que parecesse, tivesse acreditado nela quando dissera que não havia conspirado com Rutherford para que ele voltasse a perseguir Olivia.

No entanto, o último comentário que Vanessa fizera sobre seu próprio caráter o havia ferido profundamente. "Como você pode ser um juiz correto do caráter de alguém, justo você, um homem com um passado pavoroso e uma reputação de depravado?"

Damien olhava para os amplos jardins, quase sem perceber o fragrante aroma das rosas que o rodeavam. O que ele havia dito que não era correto?

Se olhasse para si mesmo através dos olhos dela, o que veria? Um nobre entediado impulsionado por uma insaciável inquietude, ocupado na incansável busca de prazeres e vícios. Sempre havia feito o impossível para estar à altura de sua alcunha de Lord Sin, enchendo o mundo de jogos sofisticados e depravação sensual. Para Vanessa, em comparação, seu irmão devia ser verdadeiramente inocente.

Mesmo assim, sua própria conduta nada tinha a ver com aquele caso. A única coisa que estava em questão era se Rutherford era digno da mão de Olivia.

E a resposta era um enfático *não*.

Damien apertava os maxilares enquanto renovava sua resolução. Apesar da leal defesa que Vanessa fizera de Aubrey, ele não estava disposto a entregar sua querida e inocente irmã a tal homem. Simplesmente, Olivia teria de superar seu capricho.

Era algo que podia ser feito; ele havia demonstrado isso com Vanessa. Com perseverança, até os mais profundos laços podiam ser desfeitos.

17

Rosewood estava um campo de batalha. A raiva era palpável na casa. Até os criados a sentiam. Vanessa soube, pela guardiã das chaves, que a desavença entre o senhor e sua irmã lhes lembrava os conflitos entre o barão anterior e sua esposa.

Vanessa fazia o possível para aliviar a tensão, mas com Olivia fechada em seu quarto e Damien fora de casa, pois ficava cavalgando por longos períodos, não sabia como resolver as coisas. Especialmente porque inequivocamente havia tomado partido no desentendimento.

Deu um jeito de perguntar a Olivia quais eram seus verdadeiros sentimentos a respeito de Aubrey, o que só conseguiu aborrecer ainda mais a jovem.

– Só quero estar segura de que você está convencida de seus sentimentos – disse Vanessa em tom tranquilizador.

– Já não quero castigá-lo fazendo-o unir-se a uma inválida, se é o que a preocupa – respondeu Olivia. – Sei que antes pensava assim, mas estava magoada e zangada. E agora há uma probabilidade maior de que minha doença não seja permanente. – Hesitou um instante, depois perguntou: – Está querendo dizer que meu casamento com seu irmão seria um erro?

– Não, absolutamente. Só acho que ficar solteira é preferível a fazer um mau casamento. – Esboçou um sorriso de desculpa. – Talvez eu não seja a pessoa certa para aconselhá-la sobre assuntos do coração, levando em conta o fracasso que foi meu casamento. Mesmo assim, não sendo experiente, acho que, se você o ama de verdade...

– Eu o amo! Sempre amei. E ele também me ama.

– Mesmo assim, é preciso levar em conta algumas questões práticas. Nossa família, embora bem relacionada, nunca foi rica. Os credores vivem atrás de Aubrey. Você nunca teve que enfrentar dificuldades financeiras, Olivia. Se seu irmão não libera sua fortuna porque você desafia os desejos dele, você pode ficar numa situação difícil. Não será fácil para você renunciar a tudo isso. – Vanessa fez essa afirmação com um gesto que abrangia todo o aposento.

– Não me importa – disse Olivia, inflexível. – Tive *isso* durante toda a minha vida e não vou sentir falta. Sei muito bem que riqueza não compra felicidade, amor, calor, uma família e nem mesmo um verdadeiro lar. Aubrey me falou de Fanny e Charlotte, e quero ter irmãs como elas, como você. Quero fazer parte de sua família. Quero ser esposa de Aubrey, Vanessa.

– Bem, então você será – respondeu Vanessa com absoluta sinceridade.

Satisfeita por ver que a garota estava realmente apaixonada, ela se absteve de expressar suas recentes preocupações: Damien podia evitar o casamento simplesmente dando um tiro em seu irmão.

E mesmo que ele não apelasse para a violência física, ainda possuía uma poderosa influência financeira. Vanessa se lembrou de que Olivia não sabia de toda a história da dívida de seu irmão, nem do trato que Damien havia feito com ela para saldá-la em troca de ela se tornar sua amante. As propriedades Rutherford ainda podiam estar penhoradas. Se Damien quisesse, podia romper o trato e levar até o fim a vingança que planejava, reclamando todas as propriedades de Aubrey, inclusive a mansão da família. Então Olivia não teria nem sequer uma casa onde morar.

Vanessa apertou os lábios enquanto tentava se convencer de que sua preocupação era infundada. Damien podia ser um perfeito crápula, mas não acreditava que ele não fosse honrado. Enquanto ela cumprisse seus deveres como amante de modo satisfatório, era obrigado a manter seu acordo.

Foi quase um alívio saber que no dia seguinte Damien esperava um grupo de amigos e que a cozinheira recebera ordens para preparar um jantar suntuoso. Vanessa esperava que a companhia deles pudesse, quem sabe, aliviar aquela atmosfera sombria. E, estando ocupado com seus convidados, Damien teria menos oportunidade de fazer algum mal a seu irmão.

No dia seguinte, ela se levantou cedo. Encontrou Damien à mesa do café da manhã, antes que ele saísse para passar o dia fora de casa. Quando quis saber quem eram seus convidados, ele respondeu com bastante má vontade:

– São membros da Liga Fogo do Inferno. Lamentavelmente, não pude deixar de convidá-los. Estão a caminho de um couto de caça aqui perto e passarão a noite em Rosewood. É conveniente que Olivia esteja indisposta.

Vanessa supôs que ele não desejava que seus amigos crápulas chegassem perto de sua inocente irmã.

– Quer que eu esteja presente ao jantar?

– Só se lhe interessar.

– Há alguma razão para que eu não compareça?

– Duvido que meus amigos dissolutos sejam do seu agrado – respondeu, levantando uma sobrancelha com sarcasmo.

Ela respondeu com a mesma frieza:

– Talvez não sejam, mas essa poderia ser uma oportunidade de aferir meus progressos com seus excelentes ensinamentos. E conhecê-los pode ser benéfico para minha nova carreira. Seus amigos são exatamente o tipo de clientes que preciso atrair, não é verdade?

Damien encarou-a durante um bom tempo. Depois deu de ombros.

– Faça o que quiser. Depois do jantar, provavelmente vamos jogar cartas, e sempre fazemos apostas elevadas. Como disse, a experiência talvez possa ser-lhe útil.

Apesar de sua fingida indiferença, Damien lamentava muito a prometida visita de seus amigos. Geralmente gostava bastante de recebê-los e da camaradagem que seus colegas da Liga Fogo do Inferno lhe proporcionavam. Poucos anos atrás, estava sempre disposto a qualquer diversão, por mais escandalosa ou extravagante que fosse. Talvez agora sua noção de diversão estivesse mudada, mas os entretenimentos que em outra época despertavam seu interesse agora lhe pareciam superficiais e de mau gosto.

Sua mudança se devia em parte ao recém-descoberto sentido de responsabilidade que experimentara depois do acidente de Olivia. Com certeza, não desejava ver sua jovem irmã exposta a elementos como Lord Clune e os outros crápulas que constituíam a associação. No entanto, era mais Vanessa que Olivia quem ele sentia necessidade de proteger. Clune já havia feito várias observações a respeito da disponibilidade de Vanessa. Convidá-la para uma reunião de libertinos só a transformaria num alvo para suas propostas e avanços.

Damien apertou os maxilares. Havia concordado em ensinar a Vanessa como atrair um cliente rico, mas não queria continuar apoiando seu projeto por mais tempo.

Seu ânimo sombrio não havia melhorado naquela tarde em que chegaram seus amigos. No entanto, Clune estava exultante, rindo de uma peça que havia pregado em Lord Lambton, a quem pertencia o couto de caça a que iam.

– Receio que Lambton não possa vir – disse a Damien. – Parece que acordou esta manhã no Hyde Park, depois de uma noite de bebedeira. De algum modo, foi misteriosamente transportado para lá durante a noite, com sua cama e tudo. Por azar, pegou um resfriado ao voltar para casa coberto só por um lençol, mas eu me ofereço para ser o anfitrião em seu lugar.

Dos onze cavalheiros que acompanhavam Clune, todos eram bem conhecidos de Damien, exceto um recém-chegado, um americano primo do conde de Wycliff. Dizia-se que Nicholas Sabine dirigia um império de navios na Virgínia e que estava visitando a Inglaterra para concluir vários acordos comerciais lucrativos. Graças a suas relações familiares nobres, fora convidado a juntar-se à Liga Fogo do Inferno.

– É muito generoso de sua parte permitir que um desconhecido abuse de sua hospitalidade, Lord Sinclair – disse Sabine ao serem apresentados.

– Não é abuso nenhum – respondeu Damien tranquilamente. – E não pode ser considerado um desconhecido, se Jeremy responde por você.

– Realmente respondo por ele – interveio Clune. – O rapaz é de boa classe, embora seja um ianque e um negociante. Sua última remessa de rum jamaicano é de primeira qualidade, eu garanto.

Sabine não se ofendeu com as gargalhadas amistosas que se seguiram, e, na realidade, parecia se dar bem com os colegas. Alto, atlético e louro, tinha o aspecto de um aventureiro; pele bronzeada como a de um marinheiro e olhos negros cujo olhar sugeria uma inteligência aguda.

Manteve calmo o fogo desses olhos escuros enquanto os cavalheiros se reuniam no salão para jantar. Mas depois a conversa se deslocou para o apresamento de marinheiros americanos pela marinha britânica. Por seus comentários contundentes e a dureza de seu olhar, ficou evidente que o assunto lhe desagradava profundamente.

No exato momento em que Damien se propunha desviar a discussão para águas menos perigosas, Vanessa decidiu juntar-se a eles. A conversa se interrompeu bruscamente, enquanto os cavalheiros se levantavam, entusiasmados.

Ela usava um vestido de seda azul-gelo que Damien comprara para ela na recente viagem que haviam feito a Londres. O modelo valorizava sua impressionante figura e acentuava sua beleza morena. Enquanto Damien apresentava Lady Wyndham a todos eles, estava perfeitamente consciente dos olhares masculinos de admiração e curiosidade que dirigiam a ela.

A expressão de cobiça de Clune em particular despertou sua cólera, e a única coisa que conseguiu fazer foi manter um ar impassível e os punhos fechados.

Sua tensão continuou a se elevar quando foram jantar. Da extremidade mais distante da mesa, observava como Vanessa encantava a todos. Ao que parecia, conhecia alguns dos cavalheiros da época de seu casamento, e não tinha nenhuma dificuldade para manter uma animada conversa com eles.

Vanessa mostrava um notável interesse pelo que o americano Nicholas Sabine contava, embora Damien não conseguisse saber ao certo se era pelos Estados Unidos ou pelo próprio Sabine que ela estava fascinada. No entanto, reconhecia que sentia ciúme e fazia todo o possível para mantê-lo sob controle.

Infelizmente, todo o possível se mostrou de fato insuficiente. Cada vez que a risada de Vanessa chegava até a extremidade da mesa, Damien apertava os maxilares. E, cada vez que ela presenteava um dos convidados com um sorriso suave e sensual, ele praguejava interiormente.

Maldição! Aquele sorriso tentador era uma arma que ele lhe ensinara, e Vanessa a estava usando com absoluta precisão.

Damien se esforçava para conter a perturbadora pressa que sentia para tirá-la dali, para afastá-la da vista de seus lascivos amigos, mas a ironia da situação não lhe escapava. Ele se saíra muito bem ao educar Vanessa para se tornar uma amante perfeita, até acima de suas expectativas, e seu próprio êxito o deixava furioso.

Ao término do jantar, quando Lady Wyndham deixou os cavalheiros tomando seu porto, sutilmente eles começaram a interrogar Damien sobre ela. Mesmo assim, ele se negou a satisfazer sua curiosidade, repetindo apenas que ela era a acompanhante de sua irmã. Os convidados não se demoraram a ir ter com ela no salão. Quando Clune pediu o baralho, o pessoal formou duas mesas de jogo, um diferente do outro.

Vanessa não aceitou participar de nenhuma delas, dizendo com um sorriso encantador:

– Receio que seja muita coisa para mim, mas ficarei honrada só de olhar.

Ficou observando o jogo durante algum tempo e se retirou à meia-noite, apesar dos vários pedidos para que ficasse. Damien ficou contente ao ver que ela se ia. Fora difícil para ele jogar com ela ali. Sua concentração ficou dividida entre mantê-la sob observação e prestar atenção no jogo.

À medida que a noite avançava, o excelente vinho e o conhaque fluíam livremente, enquanto a sorte dos jogadores se esgotava. Não demorou muito e começaram a se retirar, um depois do outro, até que ficaram apenas Damien e Clune.

Com uma olhada para o relógio de bronze dourado que ficava no aparador da chaminé, Damien viu que eram quase três horas da manhã. Depois de algum tempo de conversa vazia, ele entendeu que Clune ficara ali com um propósito e que ele tinha a ver com Vanessa.

– Você não foi muito amável com a acompanhante de sua irmã, meu amigo, o que simplesmente só serviu para despertar o interesse de todos nós. Só posso deduzir que sua intenção era... deixar a todos nós verdes de inveja.

– Sua dedução não está correta – respondeu Damien enquanto servia mais dois dedos de conhaque a seu convidado.

– Posso compreender sua fascinação por Lady Wyndham. Essa combinação de beleza e inteligência é rara e acaba sendo deslumbrante. Mas não é muito gentil de sua parte não nos dar uma oportunidade de participar, Sin. Talvez não se negue a fazer uma pequena aposta.

– Uma aposta? Em que está pensando?

– Todos os meus cavalos cinzentos pela oportunidade de conquistar Lady Wyndham.

Damien apertou os maxilares.

– Ela não me pertence.

– Talvez não, mas você tem preferência na escolha. Procurarei evitar caçar em couto particular essa luxuosa peça sem sua autorização expressa.

Damien procurou controlar a cólera que sentia.

– Ela é uma dama, Clune, apesar das circunstâncias.

– Perdoe-me, sua *dama*, então. Estou pronto para aumentar a aposta, embora saiba que a negociação vai ser dura. Diga-me quais são suas condições.

– Clune, parece que você não está entendendo. Ela não está à venda.

– Todas as mulheres estão – respondeu de modo cínico seu nobre convidado. – A única questão está no preço.

Vendo que Damien não respondia, Clune continuou:

– Seu talento deve ser notável, se você está tão empenhado em conservá-la só para si. Mas creio que um homem de gosto tão exigente como você acaba se cansando, inclusive dela.

Damien contemplou a bebida que restava em seu copo, mas o que via nas profundezas douradas na verdade eram os lindos olhos de Vanessa. Já começara a duvidar de que pudesse se cansar dela.

Seu silêncio deixou impaciente o conde.

– Tenho pelo menos sua permissão para persegui-la quando terminar a relação?

– Não.

Clune levantou uma sobrancelha.

– Não? Não é próprio de você ser tão possessivo, Sin. Até agora, as mulheres só foram para você diversões passageiras, um prazer momentâneo. Sempre esteve decidido a não se apaixonar por suas amantes.

Damien entortou a boca, zombando de si mesmo.

– É, tenho feito isso.

O amigo o examinou por um bom tempo e depois deu um assovio.

– Não me diga que o esquivo Lord Sin finalmente foi capturado.

Damien apurou o conhaque em sua taça, sentindo o fogo lhe arder na garganta.

– Não vou lhe dizer isso. Você não pode ter Lady Wyndham porque ela é acompanhante de minha irmã.

Um sorriso divertido se estendeu pelos finos lábios de Clune.

– Está me parecendo que há algo mais que isso. Está certo de que não se apaixonou por ela e simplesmente se nega a admitir isso?

Damien sustentou o olhar perscrutador do amigo, mas seus olhos agudos pareciam ver através dele.

Clune deixou escapar uma risadinha de assombro.

– Que grande piada! O coração mais duro de todos nós, o primeiro a admitir a derrota!

– Não acha que está se precipitando em suas conclusões?

– É? – perguntou o outro com alegre e atraente malícia. – Se quiser, pode negar tudo, mas não vou acreditar.

Então balançou a cabeça e se levantou.

– Melhor tomar cuidado, ou um solteiro empedernido como você poderia de repente se ver diante de um padre.

Deixou Damien entregue a seus próprios pensamentos, que imediatamente começaram a rodopiar caoticamente. "Um padre? Casamento?"

Até aquele momento, nunca considerara a probabilidade de se casar com Vanessa. No entanto, a verdade é que essa era uma solução prática para o problema que ela representava...

Inclusive oferecia vantagens, sendo a principal delas que Vanessa podia permanecer em Rosewood como acompanhante de sua irmã. O casamento seria apenas uma formalidade, o que os deixaria livres para seguir cada um a sua vida.

Fechou os olhos por um instante, enquanto digeria a enormidade daquilo em que estava pensando. *Casamento*. Era melhor que as alternativas anteriores.

Na verdade, não estava disposto a cedê-la a tipos como Clune nem a mais ninguém. Pensar que ela podia sentir prazer com qualquer outro era intolerável. Como era intolerável a perspectiva de que ela ganhasse a vida com seu corpo.

Damien estremeceu. Como havia podido aprovar algum dia semelhante paródia? Não, não simplesmente aprovar, mas estimular!

A lembrança da voz suave de Vanessa no jardim o agitava com violência. “Como herdeira, Olivia tem opções que nunca tive.” Ele as havia limitado ainda mais ao obrigá-la a se tornar sua amante. E depois havia contribuído para que desenvolvesse suas habilidades sensuais para atrair um cliente rico, a fim de que ele pudesse se livrar de sua obsessão.

Damien olhou para sua taça sem ver. Só recentemente havia começado a admitir a profundidade da desgraça que causara. A vergonha era uma experiência rara para ele, mas agora a sentia como uma faca em seu interior. Vergonha e remorso. Havia feito muito mal a Vanessa. Fizera que ela descesse ao seu nível, manchara o que restara de seu bom nome.

Casar-se com ela seria o melhor modo de reparar sua reputação empanada, de protegê-la de libertinos como Clune.

Seria também, refletiu Damien com amargura, um castigo para si mesmo, porque com isso ficaria para sempre ligado à sua obsessão.

Na manhã seguinte, esperou que seus convidados se fossem antes de ir procurar Vanessa. Encontrou-a lendo na biblioteca. Estava enroscada no assento da janela, sentada sobre as pernas, uma posição que adotava sempre nos seus passados encontros altas horas da noite.

Junto com uma profunda tristeza, Damien sentiu uma pontada no peito. No passado, Vanessa o teria olhado e sorrido. Como sentia falta de seu sorriso! Agora, entre eles havia apenas uma raiva amarga.

E era a raiva que ele mais lamentava. Isso e perder sua amizade. A doçura desaparecera; ele a desterrara intencionalmente.

Da porta, Damien ficou a observá-la por mais um momento, percorrendo com os olhos seu encantador perfil, a delicada curva de sua face. Foi inundado por uma mistura de desejo e ternura, intensamente impregnada de nervosismo.

Apertou os maxilares diante da ironia. Seus colegas da Liga do Fogo do Inferno ririam estrepitosamente se vissem o perverso Lord Sin de joelhos trêmulos na presença de uma mulher. Mas essa situação era completamente estranha para ele. Em sua longa e licenciosa carreira, havia feito propostas a muitas mulheres, mas nunca chegara a um passo tão sério.

Como se pressentisse sua presença, Vanessa levantou os olhos do livro.

– Deseja algo de mim?

"Sim, desejo-a mais do que nunca desejei a nenhuma mulher", pensou.

Damien entrou lentamente na sala. Parou a curta distância dela e limpou a garganta.

– Tenho uma proposta a lhe fazer.

– É?

O lenço parecia lhe apertar muito o pescoço. Aproximou-se da lareira apagada e ficou olhando fixamente para ela.

– Literalmente, uma proposta... Queria pedi-la formalmente em casamento.

O silêncio que se seguiu foi total.

Quando compreendeu que ela não ia responder, Damien a olhou por cima do ombro. Vanessa empalidecera.

– Por quê? – perguntou ela finalmente.

Não era a reação que ele esperava. Ela parecia assustada e cautelosa.

– Por quê? – repetiu ele, perplexo.

– Por que está me pedindo em casamento, se a vingança planejada está chegando ao fim sem problemas?

"Porque não está absolutamente chegando ao fim sem problemas."

– Porque é uma solução lógica para sua atual dificuldade. Você quer um cliente rico, e eu sou bastante rico.

Os olhos de Vanessa ficaram sombrios como um oceano iluminado pela lua, mas com muito mais turbulência.

– Casei-me uma vez por dinheiro, e foi um desastre.

– Creio que não se podem comparar as situações.

– Não, suponho que não. – Distraída, deixou de lado o livro. – Entendo as vantagens financeiras que nosso casamento me traria, mas isso não explica por que *você* quer se casar.

– Chame isso de crise de consciência.

– Não estou certa sobre o que você quer dizer.

– Estava errado ao insistir em que você fosse minha amante. Para mim, esse é um modo de consertar isso.

– Está se referindo a voltar atrás em nosso acordo? Reclamar as propriedades da família que meu irmão perdeu para você?

– Não, não foi isso que eu quis dizer – explicou-se Damien, um tanto impaciente. Seu coração disparou só de imaginar que ela poderia pensar que ele seria capaz de agir assim. Além disso, ganhara sua desconfiança. – Você cumpriu o trato mais do que adequadamente.

– Então, por que acha que precisa consertar alguma coisa?

– Compreendi como é insustentável a situação em que a coloquei. Sinceramente, me perturba pensar que a iniciei na prostituição. Para reparar isso, estou disposto a lhe oferecer a proteção de meu nome e de minha fortuna.

Ela ficou examinando-o por um bom tempo.

– Está fazendo isso por culpa? Não o prenderei por isso, Damien.

Ele curvou os lábios num sorriso sem humor.

– Culpa é uma razão tão boa quanto outra qualquer para alguém se casar.

Os olhos negros de Vanessa permaneceram firmes.

– Para mim não é – disse ela, inspirando profundamente. – Em circunstâncias como esta, milorde, creio que a etiqueta recomenda que se expresse gratidão. Assim faço eu, pois. Sinto-me honrada e elogiada por sua oferta generosa, mas devo cortesmente declinar dessa honra.

Damien se felicitou por ser tão experiente em esconder seus sentimentos, porque isso lhe permitiu ocultar a confusão em que estava.

– Poderia me dar uma explicação para sua negativa?

– Um casamento entre nós nunca daria certo.

– Acho que não sou obtuso, mas não compreendo por que não.

– Você não me ama – disse ela, simplesmente.

– Amor? – Damien franziu o cenho com cinismo. – O que tem o amor a ver com isso?

– Prometi não me casar de novo sem amor.

Os traços de Damien se tornaram um pouco mais suaves.

– Nunca trataria você como fazia o grosseiro do seu marido.

– Talvez conscientemente não tenha intenção disso, mas pode ser que não consiga evitá-lo. Você nunca seria feliz por ter que honrar os votos do casamento, e eu seria infeliz com menos que isso.

Ele a encarou.

– Está pedindo felicidade?

– Suponho que sim.

Ao ver que ele não respondia, Vanessa olhou-o com tristeza. Damien era um libertino nato, uma alma inquieta, incapaz de amar.

No momento, ele desejava seu corpo. No entanto, uma vez que seu desejo por ela deixasse de existir, ele sem dúvida voltaria a ser o mesmo de antes, causando-lhe a mesma infelicidade que sofrera com seu falecido marido. Não poderia suportar amar Damien tão desesperadamente e ser traída por ele.

– Nós não somos de jeito nenhum compatíveis – acrescentou em voz baixa. – A vida que você leva... não é o tipo de vida que eu escolheria para mim de novo. Já tive suficientes escândalos e libertinagem.

– Se você embarcar na carreira de prostituta, provavelmente vai encontrar ambos.

– Talvez. Mas pelo menos será sob minhas próprias condições. Como sua esposa, teria poucos direitos. Legalmente, seria pouco mais que uma propriedade sua. É preferível me tornar prostituta a suportar um casamento miserável.

– Está certa de que o nosso seria assim?

– Para mim, sim.

Viu quando um músculo em seu maxilar se contraiu, e ela estendeu as mãos num gesto de conciliação.

– Não temos nada em comum, Damien.

– Eu diria que temos muito em comum.

Caminhou resolutamente na direção dela.

– Por exemplo, paixão.

Tomou-a pelas mãos, fez que avançasse até ele e a estreitou contra seu corpo. O breve beijo que lhe deu para demonstrar que estava certo foi terrível, e a deixou sem fôlego de desejo.

– Não pode dizer que somos fisicamente incompatíveis – afirmou Damien em voz baixa e decidida. – Seu corpo a desmentiria.

Vanessa mordeu o lábio, sabendo que ele estava consciente de seu rubor, das rápidas batidas de seu coração e de seus mamilos endurecidos de desejo.

– Você excita meu corpo. Não posso negar. Mas casamento deve ser algo mais que gratificação sexual. Deve significar amor, dedicação, compromisso. Construir um lar e uma família. Você não quer uma família e nem uma esposa. Eu ia querer ter filhos algum dia, Damien. E você, é claro que não.

Ele ficou rígido.

– Duvido que eu pudesse ser um bom pai; veja o sucesso que tive com minha irmã. Mas admito que tenho um dever, por ostentar um título. Não faria nenhuma objeção em conceber um filho em algum momento no futuro.

– Eu nunca traria um filho ao seu mundo – disse ela, em voz baixa e sombria.

Pela primeira vez, Damien teve um acesso de raiva.

– Talvez devesse ter escolhido um cenário mais romântico. Talvez você achasse minha proposta mais razoável se a tivesse feito com rosas e à luz da lua.

– Rosas e a luz da lua não me induziriam a me casar com você. – Ao ver que ele apertava os maxilares, Vanessa balançou a cabeça. – Vamos,

Damien, na verdade você não quer se casar comigo. Não significo nada para você.

Os olhos dele ficaram sombrios; alguma coisa sutil e perigosa se movia em suas profundezas cinzentas.

– Poderia debater seriamente esse ponto.

Pegou a mão dela e pressionou a palma contra sua virilha, fazendo que ela notasse sua dureza.

– Esse é um sinal de indiferença em um homem?

Vanessa ergueu o queixo diante sua intenção de intimidade.

– Esse é um sinal de um homem com vorazes apetites sexuais... e não tenho nenhuma dúvida de que há inúmeras mulheres ansiosas para satisfazê-los.

– Parece que também há um certo número de homens desejosos de satisfazer os seus – replicou Damien enquanto ela se afastava dele. – Clune quis apostar comigo para obter seus serviços sexuais. Você sabia disso?

– E você apostou?

– Não.

– Confesso que você me deixa assombrada. Um jogador como você está sempre disposto a apostar.

Com os olhos acesos e brilhantes como prata fundida, ele lhe dirigiu um olhar pétreo.

– Não aprovo que você entregue seu corpo a elementos como Clune.

Vanessa, em desafio, devolveu seu olhar, e outro pensamento lhe veio à mente.

– Como é possível que esteja com ciúme de seu amigo? Em que consistia a aposta? Ele ofendeu seu senso de posse?

Pela primeira vez, Vanessa viu vulnerabilidade no rosto de Damien. Baixinho, deixou escapar um leve suspiro.

– Esteja certo de que não sinto a menor vontade de ter Lord Clune como amante ou protetor; na verdade, nem a nenhum de seus amigos. E pode tranquilizar sua consciência, que você não é responsável por meus atos nem por meu bem-estar. Não é preciso que se sinta nem um pouquinho culpado.

– Não é tão simples – objetou Damien, de dentes cerrados.

– Não? – Vanessa fez uma pausa para dar trégua a sua própria raiva. – Se minha negativa o irrita, isso ocorre só porque você está acostumado a sempre dar as cartas. Mas algum dia vai se sentir afortunado por ter escapado de minhas garras.

Pela segunda vez em poucos dias, virou-se e se afastou dele, dessa vez deixando-o só na tranquila biblioteca.

Damien praguejou e deixou-se cair numa poltrona.

Estava de fato com ciúme, mas essa não era a principal emoção que sentia por Vanessa.

Que ela se danasse. Por que sentia essa febre, esse desesperado apetite só com ela?

Damien praguejou de novo. Só queria seduzi-la, não sentir carinho nem desejá-la. O diabo é que ele é que fora seduzido. Ela havia deslizado por suas defesas, mesmo tendo sido ele a tentar destruir as dela. Desejava-a até o ponto de sentir dor.

Mas querê-la, ao que parecia, não bastava. Para ela... ou para ele.

18

Vanessa estava de pé na janela de seu quarto, olhando sem ver os jardins de rosas. Teria cometido um grande erro recusando a proposta de casamento de Damien?

Durante os três dias seguintes àquela assombrosa proposta, fizera-se essa pergunta centenas de vezes, repassando todas as nuanças da conversa, toda a sutileza de emoção na expressão e no tom de voz de Damien.

Não encontrara o que procurava tão ansiosamente. Nem sequer um vislumbre de amor. E sem amor o casamento entre eles estaria condenado.

Damien nunca estaria disposto a assentar a cabeça com uma mulher, a renunciar à sua vida desenfreada. Só o amor podia ter a faculdade de mudá-lo, mas ele não a amava. Aquela era a dura e amarga verdade.

Vanessa deu um suspiro profundo. O verão estava quase acabando. Seu prazo como amante dele estava praticamente terminado. Logo ela estaria em liberdade para ir embora e levar consigo seu coração ferido. Livre para começar a reconstruir sua vida. Livre para começar a lutar para esquecer Damien.

Uma ligeira batida na porta de seu quarto interrompeu seus melancólicos pensamentos. Era um criado com uma bandeja de prata, que foi autorizado a entrar.

– Peço que me desculpe, milady, mas acaba de chegar uma carruagem com esta mensagem de Lord Clune.

Vanessa se perguntava por que Clune lhe mandaria uma mensagem. Será que tinha algo a ver com Damien? Ele saíra de manhã bem cedo para caçar pombos num couto de caça de seus amigos.

Curiosa, Vanessa quebrou o lacre e leu:

Lady Wyndham,

Não se assuste, mas Sinclair teve um pequeno acidente. Já avisamos o médico, mas Sin reclama sua presença. Minha carruagem está à sua disposição.

Peço-lhe que venha o quanto antes.

O pânico se apoderou dela ao imaginar Damien estendido, ferido, com a alma escapando de seu corpo. Levou a mão à garganta, onde parecia ter ido parar seu coração. Não podia suportar a ideia de que ele morresse. *Não podia.*

– Vou vê-lo – sussurrou baixinho.

Pelo menos teve suficiente presença de espírito para pegar uma capa e dizer ao criado que ia se encontrar com Lord Sinclair, antes de descer correndo a escada e sair pela porta principal em direção à carruagem que a aguardava.

Iam muito rápido, sem parar para trocar de cavalos. Mesmo assim, Vanessa reclamava do atraso. Não conseguia controlar seu temor nem as sombrias imagens que a assaltavam. Continuava se lembrando da última visão de seu marido quando levaram seu corpo para casa depois do duelo. O ferimento fatal a bala no peito, o sangue... A mensagem de Clune dizia que o acidente de Damien não era grave, mas ela não descansaria até ter certeza por si mesma de que ele não estava morrendo.

Quase uma hora se passou antes que a carruagem se desviasse do caminho para pegar um caminho de cascalho com bosques de ambos os lados. Finalmente pararam diante de um belo solar antigo. Vanessa mal reparou no isolamento do lugar, descendo da carruagem sem esperar ajuda.

Subiu quase correndo os degraus da entrada principal e ficou extremamente aliviada quando a porta se abriu e apareceu Lord Clune.

– Como está Damien? – perguntou ela, ofegante.

Clune exibia um sorriso tranquilizador, enquanto a conduzia pelo interior da casa.

– Está muito bem, milady. Está lá em cima descansando, tranquilo.

– Posso vê-lo?

– É claro.

Acompanhou-a pela elegante entrada até uma ampla escada que levava a um longo corredor. Passaram diante de numerosos quartos, aos quais Vanessa não deu atenção. Ao final do corredor, Clune abriu uma porta e afastou-se para um lado para que ela entrasse.

Ansiosa, ela deu três passos e parou bruscamente. A grande cama que dominava o aposento estava vazia. Damien não estava em lugar nenhum.

– Onde ele está? – perguntou, confusa.

– Imagino que ainda não tenha voltado da caçada.

Quando ela se virou e lhe dirigiu um olhar inquisidor, Clune sorriu para ela como que se desculpando.

– Devo rogar por sua indulgência, Lady Wyndham. Espero que não se importe em ser minha convidada por um breve período de tempo.

– Não... estou entendendo.

– Estou querendo pregar uma peça pesada em meu bom amigo Damien, e preciso de sua presença.

– Uma brincadeira? Então... ele não está ferido?

– Não, absolutamente. Foi apenas um ardil para trazê-la aqui.

Vanessa sentiu uma onda de alívio e, logo em seguida, de raiva e alarma.

– Espero que tenha intenção de me dizer para que precisa de minha presença.

Clune exibiu outro sorriso, cheio de encanto e apaziguamento.

– Não precisa temer nada, eu lhe garanto. Milady não sofrerá nenhum dano. Pretendo que seja uma brincadeira bondosa.

No entanto, quando ela fez um movimento no sentido de sair do aposento, ele permaneceu na porta, impedindo sua passagem.

– Pretende reter-me aqui contra a minha vontade?

Clune deu de ombros.

– Só durante algum tempo. Damien vai voltar a qualquer momento.

– Não vai gostar nada de me encontrar aqui.

– Não duvido – concordou tranquilamente o conde. – Mas a oportunidade é muito preciosa para resistir a ela. Há muito tempo que Sin merece uma humilhação pública. – Ele a observou por um instante, depois disse: – Suponho que é pedir demais que coopere comigo, não é?

– É – respondeu Vanessa, furiosa diante de sua insensibilidade.

– Está zangada – disse ele, quase com tristeza.

– Certamente isso não o surpreende. Primeiro me dá um susto de morte, fazendo-me crer que Sinclair está ferido, talvez mortalmente. Agora me diz que devo permanecer como sua prisioneira.

– Receio que sim. Mas é só por diversão.

– Não acho nada divertido seu humor, milorde. – Vanessa inspirou profundamente. – Se permitir que eu volte para casa, não direi nada disso a ninguém, e muito menos a Damien.

– Ah! Isso destruiria meu bem arquitetado plano.

– E qual é exatamente seu plano?

– Obrigar Sinclair a mostrar seu jogo. Mais exatamente, a comprovar o profundo amor que ele sente pela senhora.

– Seu amor?

– Todos estes anos ele jurou que nunca entregaria seu coração. Recentemente, para ser exato, esta semana, disse que não estava apaixonado por ninguém. Mas acho que o poderoso Lord Sin se apaixonou, e pretendo demonstrar isso. Pretendo fazer que ele admita seus sentimentos pela senhora diante da Liga Fogo do Inferno.

– Ou o senhor é um tolo ou está louco.

Clune exibiu novamente aquele sorriso sensual.

– Talvez um pouco das duas coisas, mas eu diria que, de todos, a senhora deveria ser a mais interessada no resultado. Não quer saber se lhe roubou o coração?

– Não! Certamente não dessa maneira.

– Não conheço outro modo de levá-lo ao ponto crucial. E, sinceramente, faço isso pelo seu bem. Se Sin está enganando a si mesmo, é melhor que esteja consciente disso. Tenho uma simples ideia em mente que o impressionará e o fará revelar seus verdadeiros sentimentos.

Vanessa olhou para Clune com cautela.

– Assim, eu sou a isca em seu anzol?

– Exatamente. Em reuniões como estas, a diversão costuma ser de natureza carnal. Darei a entender a Sinclair que a senhora é a principal atração da noitada, e verei como ele reage. Duvido que seja capaz de esconder o ciúme.

– É capaz de sentir mais raiva do que ciúme por estar sendo enganado.

Clune deu um sorriso tolerante.

– Sin e eu sempre fomos amigos. O pior que poderia fazer seria me dar um golpe de direita, mas estou disposto a me arriscar.

Ela já ouvira muito do jargão de boxe de seu irmão para entender o que ele dissera, mas perguntava-se se Damien se contentaria em dar apenas um golpe de direita.

– Naturalmente, não tenho nenhuma intenção de que a senhora realmente se exiba em cena – acrescentou Clune –, mas essa é apenas uma sugestão. No entanto, devo fechá-la aqui por algum tempo, para evitar que tente fugir.

Ela o encarou.

– Espero que fique confortável, milady. Enviarei para cá uma criada com uma xícara de chá... ou vinho, o que preferir.

– Muita generosidade de sua parte – disse Vanessa em tom mordaz.

Ele se retirou sem nada dizer e fechou a porta cuidadosamente atrás de si. Vanessa estremeceu ao ouvir a chave girar na fechadura.

Ainda um pouco aturdida pela mudança de circunstâncias, dirigiu-se à janela e descobriu que também estava fechada. Mesmo que quebrasse o vidro, a altura até o chão era muito grande. Se pulasse, poderia quebrar um tornozelo ou algo pior.

Respirou fundo para acalmar os nervos. Não era como se estivesse realmente cativa. O criado de Rosewood sabia que havia ido para lá.

Mesmo assim, ela não dissera uma palavra sobre o suposto acidente de Damien, receando alarmar toda a casa. Iam achar que estava com ele e não se preocupariam se não voltasse para casa antes da noite.

Virou-se para caminhar pelo quarto. Não se deixaria tomar pelo pânico. Podia suportar a vergonha da extravagante brincadeira de Clune, já que não havia remédio. E parecia não ter outra opção senão seguir adiante.

Com a fúria crescendo novamente, Vanessa fez uma careta de desgosto. Estava provando uma pitada da vergonhosa vida que havia escolhido e da qual, francamente, não gostava. Mesmo assim...

Não sabia se Clune estava agindo para sua própria diversão ou por rancor, mas em todo caso poderia ser inteligente seguir seu jogo. Se Damien a visse indignada, isso só iria exacerbar sua raiva. No entanto, se pudesse evitar que aquela farsa se transformasse em espetáculo público, talvez então ela conseguisse salvar um pouco de sua reputação.

Os caçadores voltaram com um humor jovial e se instalaram na sala de armas com canecas de cerveja; ali todos trocaram histórias incríveis sobre proezas passadas de caçadas sob a benigna vigilância das cabeças de veado penduradas nas paredes.

Damien parecia silencioso; seus pensamentos estavam a quilômetros de distância de seus colegas da Liga Fogo do Inferno. Para ele, era quase impossível fingir que estava se divertindo. Sua interminável busca de prazer o havia esgotado totalmente.

Uma explosão de gargalhadas interrompeu suas reflexões melancólicas. Voltando à realidade, Damien notou que Clune, pensativo, o examinava.

– Está pensando em algo? – perguntou Damien.

– Certamente. Preparei uma surpresa para você.

O conde exibiu um sorriso estudado que não significou grande coisa para Damien. Depois Clune se dirigiu a seu convidado americano.

– Sabine, você não teve oportunidade de experimentar nossa iniciação ritual à Liga Fogo do Inferno. Temos um presente especial para você.

Vários convidados elevaram a voz em apoio à observação, erguendo as canecas de cerveja.

– Oh! – exclamou Sabine, evasivo. – O que poderia ser?

– Você deve satisfazer uma corte de donzelas – respondeu Lord Thornhill.

– Uma corte?

– Uma dúzia de belezas mais uma rainha.

– Isso é um pouco mais que uma orgia – observou alguém.

– Você está enganado – contradisse Pendergast. – É uma prova para ver quanto tempo você consegue manter a ereção sem ejacular.

– Você precisa demonstrar que possui resistência para servir a toda a corte até o amanhecer – explicou Clune. – Então elas irão julgar sua atuação e dirão até que ponto você lhes deu prazer.

– Todos passamos por isso, com graus variados de sucesso – comentou Thornhill.

Cheatham começou a rir.

– É meio coisa do diabo. No ano em que Penny foi apresentado, esteve a ponto de sucumbir. A rainha o fez escorrer até deixá-lo quase seco.

– Por Júpiter, foi o mesmo que aconteceu comigo. Nunca havia gozado tão intensamente em toda a minha vida.

As gargalhadas de Ribald foram seguidas de várias observações de admiração sobre Sin, que mantinha o recorde. Damien, com modéstia, agradeceu os elogios, levantando sua caneca.

– Se seu falo superar a prova – acrescentou Penny –, você se transforma num *membro* de plenos direitos da Liga Fogo do Inferno. Compreende o jogo de palavras?

Nicholas Sabine sorriu diante da piada forçada.

Seguiram-se mais algumas gracinhas, até que Clune retomou o controle da conversa.

– Já que Lambton não pode estar aqui exercendo suas funções de anfitrião, organizei por minha conta uma cerimônia de iniciação de fim de semana. Tenho o prazer de informar-lhes, cavalheiros, que encontrei a perfeita soberana para reinar entre as donzelas. Mas gostaria de obter a aprovação de Sin antes de tomar a decisão final.

Olhou para Damien e acrescentou:

– Acompanha-me lá em cima para inspecionar minha escolha?

– Ela está aqui? – perguntou alguém.

Clune assentiu.

– Sim, e seria muito difícil para você imaginar uma rainha mais encantadora. Mas, como Sin é o distinto especialista, sua aprovação é necessária.

– Evidentemente. Mostre-lhe essa beleza que você nos prometeu – disse Cheatham.

Um coro de vozes masculinas indicou que todos concordavam com a sugestão.

De repente, algo no tom de Clune fez Damien se pôr em guarda, mas ele, embora de má vontade, concordou com o plano. Levantou-se e acompanhou o conde pela escada e depois ao longo do corredor. Em seguida, dirigindo a Damien um sorriso de gato bem-alimentado, Clune empurrou a porta.

Na janela havia uma mulher de costas para eles. No entanto, sua silhueta era muito familiar a Damien. Quando ela lentamente se voltou para olhá-lo, Damien ficou rígido.

Vanessa lhe dirigiu, em retribuição, um olhar sereno, mas com os olhos da cor da noite frios e firmes.

Damien olhou para Clune, que conservava uma expressão de inocência.

– Que diabos significa isso? O que faz ela aqui?

– Será uma perfeita rainha, não acha? – perguntou Clune num tom suave.

Damien cerrou os punhos ao pensar que Vanessa pudesse ser a principal atração de um ritual orgiástico.

– Você pretende que ela dirija a cerimônia? – perguntou, apertando os olhos, incrédulo. – E você estava de acordo? – perguntou a Vanessa.

Foi Clune quem respondeu por ela.

– Ainda não concordou em ser nossa rainha, embora eu tenha tentado convencê-la. – Clune lançou a Damien um olhar penetrante. – Sinceramente, Sin, eu a trouxe só para ver sua reação.

– Minha reação?

Damien fixou nele os olhos, lembrou-se da porta fechada e das especulativas olhadas de Clune. Assim, concluiu, Vanessa não estava ali por sua vontade. Uma mansa e venenosa raiva se apoderou dele.

– Bastardo!...

Atirou-se inesperadamente sobre Clune, segurou-o pelo lenço e o tirou do quarto, empurrando-o contra a parede do corredor com um golpe violento.

– Essa reação é suficiente para você?

O conde soltou uma risada triunfante, apesar da ferocidade do amigo.

– Totalmente. Não esperava que você fosse permitir que alguém a tocasse.

– Vá para o inferno – disse entre dentes.

Clune também mostrou os seus, num sorriso atrevido.

– Pensei que você havia dito que ela lhe era indiferente, Sin. Se não está bêbado, por que lhe desagrada tanto a perspectiva de que ela seja nossa rainha?

Damien apertou os lábios e pressionou ainda mais os punhos.

– Maldito! Ela está sob minha proteção.

Clune tinha dificuldade para falar, com o outro apertando-lhe o pescoço.

– Você... continua... enganando a si mesmo, amigo.

O punho de Damien apertou ainda mais a seda. Ao ver que Clune emitia um som abafado, Vanessa protestou atrás dele.

– Damien, contenha-se... você o está machucando.

Exatamente naquele momento, uma dúzia de membros da Liga apareceram, vindo da outra extremidade do corredor, provavelmente alertados pela comoção.

– Que diabos está se passando aqui? – perguntou Thurnhill.

– Damien, pare... por favor... – implorou Vanessa, inquieta.

Mas ele se negava a soltar sua presa.

Ao ver que o rosto tenso de Clune se congestionava por falta de ar, vários cavalheiros protestaram, preocupados e assustados. Finalmente, um deles interveio de forma física.

Nicholas Sabine se adiantou e segurou o braço de Damien, contendo-o.

– Não vai querer matá-lo, não é mesmo?

– Não? – perguntou Damien, por sua vez, selvagemente.

Embora tivesse relaxado o punho, fez um visível esforço para controlar a violenta compulsão e retrocedeu, com o olhar em fogo fixo em Clune.

– Exijo satisfação. Escolha as armas.

Notou que Vanessa sufocara um grito ao ouvir seu desafio.

– Damien, você não pode...

– Aconselho-o a escolher seus padrinhos – disse ele a Clune secamente, em tom grave. – Espero que Thornhill e Mathews aceitem ser os meus.

Então, ignorando os olhares surpresos dos colegas, Damien tomou Vanessa pelo braço e a conduziu pelo corredor, para longe do espetáculo.

19

A volta para casa na carruagem foi carregada de tensão. Vanessa tremia de medo, enquanto Damien, junto dela, ainda estava invadido pela fúria.

– Você não pode ter falado a sério quando desafiou Clune para um duelo – disse ela finalmente, enquanto ele guiava os dois cavalos castanhos pelo caminho de Rosewood. – Espero que você desista.

Damien deu um gélido sorriso.

– Não tenho intenção de desistir.

– Damien, foi apenas uma travessura. Bastante inofensiva...

– Inofensiva? – perguntou, apertando os maxilares. – Clune a comprometeu numa reunião dos principais crápulas da Inglaterra. Para mim, isso não é nada inofensivo.

– Minha identidade podia ter permanecido em segredo, se você não tivesse reagido daquele modo. O que o levou a usar de tanta violência? Se seu comportamento tivesse sido racional, seus amigos nunca teriam sabido de minha presença.

– Clune não se conformaria com uma resposta racional de minha parte. Planejou deliberadamente minha explosão. Mas foi além dos limites, ao fazê-la prisioneira.

Vanessa inspirou profundamente, tentando controlar a própria cólera.

– O que ele fez foi algo indigno de um cavalheiro, foi desprezível, estou de acordo, mas passou. E um duelo só tornará mais pública minha humilhação, comprometendo-me mais. Por favor, você não pode simplesmente esquecer o incidente?

Damien lhe dirigiu um olhar feroz.

– Foi demasiado grave para ser esquecido. Se fizesse isso, eu o levaria a acreditar que pode desonrar impunemente qualquer dama que esteja sob minha proteção. Vou aplicar uma sanção ao seu injurioso comportamento.

– Vai *sancioná-lo*? – perguntou com olhar mordaz. – O que lhe dá direito de se erigir em juiz das outras pessoas? De se fazer de Deus com a vida dos outros? Primeiro foi Aubrey, e agora é Clune.

– Basta! Não quero continuar discutindo isso.

Vanessa apertou os lábios para sufocar uma resposta atravessada. Não fosse pelo medo que sentia, teria manifestado sua fúria.

Suportou todo o candente silêncio de Damien durante todo o caminho de volta para casa. No instante em que ele parou diante da bela mansão, Vanessa desceu do veículo.

Sem dizer mais nada, foi para seu quarto e vestiu um traje de viagem. Com a ajuda de duas aias, fez as malas e ordenou que as levassem para a carruagem de Damien. Já era fim de tarde, mas ela ia tentar tomar uma diligência na casa de postas de Alcester. Se conseguisse chegar a Londres naquela noite, iria para sua casa em Kent no dia seguinte.

Passou os olhos, pela última vez, pelo quarto onde conhecera tanto prazer e aflição e depois fechou a porta atrás de si silenciosamente. Desceu de novo a escada sem parar no quarto de Olivia. Não seria capaz de se despedir dela naquele momento, quando estava tão emotiva. Mas lhe escreveria assim que chegasse a sua casa.

Encontrou Damien no estúdio, sentado diante de sua escrivaninha, examinando um jogo de pistolas de duelo que, segundo o nome gravado na caixa, era um magnífico trabalho artístico. Vanessa empalideceu.

Durante um instante, examinou o perfil perfeito de Damien com o coração dominado pelo amor e agora também pelo medo.

– Está realmente disposto a levar isso adiante? – perguntou.

– Sim – respondeu Damien, sem levantar os olhos.

– Você poderia morrer. Já pensou nisso?

– Espero não morrer. Sou tido como um atirador de primeira.

– E isso faz que tudo seja correto? Você pode matar Clune. Tirar a vida de outro homem não significa nada para você?

Ele levantou os olhos e fixou-os nela.

– A honra não permite que me retrate.

– Mas isso não é uma questão de honra! Trata-se de dois garotos de escola malcriados e temerários lutando por um prêmio.

Vanessa engoliu a dor profunda que sentia.

– Não vou ficar aqui para assistir a isso. Não suporto a ideia de vê-lo matar outro homem, ou pior, de que você saia ferido ou seja morto. Vou-me embora.

Ele reparou então em sua roupa de viagem.

– Para onde vai?

– Para minha casa, para junto de minha família. Pretendo tomar a diligência.

– E nosso trato?

Ela olhou para os olhos dele, tão cinzentos que pareciam uma tormenta.

– Meu prazo como sua amante está quase terminado. Se minha partida significa que perdi nossa aposta, então, que seja assim,

Damien continuava com uma expressão impassível.

Vanessa mordeu o lábio para tentar conter sua frustração.

– Você queria saber por que recusei sua proposta – disse ela finalmente. – Por isso.

E apontou irritada as pistolas de duelo.

– Nunca poderia estar segura sobre se você voltaria para casa vivo ou morto. Ainda tenho pesadelos sobre a morte de Roger. Sobre a vida e os escândalos que provocou. Não voltarei a passar por isso.

Pelas emoções demonstradas por Damien, era como se estivesse falando com uma estátua de pedra.

Em sua voz vibrava a fúria que a dominava.

– Sabe o que é mais incompreensível? Por que você insiste em desperdiçar sua existência vivendo essa vida sem sentido? Sua Liga Fogo do Inferno se baseia na autogratificação e na indulgência carnal, mas sua libertinagem lhe trouxe alguma alegria real?

Damien se limitou a olhá-la e esboçou um sorriso lento e cínico.

– E se eu renunciasse à depravação? Será que me encaixaria então em seus níveis de perfeição? Seria então digno de ser seu marido?

Em torno deles, vibrando no ar, havia uma incrível tensão.

– Você deseja um maldito santo – acrescentou Damien com raiva, ao ver que ela não respondia.

Vanessa fixou os olhos nos dele, mas não conseguiu ler neles nada de seus sentimentos em relação a ela. Havia fechado completamente seu coração.

– Não, não desejo um santo. Quero um homem que me ame. Somente a mim. Desejo um marido que cumpra os sagrados votos do casamento, que não me traia com outras mulheres. Alguém de quem possa esperar que não acabe no centro do próximo escândalo... nem que vá morrer num duelo sem sentido.

Pela primeira vez ele formulou uma resposta, apertando os maxilares ao dizer:

– Não me pareço em nada com seu falecido marido.

– Não? Pois, pelo que posso ver, há pouca diferença entre vocês.

Seus olhares se enfrentaram. Vanessa pôde distinguir o som forçado de sua própria respiração no silêncio do aposento.

Sentiu um aperto na garganta ao perceber que não estava chegando a lugar nenhum.

– Damien...

Suavizou a voz, como se fosse fazer um pedido.

– Você poderia fazer muita coisa com seu talento, com sua riqueza. Vi sua devoção por Olivia, e às vezes inclusive sua indulgente amizade por mim. Você tem potencial para viver uma vida transcendental e com sentido, mas insiste em desperdiçá-la em buscas vazias.

Seu sorriso foi estranho e gelidamente doce.

– Então é melhor que se vá, antes que eu destrua suas ilusões.

– Sim – ela concordou em voz baixa e desolada.

– Vá em minha carruagem de viagem. É mais segura que a diligência.

Ela assentiu, com a garganta ardendo. Voltou-se para sair, mas, quando chegou à porta, hesitou.

– Como pude me enganar assim? – perguntou, sombria. – Sou uma estúpida. Achei que o amava. Mas estava enganada. Você não é o tipo de homem a quem eu poderia amar.

Vanessa percebeu sua surpresa e quietude no silêncio que se seguiu.

– Vanessa...

Ela ouviu que Damien se levantava, percebeu seus passos atrás dela. Ficou tensa quando ele a agarrou nos braços e a atraiu para si.

Novamente, murmurou seu nome com voz rouca:

– Vanessa, fique.

Ela sentiu o sedutor poder de seu pedido, seu calor, o que fez fraquejar sua decisão, reduzindo sua vontade a cacos.

Sua respiração estava agitada.

– Não posso – sussurrou. – Não consigo suportá-lo.

Libertou-se suavemente de seu abraço e fugiu.

Na escuridão da passagem secreta, Damien abriu o painel que dava para o quarto de Vanessa. O aposento estava vazio, tão vazio quanto o buraco de dor que sentia dentro de si. Ela se fora.

Como um sonâmbulo, foi até as janelas para contemplar os jardins. O perfume dela ainda estava ali, obsedando-o, enquanto suas palavras de despedida estavam impressas em sua memória com uma intensidade e clareza que até lhe doíam. “Sou uma estúpida, acreditei que o amava.”

A admissão de que o amava o havia fulminado como um impacto físico, como o olhar de seus olhos luminosos: desespero, temor, desilusão. Desiludida dele.

Damien foi dominado por uma terrível sensação de perda. Só então, em sua ausência, compreendeu a enormidade do que havia feito.

“Você não é o tipo de homem que eu poderia amar...”

Não, ele era o tipo de homem que arruinava mulheres inocentes por vingança, um degenerado egoísta que buscava os prazeres da carne vazios e sem sentido, sem pensar em ninguém nem em nada mais que sua autogratificação.

Vanessa tinha razão. Suas buscas infinitas de depravação nunca lhe haviam dado alegria. Como uma mariposa, incansavelmente ia de uma mulher para outra, porque nenhuma delas era capaz de satisfazer seu apetite. Seu vazio. Nenhuma, até conhecer Vanessa. Ela o preenchia por completo. Enchia seu coração de amor.

Ele a amava.

Ao compreender isso, ficou de novo atônito. Nunca havia conhecido o amor. Vivera durante muito tempo uma vida licenciosa demais para reconhecer com facilidade essa enigmática emoção. Dava a isso o nome de desejo e lutara ferozmente contra ele. No entanto, sua obsessão havia germinado em algo mais profundo que o desejo.

"Eu a amo!"

Damien pôs-se a pensar que havia muita doçura nessas simples palavras. Uma doçura que ele antes não sabia que existia. No entanto, elas não podiam fazer voltar atrás a frieza de sua alma.

Ele a afugentara. E era muito tarde para arranjar tudo.

Os arranjos haviam sido concluídos havia pouco. O duelo estava marcado para o dia seguinte, ao amanhecer.

Os róseos dedos da aurora se curvavam a partir do leste no horizonte, iluminando o pequeno grupo de cavalheiros na clareira envolta em bruma: os dois protagonistas, seus respectivos padrinhos e um médico de rosto solene.

Todos permaneciam sombrios, enquanto Lord Thornhill revisava as normas que se haviam estabelecido. Os duelistas avançariam vinte passos, depois se virariam e dispararíam.

– Aceitam essas condições, senhores? – perguntou discretamente Thornhill.

Clune retorceu a boca com desagrado, enquanto contemplava seu adversário.

– Sim, vamos acabar logo com esse desagradável assunto. Penny, se eu não sobreviver, você herdará meus cavalos cinzentos.

Com o rosto pétreo, Damien não deu mostras de ter ouvido aquela bobagem fora de lugar.

Os dois homens foram até o centro da clareira e se puseram de costas um para o outro, enquanto os outros participantes ocupavam suas posições no perímetro demarcado. Na clareira, o silêncio era total, vibrante, de pura tensão.

Damien se surpreendeu ao ouvir, no silêncio, um murmúrio de Clune:

– Se isso lhe servir para alguma coisa, lamento ter comprometido sua dama. Sinto ter causado mais dano a sua reputação.

Damien mais uma vez apertou os maxilares.

– Ambos temos o que lamentar. Não lhe cabe toda a culpa.

– Senhores, podem começar – exclamou Thornhill. – Um...

Damien respirou fundo para se tranquilizar e começou a andar.

Lentamente, percorreram a distância – dez, quinze, dezenove passos... Damien curvou a mão sobre a lisa empunhadura da pistola.

– Vinte...

Ambos os homens se viraram e apontaram.

Damien viu quando Clune apertou o gatilho, mas a imagem que ele tinha em sua mente era mais poderosa: o belo rosto de Vanessa pedindo-lhe que não matasse um homem.

Vanessa...

Apontou a pistola para cima no instante em que ela ia disparar. No mesmo momento fugaz, ouviu a explosão do tiro de seu oponente e sentiu a bala atravessando sua carne como um raio de fogo...

O impacto do disparo o derrubou. Damien caiu ao chão, imóvel, lutando para respirar, sentindo aquela dor surpreendente. Em meio a seu aturdimento, ouviu gritos à sua volta. O que percebeu a seguir foi Clune se inclinando sobre ele.

– Por todos os demônios! Você queria morrer? Por que raios você não apontou?

Damien franziu o cenho. Não havia desejado a morte, embora no último segundo houvesse levantado o cano da arma e disparado para o ar, ficando vulnerável. Mas não podia seguir em frente e matar Clune. Não prosseguira por Vanessa. Não podia acrescentar assassinato aos crimes que, a seus olhos, já cometera. Não podia infligir a ela essa dor.

– Fique quieto, Sin, você está ferido.

Sentiu que lhe retiravam o casaco e fez uma careta quando Clune o tocou no ombro esquerdo.

– Permita que o examine, milorde.

Damien teve uma vaga consciência de que alguém se ajoelhava ao seu lado. Talvez fosse o médico.

– Parece que a bala se alojou aqui. Terei de extraí-la.

– É grave?

– Bastante, mas não creio que seja fatal.

Damien fechou os olhos, saboreando a dor. Agradecia não ter sido morto por Clune, mas um ferimento fatal talvez fosse um castigo justo para seus pecados.

Sua recuperação foi lenta e dolorosa. Damien passou quatro dias de cama, no couto de caça de seu amigo Lambton, até que o médico considerou que estava em condições de se locomover.

Quando voltou para casa, em Rosewood, Olivia se negava a falar com ele, até que a convenceu de que já não corria mais perigo. Estava furiosa com ele, e não apenas por arriscar sua vida num duelo. Nunca o perdoaria por ter provocado a partida de Vanessa.

Ele também não conseguia se perdoar.

Deitado em sua cama, dia após dia, Damien havia tido tempo de sobra para enfrentar sua perversão. Quase destruíra a mulher que amava, manchando sua inocência e arrastando-a até seu nível de depravação. Causara mais dano a ela do que o próprio Clune. Ele a havia preparado para a prostituição: essa era a horrível verdade.

Ficava se perguntando quantos anos teriam de se passar até que ele pudesse se enfrentar com essa lembrança sem se sentir doente no fundo de seu coração. Inclusive quando lhe ofereceu transformá-la em sua esposa, não havia demonstrado em absoluto o respeito e a consideração que ela merecia. Em vez disso, comportara-se como se isso fosse uma honra para ela, sem dizer em nenhum momento uma só palavra sobre quanto ela chegara a significar para ele.

Não era de estranhar que o houvesse rejeitado.

"Você não é o tipo de homem a quem eu poderia amar."

Damien fechou os olhos para a alegre luz do sol da manhã. Não podia se sentir orgulhoso da vida que escolhera nem do homem no qual se havia transformado.

A herança sanguínea costuma se transmitir. Ele havia herdado uma tendência arraigada ao vício e à dissipação, e nunca se questionara sobre essas inclinações. Nunca pusera limites a seu desvario e busca de emoções, havia ignorado os sinais de alerta, inclusive quando começara a se sentir prejudicado pelos excessos desse tipo de vida.

Damien praguejou em voz baixa. Ao que parecia, havia degenerado até se tornar um libertino absoluto, como seu odiado pai. Pensar nisso o encheu de aborrecimento consigo mesmo.

Contudo, talvez não fosse muito tarde para mudar. Talvez ainda conseguisse se redimir aos olhos de Vanessa.

Deu o primeiro passo nessa direção quando Clune foi visitá-lo em seu leito de doente, vários dias depois do duelo.

– Quero lhe pedir desculpas mais uma vez – começou a dizer Clune, com voz contida – e lhe agradecer por não ter posto um ponto final em minha existência. Foi imperdoável de minha parte ter comprometido Lady Wyndham como fiz, o que lamento sinceramente.

Damien curvou os lábios numa careta sorridente.

– E eu, agradecer-lhe por não ter apontado alguns centímetros mais à esquerda.

– Acertou mais perto do que eu pretendia.

– Você nunca foi um atirador competente.

Tranquilizado pela afável acolhida, Clune se instalou numa cadeira próxima ao leito.

Damien olhava para seu hóspede com curiosa tristeza. Clune e ele haviam sido amigos durante muito, muito tempo, compartilhando objetivos perversos desde seus dias de universidade. Mas havia chegado a hora em que seus caminhos deviam se separar. Ele não sentiria falta daquela vida depravada e superficial, mas de seu amigo, sim.

– Suponho que a competição de caça terminou, não? – perguntou Damien.

– Sim. Seu flerte com a morte pôs água na fervura. A maioria foi para Londres. Eu queria lhe falar a sós, mas você em breve receberá mais visitas.

– Que bom. Então poderei me despedir.

Clune arqueou uma sobrancelha, com ar indagador.

– Vou apresentar minha demissão da Liga Fogo do Inferno.

– Sim, sem dúvida você está se precipitando. Não precisa renunciar a seus amigos por causa desse episódio infeliz.

– Não pretendo ficar sem meus amigos, mas meus dias de crápula chegaram ao fim.

O conde franziu o cenho.

– É por causa dela, não é? Por Lady Wyndham. Eu tinha razão. Você está apaixonado.

– Sim, você estava com a razão.

Clune balançou a cabeça.

– Confesso que nada me espanta muito nos dias atuais, mas você conseguiu me desconcertar. Depois de jurar que jamais se deixaria capturar pelo amor, o que aconteceu?

– Conheci Vanessa – respondeu Damien simplesmente.

– O amor não garante felicidade. Na verdade, é bem o contrário disso.

– Estou consciente disso.

– Você está se predispondo a todo tipo de infortúnio.

– Talvez.

– Bem – comentou Clune, ainda admirado –, melhor que tenha acontecido com você do que comigo, amigo. O amor pode transformar um homem num tolo.

– No pior tipo de tolo – concordou Damien de bom grado. – Não fosse por isso, nunca teria desafiado você com pistolas ao amanhecer.

Clune o examinou durante um tempo com uma expressão entre divertida e penalizada.

– A humildade não é coisa sua, Sin.

– Eu sei.

Não estava envergonhado de admitir que havia sucumbido. Entregara seu coração além de todo orgulho ou razão.

– Mas agradeceria se deixasse de me chamar de Sin. Estou me empenhando ao máximo para me livrar dessa alcunha.

– Como queira – respondeu Clune, cético. – Quando vou poder felicitá-lo?

– Não vai poder. Ela rejeitou minha proposta de casamento.

– *Rejeitou?*

– Não quer se casar com um homem como eu.

– Ah! Por isso a demissão da Liga. Melhor se cuidar, amigo, ou vai acabar ficando afeminado.

Seu olhar ficou distante.

– Ela pode me transformar no que quiser, desde que me perdoe.

Sua irmã não estava muito confiante em seu desejo de se corrigir. Assim que recuperou um pouco as forças, Damien chamou Olivia a seus aposentos. Ela o atendeu de má vontade, com os dentes cerrados em firme obstinação, enquanto era conduzida por um criado.

– Não tenho nada a lhe dizer – disse Olivia, antes que o serviçal fosse dispensado.

Damien se sentou na cama com uma careta de dor. Seu braço esquerdo havia sido imobilizado para evitar movimentos e proteger seu ombro, mas o ferimento ainda estava bem aberto.

Ele esperou que ficassem a sós antes de falar.

– Retiro minha objeção a seu casamento com Rutherford.

Olivia olhou-o, assombrada.

– Isso é algum tipo de brincadeira cruel?

– Não – respondeu Damien. – Continuo questionando sua sinceridade, mas estou disposto a lhe dar oportunidade para demonstrá-la. Desejo que você seja feliz, Livy. Se Rutherford conseguir fazer isso, então não impedirei seu caminho.

A esperança se refletiu no rosto da garota.

– Está falando a sério?

– Estou.

Seu sorriso e os olhos brilhantes foram tomados pela alegria.

– Oh, Damien! Você não imagina como me faz feliz!

– Tenho alguma ideia – respondeu ele com suavidade.

– Preciso contar a Aubrey... – Imediatamente se interrompeu e dirigiu ao irmão um olhar indagador. – *Posso* dizer a ele? Não vai levar um tiro se vier a Rosewood?

Ele sorriu secamente.

– Não, Livy – respondeu com o jeito brincalhão que em outra época caracterizava seu relacionamento. – Prometo que exibirei meu melhor comportamento. Abandonei os duelos.

Os olhos azuis de Olivia ficaram sérios.

– Estou muito contente por você ter renunciado a sua vingança, Damien. Vanessa tinha razão; a vingança nunca é tão doce como se poderia esperar. Eu achava que era isso que queria fazer com Aubrey, castigá-lo por sua crueldade, mas o que realmente queria era que ele me amasse.

Damien se permitiu dar um sorriso sombrio.

– Você é muito inteligente para quem tem tão pouca idade, gatinha – observou carinhosamente. – Agora vá comemorar a vitória com seu prometido.

Chamou o criado que esperava na antessala e fez uma careta por causa de uma pontada repentina e dolorosa no ombro.

O criado atendeu-o no mesmo instante. Antes de ser levada para fora do quarto, Olivia virou a cabeça e disse:

– Recebi uma carta de Vanessa. Parece que chegou bem a sua casa.

– Ah! – Damien tentou manter seu tom de voz normal.

– Queria me explicar por que se foi tão bruscamente.

– E o que disse?

– Que você e ela haviam tido importantes diferenças de opinião, mas que sempre será minha amiga.

Damien sentiu uma tensão no peito.

– Então você é uma pessoa de sorte.

Sentiu que ela esquadrinhava seu rosto antes de dizer com hesitação:

– Damien, sinto tanta falta de Vanessa! Você se incomodaria se eu lhe pedisse para voltar?

Ele dirigiu à irmã um olhar tranquilo. Para alguém não muito experimentado em sutilezas, exibia uma expressão que quase irradiava franca manipulação.

– Ela não voltará – respondeu –, mas obrigado.

Seu sorriso triste fez encolher seu coração.

Depois que Olivia se foi, ele continuou estendido na cama, pensando de modo sombrio no que ela lhe havia dito sobre a doçura da vingança. Para sua tristeza, descobria como seu sabor podia ser amargo.

Era uma ironia. Ele estivera ferozmente empenhado em se vingar, e no entanto Vanessa é que obtivera sua própria vingança, ao conseguir fazer que a amasse. Contra a sua vontade, ele se vira apanhado numa dança tão velha quanto o tempo.

Amor. Havia passado noites inteiras desejando-o, sentindo fome dele sem o mencionar. O desejo irresistível se transformara em inegável amor.

Refletiu que os poetas tinham razão. O poder do amor podia comover, até seu cerne depravado, um crápula cansado do mundo.

Seu desejo era uma febre que nunca o abandonava. Vanessa sempre ocupava a maior parte de seus momentos conscientes. Era o último pensamento que levava para a cama e o primeiro com que acordava. Ela preenchia seus sonhos. Seu coração. Encontrara em Vanessa seu par. Só ela podia acalmar a inquietação, o vazio que havia dentro dele.

Nunca se conformaria com ninguém que não fosse ela. Nunca ficaria livre dela. Não desejava isso.

Damien fechou os olhos com força. Deus! Seria muito tarde? Haveria algum meio possível de conquistar seu amor depois do que havia feito?

Estava disposto a mudar, a tentar se transformar num homem melhor. A questão era: como ia conseguir fazer isso? O exemplo que seus pais, frios e egoístas, lhe haviam transmitido não era um modelo válido. Negligenciado na infância, crescera em meio ao escândalo e a uma desenfreada autoindulgência. Na vida adulta, tivera muito pouco propósito na vida, muito pouco sentido.

Mas podia tentar se corrigir. Podia demonstrar a Vanessa que nem todos os crápulas eram iguais, que inclusive os libertinos mais empedernidos podiam se redimir por amor.

Seu coração se contraía, tomado por um fio de esperança. Talvez não fosse tarde demais para conquistá-la, para conseguir seu amor, de que tanto necessitava.

Ele quase fora sua ruína, mas rogava que ela fosse sua salvação.

20

Vanessa estava sentada com a mãe e as irmãs na sala onde passavam a manhã, prestando pouca atenção na conversa fiada enquanto as jovens trabalhavam em seus bastidores de bordado. Só sentia uma espantosa e mortal depressão.

Havia voltado uma semana atrás a Rutherford Hall, e pouco depois recebera a carta de Aubrey, que agora podia repetir de cor:

> Minha queridíssima irmã:
>
> Estou certo de que você não ia querer saber do resultado do duelo de Sinclair por um desconhecido, por isso assumo a missão de informá-la. Peço que não se alarme demais, mas ele acabou sendo gravemente ferido no ombro, do qual tiveram de extrair a bala. Seu companheiro, Lord Clune, saiu ileso. Parece que Sinclair, para surpresa de seus muitos amigos, desviou a arma.
>
> Pelo que entendi, esperam que ele se recupere completamente, mas como não me permitem comunicar-me com aquela casa, tenho que confiar nos mexericos para compreender os fatos relacionados com o último escândalo. Lamentavelmente, minha própria situação continua inalterada.
>
> Fielmente seu,
>
> Aubrey

Vanessa fechou os olhos, tentando bloquear a inquietante imagem de Damien estendido no chão, ferido. Havia tido pesadelos com isso depois de receber a segunda mensagem de Aubrey dizendo que Sinclair estava se recuperando melhor do que se previa.

Ela não conseguia se curar tão facilmente de suas próprias feridas ocultas. Seu amor por Damien era uma dor que jamais passaria. Deixá-lo havia sido a coisa mais difícil que fizera em toda a sua vida.

Nunca mais voltaria a ver uma rosa sem que seu pensamento voasse para ele, sem que seu coração doesse com um obsessivo sentimento de perda...

– Chegou o correio – disse sua irmã Charlotte, interrompendo sua tristeza.

Passados uns intantes, uma aia entrou na sala.

– Uma carta para a senhora, milady.

– Obrigada.

Seu coração encolheu ao ver o selo dos Sinclair, mas reconheceu a letra de Olivia. Abriu a correspondência com ansiedade. A mensagem fora escrita rapidamente: havia borrões de tinta, sinais de exclamação e linhas riscadas que dificultavam a leitura do texto.

> Querida, querida Vanessa,
>
> Você não vai acreditar! Damien se abrandou! Consentiu que nos casemos! Disse que só deseja a minha felicidade, e – oh!, sou a mais feliz das criaturas! Agora poderei chamá-la de irmã. Talvez você consiga imaginar meu estado de agitação e alvoroço. Mal consigo fazer que a pena deslize, de tão trêmula que está minha mão. Foi você, minha queridíssima Vanessa, que conseguiu essa notável mudança mental em meu irmão. Não tenho nenhuma dúvida quanto a isso. Damien sempre levou muito a sério tudo o que você dizia.
>
> Os detalhes ainda serão acertados: onde e quando será o casamento e em que lugar vamos morar, mas confio em que seja antes do inverno e que eu possa ser bem recebida em Rutherford Hall. Você acha que sua mãe se incomodará por ser a viscondessa viúva? Mal posso esperar! Nem consigo começar a expressar minha alegria diante da perspectiva de ser a esposa

de Aubrey! Preciso agradecer-lhe, queridíssima Vanessa, por ter me ajudado a conseguir tudo isso...

– Está tudo bem, Vanessa? – perguntou Charlotte com uma perspicácia que não possuíam a irmã mais nova e sua mãe. – Espero que não tenham sido más notícias.

Vanessa olhou para ela ainda um pouco aturdida. Nunca havia esperado que Damien mudasse de ideia, pelo menos não tão rápido...

– Não, nada de ruim, na verdade as notícias são excelentes. Aubrey vai se casar com Olivia Sinclair.

– Fantástico! – exclamou Fanny.

Grace, sua mãe, que estava recostada no sofá, empertigou-se.

– Aubrey vai se casar? Nem sabia que ele conhecia essa jovem. Por que não me disse que estava lhe fazendo a corte?

– Estou certa de que não queria preocupá-la, mamãe – interveio Charlotte, para tranquilizá-la –, nem criar expectativa desnecessariamente. Mas será uma excelente companheira para ele. Deve se lembrar da senhorita Sinclair. Vanessa nos falava dela em suas cartas...

Vanessa ficou agradecida à irmã por ter tomado conta da conversa, tranquilizando a mãe. Naquele momento não se sentia capaz de fazer isso.

Passou-se algum tempo antes que ela pudesse se afastar da família e retirar-se para a intimidade de seu quarto, mas mesmo assim suas emoções continuavam em turbilhão. Compreendia perfeitamente a alegria de Olivia e não parava de se perguntar o que teria causado aquela mudança radical em Damien. Teria ela sido a mediadora que o convencera a autorizar o casamento? Teria ele realmente levado em consideração algumas de suas advertências?

Não, era tolice ficar analisando demais suas ações singulares. Vanessa se armou energicamente de coragem contra a onda de esperança que brotava nela. Que Damien tivesse se abrandado a respeito do casamento de sua irmã com Aubrey não queria dizer que alguma coisa tivesse mudado entre eles. Ele não a amava, essa era a amarga verdade.

Sua única saída havia sido abandoná-lo. Inclusive a vida sem ele era preferível à angústia que teria de suportar se tivesse concordado com uma união sem amor.

Sentiu um nó na garganta, enquanto o desespero voltava a atormentar seu coração.

Durante as semanas seguintes, Vanessa conseguiu realizar as atividades da vida cotidiana, mas mostrava tão pouco entusiasmo, que até sua mãe se perguntava se estaria com alguma indisposição.

Continuava recebendo notícias regulares de Olivia sobre os planos para o casamento. Já havia cumprido os preceitos ditados pela igreja. A cerimônia seria realizada em Alcester, no início de novembro. No entanto, Damien planejava levá-la para Londres em setembro, a fim de que escolhesse a roupa do casamento. E Olivia estava eufórica, muito feliz.

A carta seguinte de Aubrey, no entanto, a surpreendeu e espantou tanto quanto a primeira que recebera de Olivia.

> Minha queridíssima irmã,
>
> Você não vai acreditar no que Sinclair fez. Certamente não se surpreenderá ao saber que ele perdoou a dívida que contraí com ele no jogo. Renunciar à reclamação das propriedades de nossa família foi o combinado, já que você as ganhara honestamente com os serviços prestados à irmã dele. E, naturalmente, não quer que Olivia viva como pobre.
>
> Mas foi muito além de seus deveres como cunhado: pediu um levantamento de minhas dívidas de jogo e faturas de comerciantes e pagou tudo. Pretendo devolver a ele cada centavo com meu salário de secretário, mas não sei como poderei retribuir mais essa generosidade, uma coisa incrível: destinou um dote a nossas irmãs – uma soma nada pequena!

Você não sabe como fiquei aliviado pelo fato de Charlotte e Fanny passarem a dispor de recursos próprios. Estou certo de que você também se sentirá assim. Imagine, Vanessa, com dez mil libras cada uma, agora poderão se casar com quem quiserem.

Retiro tudo de desagradável que disse a respeito de Lord Sinclair. Ele me deu uma segunda oportunidade de demonstrar minhas qualidades, e juro que vou me esforçar ao máximo para estar à altura de suas expectativas.

Francamente, sua mudança de comportamento é uma coisa extraordinária que não consigo explicar. Dessa vez, nem me ameaçou a respeito do bem-estar de Olivia (embora eu não duvide que não hesitaria em me dar um tiro se fizesse mal a um único fio de cabelo dela). Meu orgulho me faz relutar em aceitar essa caridade, mas sinto que não posso recusar seu oferecimento, pelo bem de nossas irmãs e também por Olivia, a quem amo muito, Vanessa...

Com surpresa e espanto, Vanessa ficou olhando a carta. Dez mil libras para cada uma de suas irmãs? As dívidas de Aubrey pagas? Em que Damien estaria pensando? Havia cancelado as dívidas de jogo de seu irmão e proporcionado segurança financeira a sua família, aliviando assim a carga pesada que ela vinha carregando nas costas desde a morte de seu pai.

De novo, uma fagulha de esperança se acendeu em seu coração, dessa vez mais difícil de reprimir.

Durante os dias que se seguiram, chegaram de Warwickshire mais notícias auspiciosas. Olivia havia começado a fazer progressos em seu tratamento, recuperando parte da sensibilidade das pernas. E apesar de ainda não poder andar, o médico acreditava que, com a continuidade do tratamento de massagens terapêuticas e banhos, ela poderia estar de pé no dia de seu casamento.

> Estou a cada dia mais forte e poderei aceitar seu convite para visitá-las antes do que você pensava. Se eu não tiver nenhum problema depois da viagem a Londres na próxima semana, Aubrey prometeu levar-me a Rutherford no próximo mês, para que possa conhecer sua mãe e suas irmãs antes do casamento. Mal posso esperar, queridíssima Vanessa...

De acordo com todas as notícias, a viagem de compras a Londres estava sendo um sucesso. As cartas de Olivia efervesciam de alegria. A temporada baixa começara, e ela, acompanhada de Aubrey, ia a alguns bailes ou festas noturnas. Estava achando sua apresentação à sociedade muito mais agradável do que previra, admitindo que isso se devia ao fato de estar muito apaixonada pelo homem mais maravilhoso do mundo.

No entanto, cada vez que Olivia mencionava Damien, Vanessa sentia uma pontada no coração. Não conseguia compreender a mudança que aparentemente o acometera. Já não parecia o mesmo homem que conhecera, um crápula sem objetivo, cujo único fim na vida era a busca de prazer. A última carta que Olivia lhe mandara de Londres continha a maior surpresa de todas.

> Aubrey tem me acompanhado nestas últimas semanas a Oxford Street e ao bazar no Exeter Change, porque Damien tem estado ocupado a maior parte do tempo. Você não vai acreditar onde: *em Whitehall!* Aceitou um cargo como assessor do ministro da Fazenda para assuntos financeiros do governo, o que, considerando o toque de Midas de Damien, será extremamente vantajoso para o Tesouro Nacional.
>
> Além disso, pretende ocupar sua cadeira na Câmara dos Lordes, quando o Parlamento se reunir em janeiro. Ele e o senhor Haskell (seu secretário) têm passado várias tardes discutindo possíveis discursos. Tudo versa sobre política, o que para

mim é um pouco confuso (e bastante aborrecido, confesso), mas há vários assuntos que despertam o interesse de Damien. Na realidade, pretende ficar em Londres, enquanto Aubrey e eu voltaremos amanhã para Warwickshire. Damien diz que é um liberal, e Aubrey me disse que seu partido é o dos reformadores e agitadores das massas. Aubrey, por sua vez, é conservador, portanto eu, como sua esposa, também serei conservadora.

Sua esposa! Estas são as palavras mais bonitas de nossa língua! Vanessa, você tem que me prometer que será minha dama de honra em meu casamento...

Vanessa encarou esse pedido com certa preocupação. Seus sentimentos eram conflitantes quanto a voltar a Rosewood. De um lado, nem imaginava perder o casamento de seu único irmão. De outro, ela não tinha certeza se ia suportar ver Damien de novo, ficar junto dele e ser penosamente lembrada daquilo que nunca poderia ter.

Dois dias depois, recebeu outra carta, que a desconcertou e surpreendeu. Era de George Haskell, o secretário particular de Damien.

Prezada senhora,

Escrevo-lhe em nome do barão Sinclair a fim de pedir-lhe uma entrevista para dentro de uns quinze dias. O advogado de Lord Sinclair, o senhor Naysmith, irá a Kent na primeira semana de outubro e lhe fará uma visita, segundo sua conveniência. Se considerar aceitável, poderia ter a gentileza de escolher uma hora e data que lhe sejam convenientes?

Seu fiel servidor,

George Haskell

Vanessa não conseguia imaginar por que razão Damien mandaria seu advogado vê-la, mas respondeu de modo cortês à carta do sr. Haskell, combinando o encontro para o dia 3 de outubro, às dez horas.

Na data marcada, Vanessa se assegurou de que as irmãs haviam saído para cavalgar e que a mãe repousava comodamente em seus aposentos. Depois, acomodou-se com um livro no estúdio, onde pretendia receber o senhor Naysmith.

O advogado foi pontual como um relógio. Sentou-se e expôs rapidamente o motivo de sua visita:

– Lady Wyndham, desejo que tome conhecimento de certas disposições que recebi em seu favor. Lord Sinclair destinou uma substancial importância em dinheiro em seu nome, junto com uma mansão em Kent, perto de Londres. A casa fica num excelente local, possui um parque muito agradável e já conta com uma equipe completa de serviçais.

Vanessa fixou nele os olhos, perguntando-se se Damien se atrevera a encarregar seu advogado de instituí-la como sua amante de modo permanente.

– Sinto muito... mas creio que não estou entendendo... – conseguiu dizer de modo tranquilo, apesar de sua crescente raiva.

– Sua Senhoria acha que a senhora poderia querer ter sua própria casa, depois que a esposa de seu irmão se tornasse a dona destas propriedades, mas que talvez quisesse ficar próxima de sua família. Por isso a localização da casa em Kent. Como já mencionei, fica bem perto de Londres. Os estábulos ainda estão vazios, mas Lord Sinclair acha que a senhora preferiria escolher seus animais de montaria e das carruagens...

– Senhor Naysmith – interrompeu-o Vanessa, com impaciência –, ainda não decidi onde vou querer viver depois que a srta. Sinclair se tornar a senhora desta casa, mas, em todo caso, não creio que isso seja assunto de Lord Sinclair. E, por outro lado, o senhor não me explicou quais as razões de sua... generosidade.

O advogado assentiu, solene.

– Para abordar a questão com delicadeza, milorde deseja que a senhora seja independente financeiramente, para ter liberdade de decidir seu próprio futuro... em especial se quer ou não voltar a se casar.

O silêncio cheio de espanto de Vanessa durou um minuto inteiro.

Ao ver que ela nada dizia, o advogado lhe explicou tudo mais detalhadamente:

– Os acordos legais são um tanto insólitos, mas não sem precedentes. Sem entrar muito em detalhes, permita-me assegurar-lhe que a soma em questão está imobilizada, de modo que nenhum futuro marido seu possa ter acesso a ela, como é regra sob a legislação inglesa. A maior parte do capital, umas duzentas mil libras, ficará em fideicomisso para qualquer herdeiro, filhos, que a senhora eventualmente venha a ter, com juros trimestrais substanciais, que serão pagos diretamente à senhora. Em resumo, milady, a senhora é uma mulher rica.

Retirando um maço de papéis de sua pasta, estendeu-os a Vanessa, que estava aturdida.

– Previ que a senhora poderia querer dispor de algum tempo para digerir essas notícias e talvez ler estes documentos, milady, por isso resolvi ficar no distrito até amanhã. Voltarei com prazer em outra hora para comentar mais detalhadamente as disposições, se concordar.

– Não... – respondeu Vanessa com ar ausente.

Em circunstâncias normais, qualquer mulher que se respeitasse se sentiria insultada diante de tão descarada oferta de dinheiro. Mas tinha certeza de que Damien não pretendia insultá-la. Bem ao contrário.

– Obrigada, mas não creio que seja necessário. Suas explicações foram bastante completas.

Ela queria ficar sozinha, porém, e se alegrou quando o advogado se despediu alguns instantes depois. Precisava de tempo para refletir sobre aquela desconcertante reviravolta nos acontecimentos.

Se é que entendera corretamente, agora ela era independente e estava rica, completamente livre para tomar suas próprias decisões quanto a seu futuro. Só ela podia decidir sobre seu destino, diferentemente de quando Damien a obrigara a se tornar sua amante ou de quando ela se casara com um crápula temerário para saldar as dívidas de seu pai.

Independência – esse era o presente que Damien estava lhe dando.

O que estaria ele querendo com tanta generosidade? Sinceramente, não esperaria nada em troca? Saberia tudo o que aquele gesto significava? É claro que sim. Ele sabia muito bem quão vital era a independência para ela.

Absurdamente, as lágrimas ardiam em seus olhos. Tinha que vê-lo, descobrir por que lhe havia dado um presente tão valioso. Seria por culpa? Ou haveria uma razão mais profunda, algo mais próximo ao coração?

Justo naquele momento, suas irmãs entraram no estúdio, embora ela nem as tivesse ouvido voltar para casa.

Quando Fanny a viu, interrompeu sua tagarelice no meio.

– O que aconteceu, Vanessa? O advogado trouxe más notícias?

– Não...

– Então, por que está chorando?

Vanessa enxugou rapidamente as lágrimas e respondeu:

– Não sei ao certo. Suponho que porque sou feliz.

Levantou-se e segurou o maço de papéis.

– Preciso ir para Londres agora mesmo.

– Agora? Mas a cozinheira nos prometeu um pudim delicioso para o lanche.

Vanessa forçou um sorriso.

– Pode ficar com minha parte, Fanny. Acho que não poderia engolir nem um bocadinho.

Mais uma vez, Vanessa se viu subindo a escada principal da mansão londrinense de Lord Sin, sem se importar absolutamente com a impropriedade de visitar sozinha a residência de um cavalheiro. E além do mais, depois de tudo o que já se passara entre eles, um toque a mais de conduta escandalosa mal pesaria na balança.

Perguntava-se se encontraria Damien em casa. Eram quase seis horas da tarde, muito cedo para que ele já tivesse saído para a noite. E, se ainda não tivesse voltado, estava decidida a aguardá-lo, eternamente, se fosse necessário.

Foi recebida pelo mesmo majestoso mordomo da vez anterior, que a informou que Sua Senhoria estava em casa. Com o coração batendo descompassado, Vanessa entrou e foi imediatamente envolvida por um fragrante aroma de rosas. Olhou em volta, meio confusa, certa de que alguns dos grandes jarros de flores brancas e vermelhas que agora decoravam a entrada não estavam ali em sua primeira visita. Teria Damien mandado que as enviassem das estufas de Rosewood? Ela achava que ele não ia querer ser lembrado de sua vida ali.

Assaltada por lembranças agridoces, acompanhou o criado até o salão, cujas lâmpadas estavam acesas para compensar a luz crepuscular do outono. A linda sala ostentava um teto dourado e um fogo que ardia jubiloso. Agradecida, Vanessa foi se sentar diante da lareira, aproximando as mãos frias das chamas.

Não ficou surpresa ao ver que estava tremendo – um estado que só piorava conforme a interminável espera se prolongava.

Ela pressentiu sua presença antes mesmo que ele pronunciasse seu nome.

– Vanessa...

Aquele murmúrio baixo fez seu coração dar um salto.

Virou-se lentamente, mal se atrevendo a respirar.

Com o coração disparado em seu peito, ela absorveu a visão de seu belo rosto. Era a primeira vez que se viam desde antes do duelo, e embora ela o tivesse examinado cuidadosamente, viu poucos sinais externos de seu ferimento. De fato, ele parecia mais magro e pálido, e seu braço esquerdo estava meio rígido. No entanto, seus olhos estavam intensos, indagadores.

– Por quê? – disse ela simplesmente.

Ele encolheu os ombros elegantes.

– Queria lhe dar as opções que você nunca teve.

Ela franziu o cenho.

– A liberdade de me casar com quem quiser, disse seu advogado. Você se dá conta de que posso escolher alguém que não seja você? Está querendo que me case com outro?

– Sim – disse, num sussurro rouco. – Se for o que você quiser de verdade.

Inclinou os lábios num sorriso sem alegria.

– Evidentemente, preferiria que fosse eu.

– E em troca de sua generosidade... o que quer de mim, Damien?

Seu olhar inquieto estava tão cinza quanto um oceano e igualmente impenetrável.

– Que me salve. Apenas isso.

Novamente exibiu aquele sorriso dolorido, fugaz.

– Sei que é pedir muito.

Atravessou o aposento, parando a poucos passos dela.

– Em minha vida, tenho inúmeros motivos de pesar, e o maior deles, bem acima de todos, é o modo como a tratei. Mas creio profundamente que aprendi com meus erros. Um homem é capaz de se corrigir se houver razão suficiente para que faça isso. Seu irmão me ensinou isso. Até agora, até você chegar, não havia tido razões para mudar.

Vanessa sentiu um nó na garganta.

– Aubrey disse algo muito parecido a respeito de Olivia.

– Ele e eu temos em comum mais do que eu gostaria de admitir.

Um longo momento se passou, durante o qual Vanessa viu que ele, atormentado, vacilava.

– Prometi que vou tentar, Vanessa. Você não poderia amar o homem que eu era. Espero me transformar num homem diferente, alguém digno de você.

– Você sempre foi digno, Damien.

Seu olhar sombrio refletia ceticismo.

– Não. As coisas que fiz a você, a vida vazia que tenho levado... Estou decidido a mudar tudo isso.

– Mas por quê, Damien? – sussurrou Vanessa.

– Porque a amo.

Ao ver que ela ficara paralisada, Damien avançou mais um passo, com os olhos fitos nela. Vanessa não se afastou.

Ele a atraiu para si, com a respiração entrecortada. Fez uma careta por causa do recente ferimento, mas ignorou a dor, assim como o murmúrio de pena de Vanessa, envolvendo-a nos braços. Desejava abraçá-la, simplesmente abraçá-la, até que o vazio desaparecesse.

Sentiu os suaves tremores do corpo dela ao atraí-la para si.

– Sabe que sonho com você todas as noites? – disse ela, com a voz sufocada, estreitada de encontro ao seu ombro saudável. – Como vou ter certeza de que se trata de um amor verdadeiro?

– Sinto alegria só de estar com você. Sinto prazer em ouvir sua voz. Inclusive os momentos mais insignificantes adquirem sentido para mim quando você os divide comigo. Isso não é amor?

Vendo que ela permanecia calada, prosseguiu em voz baixa:

– Nunca havia conhecido a alegria até você chegar, Vanessa. Jamais soube o que era o verdadeiro prazer.

Podia sentir a dúvida e a esperança pulsando em seu corpo.

– Amo você... tanto que me dói.

Abraçada a ele, Vanessa continuava em silêncio. Desejava tanto acreditar nisso, que a intensidade de seu anseio a assustava. Ouvia a voz de Damien, em tom baixo e suplicante, bem junto ao seu ouvido.

– Passei muito tempo tentando fugir da verdade. Tentei desesperadamente negar o que sentia por você. A verdade é que você me assustava. Temia perder minha alma por uma obsessão. E a perdi. Mas encontrei algo muito mais precioso...

Afastou-se um pouco e virou a cabeça de Vanessa para ele, percebendo que ela chorava. Com o coração contraído, pousou a mão em sua face umedecida pelas lágrimas e olhou-a nos olhos – seus lindos e belos olhos de gazela.

– Amo você – sussurrou. – Você é tudo o que sempre desejei que uma mulher fosse.

Vanessa conteve a respiração, presa à pura emoção que via em seus olhos. Com o coração batendo forte, acariciou os lábios dele com as pontas dos dedos.

– Damien, você não tem que se casar comigo. Se quiser, continuarei sendo sua amante.

– Não, querida, isso não seria o bastante. Se vier para mim, terá de ser como minha esposa. Quero me casar com você, Vanessa. Desejo passar o resto de minha vida demonstrando meu amor a você. Vai me dar essa oportunidade?

Ela o acariciou, percorrendo com os dedos as belas linhas dos pômulos salientes de seu rosto. A vulnerabilidade que viu em seu rosto a atingiu como se tivesse levado um soco.

– Damien...

Ao ver que ela hesitava, ele fechou os olhos, desesperado, tentando aliviar sua mágoa.

– Vanessa, não me atormente. Se não me quer... se é incapaz de me amar, diga-me.

– Não o desejo apenas – sussurrou ela. – Eu amo você, Damien. Amo o homem que você é. Sempre o amei.

Fitou-a ternamente, olhando em seus olhos como num espelho, e nele viu refletidas suas próprias emoções turbulentas – assombro, temor, amor. Teve a impressão de que seu coração ia parar.

– Então... se renovar minha proposta, posso me atrever a esperar uma resposta diferente?

Com os olhos úmidos, ela lhe sorriu e respondeu:

– Sim.

O encantador sorriso de Vanessa o deixou sem fôlego. Com a esperança chamejando em seu interior, ele engolia em seco.

– Descobri uns versos num livro de poesias de Olivia e memorizei-os para a eventualidade de ter a incrível boa sorte de poder lhe propor casamento de novo.

Manteve o olhar em seu rosto e, em voz baixa, recitou:

– "Se me chegasse a você, ia me querer, mesmo corrupto? Meu amor maculado de pecado e decadência?"

Vanessa só conseguiu dirigir a ele mais um sorriso trêmulo. Não tinha outra escolha senão entregar-se a Damien. Ele possuía seu coração. Ela era dele de corpo e alma.

– Sim, ia querer você – respondeu suavemente. – Com muito gosto.

Com infinita delicadeza, ele tomou seu rosto nas mãos, perdido de amor e desejo.

– E vai se casar comigo e ser meu amor?

– Sim.

– Vanessa... – Damien pronunciou seu nome com um suspiro profundo, inclinando-se para ela.

Sua boca reclamava a dela, e ele a beijou com toda a nova e radiante ternura de sua alma. Suas mãos deslizavam cegamente pelo seu cabelo, enquanto o desejo o inundava.

Ele não merecia uma mulher tão singular como aquela. Ela se transformara na pulsação de seu coração, em seu alento.

E ele passaria o resto da vida demonstrando-lhe isso.

Epílogo

Rosewood, novembro de 1810

Damien parou à porta de seu quarto e olhou para aquela que havia onze horas se tornara sua mulher.

– Finalmente – murmurou ele em voz rouca, pegando a mão dela e beijando-a na palma. – Achei que nunca íamos ficar sozinhos.

Vanessa dirigiu-lhe um sorriso sonhador.

– Foi você quem insistiu em realizar um grande casamento.

– Queria que o mundo soubesse de minha boa sorte.

Ele conseguira uma licença especial, sem os proclamas exigidos para a cerimônia na Igreja, a fim de que pudessem realizar um casamento duplo, com o de Olivia e Aubrey. A igreja estava repleta, já que metade da alta sociedade inglesa ali estava para assistir ao encontro do famoso Lord Sin com seu destino.

Depois de um banquete suntuoso em Rosewood, Olivia e Aubrey viajaram para Kent, junto com a mãe e as irmãs de Vanessa. O último dos convidados finalmente se fora momentos atrás, deixando o barão e a nova baronesa sozinhos para desfrutar sua noite de núpcias.

– Não foi maravilhoso Olivia ter conseguido ficar de pé para a cerimônia? – observou Vanessa enquanto Damien abria a porta para ela. – Ela estava linda vestida de noiva, não acha?

O rosto dele se abriu num sorriso.

– Eu mal notei. Só tinha olhos para minha própria noiva.

Com o coração repleto de alegria, Vanessa entrou no quarto, que fora preparado para aquela noite. Vários candelabros com as velas acesas lhes davam as boas-vindas, enquanto um fogo luzia na lareira para espantar o frio do outono. Um enorme vaso de rosas vermelhas decorava uma mesa lateral, perfumando o ar, e as roupas que cobriam a cama muito antiga, de dossel, estavam convidativamente dobradas para baixo.

Vanessa sentiu um arrepio só de pensar na noite que se aproximava. Surpreendentemente, Damien insistira em que não mantivessem relações sexuais até que se consumassem os votos matrimoniais. Assim, as últimas semanas haviam sido marcadas pela tensão sexual e a frustração de poderem apenas se abraçar. Mas agora eram marido e mulher, e finalmente chegara o momento em que eles selariam o compromisso de seu coração.

Quando Damien cuidadosamente fechou a porta, Vanessa olhou-o nos olhos. A cálida promessa que leu nas profundezas prateadas de seus olhos acendeu uma chama de excitação no mais fundo de seu ser.

Enquanto ele ia apagando todas as lâmpadas do quarto, exceto uma, Vanessa foi até a janela, cujas cortinas haviam ficado abertas, como Damien preferia. Por um instante permaneceu ali de pé, olhando para os jardins iluminados pela lua. Ela ainda mal podia acreditar em sua boa sorte. Damien a amava, e cada dia que passava só afirmava sua devoção.

Sentiu nas costas seu calor, antes mesmo que ele a envolvesse em seus braços.

– Feliz?

– Delirantemente. Nunca imaginei que fosse possível ser tão feliz.

O sussurro dele junto à sua orelha era como um roçar acariciante.

– Você está certa de que não vai se arrepender de ter que viver em Londres boa parte do ano? Posso desistir de meu novo cargo no Tesouro.

– Bem certa. Enquanto tiver você, estarei contente de viver em qualquer lugar.

– Você me terá, querida, durante muito, muito tempo. O que acha se for para sempre?

Vanessa sorriu, fascinada pelo calor que havia em sua voz. Damien estava determinado a confirmar o provérbio que diz que são os mulherengos reformados que acabam sendo os melhores maridos, e até então ele estava sendo muito bem-sucedido.

– Acho que para sempre será maravilhoso.

Seus lábios tocaram de leve ambos os lados de sua fronte, enquanto sua mão deslizava para baixo, a fim de acariciar seu abdome.

– Creio que devemos encontrar algo que a ocupe, para que não fique sozinha enquanto eu estiver cuidando dos mundanos assuntos do governo.

– Você não vai achá-los mundanos de jeito nenhum – disse ela, rindo. – Sei muito bem que está gostando desse novo desafio, tirando leite de pedra pelo bem do país.

– Concordo. Mas talvez você precise de um novo desafio também, agora que já teve sucesso em domesticar um libertino perverso. Será que um filho ou dois resolveriam isso?

Seu coração se encheu de alegria diante desse pensamento, e Vanessa se virou e levantou os olhos para Damien. A luz da lua se filtrava pela janela, iluminando os contornos esculpidos de seu rosto.

– Ter um filho é a única coisa que poderia me fazer mais feliz do que já sou neste momento.

– Então devemos empregar nisso nossos melhores esforços, meu anjo.

Ela examinou seu rosto, dizendo:

– Damien, você está certo de que deseja o encargo de uma família?

– Absolutamente certo. Estou sozinho e solitário há muito tempo. Já é hora de abandonar meus modos selvagens e sossegar.

Vanessa dirigiu a ele um sorriso provocante.

– Então não vamos mais ter de usar as esponjas?

Seu olhar incendiou-a por dentro quando lhe acariciou o queixo com o polegar.

– Não, nada de esponjas.

Damien estendeu a mão por trás dela para fechar as cortinas, encerrando-os na intimidade, e devagar se inclinou em sua direção. Pousou a boca na dela e beijou-a com tanta suavidade, tão profundamente, que um fogo aveludado fluiu por todo o seu corpo. Vanessa suspirou de prazer e estremeceu de encontro a ele, murmurando seu nome.

– Paciência, minha mulher – disse Damien com voz rouca. – Temos todo o tempo... e quero desfrutar cada precioso momento.

Desnudaram-se mutuamente com lentidão, interrompendo-se várias vezes para saborear e explorar um ao outro. Os olhos de Vanessa ficaram sombrios quando ela viu a cicatriz em seu ombro, no local onde a bala havia se alojado, mas ele tomou sua boca e afastou para longe todos os tristes pensamentos do passado. Tinham à frente um glorioso futuro, que estava começando naquele instante.

Tendo se privado um do outro por tanto tempo, a demora intencional era uma deliciosa forma de tortura. No entanto, prolongaram a dança sensual quanto puderam. Seus lábios se encontravam com frequência, enquanto satisfaziam a profunda e absorvente necessidade de tocar e ser tocados. Quando finalmente ambos ficaram nus, Vanessa voltou a se maravilhar ante a elegante e viril silhueta do corpo do marido, enquanto ele percorria com os olhos cada curva tentadora dela.

Seus olhares se encontraram quando ele retirou as presilhas de seu cabelo, começando pelas maravilhosas rosas de diamantes que lhe dera como presente de casamento. Com reverência, espalhou a massa brilhante em volta de seus ombros nus. Depois, alegremente, Damien a tomou nos braços e levou-a para a cama.

Ao estender Vanessa nos lençóis de seda, beijou-a novamente com avidez, sufocando seu leve gemido entre os lábios. As batidas de seu coração ecoavam a pulsação do dela enquanto ele se deitava ao seu lado.

Damien a desejava desesperadamente, mas obrigou-se a ir devagar. Queria tornar inesquecível o momento de unir-se a ela como sua mulher.

Mudou de posição e soergueu-se num cotovelo para observar detidamente o rosto amado. Queria ver o desejo e o amor em seus olhos, e encontrou o que vinha procurando. Um resplendor líquido brilhava nas obscuras profundezas do olhar dela.

A ternura o invadiu, maravilhando-o outra vez de modo surpreendente.

– Você me embriaga – murmurou.

Modelou com os dedos as encantadoras formas de seu rosto, valorizando sua aveludada textura. Fez deslizar então a mão acariciante e inclinou-se para saboreá-la. Sentiu seu delicado estremecimento quando pousou os lábios em seu pescoço.

Lambeu a carne sensível, uma fronte pulsante depois da outra, enquanto deixava a mão vagar por sua pele.

– Tudo em você me seduz, me excita... – murmurou, tocando-a com carinho. – Amo seus seios... A curva sensual de sua coluna... O espaço sedoso que há entre suas coxas.

Vanessa sentia o calor circular por todo o seu corpo, forte e insistente, repercutindo a cada carícia sensual.

– Amo sua bondade e sua coragem.

Ela deu um suave gemido quando ele começou a acariciar de leve os lábios de seu sexo.

– Adoro ouvir seus sons de prazer.

– Damien, por favor... – ela pediu.

– Não há pressa, meu amor.

Embora sua própria voz, rouca de tão confusa, delatasse seu anseio e sua necessidade, ele enfrentou a dor ardente em suas entranhas. Dominando o desejo de penetrá-la, Damien se instalou suavemente na nascente de sua feminilidade.

Vanessa deu um suspiro abafado de satisfação, enquanto ele, com suas coxas musculosas, abria as dela. Seu corpo estremeceu no momento em que ele começou a penetrá-la devagar, preenchendo-a com sua dureza.

Loucamente excitada, ela o envolveu com as pernas, a fim de atraí-lo para si, mas Damien não queria apressar aquele momento. Foi submergindo um centímetro atormentador de cada vez, penetrando em seu interior aveludado para retirar-se em seguida, igualmente sem pressa, conservando uma posse suave, enlouquecedora, ainda que ela estivesse ardente e inquieta sob ele.

– Damien... – pediu-lhe novamente.

Mas ele não cedeu, não quis lhe dar alívio.

Sem atender seus gemidos sufocados, torturou-a com arremetidas incrivelmente lentas, contendo seu próprio apetite desesperado, enquanto sussurrava em seu ouvido palavras eróticas, dizendo-lhe quanto a desejava, como era perder-se dentro dela... quanto a amava.

Amor. Era uma alegria faminta e resistente que o preenchia até transbordar. Uma violenta chama que abrasava seu coração. Seu amor germinava dentro dele, relaxando seu cuidadoso controle.

Penetrou-a com mais força, com um desejo tumultuado e rude. Damien, já estremecendo, cedeu à poderosa necessidade. Vanessa, por sua vez, alcançou e igualou seu feroz apetite, arqueando-se frenética contra ele.

Juntos, chegaram a uma explosão de indômita necessidade de posse e rendição. O gemido de prazer de Vanessa se transformou num soluço de alegria, enquanto um êxtase esgotante agitava seu corpo. Tomado pelo mesmo ápice maravilhoso, Damien se derramou interminavelmente nela, misturando carne e espírito.

Ele entregou a ela sua alma, e ela a tomou, de bom grado.

Depois do ardoroso ato de amor, desabaram na cama, próximos um do outro, ainda agitados pela força de sua entrega. Quando a fúria de seu batimento cardíaco se adaptou a um rimo menos violento, permaneceram enlaçados, com a pele úmida de suor.

Quase sem forças, Damien passou o rosto pelo cabelo de Vanessa. A extrema felicidade que tomou conta de seus sentidos foi algo que nunca havia experimentado na vida, mas a tranquila emoção que fluía em suas veias era ainda mais forte.

Fora um ato de amor feito de amor, coisa que ele não conhecera até então.

Amor. Como conseguira viver sem ele? Sem ela? Vanessa era agora sua vida. Não tinha ideia de quão vazio estava até ela encher seu coração. Não sabia o que era êxtase até se tornar parte dela.

Com Vanessa, sentia-se completo, inteiro, realizado, de uma maneira que jamais imaginara possível. Ela levara o riso e o calor a sua casa, alegria a sua vida – uma vida que até então fora fria e estéril. Ele a havia instruído nas artes da sexualidade, mas ela o ensinara a amar. E agora, depois de unidos pelo casamento, a paixão ardente, sempre presente em suas relações, ficara ainda mais intensa.

Mesmo assim, apesar de toda a vivência que tinha nos jogos amorosos, com todo o seu sofisticado e experimentado charme, Damien tinha dificuldade para expressar quão profundos eram seus sentimentos.

– Nunca havia percebido como o prazer pode ser muito maior quando o homem ama a mulher com quem se deita – murmurou, recostando-se no travesseiro, a fim de poder ver o rosto de Vanessa.

Sonhadora, ela abriu os olhos semicerrados.

– Nem eu. É possível morrer de prazer?

– Espero sinceramente que não. – Fez uma careta divertida, mas em seguida sua expressão ficou séria, ao dizer: – Você tem noção de quanto eu a amo?

Apesar da suavidade de seu tom, estava absolutamente convencido daquilo que dizia.

– Começo a me dar conta disso.

Damien pôs a palma da mão dela em seu peito, para que sentisse a forte pulsação de seu coração.

– Ele lhe pertence, Vanessa. Para sempre. – Diga... – pediu ele baixinho, sem se cansar de ouvir.

– Amo você, Damien.

A ternura que ela viu em seus olhos cinzentos quase fez derreter seu coração.

– Juro que farei você feliz – disse ele.

– Já fez – respondeu Vanessa, aproximando sua boca mais para perto da dele.

Este livro foi composto em GoudyOlSt BT
para a editora Planeta do Brasil
em agosto de 2010